Bernadette Calonego

Nutze deine Feinde

Roman

BLOOMSBURY BERLIN

Alle hier dargestellten Personen und Handlungen sind frei erfunden. Eventuelle Ähnlichkeiten mit lebenden oder toten Personen oder tatsächlichen Ereignissen sind rein zufällig und unbeabsichtigt.

Umschlaggestaltung:
Nina Rothfos und Patrick Gabler, Hamburg
Gesetzt aus der Stempel Garamond
durch deutsch-türkischer fotosatz, Berlin
Druck und Bindung: Clausen & Bosse, Leck
Printed in Germany 2005
ISBN 3-8270-0623-6

Für Christa

(sda) 2. August – Die Strafuntersuchung gegen zwei Mitglieder der Konzernleitung der Bankrott gegangenen Swixan AG ist eingestellt worden. Untersuchungsrichter Guido Seiler erklärte am Mittwoch auf einer Pressekonferenz in Zürich, Verdachtsmomente, wonach die Spitze des Swixan-Konzerns maßgeblich oder willentlich zum Zusammenbruch des Unternehmens beigetragen habe, hätten nicht erhärtet werden können.

Die Strafuntersuchung war vor drei Jahren gegen Konzernchef Beat Thüring und Finanzchef Karl Westek eingeleitet worden, nachdem Zürcher Medien von angeblich dubiosen Transaktionen der beiden berichtet hatten. Diesen Berichten zufolge haben Thüring und Westek mit Hilfe des Wirtschaftsanwaltes Urs Feller-Stähli mehrere Dutzend Millionen Franken in Bankkonten auf den Bahamas deponiert, während hunderte von Mitarbeitern ihre Pensionen und Aktionäre ihre Investitionen verloren.

Gleichzeitig ist nach Angaben des Untersuchungsrichters Seiler auch die Strafuntersuchung gegen Henry Salzinger, den Chef der Rechnungsprüfungsfirma Färber Brothers & Co. in Zürich, eingestellt worden. Die Ermittler konnten den Managern von Swixan und Färber keine illegalen Handlungen nachweisen.

Prolog

Die Straßenbahn kam so abrupt zum Stehen, dass Josefa Rehmer gegen die Stange des Sitzes vor ihr prallte, dann zurückfiel und auf die Seite kippte. Die Warnglocke der Straßenbahn schrillte. Während Josefa versuchte, sich irgendwo festzuhalten, traf ihre linke Schläfe auf etwas Hartes unter rauem Stoff. Sie lag seitlich gegen einen menschlichen Körper gelehnt, der wie ein Turner an den Ringen hin und her baumelte. In ihrer Schläfe pochte ein stechender Schmerz. Der Turner, der sich an die Halteschlaufen geklammert hatte, richtete sich auf und zog den schwarzen Anzug zurecht, den er unter einem offenen Lammfellmantel trug. Josefa spürte seinen Blick auf sich ruhen. Doch als sie ihm ein entschuldigendes Lächeln zuwarf, schaute er rasch zur Seite. Dem jungen Mann war die ungewollte Tuchfühlung offensichtlich genauso peinlich wie ihr.

Der Leitwagen der Straßenbahn stand beschädigt auf Zürichs Bahnhofstraße. Er war gerade von der Haltestelle weggefahren und hatte an Tempo gewonnen, als ihn ein Hindernis unvermittelt zu einem scharfen Bremsmanöver zwang. Nun öffneten sich die automatischen Türen, und die Passagiere drängten benommen nach draußen. Auch Josefa packte ihre heruntergefallene Aktentasche und trat auf den Gehsteig. Die eisige Januarluft schnitt ihr ins Gesicht.

Auf der anderen Straßenseite hatten sich bereits etliche Schaulustige versammelt. In einer Phalanx kreisten sie ein rotes Mercedes-Coupé ein, dessen Kotflügel zersplittert war wie ein eingedrücktes Osterei. Ein modisch gekleideter Mann stand daneben, die Hände hilflos in die Hüften gestemmt.

Doch Josefa hatte keine Zeit zu verlieren. Ungeduldig bahnte sie sich einen Weg durch den Menschenauflauf. Jetzt spürte sie auch in ihrem Brustbein ein Pochen. Das musste die Stange des Vordersitzes gewesen sein. Ihre Schläfe fühlte sich feucht an. Sie fuhr prüfend mit dem Finger darüber: Ein roter Film blieb haften. Im Laufen holte sie einen kleinen Spiegel aus ihrer Handtasche, klappte ihn auf, blieb kurz stehen und hielt ihn schräg nach oben. Nichts. Sie musste das Blut gleich mit dem Finger weggetupft haben. Aber da war etwas im Hintergrund. Vor einem Schaufenster, nur ein paar Schritte von ihr entfernt, stand der Mann im Lammfellmantel. Sie spürte wieder den pochenden Schmerz. Der Typ musste etwas verdammt Hartes in seiner Seitentasche tragen. Josefa verstaute den Spiegel und lief weiter. Sie war unter Zeitdruck. Die Straßenbahn war bereits zu spät eingefahren, völlig unüblich für die legendäre Zürcher Pünktlichkeit. Wenn sie sich beeilte, konnte es Josefa zum Paradeplatz in wenigen Minuten schaffen. Doch nach diesem Zwischenfall würde sie verschwitzt und aufgelöst ankommen – trotz der Kälte.

Die Bahnhofstraße erschien ihr plötzlich unendlich lang, mit viel zu vielen Passanten vor den Toren der Bankpaläste und den vornehmen Geschäften. Auf dem Paradeplatz hatte sich ein Alphornbläser aufgestellt, ein uriger Typ mit Vollbart und einem edelweißbekränzten grünen Filzhut. Im Vorbeihasten konnte Josefa nur zwei Wörter der Botschaft entziffern, die er auf einen Karton gepinselt hatte: »Stille« und »besinnen«. Das Alphorn übertönte das Kreischen der Straßenbahnen und den rauschenden Autoverkehr in den umliegenden Straßen. Ein Radfahrer, der die Schienen überqueren wollte, rutschte aus und stürzte. Was für ein verrückter Tag! Josefa warf eilig einen Blick zurück, um festzustellen, ob der Radler verletzt war. Da sah sie den Mann im Lammfellmantel hinter einem Pfeiler beim Eingang einer Privatbank verschwinden.

Endlich angekommen. Bevor sie das Hotel betrat, tupfte sie sich sicherheitshalber mit einem Taschentuch die Schläfen ab. Blassrote Streifen verfärbten das Papier. An der Mauer des Kaufladens gegenüber klebte ein Plakat, das alle Schweizer Soldaten zur jährlichen obligatorischen Schusswaffenübung aufrief.

Josefa schob sich durch die Drehtür in die elegante Hotelhalle, die mit blau-goldenen Teppichen ausgelegt war. Der Concierge telefonierte gerade und musterte sie beiläufig. Josefa sah hastig auf ihre Uhr: Sie war bereits fünf Minuten zu spät. Das war für ein erstes Treffen immer schlecht. Dann, endlich, kam eine junge Frau hinter den Tresen und wandte sich ihr zu. Sie besaß den unterkühlten Charme deutscher Nachrichtensprecherinnen. »Die Firma Dessag hat eine Nachricht für mich hinterlassen«, erklärte Josefa. Die Dame vom Empfang hob fragend die Augenbrauen. »Welche Firma, bitte?«

»Dessag. D-E-S-S-A-G«, wiederholte Josefa. Das Treffen fand zum ersten Mal in diesem Hotel statt, weil das Baur-au-Lac wegen Bauarbeiten geschlossen war.

»Dessag? Und eine Nachricht für wen, bitte?«

Josefa wurde nervös. War das Personal nicht informiert? Oder waren ihre Gesprächspartner vielleicht im falschen Hotel?

Nun legte der Concierge den Hörer auf. »Dessag«, sagte er. »Ja, da haben wir eine Nachricht. Sie werden ins Zimmer 398 gebeten.«

Josefa zögerte. »Zimmer 398? Ist das ein Hotelzimmer?«

Die Treffen fanden grundsätzlich nicht in Hotelzimmern statt. Josefa blickte den Mann peinlich berührt an. Ihr fielen plötzlich Geschichten von Edelprostituierten ein, die betuchte Kunden in Grand-Hotels aufsuchten. Für einen kurzen Moment überlegte sie, wen er wohl vor sich sah: eine schlanke Frau, Mitte dreißig, in einem hellblauen Mohair-Mantel, mit farblich passendem Seidenschal von Fabric Frontline und einer Aktentasche in der Hand. Ihre grau melierten Locken (sie hatte schon im zarten Alter von zwanzig Jahren graue Strähnen, ein Erbe ihrer Mutter) hatte sie hochgesteckt. Außer einem blassen Lippenstift und einem hauchdünnen Lidstrich war sie nicht geschminkt. Zum Glück hatte sie von ihrer italienischen Mutter auch die dunklen Augen und die dichten Wimpern geerbt. Ihre fein getönte Gesichtshaut brauchte kein Make-up.

Josefa sog die Luft ein. »Nach meinen Informationen wurde ein kleines Konferenzzimmer reserviert«, sagte sie mit fester Stimme. Der Concierge nickte entschuldigend. »Leider sind unsere Konferenzräume alle belegt. Aber das Zimmer 398 ist eine große Suite. Und sie verfügt über die gesamte notwendige Infrastruktur, um als Büro genutzt zu werden, das kann ich Ihnen versichern.« Er nahm ein mehrseitiges Dokument und heftete es mit Schwung ab. In Josefas Ohren knallte es. Sie zuckte zusammen. Es war eine *Waffe*, die ihre Schläfe gerammt hatte! Ein Revolver oder eine Pistole. Das musste es sein. Ihre Knie wurden weich. Wurde sie erneut verfolgt?

»Wünschen Sie noch etwas?«, fragte der Concierge.

»Zum Aufzug, bitte«, sagte Josefa.

»Gleich da drüben links.«

Josefa wartete ungeduldig vor dem Aufzug. Neben ihr stand eine Gruppe Touristen, die in den Tüten der teuren Designerläden zwischen Paradeplatz und Storchenplatz ihre Ausbeute heimtrugen. *Josefa, reiß dich zusammen. Es ist alles in Ordnung*. Wie schreckhaft sie doch war. Die vergangenen Ereignisse hatten ihre Nerven angegriffen. Wahrscheinlich lag es an dem Plakat mit dem Aufruf zur militärischen Schießübung. Das musste ihre Phantasie beflügelt haben. Es gibt noch eine normale Welt, versuchte sie sich zu beruhigen. Dieses Hotel etwa, oder die Touristen, die nun mit ihr im Aufzug nach oben glitten.

Der Flur auf der dritten Etage war leer. Neben Zimmer 398 leuchtete ein Schalter mit der Aufforderung »Bitte drücken«. Doch Josefa klopfte an, mehrfach und kräftig. Sie wartete. Eine Leuchtschrift erschien: »Bitte eintreten.« Sie drückte auf die Klinke.

Das Vorzimmer lag im Dunkeln, doch in der angrenzenden Suite brannte Licht. Die Vorhänge waren zugezogen, das konnte sie von weitem erkennen. Hätte sie etwas warnen sollen? Hätte sie vorsichtiger sein sollen nach den vergangenen Monaten? Unschlüssig schob sie die Aktentasche von einer Hand in die andere, da erschien im Türrahmen eine Gestalt.

Josefa erstarrte. »Sie?«, stieß sie hervor. Das war nicht die Person, die sie erwartet hatte. Diesem Mann, der nun die Hand leicht hob, hätte sie nicht begegnen wollen. Nicht jetzt und nicht unvorbereitet.

»Ich hatte schon lange den Wunsch, mich mit Ihnen zu unterhalten«, hörte sie ihn mit schwerer, heiserer Stimme sagen. In diesem Augenblick ließ ein Geräusch sie herumfahren. Ein Mann hatte die Außentür aufgestoßen. Er trug einen Lammfellmantel über einem schwarzen Anzug. Und darunter einen eckigen Gegenstand aus Metall.

TEIL EINS

– 1 –

Das Festzelt hockte wie ein glänzendes Raumschiff auf einem schwarzen See. Der See bestand allerdings nicht aus Wasser, sondern aus einem ausgelegten Kunststoff-Teppich. Francis Bourdin hatte die Idee gehabt, die Wiese mit einem Bretterrost zu belegen und den Teppich darauf auszubreiten. Und wenn Bourdin, der Chef der Firma Loyn, eine Idee hatte, war es Josefa Rehmers Aufgabe, sie umzusetzen. Sie fand, dass es ihr wieder einmal hervorragend gelungen war.

Das Zelt war gigantisch. Josefa hatte ein Dach aufgetrieben, unter dem zweihundert Personen an kleinen, kreisrunden Tischen Platz fanden. Die Gäste saßen fast alle schon unter den goldgefassten Kristallleuchtern an den weißen Tischen mit den schwarzen Tellern und goldenen Untertellern. Die Stühle waren ebenfalls schwarz und auf den Tischen prunkten goldene Vasen mit weißen Tulpen. Die Kombination Schwarz-Weiß-Gold war ebenfalls Bourdins Wille, oder vielmehr seine Vision, und Josefa tat alles, um seinen Vorstellungen gerecht zu werden.

Sie stand unter Strom, das spürte sie deutlich. Sah man ihr an, wie stolz sie auf ihre Leistung war? Loyn hatte seine besten Kunden und andere Freunde des Hauses zu einer prächtigen Schau von achtzig der schönsten Araberhengste der Welt geladen. Es war eine der größten Veranstaltungen, die Josefa je für ihre Firma organisiert hatte. Bourdin hatte darauf bestanden, dass die Party Ende Juni in St. Moritz stattfand, trotz Josefas Befürchtung, das Wetter könnte nicht mitspielen. Aber nun stellte sie zufrieden fest, dass die Frühsommerwärme über den Bergtälern des Engadin den letzten Tropfen Feuchtigkeit von der Wiese gesogen hatte. Gerade ging die Sonne als Feuerschweif langsam hinter der trutzigen Alpenkette unter.

Der gesponserte Anlass hatte vor einer Stunde mit der glanzvollen Pferde-Parade seinen Höhepunkt erreicht. Die VIPs warteten nun im Zelt auf die Vorspeise. Champagner und teure Weine flossen bereits reichlich. Die Damen zeigten viel nackte Haut, teuren Schmuck und perfekte Zähne. Josefa stand im lindgrünen Kostüm am Zelteingang und übersah den Innenraum. Ein Namensschild wies sie für alle erkenntlich als »Managerin Event Marketing« aus.

Plötzlich hatte sie das Gefühl, beobachtet zu werden. Sie drehte sich so unauffällig wie möglich um. Ein gedrungener, breitschultriger Mann stand etwa zwanzig Schritte von ihr entfernt. Er rauchte eine Zigarre. Ihre Blicke trafen sich. Im Geiste ging Josefa schnell die Namen auf der Gästeliste durch. Natürlich: Thüring, Beat Thüring, einst hochgejubelter Konzernchef bei Swixan. Dann kam die Pleite des Konzerns und Thürings tiefer Fall – ein gut gepolsterter Fall, wie sich Josefa noch erinnern konnte. Thüring hatte zuvor ausreichend Geld – man sprach von vielen, vielen Millionen – auf die Seite geschafft. Das hatte sie in den Zeitungen gelesen. Danach wurde er für das Zürcher Wirtschaftsestablishment eine Persona non grata – wenigstens eine Zeit lang. Warum Thüring wieder auf der VIP-Liste von Loyn stand, war Josefa ein Rätsel. Aber das ging sie auch nichts an.

Als Organisatorin hatte sie keine andere Wahl, als freundlich auf ihn zuzugehen, Zigarrenrauch hin oder her.

»Sie haben Ihren Sitzplatz im Zelt schon gefunden, nicht wahr, Herr Thüring?«, fragte sie beflissen.

Beat Thüring drehte den Arm mit der Zigarre von ihr weg. Er hatte etwas Mediterranes an sich, wirkte mehr wie ein Lebemann als ein Finanzhai. Josefa konnte sich gut vorstellen, wie er mit seinem Charme all jene verführt hatte, die er dann später hineinlegte.

Thüring verzog die Mundwinkel zu einem ironischen Lächeln. »Heute kann ich alle schönen Dinge gleichzeitig genießen – die Engadiner Berge, eine gute Zigarre und eine wundervolle Gastgeberin.«

»Und jetzt noch ein vorzügliches Essen«, erwiderte Josefa, ohne mit der Wimper zu zucken. »Wir möchten, dass sich unsere Gäste gern an diesen Tag erinnern werden.«

»Ich dachte, ich vertrete mir noch ein wenig die Füße, bis die Ehrengäste eintreffen.« Er zwinkerte ihr verschwörerisch zu.

Josefa hörte nicht auf zu lächeln. Sie wusste, was sie der Firma schuldig war. »Für mich gehören auch Sie zu den Ehrengästen, Herr Thüring.« Dann entfloh sie der qualmenden Zigarre.

Thüring hatte einen wunden Punkt getroffen.

Der Tisch mit den Ehrengästen in der Mitte des Zelts war noch nicht besetzt.

Josefa schaute sich suchend um. Vor dem kleinen Küchen-Mobil gab ihre Assistentin Claire Fendi dem Chef de Service gerade letzte Anweisungen. Josefa eilte hinüber. »Wo ist Joan Caroll? Wo sind Bourdin und die anderen?«

Claire blickte erstaunt drein. »Sind die noch nicht drin? Die wollten vor zwanzig Minuten vom Hotel losfahren. Sie müssten schon längst hier sein.«

Dass Bourdin nicht rechtzeitig am Ort des Geschehens eintraf, war an sich nichts Ungewöhnliches. Obwohl er Firmenchef von Loyn war, führte er sich auf wie ein exzentrischer Künstler, ein Bohemien der Wirtschaftswelt – ein Image, das er medienwirksam kultivierte. Für einen geregelten Ablauf der Dinge sorgten andere. Vor allem Josefa.

Was sie mehr beunruhigte, war das Ausbleiben von Joan Caroll. Sie war der Star der VIP-Gala von Loyn. Alle Gäste waren neugierig auf die Frau, die als sechzehnjähriges Mädchenwunder den US-Schachmeistertitel gewann, dann als internationales Photomodell Furore machte und schließlich Filmschauspielerin wurde (ihre Filme überzeugten Josefa nicht besonders, aber das behielt sie für sich). Loyn hatte Joan Caroll als Imageträgerin eingekauft. Gegen viel Geld ließ sie sich mit den luxuriösen Taschen und Koffern von Loyn photographieren und nahm an Werbeveranstaltungen der Firma teil. Ein gelungener Coup für das fünfundachtzigjährige Schweizer Familienunternehmen, fand Josefa.

Es gehörte zu ihren Aufgaben, Joan Caroll rechtzeitig von A nach B zu bringen. Sie griff zu ihrem Handy. Bourdin meldete sich nicht. Sie fürchtete das Schlimmste. »Übernehmen Sie hier«, sagte sie zu Claire. »Ich fahr rüber zum Hotel. Bourdin spielt mal wieder verrückt.«

Ihre Assistentin verdrehte die Augen. Sie wusste Bescheid. Die beiden Frauen waren so gut aufeinander eingespielt, dass Worte oft überflüssig waren. »Wann sollen wir beginnen?«, fragte sie.

»In einer Viertelstunde. Bis dahin sollten wir hier sein. Wenn nicht, fang einfach mit dem Essen an. Gib dem Team Bescheid.«

Josefa rannte über den schwarzen Teppich zum bereit stehenden Firmenwagen. Es waren etwa sieben Minuten bis zum Hotel. In der Empfangshalle traf sie Bourdin mit der Pressedame der Pferdeschau und der Bürgermeisterin von St. Moritz. Josefa entdeckte auch ein paar Journalisten in der Halle. Für die Medien posierte Bourdin stets als leicht gelangweilter Einzelgänger mit entrücktem Blick, das lange schwarze Haar (Josefa hielt es für gefärbt) zu einem Mozartzopf zusammengebunden. Fast immer trat er im Kostüm eines pakistanischen Edelmannes auf, gekleidet in feinste italienische Stoffe.

Bourdin drehte sich verärgert um. »Was machen Sie denn hier?«, bellte er. »Sie sollten im Zelt sein.«

»Ich bin hier, weil alle im Zelt auf die Ehrengäste warten«, sagte Josefa so ruhig wie möglich. Sie ärgerte sich über sich selbst. Weshalb rechtfertigte sie sich für etwas, das schließlich sonnenklar war? Aber Josefa hatte längst aufgehört, von Bourdin ein rationales Verhalten zu erwarten.

Seine Stimme wurde plötzlich sehr nachsichtig – so verpackte er immer seine größten Unverschämtheiten. »Dann machen Sie ihnen das Warten möglichst angenehm. Wir haben unsere Pläne geändert. Alphonse Yvon hat uns in sein Chalet eingeladen. Zu einem Fleischfondue.«

Alphonse Yvon. Der Ölmagnat. Und Besitzer der exklusiven Primadonna-Läden. Sie hörte Bourdins Stimme wie durch einen Nebel. »Sie verstehen, Joan muss dabei sein. Das wird sicher ein großartiges Geschäft für uns.«

Josefa starrte ihn ein paar Sekunden lang sprachlos an. Doch dann konnte sie sich nicht mehr zurückhalten. »Da drüben warten zweihundert Gäste auf Sie und vor allem auf Joan. Sie ist in der Einladung groß angekündigt worden. Und Sie wollen diese Gäste einfach sitzen lassen? Links liegen lassen? Das ist *unsere* Einladung und das sind *unsere* Gäste. Das können Sie nicht machen. Das ist ein absoluter Affront!«

Bourdin hatte sich schon halb abgewandt. »Erzählen Sie ihnen was. Sagen Sie ihnen, Joan hat die Grippe oder irgendetwas. Ich kann's nicht ändern, Yvon ist nun mal wichtiger.« Damit drehte er ihr vollends den Rücken zu.

Josefa wusste, jedes weitere Argumentieren war zwecklos. Sie nahm den Aufzug ins oberste Hotelgeschoss. In der Präsidentensuite standen überall herrliche Blumensträuße. Joan

Caroll saß in geheizten Lockenwicklern am Schminktisch; ihr Hairstylist fingerte an den Dingern herum.

»Josephine!«, begrüßte Joan sie herzlich, wobei sie den Namen als »Tschousefiin« aussprach. Die beiden Frauen waren sich in den drei Jahren ihrer Zusammenarbeit vertraut geworden – so vertraut man eben mit Joan Caroll werden konnte.

Joan sah wie immer blendend aus. Sie trug einen tief dekolletierten schwarzen Blazer und eine silbern funkelnde enge Hose.

»Sie sind besorgt wegen des Fondues, nicht?«, fragte sie liebenswürdig.

»Wollen Sie da wirklich hingehen, oder ist das Bourdins Wunsch?«, fragte Josefa zurück.

»Sein Wunsch ist mir Befehl«, sagte Joan und lächelte freundlich. »Er ist die Firma, und die Firma entscheidet.«

Josefa wusste, Joan würde sich niemals in ein internes Hickhack einmischen.

»Wenn Sie gehen wollen, dann ist es auch für mich okay«, sagte Josefa.

»Wunderbar«. Joan steckte sich ein weißes Glitzerding, das wie ein großer Diamant aussah, ans Ohr.

»Ich fahre Sie morgen zum Flughafen«, sagte Josefa und verabschiedete sich.

Sie fuhr mit dem Firmenwagen zum Festzelt zurück. Beim Aussteigen sah sie Beat Thüring immer noch draußen stehen. Diesmal war er in Gesellschaft zweier Männer; sie drehten Josefa den Rücken zu. Warum waren die nicht an ihren Tischen?, fragte sie sich alarmiert. Das Gala-Diner musste doch längst angefangen haben! Als sie näher kam, verschwanden die drei eilig im Zelt.

– 2 –

Das Telefon schepperte. Josefa fuhr aus dem Schlaf hoch und griff zum Hörer. Es war der Weckdienst des Hotels. Sie blinzelte, um die Anzeige auf ihrer Uhr zu lesen. Viertel nach sechs.

Sie hatte kaum geschlafen. Noch mitten in der Nacht hatten ein paar Hotelgäste einen ziemlichen Radau auf dem Korridor veranstaltet. Josefa war sauer: So etwas in einem Grandhotel in St. Moritz. Jetzt, wo sie aufstehen musste, war alles ruhig. Die Störenfriede schliefen bestimmt selig. Sie bestellte sich das Frühstück aufs Zimmer, öffnete ihren Laptop und überprüfte den Zeitplan, nach dem die VIP-Gäste zum Flughafen gefahren wurden. Dann überflog sie rasch ihre neuen E-Mails. Viele Junkmails, trotz des Filters, den die Firma einrichten ließ.

Plötzlich stutzte sie. Was war das für eine eigenartige E-Mail – auf Englisch? Sie las den Text mehrmals und übersetzte ihn sich, so gut sie konnte. *Der Teufel ist am teuflischsten, wenn er im ehrbaren Gewand daherkommt. Erkenne den Übeltäter, bevor er dich mit seinen Fängen zerreißt.*

Was für eine merkwürdige Warnung. Josefa las den Absender, auf den sie sich ebenso wenig einen Reim machen konnte wie auf den Text: nonoose@hotmail.com. Jemand trieb hier offenbar einen Scherz mit ihr. Aber wer konnte das sein? Ihre E-Mail-Adresse war breit gestreut.

Sie wollte die ominöse Nachricht erst löschen, legte sie dann aber in einem Ordner ihres E-Mail-Programms ab. Vielleicht würde sie später etwas erkennen, was ihr entgangen war. Sie hatte jetzt an wichtigere Dinge zu denken.

Am Nachmittag saß sie neben Joan Caroll in der Mercedes-Limousine, die sie zum Flughafen Zürich-Kloten fuhr.

Vor den getönten Autofenstern huschten Dörfer und Wiesen vorbei. Es regnete. Josefa unterhielt sich mit Joan über den Vorabend. Das Model trug Jeans und ein weißes T-Shirt unter einer kurzen orangefarbenen Lederjacke. Sie hatte das blonde Haar zu einem Pferdeschwanz zurückgebunden. Ihre vollen Lippen waren ungeschminkt. Sie stand nun nicht mehr im Dienst von Loyn. Entspannt plauderte sie über den Fondue-Abend in der urigen Alphütte, die sich der Milliardär Yvon in sein luxuriöses Chalet hatte einbauen lassen. Musikanten mit Handorgeln und Klarinetten hatten nach dem Essen aufgespielt, erzählte Joan, nur Jodeln habe dabei gefehlt.

Francis Bourdin saß ihnen mit steinerner Miene gegenüber. Seit der Abfahrt hatte er kaum etwas gesagt, wie Josefa verwundert feststellte. Hatte Yvon seine hochgespannten Erwartungen nicht erfüllt? Üblicherweise bestritt Bourdin die ganze Unterhaltung, versprühte unentwegt Charme und war durch nichts zu bremsen. Sie staunte oft, wie er mit Worten jonglierte. Francis, der einst als Franz geboren worden war, redete am liebsten in großen Blasen: »Loyn ist die Kulmination vom Hier und Nichts im unendlichen Spektrum des innovativen Potentials.« Frauen und Männer kauften dann dieses Gepäck der Luxusklasse, als wollten sie tatsächlich im Hier und Nichts kulminieren. Und auch Josefa konnte sich sehr für die Taschen und Koffer aus feinstem Leder begeistern – sie drückte es nur anders aus. Dank Bourdin, das musste sie jetzt trotz ihrer schwelenden Wut auf ihn zugeben, verkörperten edle Ledertaschen inzwischen genauso Schweizer Qualität wie Uhren und Schokolade. In speziellen Momenten, und so einer war heute, konnte sie sich sogar eingestehen, dass auch sie maßgeblich zum Erfolg von Loyn beitrug. Sie organisierte effizient den Auftritt der Firma in der Öffentlichkeit, sie überwachte präzise und zuverlässig die

VIP-Galas. Loyns wandelnde Werbeträger, Ambassadoren genannt, bestätigten ihr immer wieder, wie sehr sie Josefas Verlässlichkeit schätzten. Darunter waren immerhin mehrere Filmstars, internationale Sportgrößen und einige Ikonen aus dem Musikgeschäft. Sie war vierundzwanzig Stunden am Tag verfügbar – wenigstens noch für vier Tage. Josefa seufzte innerlich. Gut, dass dann ihr Urlaub begann. Drei Wochen Abstand von der Firma, drei Wochen Nichtstun, drei Wochen Sonne und Strand. Geplant hatte sie noch nichts, gebucht noch weniger. Sie hatte bisher einfach keine Zeit gehabt, darüber nachzudenken.

Bourdin riss sie aus ihren Gedanken. »Frau Rehmer.« Die Limousine war am Zürcher Flughafen angekommen. Draußen regnete es. »Ich werde Joan zur VIP-Lounge begleiten«, sagte Bourdin. »Morgen ist Lagebesprechung in meinem Büro. – Kommen Sie, Joan.« Doch Joan kümmerte sich nicht um ihn und fasste Josefa leicht am Ärmel. »Ich will noch ein Andenken für meine Schwester kaufen. Begleiten Sie mich?« Josefa überlegte kurz. Joan im Souvenirladen – das war keine gute Idee. Die Leute würden sie auf jeden Fall erkennen. »Was halten Sie davon, wenn wir in die VIP-Lounge gehen und ich Ihnen eine Auswahl bringen lasse?«, schlug sie vor. Joan war einverstanden.

Bourdin wich ihnen nicht von der Seite. Schließlich gab es in der VIP-Lounge ein interessantes Publikum, und er war in Gesellschaft eines der berühmtesten Photomodels der Welt. Obwohl sich Joan nicht für den großen Auftritt zurechtgemacht hatte, zog ihre gertenschlanke Gestalt mit den langen Beinen alle Blicke auf sich.

Eine Bodenstewardess brachte eine Auswahl Schweizer Andenken. Joan wählte ein mit lustigen Kühen bedrucktes Seidenfoulard. Dann traf ihre Assistentin Kelly ein, die sie auf dem Flug in die USA begleiten würde, und Josefa nutzte die Gelegenheit, sich von Joan zu verabschieden. »Sie haben Ihre Sache toll gemacht«, sagte sie zu dem Star. Joan deutete eine Umarmung an. »Josephine, mit Ihnen ist das nicht schwer.« Dann tauschte sie mit Bourdin ein paar höfliche Floskeln aus und entschwand an der Seite von Kelly.

»Finden Sie nicht auch, dass Joan wieder hervorragend war?« Josefa drehte sich zu Bourdin um. Doch der stand gar nicht mehr neben ihr, sondern verließ bereits die Lounge. Ohne ein Wort. Ließ sie einfach stehen wie einen Regenschirm. Die Firmen-Limousine würde sie also nicht nach Zürich hineinfahren. Verdammt. Bourdin behandelte sie, als ob sie sein Dienstmädchen wäre, ein Mensch zweiter Klasse. Sie, die Loyn gerade zu einem Glanzauftritt verholfen hatte.

Josefa stand wie angewurzelt da, unfähig, sich zu bewegen. Ihr Atem ging flach, die Luft staute sich in ihr wie Wasserdampf in einem geschlossenen Kessel. Ihre Arme und Hände verkrampften sich. Sie nahm ihre Umgebung nur noch verschwommen wahr. In ihren Ohren dröhnte es. Plötzlich fühlte sie einen metallenen Griff in der Hand, daran ein gespanntes Drahtseil mit einer monströsen Stahlkugel. Josefa drehte sich um ihre eigene Achse, ohne das Drahtseil loszulassen, während die schwere Kugel zu schwingen begann. Sie zog immer weitere Kreise, drehte und drehte sich und zertrümmerte dabei alles, was ihr im Weg stand. Sie zerschmetterte Mauern, Metallgerüste wurden wie Streichhölzer umgemäht, Scheiben zersplitterten. *Geht mir aus dem Weg, geht mir aus dem Weg!* Sie drehte sich immer schneller, und die Kugel raste immer mächtiger durch die Luft, unaufhaltbar in ihrem Siegeszug der Vernichtung. Endlich, als alles dem Erdboden gleichgemacht war, ließ Josefa die Kugel los, in einer letzten ruckartigen Drehung, setzte sie frei und sah ihr nach, wie sie wie eine Rakete in eine diffuse Weite entschwand.

Jetzt brach ihr Atem durch, tief und alle Verkrampfungen

lösend. Josefa hörte eine Stimme und blinzelte. Langsam lichtete sich der Schleier. Vor ihr stand eine Frau. Sie trug eine blau-rote Uniform und hatte eine Hand auf ihren Arm gelegt. Josefa verstand jetzt auch ihre Worte.

»Der Fahrer Ihres Firmenwagens hat mir Ihr Gepäck übergeben.«

»Mein Gepäck?«, fragte Josefa verstört. »Ach so.« Das hatte sie völlig vergessen.

»Wollen Sie sich nicht setzen? Sie sehen blass aus.« Die Bodenstewardess verströmte ein dezentes Parfüm.

»Nein, nein, es ist alles in Ordnung«, versicherte Josefa, die langsam ihre Fassung zurückgewann.

Die Uniformierte sah sie besorgt an. »Sie sind ganz blass.«

»Mir wird manchmal schwindlig«, erklärte Josefa eilig. »Ich habe zu niedrigen Blutdruck, wissen Sie. Aber das ist ja ... das ist ja keine Krankheit. Typische Frauensache.« Sie verzog das Gesicht zu einem schwachen Lächeln. »Und besser als zu hoher Blutdruck. Offenbar habe ich in letzter Zeit zu viel gearbeitet und zu wenig geschlafen. Vielen Dank für Ihre Anteilnahme.« Sie nickte der immer noch zweifelnd dreinschauenden Stewardess zu, nahm ihr Gepäck und lief zum Taxistand.

Auf der Fahrt nach Zürich sah Josefa gedankenverloren die hässlichen Vorstadtbauten an sich vorübergleiten. Der Schrecken saß ihr immer noch in den Gliedern. Diese Phase hatte sie doch schon längst hinter sich gelassen, oder nicht? Das war eine Phantasie, die sie als heranwachsendes Mädchen verfolgt hatte – und mit dieser Zeit hatte sie doch abgeschlossen! Die Wut eines hilflosen Teenagers, nicht *ihre* Wut. Doch jetzt war dieser Zorn wieder da, plötzlich durchgebrochen, unkontrolliert, ungezügelt, das machte Josefa Angst. Wahrscheinlich die Nerven, sagte sie sich. Je schneller sie zu Hause war, umso besser.

– 3 –

In Zürichs Innenstadt hatte der Regen aufgehört. Es dämmerte bereits. Josefa schloss die Eingangstür auf und stieg die Steinstufen des Treppenhauses hoch in den vierten Stock – einen Aufzug gab es in diesem etwas vernachlässigten, der Modernität trotzenden Haus nicht. Trotz aller Müdigkeit durchflutete Josefa ein Gefühl der Wärme und Geborgenheit. Wieder zu Hause. Vorerst keine Hotelzimmer und Restaurants mehr. Sie lief durch die Zimmer ihrer Wohnung wie eine Katze, die nach tagelangem Herumwandern zurückgekehrt ist, nahm die vertraute Witterung auf. Sie öffnete die Fenster in den begrünten Hinterhof und sog die kühle Abendluft ein. Ihr Haus war Teil eines großen Gevierts von mehrgeschossigen Jugendstilhäusern, mit hohen Räumen und Stukkaturen an den Decken. Seit drei Jahren wohnte Josefa hier zur Miete. Sie flätzte sich in den Schaukelstuhl und ließ ihren Blick durchs Wohnzimmer schweifen: die Ölbilder an der Wand, die sie gemalt hatte, als ihr Leben noch nicht vom Terminkalender bestimmt wurde, das sonnengelbe Sofa, die Stapel von ungelesenen Magazinen (sie enthielten Anzeigen von Loyn-Taschen), die bunten Kissen auf dem Parkettboden, der schmale Perserteppich, die Bücherwand, die Tonfiguren aus Peru und die geliebte Lampe mit dem antiken chinesischen Porzellansockel. Sie war ein Erbstück ihrer Mutter, die mit sechsunddreißig Jahren an Krebs gestorben war, und hatte glücklicherweise alle Umzüge heil überstanden. Auf der kleinen Konsole aus meergrünem Glas stand Josefas Lieblingsphoto von der Mutter. Es war in ihrer Heimat Piemont aufgenommen worden, noch vor der Krankheit. Die Mutter lehnte sich über eine Mauer, im Hintergrund eine alte Kirche und Menschen auf dem Platz davor. Ihr dunkles Haar mit den Silberfäden wurde von einem gepunkteten Band aus dem bildhübschen Gesicht zurückgehalten. Plötzlich fiel Josefa auf, dass sie nur noch ein Jahr zu leben hätte, wenn sie ihre Mutter wäre. Diese Erkenntnis traf sie wie ein Schlag. Sie spürte einen Anflug von Kopfschmerz.

Rasch legte sie eine CD ein und verschmolz für eine Weile mit der Stimme von Jeff Buckley. Dann packte sie ihren kleinen Koffer aus und stieg mit einem Haufen Kleidungsstücke in die Waschküche hinunter, die sie mit den anderen Hausbewohnern teilte. Beide Waschmaschinen waren besetzt. Josefa seufzte und stieg wieder nach oben. Seit einem Jahr brachte die Stadtverwaltung im ersten und zweiten Stock Asylsuchende unter. Einige der alten Mieter hatten vergeblich dagegen protestiert. Josefa war es eigentlich egal. Sie war ohnehin die ganze Zeit unterwegs.

Sie legte sich ins Bett und schlief sofort ein. Als sie erwachte, war es fünf Uhr morgens. Leicht betäubt stand sie auf, weckte ihr Gesicht mit kaltem Wasser und schaute sich im Spiegel an. Ihre Haut wirkte trotz der leichten Rötung fahl. Unter den Augen lagen Schatten. Sie hielt sich am Rand des Waschbeckens fest, ihr war ein wenig schwindlig. Dann schleppte sie sich in die kleine Küche. Das Gefrierfach war voll mit Fertiggerichten. Sie rührte einen Getreidebrei mit heißem Wasser an und nahm vor ihrem Heimcomputer Platz. Unter den neuen E-Mails war auch eine Nachricht von Stefan, ihrem verheirateten Geliebten, der sich gerade auf Geschäftsreise in New York befand. »Bin am Dienstag wieder zurück.« Was bedeutete das? Würde er bei seiner Familie sein oder würde sie ihn dann sehen können? »Ruf mich an, sobald du da bist«, antwortete sie ihm. Dann sah sie die nächste E-Mail, und ein kalter Schauder überlief sie. Wieder der Absender nonoose@hotmail.com. Mit zittrigen Fingern klickte sie auf »Öffnen« und las auf Englisch: *Eigentlich bin ich froh zu hören, dass du deine Fassung verloren hast. Es ist ein gutes Zeichen, wenn kranke Menschen wütend werden.*

Sie starrte die Zeilen an, als sähe sie ein Gespenst vor sich. Wie war das möglich? Hatte sie jemand am Flughafen beobachtet? Hatte jemand gesehen, wie sie in eine dunkle Welt abgedriftet war? Vielleicht Francis Bourdin? Aber das konnte nicht sein. Sie hatte ihn hinausgehen sehen.

Erschrocken schaltete sie den Computer ab.

Dann zog sie sich eine Jacke über, griff nach der Aktentasche und stand fünf Minuten später in dem kleinen italienischen Laden an der Ecke, der schon um sechs Uhr morgens öffnete. Sie kaufte sich zwei Äpfel, ein Sandwich und eine Flasche Wasser. Dann fuhr sie mit der Straßenbahn in die Firmenzentrale.

Auf dem Korridor der vierten Etage kam ihr Claire Fendi entgegen. Sie trug immer noch ihre lindgrüne Loyn-Uniform. Der Schlafmangel hatte auch auf ihrem sonst so frischen Gesicht Spuren hinterlassen.

»Claire, Sie schon hier?«, fragte Josefa mehr rhetorisch.

»Sie ja auch«, sagte Claire mit ihrer hellen Stimme und versuchte, trotz ihrer offensichtlichen Erschöpfung einen leichten Ton anzuschlagen. »Ich habe Ihnen die Presse-Ausschnitte auf den Schreibtisch gelegt. Sie sind phantastisch. Und Curt Van Duisen hat ein Glückwunsch-Telegramm geschickt, und das im Zeitalter des Internets. Dieser Mann hat wirklich Stil.«

»Danke, Claire. Ohne Sie hätte ich es nicht geschafft, das wissen Sie.«

»Bourdin ist da anderer Meinung.« Josefa entging nicht, dass Claire angespannt war. Sie spürte, wie sich ihr Magen verhärtete. Da waren ihr so hervorragende Mitarbeiter wie Claire anvertraut, und Bourdin hatte nichts Besseres zu tun, als sie fertig zu machen.

»Ach, ignorieren Sie so was einfach«, sagte sie, wohlwissend, dass es ein schlechter Rat war, den sie selbst nicht befolgte. »Für unser Team sind Sie einfach unentbehrlich.«

Josefa meinte, was sie sagte. Als sie Bourdin ein Jahr nach ihrem Stellenantritt darum bat, eine persönliche Assistentin anheuern zu dürfen, hatte sie bereits Claire im Auge. Josefa brauchte eine loyale, zuverlässige Mitarbeiterin, die genauso in der Arbeit aufging wie sie selbst. Claire, Ende zwanzig, war ihre erste Wahl. Sie hatte mit der zierlichen rotblonden Frau, die nie viel Zeit und noch weniger die Nerven verlor, von Anfang an regelmäßig zusammengearbeitet. Claire war diejenige, die alle Geschäfts- und Werbereisen für Loyn organisierte, die im letzten Moment noch günstige Flugtickets auftrieb, für Extrawünsche stets ein offenes Ohr hatte, sicherstellte, dass Loyns Ambassadoren von den Fluggesellschaften wie rohe Eier behandelt wurden, und die immer wusste, welches die besten Reiserouten waren. Sie war ein echtes Organisationstalent.

Josefa erkannte Claires Potential schnell. Und sie wusste, sie würde rasch handeln müssen, bevor jemand anders dieses Talent unter seine Fittiche nahm. Sie wollte eine Assistentin, die sie aufbauen und nach allen Kräften fördern konnte, aber in dem sicheren Bewusstsein, dass ihr keine Konkurrenz erwachsen würde. Claire konnte ihr trotz all ihrer Fähigkeiten nicht gefährlich werden, das war Josefa rasch klar. Sie wirkte zu mädchenhaft und ihre Stimme war viel zu hoch und zu weich, als dass sie den Eindruck von Autorität vermitteln könnte. Diese Stimme passte zu Claires feingliedriger, kleinwüchsiger Gestalt, ihren kindlich runden Gesichtszügen mit den Sommersprossen und den zarten kleinen Händen. Josefa gab ihr Kalkül niemals preis, und manchmal schämte sie sich auch ein wenig für ihre Einstellung.

Sei's drum. Die Arbeit drängte. Auf ihrem Schreibtisch lag

die Mappe mit den Presse-Ausschnitten. Josefa setzte ihre Lesebrille auf. Alle waren sie in St. Moritz gewesen, die Illustrierten, die Boulevard-Blätter, aber auch die Finanzpresse.

Loyn war zu einem Wirtschaftsfaktor geworden, dem man Beachtung schenken musste. Bourdin wusste die Medien für sich einzuspannen, selbst wenn es nur ein gesellschaftliches Ereignis wie die Pferdeschau in St. Moritz war.

Josefa erkannte die Gesichter der Prominenz, von denen vor allem eines strahlend herausstach: das von Joan Caroll. Josefa staunte immer wieder, wie gut Joan auf Bildern aussah, manchmal sogar besser als von Angesicht zu Angesicht. »Starqualität«, kommentierte Pius Tschuor, der Photograph von Loyn, öfters.

Auf dem Etagenkorridor begegnete sie Richard Auer, »unser aller Verkaufschef«, wie Josefa ihn insgeheim nannte. Sein firmeninterner Spitzname war Dick, passend zu seinem jungdynamischen, weltmännischen Auftreten. Er hatte das blonde Haar mit Gel geknetet, ein paar Fransen fielen ihm neckisch in die Stirn. Was machte der schon in der Zentrale? Josefa schob ihr Misstrauen wie einen Bulldozer vor sich her. Auer hingegen schien bester Laune. »Alle sind voll des Lobes für Sie, Frau Rehmer«, säuselte er, als ob er sich auch die Stimmbänder mit Gel eingeschmiert hätte. Auer war Deutscher, aus Hamburg, wie er stets betonte. »Danke«, sagte Josefa und drückte sich an ihm vorbei. Im Sitzungszimmer waren schon alle versammelt. Josefa fühlte ihr Herz pochen. *Ihr* Team. Sie hatte es selbst aufgebaut. Zehn Leute waren ihr unterstellt, vom Alter her gemischt, weil sie beides wollte: Dynamik und Erfahrung. Dieses Team war ihr ganzer Stolz.

Jetzt stellte Albert Tenning, der Jüngste unter ihnen, einen Korb voll duftender Buttercroissants auf den ovalen Tisch.

»Fangen wir an«, rief sie in die Runde. Als sie in die zehn Gesichter schaute und gerade zu einer Lobrede auf das Team ansetzen wollte, fiel ihr Blick auf Claire. Etwas an ihrem Ausdruck befremdete sie. Claire schien nicht nur übernächtigt zu sein, sondern irgendwie entrückt. Was war bloß los? Nun, das würde sie später klären. Routiniert fasste Josefa die Ereignisse der vergangenen Tage kurz zusammen, teilte Anerkennung und Dank aus, machte Verbesserungsvorschläge, hörte sich die Stellungnahmen ihrer Mitarbeiter an.

Niemand erwähnte Joans Abwesenheit beim Gala-Diner im Festzelt, obwohl es an jenem Tag das Thema Nummer eins gewesen war. Doch Josefa hatte die Parole ausgegeben, dass sie das mit der Firmenleitung regeln würde. Wenn Bourdin zu Ohren käme, dass ihre Mitarbeiter offen darüber lästerten, könnte er Josefa mangelnde Loyalität gegenüber der Firma vorwerfen. Das war allen im Team klar.

Nachdem Josefa die Sitzung für beendet erklärt hatte, kam Bianca Schwegler, ihre Sekretärin, auf sie zu. »Um neun Uhr findet eine Sitzung mit dem CEO im großen Konferenzraum statt.« Es blieben gerade noch zwanzig Minuten.

Josefa suchte Claire. Sie stand bereits hinter ihr und drückte ihr ein Telegramm in die Hand. »Lesen Sie das, bevor Sie in die Konferenz gehen«, raunte sie. Josefa hielt sie am Arm fest. »Wir müssen uns nachher unterhalten.« Claire schaute sie mit einem Blick an, der Josefa geradezu gehetzt vorkam. Dann nickte sie.

Die wöchentliche Sitzung mit Bourdin fand, wenn er nicht gerade im Ausland war, immer am Freitagmorgen statt. Das war Routine. Doch diesmal war der Raum ungewöhnlich voll: Bourdin hatte die regionalen Verkaufsleiter aus verschiedenen Ländern nach Zürich kommen lassen. Und Josefa darüber nicht informiert. Sie hätte ihn in der Luft zerreißen können. Er thronte bereits am Kopfende des Konferenztisches. Hans-Rudolf Walther, Präsident des Verwaltungsrates und steinreicher Besitzer von Loyn, saß neben ihm. Stand etwas Wichtiges an, von dem sie nichts wusste? Walther war zwar bekannt dafür, dass er sich gern auch persönlich um die Tagesgeschäfte von Loyn kümmerte. Mit seinen siebenundfünfzig Jahren war er noch zu jung, um sich aufs Altenteil zu setzen. Doch an den Freitagskonferenzen nahm Walther nur ganz selten teil.

Bourdin hatte bereits mit seinem üblichen Redeschwall begonnen. »... zu einer Marke des vorurteilslosen Zeitreisenden rund um den Globus etabliert ... moderne Nomaden, die den Eckpfeiler ihres Wirkungskreises in bleibender Ästhetik suchen ...« Manchmal überschlug sich seine Stimme leicht. Josefa merkte plötzlich, dass sie immer noch das Telegramm in ihren Händen hielt. Sie lehnte sich etwas zurück und öffnete es auf ihrem Schoß.

Liebe Frau Rehmer,
erlauben Sie mir, Ihnen meinen tief empfundenen Dank auszudrücken für die herzliche und kompetente Weise, mit der Sie Ihre Gäste umsorgen. Sie haben mir und meiner Frau wunderschöne und anregende Tage in einem höchst angenehmen Umfeld ermöglicht. Herzliche Gratulation!
Ihr Curt Van Duisen

Josefas Herz machte einen Sprung. Curt Van Duisen galt als alter Freund von Walther. Wenn das kein gutes Zeichen war. Wie durch eine Nebelwand hörte sie Bourdins Stimme: »... dank unserer Mitarbeiter, die ihr Letztes gaben ...« Josefa steckte das Telegramm in die Hosentasche. Bourdins Rede näherte sich nun offensichtlich ihrem Ende. »... unsere Projektleiterin ..., Verkaufsleiter USA ..., die Chefin der PR-Abteilung ..., und last but not least« – Josefa richtete sich unmerklich auf – »unserem Chef Hans-Rudolf Walther, der das alles möglich macht. Sie alle haben einen Applaus verdient.«

Josefa saß einen Moment lang völlig unbeweglich da. Er konnte es doch nicht wagen, sie so offensichtlich zu ignorieren! Alle hier wussten, dass sie in St. Moritz unter schwierigen Umständen das Unmögliche geschafft hatte. Josefa spürte, wie sich einige Blicke auf sie richteten. Bourdin kündigte nun an, dass er den Verkaufsleitern den neu eröffneten Schauraum mit Exponaten aus allen bisherigen Loyn-Kollektionen im Empfangsgeschoss zeigen werde, »ein architektonisches Juwel«, wie er prahlte. Das war's also.

Josefa verharrte noch auf ihrem Platz, unschlüssig, was sie tun sollte. Bourdin zur Rede stellen? Hans-Rudolf Walther kam auf sie zu. »Frau Rehmer, ich würde mich gerne unter vier Augen mit Ihnen unterhalten.« Er legte väterlich seine Hand auf ihren Arm und lächelte. »Kommen Sie doch in zehn Minuten in mein Büro.« Ohne eine Antwort abzuwarten, drehte er sich um und tauchte ins Getümmel.

In ihrem Büro zog Josefa die Unterlagen für die nächste große PR-Veranstaltung heraus, ein Musik-Festival mit berühmten Interpreten, für das sie schon ein Konzept vorbereitet hatte. Vielleicht würde Walther etwas darüber erfahren wollen. Sie eilte auf die Toilette, machte sich frisch und nahm den Aufzug in die oberste Etage.

Walther war natürlich noch nicht da. Es war das Privileg der Mächtigen, andere warten zu lassen. Seine Sekretärin bot ihr einen Sessel an. Josefa stellte sich stattdessen ans Fenster. Die herrliche Sicht auf den Zürichsee und die Alpen am Horizont nahm sie gefangen. Es sah aus wie ein Gemälde von Ferdinand Hodler. Die Stadt lag ihr zu Füßen. Josefa gingen Bilder eines warmen Sommerabends durch den Kopf, sie sah Wellen, die gegen Steine schwappten, ihre braun gebrannten Beine, die im warmen Wasser versanken, einen stolzen Schwan, der aufrechten Hauptes vorbeizog, Boote mit geblähten Segeln …

»Frau Rehmer.« Hans-Rudolf Walther war ins Vorzimmer getreten. Er war die sprichwörtlich graue Eminenz bei Loyn. Alles an ihm war grau – der Anzug, die Krawatte, das Haar, selbst seine Haut schien grau zu sein. Jetzt streckte er einladend die Hand zu seinem Büro aus. Josefa folgte seiner Aufforderung, nahm an einem kleinen runden Tisch Platz und legte ihre Unterlagen darauf.

»Ja, Frau Rehmer«, begann nun Walther in der etwas aufgedrehten, jovialen Art etablierter Männer, die einer deutlich jüngeren Frau etwas zu erklären wünschen. »Ihre Leistung war wieder einmal großartig. Wir wissen das alle außerordentlich zu schätzen. Seit Sie das Event Marketing unter sich haben, läuft das ja ganz prächtig.«

»Das freut mich, Herr Walther.« Sie konnte sich den nächsten Satz nicht verkneifen. »Es hätte mich noch mehr gefreut, wenn das in der Konferenz erwähnt worden wäre.«

Walther gab seinem Körper einen leichten Dreh nach links. Sein Siegelring blitzte auf. »Ach, sehen Sie, Sie dürfen das nicht so tragisch nehmen. Francis Bourdin ist ein spontaner Mensch, ein bisschen unstrukturiert manchmal, wie eben Genies so sind. Er hat das in seiner Begeisterung ganz einfach vergessen. Deshalb hole ich das jetzt nach. Sie liegen uns sehr am Herzen.« Er schaute sie an, als ob sie jetzt gleich zu schmelzen hätte.

Was immer Bourdin auch tat, Walther würde ihn decken. Bourdin war zu wichtig für die Firma. Walther hatte auf dieses Pferd gesetzt, und der Erfolg von Loyn gab ihm Recht.

Er redete bereits weiter, ohne ihre Antwort einzuholen. »Sie haben in den letzten Tagen fast Übermenschliches geleistet, Frau Rehmer. Sie hatten ja kaum Zeit zum Luftholen. Das soll anders werden. Wir möchten Sie ein wenig von Aufgaben entlasten, die eigentlich nichts mit Ihrer Kerntätigkeit zu tun haben.«

Jetzt kommt's, dachte Josefa. *Ich wusste, es kommt.*

Walther spreizte die Finger beider Hände und legte sie wie zu einer Kuppel aufeinander. »Wir haben beschlossen, die Position des Marketingchefs wieder von außen zu besetzen.«

Josefa versuchte, so ruhig wie möglich zu bleiben. »Herr Walther, Ihre Entscheidung erstaunt mich sehr. Besonders nach den schlechten Erfahrungen, die wir damit gemacht haben.« Walther wusste, wovon sie sprach. Der Posten des Marketingchefs war vakant, weil der Mann, der ihn zuletzt besetzt hatte, ein Fiasko gewesen war. Er hatte alle in der Firma verrückt gemacht. Seither hatte Josefa den größten Teil seiner Aufgaben übernommen, und Bourdin machte den Rest.

»Wissen Sie«, erklärte Walther, »wir brauchen einen kompetenten Chef für einen so wichtigen Bereich. Wir brauchen einen Vermittler, ein Scharnier, einen Ansprechpartner für unsere Mitarbeiter, für unsere Gäste, für die Firmenleitung.«

»Unsere Mitarbeiter? Unsere Gäste? Das funktioniert doch alles bestens«, entfuhr es Josefa. Ihr wurde schlecht vor Wut. Am liebsten hätte sie ihm Van Duisens Telegramm gezeigt – aber nein, sie war kein Kind, das um Anerkennung buhlte.

»Frau Rehmer«, fuhr Walther in seinem väterlichen Ton fort, »niemand zweifelt an Ihrer Tüchtigkeit. Vielleicht haben Sie mich nicht richtig verstanden. Wir wollen Sie einfach nur ein wenig entlasten. Damit Sie sich auf Ihre Kernaufgaben konzentrieren können. Und ich bin überzeugt, dass wir diesmal einen außerordentlich fähigen, hervorragenden Kandidaten gewinnen konnten. Sein Name ist Werner Schulmann.«

Josefa verschlug es die Sprache. Ihr war, als würde ihr der Boden unter den Füßen weggezogen.

– 4 –

Pius Tschuor stand in der offenen Tür von Josefas Büro. Mit seinem kräftigen dunklen Haar, das sich selbst mit einem gepflegten Haarschnitt nicht bändigen ließ, mit den blauen Augen und dem perfekt geschnittenen, männlichen Mund – nicht zu voll, nicht zu weich – war Pius eine auffallende Erscheinung. Manchmal fragte sich Josefa, wie Loyn diesen gut aussehenden Mann hatte einfangen können. Das war natürlich pure Koketterie: Sie selbst hatte ihn entdeckt – oder besser, seine Bilder. Sie hatte seine Photographien in einer Galerie gesehen und sofort Kontakt mit ihm aufgenommen. Sie hatte seine Photomappe an Bourdin weitergereicht, der Pius gleich für den neuen Katalog verpflichtete. Und in kürzester Zeit war der junge Mann so etwas wie der Hofphotograph von Loyn geworden. Das war sein Broterwerb, mit dem er eine weniger einträgliche Leidenschaft finanzierte: Er photographierte unterirdische Höhlensysteme, dunkle Seen und verborgene Schluchten, kleine geheimnisvolle Lebewesen, für die seine Scheinwerfer das erste Licht war, das sie je bestrahlt hatte. Für Josefa war es ein Rätsel, warum Pius seinen athletischen Körper dem Tageslicht und den vielen bewundernden Augen entzog und ins Innere der Erdkruste entfloh. »Ist das die Sehnsucht nach dem weiblichen Uterus?«, hatte sie ihn schon augenzwinkernd geneckt. Das war ihre Art, mit ihm zu kommunizieren: flachsen, schäkern, herumalbern, in der Glut herumstochern, aber nie mit dem Feuer spielen. Wenn es um ihre gemeinsamen Projekte ging, entstand zwischen ihnen sofort eine konzentrierte Übereinstimmung. Sie war sich mit Pius selten uneins. Er wusste immer sehr schnell, was sie wollte.

Jetzt sah er sie wortlos mit fragendem Blick an. Josefa war

unübersehbar schlechter Laune. Sie saß wie erstarrt auf ihrem Bürostuhl, hatte die Arme auf die Lehnen gestützt, die Hände gefaltet und blickte stur geradeaus. »Ich fang gleich an zu schreien«, stieß sie endlich hervor.

Pius schlich wie ein Puma um den Schreibtisch und blieb am Fenster stehen. »O-o-o-o-o«, gab er nur von sich. Dann hakte er nach. »Wie schlimm ist es diesmal?« Josefa rieb sich die Nasenwurzel. »Schlimm genug, um mir den ganzen Urlaub zu verderben.«

»In dieser Firma hat niemand Anspruch auf einen angenehmen Urlaub, das wissen Sie doch.«

»Nicht auf Urlaub, nicht auf Anerkennung, nicht auf eine menschenwürdige Behandlung.« Josefa wusste, dass sie bei offener Tür nicht so laut sprechen sollte. Aber das war ihr gerade vollkommen egal. Wie alles andere auch.

Pius legte ihr behutsam eine Mappe auf den Tisch. »Das sind meine Vorschläge für die Dankeskarte an die VIPs von St. Moritz.« Dann beugte er sich zu ihr herunter, stemmte die Arme auf den Tisch, und sein Gesicht glitt gefährlich nahe vor ihres. Josefa dachte einen Moment lang, er würde sie gleich küssen. Sie konnte sein Aftershave riechen. »Die Welt besteht nicht nur aus Loyn, Josefa«, sagte er leise und schaute sie ernst an. Und schon war er aus dem Büro verschwunden. Josefa saß einen Moment lang überrumpelt da. Dann gewann ihr Ärger wieder die Oberhand. »Nein, sie besteht noch aus glitschigen Höhlen und blinden Fledermäusen«, brummelte sie vor sich hin. Sie griff nach dem Telefon und bat Claire zu sich. Vor dem Fenster sah sie Schwalben tanzen.

Oh mein Gott. Werner Schulmann. Er nannte sich Kommunikationsberater und Experte für Neue Medien. Josefa hatte vor ein paar Jahren mit ihm zusammengearbeitet, als Loyn im Museum of Modern Art in San Francisco eine große Geburtstagsparty für die neue Kollektion inszenierte. Schulmann gab sich als Spezialist für jeden erdenklichen technischen Schnickschnack – Video-Sound-Shows, Lichteffekte, Großprojektionen. Bei der Planung des Ereignisses hatte sie zunächst einen guten Draht zu ihm gehabt. Er war unkompliziert im Umgang, offen für ihre Ideen. Er hatte Charme und ein angenehmes, sportliches Äußeres. Doch in San Francisco ließ er sie wissen, dass er die Nächte nur ungern allein verbrachte, und machte ihr ein unzweideutiges Angebot. Sie lehnte freundlich ab. Doch Schulmann ließ nicht locker. Josefa musste deutlicher werden. »Sie müssen ein Nein für ein Nein nehmen.« Er lächelte und sagte sanft: »Wissen Sie eigentlich, wie sehr der sexuelle Hunger aus Ihren Augen spricht? Vielleicht sollten Sie etwas dagegen tun.« Dann drehte er sich um und entfernte sich mit federnden Schritten. Josefa war sprachlos. Das ärgerte sie hinterher fast am meisten. Warum war ihr nicht sofort eine passende Antwort eingefallen? Sie war doch sonst so schlagfertig. Oder hätte sie ihm hinterherrennen und zur Rede stellen sollen?

Am späten Abend, als sie in ihre Hotelsuite zurückkehrte, bestellte sie sich eine Suppe und einen Pfefferminztee auf ihr Zimmer. Als es an der Tür summte, öffnete sie automatisch, ohne durch den Spion zu gucken. Ehe sie es sich versah, stand Schulmann im Zimmer. Alles ging sehr schnell. Er packte sie und fing an, sie zu küssen, griff ihr an den Busen. Josefa, erschrocken und überwältigt, versuchte sich aus seiner Umklammerung zu befreien. Der Kampf kam ihr vor wie eine Ewigkeit. Plötzlich ließ Schulmann sie los. Ein Summen. Der Kellner. Die Suppe. Sie riss die Tür auf, so schnell sie konnte. »Bitte, bitte …«, stammelte sie. Der Kellner schaute verunsichert drein. Schulmann nutzte sein Zögern, schob sich an ihr vorbei und verschwand den Korridor entlang. Der Kellner stellte das Tablett auf den Tisch. »Ist alles in Ordnung?«, fragte er, in ihr aufgewühltes Gesicht blickend. Josefa schüttelte den Kopf. »Kann ich ein anderes Zimmer haben?«

Damals war sie noch ziemlich neu bei Loyn; die Geburtstagsparty war eine Feuerprobe für sie und Schulmanns Inszenierung ein wichtiger Teil davon. Während Schulmann so tat, als ob nichts geschehen wäre, sprach Josefa nur das Nötigste mit ihm. Doch der Groll in ihr wuchs. Den Gedanken, ihre Vorgesetzten zu informieren, verwarf sie schnell. In der Firma hörte sie ständig von irgendwelchen Bettgeschichten quer durch die Etagen. Wer würde sie da in Schutz nehmen?

Zurück in Zürich, verfasste sie einen Bericht über die Veranstaltung in San Francisco und plädierte dafür, dass man bei Loyn die Produkte und die prominenten Werbeträger stärker ins Zentrum der Aufmerksamkeit stellen sollte. Aufwändige Licht- und Soundeffekte entsprächen weniger dem distinguierten Understatement von Loyn. Josefa erhielt nie eine offizielle Reaktion auf ihren Bericht, aber Schulmann erhielt auch nie wieder einen Auftrag von Loyn.

Das Geräusch von herannahenden Schritten riss sie aus ihren Gedanken. Es war Claire. Sie trug einen lachsfarbenen Zweiteiler, der sie noch blasser wirken ließ, als sie ohnehin schon war. Sie schloss in vorauseilender Vorsicht die Tür und setzte sich Josefa gegenüber.

»Walther hatte ein Gespräch mit mir«, sagte Josefa ohne große Einleitung. »Wir bekommen einen neuen Marketingchef.«

Claire schwieg. Hatte sie nicht begriffen, worum es ging?

»Der neue Mann heißt Werner Schulmann«, legte Josefa nach.

»Ich weiß«, sagte Claire fast tonlos.

»Sie wissen das schon?« Josefa fuhr auf. »Bin ich etwa die Letzte in diesem Laden, die es erfährt?«

Warum sagt mir nie jemand etwas?

Claire lehnte den Oberkörper nach hinten, als ob sie einem Schlag ausweichen wollte. »Werner Schulmann hat es mir gestern Abend gesagt.«

Josefa starrte sie ungläubig an. Claire wand sich auf ihrem Stuhl. »Werner und ich ..., wir ... Also, wir sind seit einem halben Jahr zusammen. Ich hab ihn bei einem gemeinsamen Bekannten kennen gelernt. In Paris. Nachher rief er mich an und ... Er lud mich zum Essen ein. Und ... ich habe mich in ihn verliebt. Ganz einfach.« Sie wirkte gequält.

Josefa saß wie versteinert da. Claire Fendi und Werner Schulmann. Claire und dieser ... dieser ... Wie konnte eine gescheite junge Frau auf solch einen Gauner hereinfallen! Claire hatte ihr nie aus ihrem Privatleben erzählt. Das hatte in der Firma nichts zu suchen. Und auch deshalb hatte Josefa sich immer zu hundert Prozent auf ihre diskrete, vertrauenswürdige, stets verfügbare Assistentin verlassen. Die nun mit schnellen, hastigen Sätzen ihre Niederlage vor ihr ausbreitete.

»Ich dachte, ihm ginge es genauso. Er ... er hat mir Geschenke gemacht. Und täglich einen Liebesbrief geschrieben. Gestern teilte er mir dann mit – erst gestern! –, dass er den Posten bei Loyn hat. Und dass wir weiter zusammen sein könnten. Aber dass niemand etwas davon erfahren darf.« Sie warf den Kopf nach hinten. »Ich habe nichts davon gewusst, Josefa. Er hat mir nie etwas davon gesagt ... Ich weiß nicht, was ich tun soll.«

Josefa versuchte in ihrem blassen Gesicht zu lesen. Wusste Claire von ihrer »Auseinandersetzung« mit Schulmann? Hatte er ihr davon erzählt? Sie verwarf den Gedanken sofort wieder. Es konnte nicht in seinem Interesse sein, sich als Sexprotz darzustellen. Aber vielleicht hatte er versucht, aus Claire Informationen über Loyn und über ihre Chefin herauszuholen ...

»Haben Sie ihm Dinge aus der Firma erzählt?«

»Den üblichen Kleinkram halt. Was man so seinem Partner erzählt.« Ihre zarte Stimme wurde brüchig. »Ich will nicht, dass er sich in meine Arbeit einmischt. Es ist eine unmögliche Situation. Er hat mich nicht einmal gefragt! Er hat mir alles komplett verheimlicht.«

Josefa verspürte ein zunehmendes Schwindelgefühl. Die fünf Jahre bei Loyn waren nicht einfach gewesen. Aber jetzt türmten sich mehr und mehr Probleme vor ihr auf und drohten, sie unter sich zu begraben.

»Das Schlimme ist«, sagte Claire, »dass er schon nächste Woche anfängt.«

»Was? Nächste Woche bereits!«, explodierte Josefa. Darüber hatte Walther kein Wort verloren. Sie wollten Schulmann eine Schonfrist geben, während sie im Urlaub war. Sie gaben ihm Zeit, das Terrain zu erobern. *Ihr* Terrain.

Sie musste in Ruhe über alles nachdenken. Auf dem Tisch lag die Photomappe von Pius. »Kümmern Sie sich darum«, sagte sie abrupt zu Claire. Ihre Assistentin nahm die Mappe entgegen und schaute Josefa direkt in die Augen. Josefa las etwas Trotziges darin, etwas Rebellisches. »Warum haben *Sie* sich nicht auf diesen Job beworben?«, fragte Claire. Ihr Tonfall war fest. »Sie hätten sich bewerben sollen, bei Ihren Qualifikationen. Sie wären eine super Marketingchefin!«

Josefa fühlte sich ertappt. Ertappt von ihrer eigenen Assistentin. Sie wandte den Blick ab und ärgerte sich über die Pause, die entstand. Sie rang nach Worten, und Claire konnte es sehen. Als sie endlich antwortete, klang ihre Stimme lauter als beabsichtigt. »Warum? Erstens war der Job besetzt, nämlich von Bourdin und mir – ich leite das Marketing ja praktisch. Man hätte mir die Position *anbieten* können. Es hätte doch nahe gelegen, zuerst mit mir darüber zu sprechen.«

Claire schaute sie immer noch an – herausfordernd, fand Josefa –, sagte aber nichts. Ihr Schweigen irritierte Josefa. Sie wusste, dass es ein Fehler war, sich Claire gegenüber zu rechtfertigen. Trotzdem konnte sie ihren Redefluss nicht stoppen. »Diese ganze Angelegenheit mit Schulmann zeigt doch, dass sie mir keinen Direktorenposten geben wollen. Claire, bei dieser Firma hängt die gläserne Decke für Frauen ganz, ganz niedrig. Da kann ich mich noch so bemühen, ich kann mein Letztes geben – was bringt's?« Sie lehnte sich auf ihrem Stuhl zurück und bemühte sich, souverän zu wirken.

Claire beugte sich ein wenig vor. »Sie dürfen nicht so schnell aufgeben, Josefa. Vielleicht hätten Sie mehr Kontakt zu Walther suchen sollen, ihm mehr schmeicheln müssen. Sie wissen doch, dass er auf so etwas abfährt. Walther will umworben sein, er möchte der Wohltäter sein, der von seinen Leuten geliebt wird.«

Josefa starrte Claire an. Ihre Irritation wuchs. So weit war es also schon, dass sie von ihrer Assistentin wohlmeinende Ratschläge bekam, wie sie die Karriereleiter hinaufsteigen konnte. Noch dazu von einer Frau, die mit ebenjenem Mann liiert war, der ihr dabei gefährlich werden konnte. Der ihre Stellung untergraben, gegen sie intrigieren, ihr jede Sitzung vermiesen konnte. Beim Gedanken, dass sie nun nicht mehr Bourdin direkt unterstellt war, sondern Schulmann, wurde ihr fast schlecht. Schulmann würde die Chance ergreifen, sich an ihr zu rächen, davon war sie überzeugt. Er würde ihr wichtige Informationen vorenthalten, Gehaltszulagen streichen, neue Leute vor die Nase setzen. Wer würde ihr schon gegen Schulmann Rückhalt geben? Auf Walther und Bourdin war kein Verlass, auf Auer sowieso nicht. Sie war nun richtig verärgert.

Aber sie musste ihre Worte vorsichtig wählen. Claire hatte die Tendenz, auf Kritik überempfindlich zu reagieren. Sie räusperte sich, stützte die Arme auf die Tischplatte, ihre Hände ballten sich zu Fäusten.

»Ich wäre nicht so weit gekommen, wenn ich nicht wüsste, was es in diesem Geschäft braucht. Sie können mir glauben, Claire, nur nett sein und jemandem schöne Augen machen, bringt einen nicht weit. Dafür braucht es ein ganz anderes Kaliber. Wichtig ist zu wissen, wer auf Ihrer Seite steht, wer Ihnen notfalls Rückendeckung gibt.«

Josefa richtete sich auf und zog die Manschetten ihrer Seidenbluse zurecht. Claire erhob sich ebenfalls, wandte sich halb zur Tür. Dann sagte sie: »Was Werner Schulmann betrifft: Ich weiß trotz allem, wo ich stehe, Josefa«, und ging.

– 5 –

Ich stehe mitten im Wald.«

Josefa hörte Vogelgezwitscher, Kinderstimmen, Knacken und Rauschen. »Bist du auf der Pirsch?«, fragte sie und holte sich aus der Küche eine Tasse Tee. Sie hatte Helenes Handy angewählt, da ihre Freundin ohnehin immer unterwegs war. Entweder als Ornithologin oder als Hobby-Jägerin. Im Herbst ging sie in die Berge des Kantons Graubünden, um Wild zu erlegen – sie besaß dafür ein Jagdpatent. Im Winter war sie oft in Borneo, Madagaskar oder anderen tropischen Vogelparadiesen unterwegs. Wenn es dann in der Schweiz wieder wärmer wurde, stieg Helene auf Feuerwehrleitern, Dachstöcke und Kaminschlote von Abbruchhäusern und Renovationsbauten, um Vogelkolonien umzusiedeln.

»Ich führe gerade eine Schulklasse durch den Wald«, rief Helene.

»Ich muss dich unbedingt sprechen, hörst du«, brüllte Josefa zurück.

»Heute noch?«

»Wenn's irgendwie geht.«

Das Knacken im Hintergrund wurde lauter, als ob ein Rudel Wildschweine durchs Unterholz bräche.

»Weißt du was, komm doch ins Dolder«, schlug Helene vor. »Das ist hier gleich in der Nähe.«

Josefa zögerte. Das berühmte Waldhotel Dolder, das an einem Hang über der Stadt ein erhöhtes Dasein zelebrierte, war das teuerste Hotel weit und breit. Helene nahm ihr Schweigen als Zusage. »Um vier Uhr an der Bar«, beschied sie, und schon war die Verbindung beendet. Helene verlor keine Zeit mit Höflichkeitsfloskeln.

Josefa trank ihren Tee aus und wählte Stefans Nummer. Draußen flirrten schwache Sonnenstrahlen durch die Frühsommerluft. Sie warfen zarte Lichtreflexe in Josefas Wohnzimmer. Am anderen Ende meldete sich eine Mailbox. Josefa redete drauflos. »Ich bin's. Seit gestern versuche ich dich zu erreichen. Heute ist mein erster Urlaubstag, aber ich habe ziemlichen Ärger in der Firma. Nicht wegen St. Moritz, das ist alles gut gelaufen, sehr gut sogar. Ich möchte einfach mal wieder deine Stimme hören. Heute Abend bin ich zu Hause. Ciao.«

Stefan war selten da, wenn sie anrief. Meistens machte ihr das nichts aus. Sie hatte sich für diese Affäre entschieden, weil Stefan verheiratet und Familienvater war. Er wollte nicht mehr von ihr, als sie ihm zu geben bereit war. Er bedeutete sicheres Terrain für sie: eine flüchtige Beziehung ohne Verlustängste.

Bevor Josefa sich zum Hotel Dolder aufmachte, warf sie einen Blick in die Waschküche. Wieder hatte jemand beide Maschinen in Beschlag genommen. Im Treppenhaus begegnete Josefa einer Frau undefinierbaren Alters. Sie trug einen Kaftan und ein Kopftuch. Josefa hatte sie noch nie gesehen, aber in den unteren Stockwerken wechselten die Bewohner auch häufig. »Waschen Sie gerade?«, fragte sie. Die Frau hob die Hände und sagte etwas, das Josefa nicht verstand. »Waschen?«, wiederholte sie und kam sich ziemlich dämlich vor. Nun lachte die Frau verlegen, fast ein wenig eingeschüchtert. Ihr fehlten ein paar Zähne, was sie älter aussehen ließ, als sie vermutlich war.

Josefa zuckte resigniert die Schultern. Die Frau eilte rasch weiter und verschwand hinter einer Tür. Aus der Wohnung drangen fremdartige Essensgerüche. Manchmal zogen sie durch das ganze Treppenhaus.

Josefa durchquerte die Innenstadt mit der Straßenbahn und nahm dann die Bergbahn zum Dolder hoch. Die Silhouette des Luxushotels mit seinen Türmchen stach in den grauen Himmel. Die spärlichen Sonnenstrahlen waren längst verschwunden.

Vor dem Hoteleingang entluden Männer in schicken Uniformen schwarze Limousinen. Josefa erkannte einige der eleganten Gepäckstücke: Sie waren unverkennbar von Loyn, wie Josefa stolz feststellte.

Auf den Eingangsstufen tauschte sie ihre Turnschuhe gegen Wildlederpumps aus. In diesem Fünf-Sterne-Hotel, wo der Butler die Zeitungen für die Gäste bügelte, wagte sie nicht, Dreckspuren auf dem Teppich zu hinterlassen. Josefa zumindest nicht. Helene dagegen schon. Sie kam kurz nach ihr in die Bar gestürmt – in kniehohen Jägerstiefeln und grüner Goretex-Hose und mit einem großen Korb in der Hand. Eine Gruppe festlich gekleideter Damen und Herren drehte sich nach ihr um und musterte sie verstohlen. Helenes Wangen glühten rot, in einem tieferen Rot als ihr kurzes Haar.

Ihre Brillengläser waren leicht beschlagen. Sie war knabenhaft schlank, mit dem asketischen Gesicht eines buddhistischen Mönchs. Obwohl Helene sich bei Wind und Wetter draußen aufhielt, blieb ihre Haut erstaunlich glatt.

Josefa sah zum Korb hinüber und ahnte bereits, was er enthielt. Irgendeine kleine Kreatur, die Helene verlassen in der Natur oder im Asphaltdschungel von Zürich gefunden und unter ihre Fittiche genommen hatte. Sie hoffte nur, dass es nicht wieder so ein zwitschernder Vogel war wie der, den Helene im vergangenen Sommer in einem Restaurant gefüttert hatte. Was hieß schon gefüttert: Mit dem Mittelfinger hatte sie dem kleinen mutterlosen Alpensegler zerquetschte Würmer in den Rachen gestopft. Josefa wäre am liebsten im Erdboden versunken, als die Leute an den anderen Tischen neugierig die Köpfe drehten. Aber schließlich hatte sie ihre Freundin vor vier Jahren auch während einer solchen Rettungsaktion kennen gelernt, mitten in Zürich, am Central-Platz. Damals hatte sich vor dem Eingangstor zur Poly-Bahn eine Menschentraube gebildet. Passanten standen ratlos um ein bräunliches Ding herum, das sich, als Josefa näher trat, als junger Schwan entpuppte. Plötzlich stieß jemand durch die Menge, eine junge Frau mit einer bunten marokkanischen Kappe und loser Windjacke. »Weg da.« Sie packte den Vogel mit schnellen Griffen. Als sie sich mit dem Schwan in den Armen umdrehte, teilte sich die Menge wie das Rote Meer, als Moses den Himmel darum bat. Die Frau überquerte den Platz, trat an die Reling der Limmat und warf den Schwan mit sicherem Schwung in den Fluss, wo er sanft landete und dann davonpaddelte. Josefa ging auf sie zu. »Bravo«, rief sie hingerissen. »Das haben Sie großartig gemacht!«

Die Frau schaute sie verblüfft an, und Josefa lud sie spontan zu einer heißen Schokolade im Café Schurter ein. »Es zahlt sich offenbar aus, einen Vogel zu haben«, erwiderte Helene damals und grinste.

Jetzt allerdings schaute sie eher düster drein, denn Josefa hatte ihr gerade von der Katastrophe erzählt, die sich bei Loyn anbahnte. Sie nahm einen Schluck von dem Cognac, den sich die beiden in einem Anfall von Verwegenheit bestellt hatten, und putzte sich ihre Brillengläser mit der Damast-Serviette, die neben der Silberschale mit den Erdnüssen lag.

»Wer hat eigentlich Schulmann reingeholt? Walther?«

Sie war scharfsinnig wie immer. Diese Frage beschäftigte Josefa auch schon seit geraumer Zeit.

»Francis Bourdin hat sein Einverständnis ganz sicher gegeben, ohne ihn macht Walther nichts. Er muss Schulmann gewollt haben, davon bin ich überzeugt. Aber ich frage mich, warum. Warum holt er eine Person wie Schulmann rein? Das macht doch keinen Sinn. Schulmann wird ihm nur Ärger bereiten.«

»Vielleicht ahnt der gute Franz das noch nicht«, entgegnete Helene, die »Francis« nicht über die Lippen brachte. »Vielleicht hat Schulmann den großen Charmeur gespielt, und der Franzl ist darauf reingefallen, weil es seinem Riesenego so geschmeichelt hat.«

Josefa schwenkte ihren Cognac, bis er fast überschwappte. »Den Posten braucht es gar nicht«, begehrte sie auf. »Ich mache das ja schon alles.«

»Ja, für dasselbe Gehalt und ohne dich damit zu brüsten. Den anderen Versager hast du einfach ausgesessen und nie eine Aussprache mit der Leitung gefordert.«

»Aussprache?« Josefa schnaubte. »Dieses Wort kennen die dort gar nicht. Das sind Egomanen, Monomanen ...« Josefa suchte nach einer Steigerung. »Autokraten.«

Helene ließ sich nicht beeindrucken. »Schulmann wird dir das Leben schwer machen. Wenn du ihn nicht verhindern kannst, wird er dich zur Schnecke machen. Und du hast niemanden, der dir die Stange hält. Du hättest nach dem Fiasko mit Schulmanns Vorgänger auf den Putz hauen sollen, Josefa! Und du hättest diesem Franz von Anfang an die Stirn bieten müssen. Na ja … Irgendwie hast du ihn halt trotz allem bewundert. Das Marketing-Genie. Den Macher. Den Querdenker. *Der ist nun mal so spontan, hat so verrückte Ideen. Das ganze Business ist halt verrückt.*« Helene imitierte Josefas Stimme perfekt.

Josefa schwieg. Sie hatte sich von Helene Trost erwartet. Zuspruch. Aufmunterung. Und jetzt hielt sie ihr den Spiegel vor. Zeigte auf ihre Feigheit, ihre Inkonsequenz, ihre Anpassungsbereitschaft. Helene hatte ja keine Ahnung, was in einem Unternehmen wie Loyn so alles ablief. Ein Käfig voller Hyänen war das, und Josefa mittendrin. Das war kein Wald mit trillernden Vögelchen.

Aber was hätte sie machen sollen? Was hätte sie Walther sagen sollen? Und was sollte sie jetzt bloß tun? Schulmanns sexuellen Übergriff öffentlich machen? Sie hatte keine Zeugen dafür. Und vielleicht würde man ihr vorwerfen, sie wolle ihren neuen Vorgesetzten mit Hilfe eines bösartigen Gerüchts ausbooten. Sie wusste nicht mehr weiter. Am liebsten würde sie den Job hinschmeißen. Und von den mysteriösen E-Mails wollte sie Helene lieber erst gar nicht erzählen. Sie würde sie sowieso nicht ernst nehmen.

»Fahr doch erst mal in den Urlaub und denk für eine Weile nicht an die Firma«, sagte Helene, als ob sie Josefas Gedanken lesen konnte. »Wohin fliegst du eigentlich?«

»Keine Ahnung«, sagte Josefa wie ein störrisches Kind. »Es muss einfach warm sein, und ich will im Meer schwimmen.«

»Wie wär's mit Teneriffa?«

»Was, diese Touristenbetonburgen?«

»Such dir doch ein schönes Hotel an einem Privatstrand aus. Du kannst dort mit Last-Minute-Angeboten ganz billig in einem Fünf-Sterne-Hotel wohnen. Das hab ich kürzlich gehört.« Sie leerte mit einem Zug ihren Cognac. »Komm, lass uns gleich in ein Reisebüro gehen.«

Josefa seufzte. Gegen Helene war kein Ankommen. »Wohin geht denn deine nächste Reise?«, fragte sie ihre Freundin.

»Vielleicht zu Greg nach Prince George, aber das steht noch nicht fest.«

Helenes Freund arbeitete im Norden Kanadas als Naturführer für Touristen aus aller Welt. Viel mehr wusste Josefa nicht über Greg. Helene gab kaum etwas von ihrer Beziehung zu dem Kanadier preis, und Josefa hütete sich, in sie zu dringen. Helene konnte manchmal richtig abweisend werden.

Abends um acht Uhr stieß sie ihre Haustür auf. Sie warf gleich einen Blick in die Waschküche – und ließ die Arme hängen. Entschlossen ging sie in den ersten Stock und drückte die Klingel. Hinter der verschlossenen Tür hörte sie Stimmen, Rufe, Geschiebe. Bestimmt musterte man sie durch den Spion. Dann öffnete sich die Tür. Es war wieder die Frau mit dem Kopftuch. Sie starrte Josefa wortlos an.

»Die Waschmaschinen sind schon wieder besetzt«, sagte diese und wusste, dass es aussichtslos war. Die Frau verstand kein Wort von dem, was sie sagte. Josefa überlegte, ob sie mit ihr in die Waschküche gehen sollte. Da erschien ein kleiner Junge in der Tür. Er war vielleicht sieben Jahre alt. Josefa konnte das Alter von Kindern schlecht schätzen, sie kannte ja kaum welche. Der Junge hatte abstehende Ohren und ein rundes Gesicht mit bleicher Haut. Er schaute sie unverhohlen neugierig an. Josefa lächelte. Was sollte sie auch sonst tun? Der Junge fixierte sie weiter. Die Frau strich ihm übers störrische Haar. Josefa murmelte etwas, entschuldigte sich und floh in ihre Wohnung.

Zehn Minuten später klopfte es an der Tür. Josefa schaute durchs Guckloch. Draußen stand ein Mann, den sie schon im Vorbeigehen auf der Treppe gesehen hatte. Einer aus der ersten Etage. Zögernd öffnete sie die Tür. Der Mann war kräftig gebaut, mit einem Gesicht voller tiefer Furchen. Er sprach in gebrochenem Deutsch auf sie ein, aber es dauerte eine Weile, bis Josefa verstand. Die Frau mit dem Kopftuch, offenbar seine Ehefrau, hatte ihm von Josefas Besuch berichtet. Jetzt wollte er wissen, was Josefa für ein Anliegen hatte.

»Die Waschmaschinen sind immer besetzt«, stotterte sie. »Ich muss auch mal waschen können.«

»Waschmaschinen?«, fragte der Mann.

»Ja«, wiederholte Josefa. »Sie sind immer besetzt, und ich möchte waschen.«

»Ich gehe schauen wegen Waschmaschine«, sagte der Mann und hob eine Hand, als lege er ein Versprechen ab. Dann war er weg.

Josefa setzte sich an den Computer und rief ihre E-Mails ab. Eine Nachricht von Stefan: »Ich bin immer noch in New York. Es wird Zeit, dass wir uns sehen. Ich möchte erfahren, wie die vergangenen Tage für dich waren.« Dann nimm doch das nächste Flugzeug, dachte Josefa. Sie schrieb ihm zurück, dass sie in zwei Tagen nach Teneriffa fliegen würde, und gab ihm die Telefonnummer des Hotels.

Dann öffnete sie die restlichen E-Mails. Von ihrer Sekretärin, die nach Belegen für den Blumenschmuck im Festzelt suchte. Von ihrem Bruder aus London, der seinen Besuch im Herbst ankündigte. Würde Markus auch ihren Vater beehren? Zwischen dem Schriftsteller und Universitätsdozenten Prof. Dr. Herbert Rehmer und seinem Musiker-Sohn bestand ein gespanntes Verhältnis, seit Markus in einem Schweizer

Magazin bekannt hatte, dass er bisexuell war. Josefa hätte gerne engeren Kontakt mit ihrem Bruder gehabt, doch London war weit und die Musiker-Szene ihr fremd.

Wieder klopfte es an der Tür. Ungehalten öffnete sie. »Waschmaschine frei«, verkündete der Mann aus der ersten Etage stolz. Josefa bedankte sich knapp. Sie wollte vor dem Waschen noch die letzte E-Mail lesen. Obwohl sie sich vor ihr fürchtete. Wieder ein englischer Text. Und wieder diese seltsamen Worte. *Eine Körperverletzung wird schneller vergessen als eine Beleidigung. Wappne dich für den schlimmsten aller Fälle.*

Derselbe Absender wie zuvor. Josefa hielt den Atem an. Das war kein böser Scherz mehr. Das hatte System. Ihre Gedanken wirbelten durcheinander. Wer konnte sich dahinter verbergen? Und wer würde sie auf Englisch ansprechen? Musste das nicht jemand aus der Firma sein? Auf Konferenzen gebrauchten sie häufig Englisch, weil viele Teilnehmer kein Deutsch sprachen. Von welcher Beleidigung war hier die Rede? War das etwa eine Anspielung auf die Konfrontation mit Schulmann in San Francisco? Aber wer außer ihm wusste davon? Josefa kam nur Helene in den Sinn. Und Stefan.

Vielleicht steckte tatsächlich Schulmann dahinter. Vielleicht versuchte er bereits, sie mit miesen Tricks einzuschüchtern. Aber warum? Seine Anstellung war doch schon Sieg genug. Ihr schien, dass die Nachricht sie eher vor etwas warnen wollte. Doch wovor? Wovor sollte sie sich schützen? Was war der schlimmste aller Fälle? War das nicht … ihr Tod?

Minutenlang schloss sie die Augen. Sie war mit ihren Nerven am Ende. Sie brauchte Erholung – so schnell wie möglich.

– 6 –

Der Flughafen von Teneriffa war ein flaches Gebäude, durch das Scharen aufgeregter Menschen drängten. Solche Ansammlungen von Passagieren hatte Josefa bisher nur auf den Flughäfen von Großstädten gesehen. Vor den Portalen des Gebäudes warteten zahlreiche Autobusse, um die Urlauber aufzunehmen. Josefa trat in die laue Abendluft und schaute sich suchend um. Der Fahrer ihres Busses war dabei, Gepäck in den Bauch des Fahrzeugs zu schieben. Die Marke Loyn war nicht vertreten, wie Josefa registrierte. Sie stieg in den schon ziemlich vollen Bus und setzte sich neben einen vielleicht zwanzig Jahre alten Mann, der trotz seines jugendlichen Alters bereits einen Bierbauch hatte.

Es ging nur langsam voran. Der Autobus hielt immer wieder an, um Passagiere vor ihren Hotels auszuladen. Allmählich leerten sich die Sitzreihen. Schließlich saß außer ihr nur noch eine jüngere blonde Frau im Bus, die etwas las, wahrscheinlich einen Reiseführer. Nach über einer Stunde hatten sie Josefas Hotel erreicht, einen Prunkbau mit vielen Säulen und grau-rosa geäderten Marmorplatten. Die blonde Frau stieg mit Josefa aus und zog einen Koffer hinter sich her zur Empfangstheke – eine Alleinreisende wie sie. Eine Deutsche, wie sie am Empfang mithören konnte.

Die Hotelhalle hatte eine gläserne Kuppel; vor den Zimmern war ein balkonartiger Rundgang, von dem aus die Gäste in den »Patio« hinunterschauen konnten. Mittendrin plätscherte ein nach Chlor duftender Wasserfall mit künstlichen Kaskaden. Josefas Zimmer war groß und komfortabel, wie sie erwartet hatte. Das Hotel hatte Helene ausgesucht, da Josefa sich in ihrer niedergeschlagenen Stimmung nicht hatte entscheiden können. Sie öffnete die Balkontür und stand vor einem dunklen Nichts, das sie an seinem Rauschen als Meer erkannte. Unter ihr, auf der Strandterrasse, dinierten Gäste im Schein von Laternen. Wenigstens spielte keine Musikkapelle. Erschöpft legte Josefa sich gleich schlafen.

Am nächsten Morgen stand sie etwas unschlüssig in Bluse und Leinenhose am Eingang des weitläufigen Speisesaals. Ein Kellner nahm sie in Empfang und führte sie zu einem kleinen Tisch an der Wand, weit weg vom Frühstücksbuffet und noch weiter weg von der sonnigen Terrasse. Josefa klaubte ihre Spanischkenntnisse zusammen und sagte zum Kellner: »Ich möchte einen Tisch, der mehr Licht hat.«

Der Kellner runzelte die Stirn, sah sich um und zuckte dann die Schultern. »Es gibt keinen anderen Tisch«, sagte er. Josefa zeigte auf einen freien Tisch weiter vorne. »Der da wäre besser.« Der Kellner schüttelte den Kopf. »Dieser Tisch ist für zwei Personen.« Josefa fühlte Ärger in sich aufsteigen. Aber sie zog bereits neugierige Blicke auf sich, und diese Art von Aufmerksamkeit brauchte sie nun wirklich nicht. »Dann frühstücke ich auf dem Zimmer«, erklärte sie und strebte zum Ausgang. Dort stand die blonde Frau aus dem Autobus. Josefa steuerte kurz entschlossen auf sie zu.

»Ich habe Sie gestern im Autobus gesehen«, begann sie. »Mit dem wir vom Flughafen hierher gefahren sind.«

Die Blonde zögerte einen Moment, dann nickte sie. »Ja, ich erinnere mich«, sagte sie mit einer angenehmen Stimme. »Wie ist denn das Frühstück?«

»Ich hatte noch keines, da man mich an den einsamsten und dunkelsten Tisch des Saales verbannen wollte«, erklärte Josefa. »Weil ich *alleine* bin.«

»Das ist ja mal wieder typisch«, sagte die Blonde und strich sich eine Strähne aus der Stirn. »Vielleicht können wir uns einen schönen Tisch teilen?«

Das ging viel einfacher, als Josefa erwartet hatte. »Gute Idee«, erwiderte sie. Und zum Kellner gewandt: »Wir sind zu zweit.« Ohne eine Miene zu verziehen, brachte er die beiden Frauen an den leeren Tisch in der Mitte des Saales.

»Sie sprechen Spanisch, wie gut«, sagte die Blonde. Sie hatte ein offenes Gesicht mit ausgeprägten Wangenknochen und grünen Augen. Auch ihr seidenes Chemise-Kleid war grün. Ein elegantes Kleid für diese Tageszeit.

»Die Schweizer sind ja sehr sprachbegabt«, fuhr sie fort. »Wir Deutschen haben da mehr Mühe.« Josefa schätzte sie auf knapp dreißig. Sie kam, wie sie erzählte, aus Mannheim, und es war ihre erste Reise nach Teneriffa.

»Bei mir war es ein spontaner Entschluss«, sagte Josefa. »Ich hatte Urlaub, aber niemand sonst. Das ist im heutigen Berufsleben halt so.«

Die Deutsche füllte Josefas Kaffeetasse, bevor sie sich selber einschenkte. »Darf ich fragen, was Sie beruflich machen?« Josefa gab ihr ein paar Stichworte, ohne die Firma zu nennen. Schließlich war sie privat hier.

»Das klingt spannend.« Die Blonde schien beeindruckt. »Ich arbeite in einem Büro für Rechtsberatung. Das ist längst nicht so interessant wie Ihr Job.«

»Aber vielleicht weniger nervenaufreibend«, seufzte Josefa. Die andere lächelte höflich.

Nach dem Frühstück trennten sie sich, ohne weitere Treffen oder Unternehmungen zu vereinbaren, was Josefa angenehm war. Bloß keine neuen Verpflichtungen. Sie war schon im Patio, als sie jemanden ihren Namen rufen hörte. Sie drehte sich um. Die Deutsche hielt ihr die Chip-Karte zum Öffnen ihres Zimmers entgegen. »Das haben Sie fallen lassen, Frau Rehmer.« Josefa bedankte sich freundlich und ging auf ihr Zimmer, um sich umzuziehen. Als sie ihre Tür mit der Karte öffnete, schoss ihr plötzlich ein Gedanke durch den

Kopf. Woher wusste die Deutsche ihren Namen? Sie hatten sich einander nicht vorgestellt ... Vielleicht hatte sie ihn beim Einchecken am Empfang gehört oder auf ihrem Gepäckticket gelesen.

Josefa bewegte sich den ganzen Tag nur vom Strand weg, um zwischendurch kurz etwas zu essen. Sie schwamm weit hinaus und legte sich dann im Schatten ihres Sonnenschirms flach hin. Das sanfte Rauschen der Wellen und das Geplapper der anderen Touristen lullten sie ein. Zürich war so weit weg. Gegen Abend spazierte sie auf der Strandpromenade entlang und sah den Wellenreitern zu. Das Meer war stürmischer geworden. Tosend rollten meterhohe Wellen heran, brachen sich an den Felsen des Ufers. Junge wagemutige Männer und Frauen tauchten mit ihren Brettern in die hohe Wasserwand, warteten die nächste Woge ab und legten sich dann blitzschnell auf ihr Brett. Der Sog wirbelte sie herum, trug sie über den Kamm und warf sie in die auslaufende Strömung. Josefa konnte ihren Blick nicht von dem faszinierenden Schauspiel losreißen. Als sie zum Hotel zurückging, wurde es bereits dunkel.

Am anderen Morgen war von der blonden Deutschen nichts zu sehen. Josefa frühstückte allein am Tisch für zwei. Sie war nun in den Augen der Kellner Teil eines Paares, auch als ihre »Begleiterin« in den folgenden Tagen nicht auftauchte. Josefa begegnete ihr weder auf der Terrasse noch am Strand. Vielleicht reiste sie auf der Insel umher und hatte das Hotel nur für eine Nacht gebucht. Josefa las drei Bücher in sechs Tagen und verbrauchte zwei große Tuben Sonnenschutzmittel. Sie leistete sich täglich zwei Daiquiris, einen nach dem Schwimmen und einen am Abend auf der Terrasse.

Loyn hatte sie erfolgreich verdrängt, als sie während eines Einkaufsbummels ein Internetcafé entdeckte. Ohne lange darüber nachzudenken, betrat sie das Innere und setzte sich an einen Computer. Und ehe sie es sich versah, rief sie bereits ihre E-Mails ab. Sie spürte, wie ihre Hände leicht zitterten.

Viele neue Nachrichten. Eine war von Stefan, der ihr einen schönen Urlaub wünschte und sagte, sie solle sich doch melden, wenn sie zurück wäre. Erst jetzt fiel ihr auf, dass er sie nicht ein einziges Mal angerufen hatte. Die zweite E-Mail war von Claire, die sie kommende Woche um einen Anruf unter ihrer Privatnummer bat. Dann wollte Josefas Sekretärin wissen, ob der berühmte Rennfahrer bereits für das kommende Winter-Event in St. Moritz gebucht war (natürlich war er das, schon seit einem halben Jahr. Offenbar hatte hier wieder jemand schlafende Hunde geweckt – Schulmann?). Und dann war da eine Nachricht von Paul Klingler. »Ich habe eine Neuigkeit über einen eurer Stammgäste. Wirtschaftsanwalt Feller-Stähli – der von der Swixan-Pleite – hat sich in der kanadischen Wildnis auf der Bärenjagd verirrt. Er wurde tot aufgefunden. Jetzt kannst du ihn von der VIP-Liste streichen.«

Paul. Josefa kannte ihn schon lange; sie hatten beide dasselbe Gymnasium besucht. Sie büffelte damals mit ihm französische Literatur, und er half ihr bei der darstellenden Geometrie. Doch viel lieber hatten sie über Gott und die Welt diskutiert. Später, nach dem Gymnasium, hatten sich ihre Wege immer wieder gekreuzt. Sie hielt große Stücke auf ihn: ein erfinderischer, schnell denkender Kopf, der sie immer wieder mit schrägen Ideen überraschte. Er kam aus einer alteingesessenen Zürcher Familie, war mit Krethi und Plethi bekannt. Seit ein paar Jahren nannte er sich Unternehmensberater und machte mit seiner Firma angeblich Geld wie Heu.

Über Paul hörte man so manches. Vor allem über sein Privatleben. Seit der Scheidung seiner Ehe, aus der er eine Tochter hatte, war er bei den Frauen sehr beliebt. Ihnen gefiel sein jungenhafter Charme, und er vermittelte seiner jeweiligen Begleiterin das Gefühl ungeteilter Aufmerksamkeit – solange er sich für sie interessierte. Außerdem war er offenbar ein guter Liebhaber, wie seine Exfreundinnen gerne erzählten, ohne dass Josefa danach gefragt hätte. Das selbst überprüfen wollte sie keineswegs. Josefa fand Paul Klingler höchst unterhaltsam und schätzte seinen Rat, auch wenn sie sich manchmal von ihm bevormundet fühlte – rückblickend hatte er meistens Recht. Aber sie war sich über seine Absichten nicht immer im Klaren. Ein Gefühl im Bauch sagte ihr stets »Vorsicht«, wenn sie sich mit ihm traf. Paul wählte seine Bekannten nach dem Nützlichkeitsprinzip. Und sie war ihm überhaupt nicht nützlich. Nicht, dass sie es gewusst hätte.

Josefa schrieb ihm eine kurze E-Mail, dankte ihm für die Information, fügte die üblichen Urlaubsgrüße hinzu und versprach, ihn nach ihrer Rückkehr anzurufen. Gerade, als sie sich ausloggen wollte, kam eine neue Nachricht an. Und sie wusste gleich, was es war. Mit trockenem Mund klickte sie die Zeile an und las: *Wir müssen einander misstrauen. Es ist die einzige Verteidigung gegen Verrat.*

Wieder auf Englisch. Auf ihren Armen bildete sich eine Gänsehaut. Sie hätte das Internetcafé nicht betreten sollen, schalt sie sich. Die Ferien hatten ihr so gut getan, und nun hatte sie die beunruhigende Realität eingeholt. Rasch trat sie ins Freie, wo die Sonne unbarmherzig vom Himmel brannte.

Am letzten Urlaubstag hörte sie morgens plötzlich jemanden ihren Namen rufen. Es war die blonde Deutsche.

»Ich dachte nicht, dass ich Sie noch mal sehen würde«, sagte Josefa überrascht.

»Ach, ich war unterwegs, geschäftlich, wissen Sie«, erklärte die andere liebenswürdig. »Das ist leider kein Urlaub für mich.«

Deshalb also die schicken Kleider, dachte Josefa.

»Aber ich wollte Ihnen vorschlagen, heute Abend zusammen zu essen.«

Josefa willigte sofort ein. »Um acht auf der Terrasse?«

»Das passt mir gut.« Mit einem Lächeln drehte sich die Deutsche um und verschwand energischen Schrittes in der Hotelhalle.

Am Abend traf Josefa ihre Urlaubsbekanntschaft bereits am Tisch sitzend an. »Ich habe Sekt bestellt«, sagte sie zur Begrüßung. »Ich hoffe, das ist Ihnen recht.«

Josefa hatte nichts dagegen. Als sie anstießen, stellte sich die Deutsche vor: »Ich heiße Ingrid.« Josefa erkundigte sich nach ihrer Tätigkeit auf Teneriffa.

»Hier leben viele Deutsche. Und die brauchen manchmal Rechtsberatung.«

»Sie arbeiten für das Konsulat?«

»Nicht direkt«, erwiderte Ingrid ausweichend. »Nicht alle Leute wollen Dinge über das Konsulat abwickeln.«

Josefa fragte nicht weiter nach. Stattdessen erkundigte sich Ingrid nun nach Josefas Arbeit. Josefa versuchte, höfliche Antworten zu geben, ohne allzu konkret zu werden. Doch der Sekt begann ihr zu Kopf zu steigen.

»Welche Gäste kommen denn auf die VIP-Liste Ihrer Firma? Nach welchen Kriterien werden sie ausgelesen? Das würde mich wirklich interessieren.«

Josefa erklärte ihr, dass sie zwar Vorschläge mache, die Auswahl aber von der Firmenleitung getroffen werde.

»Und bewerben sich manche extra um die Teilnahme an den Firmenanlässen?«, hakte Ingrid nach.

»Das kann schon sein, aber davon erfahre ich nichts.«

»Sagen Sie, gab es eigentlich schon Gäste, die man nicht wieder eingeladen hat, weil sie nicht mehr tragbar für die Firma waren?«

Josefa fand die Frage ungewöhnlich.

»Ja, das gab es auch schon. Aber das wird sehr diskret behandelt.« Ihr war das Thema unangenehm. Deshalb sprach sie Ingrid auf den wunderschönen Halsschmuck an, den sie trug, eine Kette aus weißen Korallen. Ingrid gab das Kompliment zurück: »Sie haben eine wirklich tolle Handtasche. Gehört das zu Ihrem Job, dass Sie die Taschen von Loyn auch privat bei sich tragen?«

Josefa schaute ihr Gegenüber verblüfft an. Den Namen Loyn hatte sie im Gespräch ganz sicher nicht erwähnt. Sie war immer sehr verschwiegen, was ihre Arbeit betraf, vor allem gegenüber Fremden. Diskretion gehörte zu ihrem Job. »Woher wissen Sie, dass ich für Loyn arbeite?«, fragte sie deshalb. Ingrid schien leicht zusammenzuzucken – oder bildete Josefa sich das nur ein? Aber sie fing sich gleich wieder und wies auf Josefas Handtasche. »Die ist so unverkennbar Loyn … Sie haben mir ja von Taschen erzählt, deshalb wahrscheinlich.«

Josefa nickte. Sicher, das lag nahe. Warum hatte sie nicht sofort daran gedacht.

Sie aßen Hummer, tranken Weißwein und bestellten sich zum Nachtisch einen Flan.

Bevor sie sich zu ihren Zimmern aufmachten, bat Josefa den Kellner, ein Erinnerungsphoto von ihnen zu knipsen. Und Ingrid bot an, noch ein paar Bilder von Josefa vor der prunkvollen Fassade des Hotels zu machen. Beide kicherten sie wie Teenager. Dann gab Ingrid ihr, immer noch glucksend, die Kamera zurück. »So gut wie Pius Tschuor bin ich sicher nicht, aber für einen Schnappschuss reicht es gerade so.«

Spätnachts, als Josefa sich in die kühlen Laken wickelte, zerbrach sie sich den Kopf, was sie Ingrid über Pius gesagt hatte. *Dieser verdammte Sekt.*

Am nächsten Morgen fuhr sie verkatert zum Flughafen. Dort kaufte sie sich einen Kaffee und eine Schweizer Zeitung – die erste seit zehn Tagen! – und setzte sich in den Wartesaal. Sie las die Schlagzeile auf der Titelseite. Ihr Herz begann heftig zu pochen.

FINANCIER BEAT THÜRING
VOR TENERIFFA VERMISST

Der Schweizer Unternehmer Beat Thüring, Ex-CEO der unrühmlich untergegangenen Swixan-Gruppe, ist nach Angaben der spanischen Polizei am Dienstag unter bisher ungeklärten Umständen von seiner Yacht ins Wasser gefallen und wird seither vermisst. Die spanische Polizei hat eine Untersuchung eingeleitet. Thüring war mit einer Gruppe Bekannter zu einer nächtlichen Fahrt aufgebrochen, nachdem sie bereits auf dem Festland kräftig dem Alkohol zugesprochen hatten. Thüring soll nach Aussagen von Augenzeugen auch unter Drogeneinfluss gewesen sein, als er die Yacht bestieg. Dann sei er plötzlich über Bord gegangen und nicht mehr aus dem Wasser aufgetaucht. Die spanische Polizei schließt ein Verbrechen nicht aus.

– 7 –

Zürich war grau und nass. Josefa fühlte ihr Herz schwer werden. Die relative Unbeschwertheit des Urlaubs war vorbei.

»Feltenstraße 83?«, fragte der Taxifahrer, als sie in ihre Straße einbogen. Er hielt ein paar Meter von ihrem Haus entfernt und drehte den Kopf. »Vor Ihrem Eingang steht ein Polizeiauto.« Jetzt konnte auch Josefa den Wagen sehen. Eilig stieg sie aus und ließ sich ihr Gepäck reichen. Keuchend schleppte sie den Koffer in den vierten Stock.

An ihrer Tür klebte ein Zettel. »Josefa, komm bitte bei mir vorbei, sobald du zurück bist. Esther«

Sie schob das Gepäck in ihr Entree und stieg noch ein Stockwerk höher. Esther Ardelius wohnte gleich über ihr. Als gute Nachbarinnen gossen sie einander die Zimmerpflanzen und hielten ein wachsames Auge auf ihre Wohnungen, wenn eine von ihnen weg war.

Josefa brauchte nicht lange zu raten, was los war, als sie Esthers aufgebrochene Wohnungstür und den zersplitterten Rahmen sah. Esther stand mitten in einem Chaos von Kleiderhaufen, Taschen, Büchern, dem Inhalt mehrerer Schubladen, rundherum zerstreuten Dokumenten und aufgeschlitzten Polstern. Sie stürzte heulend in Josefas Arme. »Alles weg! Es ist furchtbar«, schluchzte sie. Josefa fuhr ihr beruhigend über den Rücken. Esther heulte laut auf, ihre Worte waren kaum mehr verständlich: »Der Schmuck. Das Geld. Die Erbstücke meiner Großmutter. Meine Musikanlage.« Josefa spürte Esthers knochige Schultern unter ihren Händen.

Sie fühlte sich fast schuldig, weil sie nicht hier gewesen war, um den Einbruch zu verhindern. Als ob sie ihrer Pflicht nicht nachgekommen wäre. Noch nie war in diesem Haus eingebrochen worden, obwohl es immer wieder mal in ihrem Viertel vorkam. Esther löste sich zitternd von ihr und schaute fassungslos auf die Zerstörung ringsum. Es würde Tage dauern, dieses Durcheinander aufzuräumen.

»Hat jemand die Einbrecher gesehen?«, fragte Josefa etwas verlegen.

Esther schüttelte den Kopf.

»Die haben doch sicher einen ganz schönen Lärm veranstaltet«, sagte Josefa. »Das muss doch jemand gehört haben.«

Esther zuckte mit den Schultern. »Das hat mich die Polizei auch schon gefragt.«

Josefa hob ein aufgeschlitztes Kissen auf und überlegte, was als Nächstes zu tun war.

»Bitte fassen Sie nichts an«, sagte eine Stimme hinter ihr. Im kaputten Türrahmen stand ein Mann im Regenmantel. »Sebastian Sauter, Kriminalpolizei«, verkündete er und zeigte einen Ausweis. Seine Stimme war sehr ruhig. Josefa fragte sich, warum sie dem Beamten nicht im Treppenhaus begegnet war. Wo hatte er sich bis dahin aufgehalten?

Der Mann trat näher. »Wohnen Sie hier?«, wandte er sich an Josefa. Er war kräftig gebaut und etwa so groß wie sie, was keine beeindruckende Statur war. Er hatte schmale Augen, die hinter seinen Augenlidern fast verschwanden. Das verlieh ihm einen leicht verschmitzten Gesichtsausdruck.

»Ich bin die Nachbarin, ich wohne eine Etage tiefer.«

Der Beamte drehte sich um, und Josefa bemerkte nun einen zweiten Mann hinter ihm. Er trug eine Uniform. »Sie machen weiter mit der Spurenaufnahme und dem Protokoll«, sagte der Mann im Regenmantel zu dem anderen. »Frau Ardelius, mein Kollege wird sich nun um Sie kümmern.« Und, wieder zu seinem Kollegen: »Ich will mal mit der Nachbarin sprechen.« Er sah Josefa an. »Kann man sich irgendwo setzen?«

Sie warf einen Blick auf die aufgeschlitzten Postermöbel. In der Küche war der Boden mit Scherben übersät. »Wenn wir nichts anfassen dürfen, wird's schwierig«, sagte sie schließlich. Esther stand regungslos da. »Sie wohnen unten?«, fragte Sauter. Er hatte einen sachlichen Machen-wir-es-nicht-kompliziert-Ton. »Ja. Kommen Sie.« Josefa trat ins Treppenhaus.

»Bitte bleiben Sie hier«, wies der Polizist in Zivil Esther an, »mein Kollege braucht Sie noch.« Esther hob schlaff die Hand. »Bis später«, flüsterte sie Josefa zu.

Sauter ging festen Schrittes voraus. »Nur ein paar Fragen, es dauert nicht lange«, versicherte er. Er trug eine karierte Mütze wie ein englischer Gutsherr. Josefa ließ die Wohnungstür angelehnt und führte ihn an ihrem Loyn-Gepäck vorbei in die Küche.

»Kann ich Ihnen etwas anbieten?« Diesen Reflex hatte sie von ihrer Mutter, die unerwarteten Gästen selbst um Mitternacht Polenta und Coniglio auftischte. Sie bemerkte, dass sie ihre Handtasche immer noch unter den Arm geklemmt trug. Als ob jemand sie klauen könnte.

»Ich lechze nach einem pechschwarzen Kaffee«, antwortete Sauter und nahm seine Mütze ab. Sein Haar war an manchen Stellen etwas dünn, aber seine markante Kopfform zeugte von Entschlossenheit. So also sah ein Zürcher Kripobeamter aus, dachte Josefa. Sie mahlte Kaffeebohnen und setzte den Kolben an die Espresso-Maschine. Aus den Augenwinkeln sah sie, dass sich ihr unerwarteter Gast aufmerksam umschaute.

»Sie kennen wahrscheinlich die Inneneinrichtung von halb Zürich«, sagte Josefa. Er hielt inne. »Ich kenne sie höchstens im aufgelösten Aggregatzustand«, erwiderte er mit seiner warmen Stimme. Er klang amüsiert.

Sie stellte ihm eine Tasse mit dampfendem Espresso hin. »Sie reden wie ein Chemiker.« Er nahm sofort einen kräftigen Schluck. »Guter Espresso«, lobte er.

Josefa lehnte sich an den Kühlschrank. Sie wollte sich nicht setzen.

»Sie sind gerade von einer Reise zurückgekommen?«, fragte er und zückte ein Notizbuch.

»Ja, ich war zwei Wochen weg.«

Er sah sie an.

»Urlaub in Spanien«, schob sie nach.

»Sie waren also nicht da, als es passierte?«

»Nein.«

Sauter strich sein feines blondes Haar nach hinten. »Wie viel Miete zahlen Sie hier eigentlich?«, fragte er unvermittelt. Eine merkwürdige Befragungstaktik. Josefa runzelte die Stirn. »Gehört das zu Ihrem Pflichtprogramm?«

Er entschuldigte sich sogleich. »Mehr aus Neugier. Diese Wohngegend hat mir schon immer gefallen.«

»Ja, es lebt sich gut hier«, sagte Josefa – dann kam ihr der Einbruch in den Sinn.

»Wohnen Sie allein hier?«

»Ja.«

Er trat ans Fenster, von wo aus man über die Dächer von Zürich sehen konnte bis an den Horizont, wo sich die Schneeberge gerade hinter Wolken verbargen.

»Eine schöne Aussicht haben Sie da.«

»Ja, ich finde die Aussicht wichtig. Was nützt einem die schönste Wohnung, wenn man eine hässliche Betonwand vor den Fenstern hat.« Sie suchte im Küchenschrank nach den Schokoladenbiskuits, die sie immer auf Vorrat hatte.

»Aha … Und was machen Sie beruflich?«

»Ich bin Managerin für Event-Marketing.«

Er schaute sie fragend an. Ihr stand nicht der Sinn nach langen Erklärungen. »Ich vermarkte Luxusgepäck für wohlhabende Leute.«

Schon wieder dieses »Aha«. Und dann: »Wie muss man beschaffen sein, um eine solche Tätigkeit auszuüben?«

Josefa war perplex. Worauf wollte dieser Sauter eigentlich hinaus? Sein Blick unter den Schlupflidern verriet nur ganz normale Neugier. Sofern ein Kripobeamter dazu fähig war.

Sie gab ihm eine Erklärung, die sie zu ihrem Motto gemacht hatte. »Ich muss mich völlig in die Köpfe und Gefühle der Kunden versetzen. Ich muss zum Kunden werden, obwohl ich eigentlich die Verkäuferin bin. Das ist die Kunst daran.«

»Kunst nennen Sie das.« Eine Feststellung, keine Frage.

Sie wurde nun etwas ungehalten. Warum sollte sie einem wildfremden Mann, noch dazu einem Kripobeamten, ihren Beruf erklären?

»Bei Ihnen ist es doch noch viel extremer«, entgegnete sie. »Sie müssen sich in die Köpfe von Verbrechern hineindenken, nicht wahr? Sie müssen wie Kriminelle denken und planen und ihre Gefühle nachvollziehen.«

»Ich muss also im Kopf zum Verbrecher werden, meinen Sie?« Sauter stellte die Kaffeetasse geräuschvoll auf den Unterteller.

Josefa ließ sich nicht beirren. »Gewissermaßen ... Natürlich für einen guten Zweck, ich will Ihnen da nichts unterstellen.«

»Sehen Sie, so haben wir also eine Gemeinsamkeit«, erwiderte Sauter ungerührt. »Und, was denken Sie, warum kaufen die Leute dieses Luxusgepäck?«

Sie fand den Verlauf ihrer Unterhaltung reichlich bizarr. Trotzdem antwortete sie nach einem Zögern: »Ich glaube, sie wollen irgendwo dazugehören. Zu einem exklusiven Kreis natürlich ... Aber sie wollen irgendwo dazugehören.« Ihre Antwort überraschte sie selber.

»Kennen Sie die anderen Bewohner dieses Hauses?« Die Frage kam übergangslos.

Also doch. Die Befragung.

»Ich kenne nur Esther Ardelius richtig gut. Ich bin oft weg, und es gibt viel Wechsel in den Wohnungen. Es sind kleine Wohnungen. Für Studenten und so. Die anderen, die ich kannte, sind nach und nach ausgezogen.«

»Weshalb?«, fragte Sauter, während er sich Notizen machte.

»Ich weiß nicht«, sagte sie. Und dann: »Vielleicht wegen der Asylbewerber in den beiden unteren Wohnungen.«

»Gibt es Probleme mit denen?«

Josefa drehte ein Schokoladenbiskuit in der Hand. »Eigentlich nicht. Außer ...« Sie wartete mit der Antwort. Sie fürchtete, sich lächerlich zu machen. »Sie waschen den ganzen Tag und auch nachts. Die Waschmaschinen sind immer besetzt. Als ob sie für andere Leute auch noch die Wäsche machen.«

»Haben die Leute unten oft Besuch?«

»Besuch? Keine Ahnung. Ich sehe sie nur ab und zu im Treppenhaus. Die wechseln ja auch ständig. Ich weiß meistens gar nicht, wer nun hier wohnt und wer nicht.«

Sie sah, dass Sauter mit einer goldenen Füllfeder schrieb. Ein Kripobeamter und blaue Tinte.

»Ist Ihnen in letzter Zeit irgendetwas aufgefallen? Etwas, das Sie merkwürdig fanden? Eine Veränderung?«

Josefa fiel nichts ein. »Eine Familie mit einem Kind, einem kleinen Buben, wohnt, glaub ich, jetzt hier. Aber ich kenne sie nicht näher.«

Seine Tasse war leer. Er sah müde aus.

Was wollte er denn noch? Josefas Schuhe drückten.

»Sie sehen müde aus«, entschlüpfte es ihr. Und fand die Bemerkung typisch weiblich.

»Ja?«, sagte er und drehte die Tasse auf dem Unterteller. »Ich habe viel zu tun. Lange Tage, kurze Nächte, unregelmäßige Arbeitszeiten.«

»Da wird sich Ihre Familie aber freuen.«

»In der Tat – meiner Frau hat es vor ein paar Jahren gereicht mit der Freude. Wir konnten nichts mehr planen. Ich war eine unberechenbare Größe, oder bin es immer noch. Deshalb hat sie die Scheidung eingereicht.«

»Das kenne ich«, sagte Josefa.

»Die Scheidung?«

»Nein, die unberechenbaren Größen. Nichts planen können. Immer verfügbar sein.«

Warum erzählte sie ihm das? Er fragte glücklicherweise nicht nach. Josefa überlegte, ob er einen zweiten Kaffee erwartete, da klopfte es und Esther und Sauters Kollege kamen herein.

»Wir sind so weit«, sagte der Kollege.

Sauter erhob sich. »Wir auch.« Er reichte ihr die Hand zum Abschied. Sie brachte die beiden Männer hinaus und schloss die Tür hinter ihnen.

Esther saß am Küchentisch.

»Willst du heute lieber bei mir übernachten?«, fragte Josefa.

»Das wäre furchtbar nett. Aber du hast ja noch nicht mal auspacken können, Josefa.«

»Dafür hab ich ja noch ein paar Tage Zeit. Eine Tasse Tee?«

»Er hat etwas vergessen.« Esther deutete mit einer Kopfbewegung auf den Stuhl neben sich. Josefa stellte den Teekessel auf die Kochplatte. »Das kann warten«, sagte sie und legte Sauters Mütze in die Schublade ihrer Kommode.

In der Nacht erwachte sie. Es war ungewöhnlich still. Kein Auto war zu hören, nichts. Josefa wünschte sich, diese Stille möge nie aufhören. Doch irgendetwas sagte ihr, dass dieser Moment der Ruhe der letzte für eine lange, lange Zeit sein würde. Obwohl sie im Nebenzimmer die Atemzüge der schlafenden Esther hören konnte, fühlte sich Josefa plötzlich sehr allein.

Am nächsten Morgen, Esther war gerade in ihre Wohnung hochgegangen, bekam Josefa erneut Besuch. Claire Fendi. »Ich dachte, ich komme besser persönlich vorbei.« Ihre Stimme war dünn wie eine Geigensaite.

»Kommen Sie rein«, sagte Josefa. Jetzt saß sie schon wieder mit jemandem in der Küche. Claire verschränkte ihre

Arme vor der Brust, als ob sie sich schützen müsste. »Wollen Sie nicht Ihre Jacke ausziehen?«, fragte Josefa.

»Nein, nein, ich muss gleich wieder ins Büro. Offiziell bin ich beim Zahnarzt.«

Claire ging es nicht gut, das sah Josefa gleich. Ihr Gesicht hatte eine fahle, graue Farbe, die Augenlider waren gerötet, und ihre Hände nestelten nervös an den Ärmeln ihrer Jacke. Ihre Anspannung übertrug sich auf Josefa.

Claire holte tief Luft. »Werner ..., ich meine, Herr Schulmann ... Er hat der Geschäftsleitung ein Konzept für das Musikfestival vorgelegt.«

Das Musikfestival ... Seit Monaten hatte Josefa zusammen mit Claire an einem Konzept gearbeitet, auf das sie beide sehr stolz waren. Die ganze Erfahrung der vergangenen Jahre und ein paar glänzende neue Ideen steckten darin.

Josefa starrte Claire entgeistert an. »Ich verstehe nicht ... Der kann doch gar nicht so schnell sein; er kennt ja die Voraussetzungen überhaupt nicht, die Wünsche der Geschäftsleitung, die ganzen Unterlagen von früher ... Der kann doch nur heiße Luft produzieren.«

Claire fixierte die Tischfläche vor sich. Sie hielt ihre kleinen Hände jetzt gefaltet, die Knöchel waren weiß. »Doch, Josefa, er kennt alle Details ... Er hat sie aus meinem Computer.«

Die Luft in der Küche gefror.

»Was soll das heißen? – Haben Sie ihm die Unterlagen gezeigt?«

»Nein ... Nein. Ich hatte unsere Pläne in meinem Computer. Sie wissen ja, dass ich zu Hause oft noch an den Details gearbeitet habe. Manchmal ... Werner unterbrach mich öfters, wenn er mich besuchte. Ich habe den Computer nicht immer ausgeschaltet, Werner kam ja oft überraschend, und ich wollte später noch weiterarbeiten. Ich habe schließlich nicht geahnt, dass er ...«

Claire stockte und schloss kurz die Augen. »Er muss in meine Unterlagen geschaut haben, wenn ich im Bad war oder in der Küche und für uns beide gekocht habe. Es kann aber auch sein … Ich meine, es ist möglich, dass er an meine Dateien kam, wenn die Maschine hängen blieb und er sie wieder zum Laufen brachte. Er … er kennt sich ja aus in technischen Dingen. Wahrscheinlich hat er sich die Sachen einfach rüberkopiert.« Claire schlug die Hände vors Gesicht.

Josefa war sprachlos. Langsam wurde ihr klar, was dies alles bedeutete. »Sie wollen mir also sagen, dass er unser Konzept kopiert hat. Geklaut hat.«

»Er hat es nicht eins zu eins kopiert. Er hat noch ein paar technische Sachen eingebaut. Aber ich habe es sofort wiedererkannt. Bourdin hat überall herumerzählt, was für ein tolles Konzept Werner vorgelegt hat. Da bin ich nachts in Werners Büro gegangen und habe … mich ein bisschen umgeschaut. Werner fühlt sich so verdammt sicher, dass er die Papiere einfach auf dem Tisch liegen gelassen hat.« Sie stützte den Kopf auf die Fäuste. »Ich habe es gleich wiedererkannt.«

Josefa schlug mit der flachen Hand auf den Tisch. »Damit wird er nicht so einfach davonkommen«, sagte sie heftig. »Jetzt ist er zu weit gegangen.«

»Was wollen Sie tun? Selbst wenn wir Bourdin oder Walther sagen, Werner habe unser Projekt gestohlen – sie werden uns das nie und nimmer glauben. Sie werden denken, wir wollten Werner absägen. Sie werden es für Rache halten, weil Sie Werners Posten nicht bekommen haben.« Sie klang plötzlich resigniert. »Und Werner wird natürlich alles abstreiten. Wir haben keine Beweise.«

»Doch, wir haben Beweise. Wir haben das Konzept in unserem Computer. Woher sollten wir die Pläne haben, wenn nicht von uns selbst? Schulmann kann doch nicht behaupten, er habe sie uns in unser Computersystem gefüttert!«

»Doch«, widersprach Claire. »Er kann behaupten, dass er mir davon erzählt habe.«

»Und wie?« Josefa stieß ihren Stuhl nach hinten. »Wie will er das begründen? Wie will er unseren Leuten erklären, dass er Ihnen von seinem geheimen Projekt erzählt hat, noch bevor er die Stelle bei Loyn angetreten hat?«

Claire schaute Josefa nicht an. »Er kann ihnen von unserem Liebesverhältnis erzählen, und dass es jetzt nicht mehr existiert.«

»Ich dachte, er will das geheim halten. Haben Sie das nicht gesagt?«

»Werner macht immer, was für ihn am besten ist.« Sie stand abrupt auf. »Ich muss ins Büro. Es tut mir so Leid, Josefa. Es tut mir so schrecklich Leid.«

Josefa schwieg. Sie musste über die ganze Sache erst einmal in Ruhe nachdenken. Als Claire schon bei der Tür war, fragte sie: »Sind Sie tatsächlich nicht mehr mit Schulmann zusammen?«

»Ja, es ist aus.«

»Was werden Sie tun?«

»Ich weiß es noch nicht ... Ich hänge an meinem Job. Und ich arbeite gern mit Ihnen zusammen.« Sie sah so schmal und zerbrechlich aus. Doch Josefa wusste auch um ihre Stärke. Claire war nur einem raffinierten, arglistigen Mann erlegen, dachte sie. Das war auch schon anderen Frauen passiert.

– 8 –

In der beschaulichen Parkanlage der Universität Irchel lief eine Schar braun-grün gefleckter Enten geschäftig über die Wiese. Die Teiche dagegen hielten Möwen besetzt. Hin und wieder liefen Studenten eilig über die kleine Brücke. Mütter führten ihre Kleinkinder spazieren. Aber vor allem tummelten sich hier viele Hunde und ihre Besitzer. Ein kleines Mädchen fing beim Anblick einer frei laufenden Dogge an zu weinen. Ihre Mutter, die in einiger Entfernung einen Kinderwagen vor sich herschob, schrie die Hundehalterin an: »Nehmen Sie sofort Ihren Hund an die Leine.«

Josefa hörte das Gezeter noch von weitem. Es war eines der vielen kleinen Dramen, die sich hier täglich zwischen Hundehaltern und Müttern abspielten, aber Josefas Bedarf an Dramatik war gedeckt. Sie lief den Hügel hinauf, am landwirtschaftlichen Modellbetrieb der Universität vorbei. Es roch nach Pferdeäpfeln und Schweinemist.

Oben setzte sie sich auf eine Bank unter einer knorrigen Linde und schaute über die Stadt, die von hier so gar nicht wie eine Stadt aussah. In der Ferne schimmerten die Eisgipfel der Alpen. Davor dehnten sich Felder und sanfte, bewaldete Hügelzüge aus. Josefa atmete tief durch. Die Sonne brannte ihr ins Gesicht. Sie schloss die Augen. Hier würde sie vielleicht Ordnung in ihre Gedanken bringen und ihre Gefühle besänftigen können. Doch kaum hatte sie tief durchgeatmet, hörte sie schon Schritte.

Ein alter Mann kam des Wegs, alle zwei, drei Meter innehaltend. Ihm folgte mit hocherhobenem Schwanz eine Siamkatze. Manchmal blieb sie stehen und schnupperte an ein paar Gräsern. Jetzt setzte sie sich hin und blinzelte in den Himmel. »Er will rasten«, sagte der alte Mann zu Josefa.

»Und ich auch. Sagen Sie, ist auf Ihrer Bank noch ein Plätzchen frei?« Josefa rückte ein wenig resigniert zur Seite. Der Alte setzte sich. Josefa sah, dass er in der Hand ein halb gelöstes Kreuzworträtsel hielt.

»Schöner Tag nach so viel Nässe, nicht?«, fragte er.

»Ihre Katze scheint ihn auch zu genießen«, erwiderte Josefa, da eine Unterhaltung nun unvermeidlich schien.

»Ist ein Kater. Wir gehen fast jeden Tag spazieren.«

»Die vielen Hunde machen ihm nichts aus?«

Der Mann lachte. »Ueli ist viel schneller. Und schlauer. Da hat sich schon mancher Hund eine wunde Nase geholt.« Er lachte wieder. Dann warf er ihr einen schrägen Blick zu: »Sind Sie mit Ihrem Hund da?«

»Nein, nur mit meinen Gedanken.«

»Aha … Ich hoffe, Sie haben keine Probleme.«

»Doch, im Büro.«

»Aha.« Der Alte schwieg einen Moment lang. »Wissen Sie, rückblickend sage ich mir oft: Die meisten Kämpfe lohnen sich nicht. Ich wäre meistens gescheiter wie mein Kater auf einen Baum geflohen und hätte mir die Sache aus sicherer Distanz angeschaut.« Er kratzte sich im Gesicht. »Ueli macht das ja auch und verliert nicht seinen Stolz dabei.«

Josefa lächelte. Vielleicht hatte der alte Mann gar nicht so Unrecht. Doch der ließ sie nicht lange darüber nachdenken. »Ich habe hier einen kniffligen Fall.« Er wedelte mit der Zeitschrift.

»Ich bin schlecht im Kreuzworträtseln«, wehrte Josefa ab.

Der Alte ließ nicht locker. »Es geht um das Schlüsselwort, und man muss es aus einem Vers erraten. Der geht so.« Er räusperte sich und las: »Für andre bewegt er Gut und Habe, durch seine Händ gehn fremde Welten. Er kennt der Menschen verschlungne Pfade, doch seine Ziele verrät er selten.« Er zeigte Josefa die Buchstaben, die er bereits hatte.

.. O .. .. E .. T R .. E G .. ..

Josefa schüttelte den Kopf. »Tut mir Leid, ich bin wirklich keine Koryphäe in solchen Dingen.«

Der Kater hüpfte auf die Bank und rieb seinen Kopf am Ärmel des Alten. »Ueli, du Schlingel«, murmelte dieser zärtlich.

Josefa stand auf. Der Mann blickte zu ihr hoch. »Ja, ja, Sie sind wahrscheinlich sowieso mit Ihren Gedanken beschäftigt. Hoffentlich geht alles gut. Wär schade bei einer so jungen Frau.« Josefa lächelte. »Viel Glück mit Ihrem Rätsel«, sagte sie beim Weggehen.

Sie hatte bereits die Hügelkuppe hinter sich, als es ihr plötzlich einfiel. Sie machte kehrt. Der Alte saß noch immer auf der Bank. »Kofferträger«, sagte sie atemlos. »Das Wort, das Sie suchen, heißt Kofferträger.«

Der Alte schaute sie einen Augenblick fragend an. Dann lief jäh ein Leuchten über sein Gesicht. »Richtig«, rief er freudig aus. »KOFFERTRAEGER!«

Zu Hause räumte sie die letzten Gegenstände aus ihren Koffern und sagte sich dabei immer wieder auf, was der alte Mann gesagt hatte: »Aus sicherer Distanz die Dinge beobachten.« Wann immer ihr die Dinge zu viel würden, würde sie wie Kater Ueli auf einen – imaginären – Baum klettern und von dort auf das Geschehen hinunterblicken.

Dann summte ihr Telefon und gleichzeitig klopfte es an der Tür. Josefa entschied sich fürs Telefon. Es war Paul Klingler. »Bist du im Büro? Ich ruf dich gleich zurück«, rief sie in die Muschel und eilte zur Tür. Dort stand der Mann von unten, ein Kosovo-Albaner, wie sie inzwischen von Esther erfahren hatte. »Sie mir helfen?«, sagte er in einem fordernden Ton. »Ich verstehe nicht.« Widerwillig nahm sie das Papier, das er ihr hinstreckte, entgegen und überflog es rasch. Es handelte sich um ein Formular der Grundschule. Hier sollte offenbar ein Kind für den Schulpsychologischen Dienst angemeldet werden. »Muss das nicht die Schule ausfüllen?«, fragte sie ungeduldig. Oder eine dieser Asylstellen mit ihren Beratern? Warum kam dieser Mensch ausgerechnet zu ihr? Nur weil sie zwei Worte mit ihm gewechselt hatte?

»Nein, ich muss machen«, beharrte der Mann. »Es ist wegen meine Sohn. Aber ich verstehe nicht.«

Josefa hielt das Formular mit spitzen Fingern, als könnte sie sich eine Krankheit einfangen. Paul wartete auf ihren Anruf. »Ich muss erst mal telefonieren. Ich komme in einer halben Stunde zu Ihnen hinunter.«

»Halbe Stunde«, wiederholte der Albaner, als wollte er sie darauf verpflichten. »Halbe Stunde.« Josefa schloss die Tür und wählte Pauls Nummer.

»Was ist denn los?«, fragte er mit wie immer eindringlicher Stimme, einer Stimme, die so gar nicht zu seiner hageren Statur passte. »Hab ich dich aus der Dusche geholt?«

»Nein, mein Nachbar ist gerade vorbeigekommen.«

»Was für ein Nachbar?« Paul wollte immer alles genau wissen.

»Von unten, ein Kosovo-Albaner.«

»Ein Kosovo-Albaner? Was wollte der von dir?«

»Hör mal, ich dachte, *du* wolltest etwas von mir!«

»Vielleicht … Ich habe gehört, Loyn hat einen Typen namens Schulmann eingekauft.«

»Ich dachte mir schon, dass du das weißt. Auch wenn ich es erst einen Tag vor meinem Urlaub erfahren habe.«

»Klar, bin doch aus der Branche. Sag mal, wer hat denn *den* reingeholt?«

»Kennst du ihn?«, fragte Josefa zurück.

»Ein bisschen. Also, wer hat ihn reingeholt?«

»Wahrscheinlich Bourdin. Aber ich weiß es nicht genau. Schulmann hat mal für uns in San Francisco gearbeitet.«

Josefa mochte Paul nicht von Schulmanns Überfall erzählen. Aber ihr Freund wusste auch so, dass der neue Mann für Josefa ein Schlag ins Gesicht war. Dafür kannte er die Verhältnisse gut genug.

»Ja, ich erinnere mich. Die technischen Sachen macht er ganz gut. Aber als Marketingchef ist er eine absolute Fehlbesetzung. Da muss man nur seine früheren Mitarbeiter fragen.« Paul hatte seine Ohren überall.

»Bei Loyn hat niemand die Mitarbeiter gefragt«, sagte Josefa bitter.

»Hast du heute noch was vor?«, fragte Paul.

»Ja, ich bekomme gleich Besuch.«

»Schade. Ich wollte dich nämlich überreden, den Laden zu verlassen und für mich zu arbeiten.«

Josefa wusste nicht, was sie dazu sagen sollte. Eine Zusammenarbeit mit Paul? Zum Glück wechselte er gleich wieder das Thema.

»Und, wie war St. Moritz?«

»Gut. Die Pferde waren wirklich eine Augenweide, und den Gästen hat es hervorragend gefallen.«

»Vielleicht war das ja Feller-Stählis letztes Gelage. Übrigens ist seine Leiche aus Kanada in die Schweiz überführt worden. Es gab ein großes Begräbnis.«

»Das ist wirklich eine sonderbare Sache. Warum jagt bloß ein Schweizer Anwalt in Kanada Bären?«

»Grizzlys, meine Liebe, Grizzlybären. Auf die sind doch die reichen Hobbyjäger scharf. Trophäenjäger sind das, verstehst du? Die zahlen zehn-, zwanzig-, fünfzigtausend dafür. Damit sie dann in ihrer Villa am Zürichsee prahlen können.«

»Ist das überhaupt in Kanada erlaubt? Bären Jagen, meine ich.«

»In Prince George offenbar schon.«

»Prince George?« Josefa merkte auf.

»Ja, irgendwo in der Wildnis dort war der gute Feller-Stähli unterwegs.«

»War er allein?«

»Anfangs sicherlich nicht. Das ist ja eine geführte Jagd für bequeme Touristen. Aber vielleicht wollte Feller-Stähli der Erste sein, der einen Grizzly totschießt. Würde ihm ähnlich sehen. Großkotzig war er schon immer. Wahrscheinlich hat er sich verlaufen, oder was weiß ich. Jedenfalls haben sie ihn erst nach einer Woche gefunden.«

»Woran ist er denn gestorben?«

»An Unterkühlung und Erschöpfung, hab ich gehört. Die hatten einen unerwarteten Kälteeinbruch dort oben. Jetzt ist Feller-Stähli halt einmal nicht ungeschoren davongekommen.«

»Wie meinst du das?«

»Er hat die Leute an der Spitze des Swixan-Konzerns so gut beraten, dass ihnen niemand eine Schuld an der Pleite nachweisen konnte. Und er hat Thüring und Konsorten geholfen, ihre Millionen ganz legal in Sicherheit zu bringen.«

Josefa gab etwas Unverständliches von sich. Aber Klingler war nun so richtig in Fahrt gekommen.

»Und jetzt ist auch noch sein guter Freund, der ehrenwerte Beat Thüring, abgekratzt. Der Konzernchef höchstpersönlich. Was sagst du dazu?«

»Erstens« – Josefa verlor langsam die Geduld – »wird er nur vermisst, und zweitens … zweitens, warum soll ich dazu irgendeine Meinung haben?«

»Immerhin war er ebenfalls unter deinen Fittichen in St. Moritz, wie ich gehört habe.«

»Unter meinen was? Jetzt mach aber mal 'nen Punkt, Paul. Als ob *ich* entscheiden würde, wer eingeladen wird. Also bitte!« Josefa tigerte in ihrem Schlafzimmer auf und ab. »Wenn Bourdin oder Walther diesen Typen hofieren wollen …«

»Josefa Rehmer, die Ahnungslose«, neckte Klingler sie. »Vielleicht ist es ja ganz gut, dass du nicht alles weißt, was deine prominenten Gäste so tun. Vor allem, wenn sie sich zur selben Zeit wie du in Teneriffa tummeln. Halt also Ohren und Augen schön bedeckt.«

»Und du den Mund«, konterte Josefa und beendete das Gespräch. Sie ging ins Bad. Aber Pauls Worte ließen sie nicht los. Prince George. Wo hatte sie den Namen schon mal gehört? Sie musste nicht lange nachdenken. Greg lebte dort. Helenes kanadischer Freund.

– 9 –

Zwei Stunden später lag sie in Stefans Armen. Ihre Hände fuhren unter seine Jacke, ertasteten seinen Körper. Sie fühlte durch den Stoff die Wärme seiner Haut, die Anspannung seiner Muskeln, seine Erregung. Sie hatten sich über einen Monat nicht mehr gesehen. Josefa war nicht entgangen, dass die Abstände zwischen ihren heimlichen Treffen immer länger wurden.

»Du siehst aus wie frisch aus dem Urlaub«, scherzte Stefan und strich ihre Locken nach hinten. Er mochte es, wenn sie ihr Haar offen trug. Sie gab ihm einen Kuss und zog ihn in die Küche. Dort mixte sie zwei Campari Orange – ein altes Ritual zwischen ihnen. Stefan hielt sie fest, während er trank. Sein klares, markantes Gesicht, das sonst unwiderstehliche Energie ausstrahlte, sah eingefallen aus. Der Jetlag, dachte Josefa. Er arbeitete als Jurist für eine international tätige Zürcher Privatbank. Die vielen Reisen setzten ihm zu, das hatte sie in den vergangenen Monaten beobachten können. Vielleicht waren es aber auch die Spuren seines Doppellebens.

Josefa hatte ihn vor zwei Jahren auf einer Veranstaltung von Loyn kennen gelernt. Zwischen ihnen war schnell klar gewesen, dass es für beide nur eine Affäre sein würde. Wenn sie sich – immer in ihrer Wohnung – trafen, redeten sie meistens zuerst ein wenig am Küchentisch und aßen eine Kleinigkeit. Über das Erzählen näherten sie sich einander wieder an, fanden ihre kleine gemeinsame Insel in dem Strom, der sie sonst trennte.

Doch heute schien Stefan keine Zeit verlieren zu wollen. Er nahm sie schon nach wenigen Minuten in die Arme, drängte sich an sie und ließ sie nicht wieder los.

Hinterher lag Josefa entspannt auf seinem warmen Körper und genoss die Stille, genoss Stefans träge Berührungen. Er spielte mit ihrem Haar, strich über ihren Rücken, küsste zart ihre Schultern. Josefa wollte immer so liegen bleiben, leicht schläfrig, den Geruch von Sex in der Nase. Doch sie wusste, Stefans Zeit war begrenzt.

Sie aßen Gnocchi mit einer selbst zubereiteten Sauce. Josefa erzählte Stefan von den Ereignissen der vergangenen Wochen, vom Auftauchen Schulmanns, von Claires Beziehung mit ihm, vom Gespräch mit Walther, von St. Moritz, vom Ärger mit Bourdin, von ihrem Urlaub auf Teneriffa, von Ingrid, der geheimnisvollen Deutschen, vom Einbruch bei Esther – es sprudelte alles nur so aus ihr heraus. Dann zeigte sie ihm die anonymen E-Mails, die sie verwirrten und beunruhigten. Stefan las sie aufmerksam. Sein gewelltes kastanienbraunes Haar war zerzaust, was ihm etwas Rührendes verlieh. Er trug den weißen Bademantel, den Josefa am Anfang ihrer Affäre für ihn gekauft hatte.

Endlich richtete er sich auf. »Ich würde das nicht allzu

ernst nehmen«, sagte er. »Da tobt sich irgend so ein Irrer verbal im Internet aus, weil er sich dort sicher fühlt.«

»Nicht ernst nehmen?« Josefa spürte, wie sich ihr Magen zusammenzog. »Der spricht von Fängen, die mich zerreißen könnten, von Feinden, vor denen ich mich schützen soll – und ich soll einfach darüber hinweggehen?«

»Ja, ich denke schon. Gerade die Sprache zeigt meines Erachtens, dass der Typ mit seinen Phantasien spielt. Tu ihm nicht den Gefallen, dich verrückt zu machen. Außerdem kannst du den Absender auch ganz einfach blockieren, so dass seine E-Mails gar nicht mehr durchkommen. Ich zeig dir später, wie das geht.«

Er zog Josefa auf seinen Schoß. Sie streichelte sein müdes Gesicht. »Weißt du, ich bin schon ganz paranoid. Ich frage mich zum Beispiel, ob der Einbruch mir gegolten hat. Warum sollte jemand bei Esther einbrechen? Vielleicht hat sich jemand in der Etage getäuscht. Ich begegne allen mit Misstrauen. Sogar im Urlaub bin ich ständig auf der Lauer. Wie bei dieser Ingrid.«

Stefan lächelte. »Diese Seite kenn ich nur zu gut an dir ... Aber im Ernst, Josefa, gerat nicht zu schnell in Panik. Wahrscheinlich wird sich Schulmann mit seinem Benehmen so unmöglich bei den Mitarbeitern von Loyn machen, dass er schon bald untragbar wird. Vielleicht wollen sie dich auch ein wenig provozieren. Vielleicht bist du so gut, dass sich Bourdin bedroht fühlt und ein wenig Abstand schaffen will.« Er küsste ihre Hände, Finger um Finger. »Wer hat Schulmann eigentlich reingeholt?«

»Du bist schon der Dritte, der mich das fragt.«

Er sah sie an. »Der Dritte?«

»Helene und Paul haben mir genau dieselbe Frage gestellt.«

»Paul Klingler? Wie kommt der denn dazu? Hast du dich mit ihm getroffen?«

»Er hat mich am Nachmittag angerufen … Er will mich abwerben.«

Stefan runzelte die Stirn. »Abwerben? Wofür?«

»Er will, dass ich für ihn arbeite. Aber er hat mir noch kein konkretes Angebot gemacht.«

»Und, willst du darauf einsteigen?« Stefan kannte Paul von der Wirtschaftshochschule St. Gallen her, und er mochte ihn ganz offensichtlich nicht. Aber er ließ Josefa stets im Ungewissen, was der Grund dafür war. Sie vermutete dahinter eine Aversion zwischen zwei Alpha-Tieren.

»Er wusste schon von Schulmanns Anstellung. Wahrscheinlich denkt er, ich sei jetzt verzweifelt auf Arbeitssuche.«

Josefa ging in die Küche und setzte die Kaffeemaschine in Betrieb.

»Du kannst ja mal in aller Ruhe deinen Marktwert testen«, sagte Stefan, aber er wirkte etwas abwesend.

»Wenn Paul Klingler mich will, muss ich wirklich Gold wert sein.« Josefa grinste, aber Stefan lächelte nicht.

»Komm, erzähl mir von New York«, bat Josefa.

Stefan ließ den Zucker langsam in seinen Kaffee rinnen.

»Was ist?«, fragte Josefa und wusste gleich, dass etwas Unangenehmes auf sie zukam.

»Die Firma will mich für längere Zeit rüberschicken«, sagte er zögernd.

»Für wie lange?«

Stefan rührte vorsichtig in seinem Espresso. »Mein Vorgänger war acht Jahre auf dem Posten.«

– 10 –

Acht Jahre«, sagte die junge Frau, die sich als Elif Yilmaz vorgestellt hatte. »Er sieht aus, als ob er noch in den Kindergarten ginge.«

Josefa konnte da nicht mitreden. Sie persönlich kannte weder Kinder, die acht Jahre alt waren, noch solche, die den Kindergarten besuchten.

Die Lehrerin schüttelte den Kopf. »Diesen Kindern hat es an ausgewogener Ernährung und guter medizinischer Betreuung gefehlt. Das ist ihnen anzusehen.«

Sie saß mit Josefa im leeren Schulzimmer. An der Wand hingen Zeichnungen von Bäumen, auf deren Ästen bunte Glasperlen klebten. Die Sonne schien durch die mit Scherenschnitten geschmückten Fenster. Das Frohmatt-Schulhaus stand in einem Stadtviertel, in dem ausgesprochen viele Ausländer lebten, weil es hier billige Wohnungen gab. In der Klasse von Frau Yilmaz waren nur noch zwei Schweizer Kinder. Die Lehrerin selbst hatte türkische Eltern, war aber in der Schweiz aufgewachsen.

Josefa war überrascht, in einem alten Schulhaus eine so wunderschöne junge Frau vorzufinden. Nach ihrer Unterhaltung am Telefon hatte sie eher eine mütterliche, resolute Person erwartet. Die Lehrerin war bereit gewesen, sich mitten im Sommerurlaub mit ihr zu treffen. Eigentlich wollte Josefa gar nicht in einem Klassenraum sitzen und mit der Lehrerin über ein Kind sprechen, mit dem sie gar nichts zu tun hatte. Außer, dass es unter ihr wohnte und von einem hartnäckigen Vater umsorgt wurde. Josefa hatte noch vor Stefans Besuch wie versprochen bei der Familie aus dem Kosovo vorbeigeschaut. Sie hatte fest vorgehabt, ein für alle Mal klarzustellen, dass sie nicht für deren Probleme zuständig war, ob mit dem Schulpsychologischen Dienst oder sonst wem. Doch der kleine Junge, den sie »Sali« nannte, weil er alle Leute mit diesem Wort begrüßte, hatte sie umgestimmt. Sie konnte angesichts seiner weit aufgerissenen dunklen Augen nicht den festen Ton anschlagen, den sein Vater sicher endgültig verstanden hätte.

»Sie haben offenbar das Vertrauen der Familie«, sagte Elif Yilmaz jetzt. »Das ist wichtig und kann Sali helfen.«

Josefa war überrascht. »Er heißt Sali? Ist das sein Name?«

»Ja, Sali Emini.«

Die Lehrerin stand auf und nahm einen Stapel Zeichnungen aus einer Schublade. Sie zog ein Blatt heraus. »Das hat Sali gezeichnet.«

In der oberen Ecke waren Hügel zu erkennen. Laub wirbelte durch die Luft, und aus großen Töpfen wuchsen merkwürdige Baumstämme.

»Schöne Herbstzeichnung, nicht wahr?«

Der merkwürdige Ton in ihrer Stimme ließ Josefa nochmals hinschauen. Plötzlich erkannte sie, dass die Baumstämme Rohre von Panzern darstellten, die gen Himmel gerichtet waren. Was sie für Äste gehalten hatte, waren Striche, die wohl Detonationen sein sollten. Die fliegenden Blätter waren menschliche Körperteile, Hände, Füße. Am Boden lag ein Kopf ohne Rumpf, den sie für eine groß geratene Kastanie gehalten hatte.

»Oh mein Gott«, sagte Josefa leise.

»Gott ist nicht auf der Zeichnung, der hat irgendwo Urlaub gemacht«, hörte sie Frau Yilmaz murmeln. Und dann, etwas lauter: »Aber eine Schulpsychologin könnte vielleicht helfen. Eine Therapie. Da der Bub fast noch kein Deutsch spricht, vielleicht eine Therapie mit Musik oder Kunst. Aber dazu brauche ich die Einwilligung der Eltern.«

»Haben Sie mit ihnen gesprochen?«

Die Lehrerin räumte die Zeichnungen weg. Sie trug eine kleine Tätowierung am Finger, die aussah wie ein verschnörkelter Ring. »Der Vater lehnt mich ab, weil ich Türkin bin. Vielleicht hat er früher mal Streit mit einem Türken gehabt, was weiß ich. Ist das nicht verrückt?« Die junge Frau strich sich mit einem Finger die perfekt gezupften Augenbrauen nach. »Die Leute fliehen vor dem Krieg und nehmen ihre Konflikte mit, bringen sie hierher.«

Josefa dachte eine Weile nach. »Was kann ich tun?«

»Füllen Sie das Formular aus, sagen Sie der Familie, es wäre vom Schularzt, und lassen Sie den Vater unterschreiben.«

Sie wartete keine Antwort ab und streckte Josefa freundlich lächelnd die Hand hin. »Toll, dass Sie sich darum kümmern. Diese Kinder brauchen jede Hilfe, die sie kriegen können. Sali ist ein lieber Junge, wissen Sie, nicht so aggressiv wie viele Kinder aus dem Kosovo. Aber gerade das macht mir Sorgen. Er lässt seine Angst nicht raus.«

Als Josefa aus dem Schulgebäude trat, überwältigte sie das Dröhnen der Schnellstraße, die in der Nähe vorbeiführte. Die Luft musste hier sehr schmutzig sein. Sommersmog. Josefa blieb nur noch ein Urlaubstag, und sie wusste immer noch nicht, was sie wegen Schulmann tun sollte.

Auf dem Schulplatz spielten Kinder Fußball. Auch Mädchen waren darunter. Ein Mann stand am Zaun und schaute den Kindern zu. Er kam Josefa irgendwie bekannt vor. Sie lief an ihm vorbei zum Auto. Er war etwa vierzig Jahre alt und gut gekleidet. Als Josefa in den Rückspiegel blickte, war der Mann verschwunden. Sie wusste nun plötzlich, woher sie ihn kannte: Er hatte an der Ecke ihres Hauses gestanden, als sie am Nachmittag aus dem Hinterhof gebogen war.

– 11 –

Fast hätte Josefa ihre erste Arbeitswoche unbeschadet überstanden. Werner Schulmann war auf Geschäftsreise in New York. Aber am Freitag kehrte er zurück. Und am Freitagmorgen fand Josefa auch eine Notiz auf ihrem Schreibtisch.

Henry Salzinger tödlich verunglückt. Bitte Kondolenzschreiben an die Familie schicken und den Verstorbenen von der Gästeliste streichen.

Salzinger. Sie schaute in ihrer Datenbank nach. »Henry Salzinger, Caligula Investment.« Caligula, der grausame römische Kaiser, der dem Wahnsinn verfiel. Das war wenigstens, was sie von einem Theaterstück im Schauspielhaus erinnerte.

Noch bevor sie den Gedanken zu Ende spinnen konnte, läutete ihr Telefon. »Ein Herr namens Paul Klingler«, sagte ihre Sekretärin. »Wollen Sie mit ihm sprechen?«

»Stellen Sie durch.«

Paul kam direkt zur Sache. »Hast du von Salzinger gehört?«

»Ja, ich weiß es seit zwei Minuten.«

»Jetzt wird's langsam suspekt, findest du nicht?«

»Was ist suspekt?«

»Josefa!« Paul konnte seine Ungeduld nicht verbergen. »Drei Leute, die etwas – was sage ich –, die *viel* mit der Swixan-Pleite zu tun haben, sind gestorben. Drei Tote innerhalb weniger Wochen. Kommt dir das nicht merkwürdig vor?«

»Paul, ich hab dafür jetzt keine Zeit.«

»Wir müssen uns treffen, möglichst bald. Ich schicke dir eine Mail. Ciao.« Und weg war er. Was schreckte er sie mit solchen Anrufen auf, dachte Josefa irritiert. Als ob sie nicht schon genug Sorgen hätte.

Als sich Josefa kurz vor neun Uhr ins große Konferenzzimmer begab, wusste sie immer noch nicht, wo Claire Fendi steckte. Normalerweise war ihre Assistentin schon um sieben Uhr im Büro.

Werner Schulmann stand mit Richard Auer, dem Verkaufschef, am einen Ende des Raums. Sie schienen sich glänzend zu unterhalten. Beide bleckten lächelnd die Zähne.

Josefa setzte sich, ohne Schulmann zu begrüßen. Jetzt sah sie Claire auf sich zukommen. »Tut mir Leid, dass ich so spät bin«, flüsterte sie und setzte sich neben Josefa. »Ich musste ein Rad an meinem Auto wechseln.« Josefa schenkte sich Mineralwasser ein. »Wir unterhalten uns nachher«, flüsterte sie zurück.

Josefa spürte die Blicke der anderen auf sich. Alle waren gespannt, wie sie auf den neuen Mann reagieren würde. Sie sah Pius hereinkommen und sich in einen Stuhl in der Ecke fläzen, in sicherer Distanz vom Konferenztisch. Dann stürmte Bourdin ins Zimmer. Er kam direkt auf sie zu. »Großartig, Sie wieder hier zu haben! Wie war denn Ihr Urlaub?« Josefa war so überrumpelt, dass sie nur ein unbeholfenes »Danke der Nachfrage« herausbrachte.

Sie beobachtete aus dem Augenwinkel, wie Auer und Schulmann Platz nahmen. »Frau Rehmer, Sie kennen Werner Schulmann bereits, nicht wahr?«, sagte Bourdin mit belegter Stimme. Er war offensichtlich erkältet. »Ja, wir haben uns schon getroffen«, erwiderte Josefa kühl.

»Gut«, sagte Bourdin und ließ es zu ihrer Überraschung dabei bewenden. »Eröffnen Sie die Sitzung, ich kann heute nicht viel reden.« Das war sicheres Terrain für Josefa, und es fiel ihr sogar leicht, Schulmann in ihre förmliche Begrüßung einzubeziehen. Sie streifte ihn dabei mit einem höflich-desinteressierten Blick. Dann ging sie das kommende Kundenevent durch, ein Golfturnier am Genfersee, das in fünf Wochen, Anfang September, stattfinden würde. Fast zweihundertfünfzig Gäste waren eingeladen. Einige von ihnen würden die Gelegenheit erhalten, sich mit einem der besten Golfspieler der Welt, dem Australier Colin Hartwell, auf dem Rasen zu messen. Solche Anlässe mussten von langer Hand vorbereitet werden, und Josefa verstand sich darauf. Sie erläuterte nun das Programm, die Auswahl der VIPs, den Umfang der platzierten Werbung, Hartwells Auftritte, die kulturellen Ereignisse am Abend, das Diner im Grand-Hotel. Und schloss mit den Worten: »Das Golfturnier am Genfersee ist das beliebteste Event bei unseren Gästen, wir haben eine phantastische Werbepräsenz, und das Medienecho wächst mit jedem Jahr.«

Bourdin hatte den Kopf auf die linke Hand gestützt und spielte mit seinem Füllfederhalter. Er schien mit den Gedanken weit weg zu sein. Dann richtete er sich auf. »Herr Schulmann, Sie sind an der Reihe.«

Josefas Muskeln spannten sich an. Schulmann begann seine Begrüßung in knappem, sachlichem Ton und rückte dabei seine Goldrandbrille zurecht. »… mit besonderer Wertschätzung möchte ich meiner Kollegin Josefa Rehmer für ihre solide Vorarbeit danken.« Beim Wort »Vorarbeit« horchte Josefa auf. Das war die Einleitung zu einer Kampfansage.

Das Golfturnier am Genfersee sei bisher ein großer Erfolg gewesen, fuhr Schulmann fort. Doch wer sich vom Erfolg einlullen lasse, sei gefährdet. Das Konzept für diesen Anlass, das sehe er aus den Unterlagen der vergangenen Jahre, sei schon seit geraumer Zeit mehr oder weniger das Gleiche. »Wer aber nicht weiterdenkt« – jetzt wurde Schulmanns Stimme eine Spur prononcierter –, »wer nicht ständig neue Ideen entwickelt, der steht plötzlich mit leeren Händen da, wenn sich das alte Konzept totläuft. Das kann schneller geschehen, als man denkt. Man muss den Erwartungen der

Kunden immer einen Schritt voraus sein, nein, nicht einen Schritt – drei Schritte.« Schulmann klang nun beschwörend. »Innovativ sein heißt, das Erreichte immer wieder in Frage zu stellen, das Undenkbare zu denken, mit dynamischer Destruktion Kreativität zu erzeugen.«

Josefa warf einen Blick auf Bourdin. Der hatte nicht aufgehört, seinen Federhalter hin und her zu rollen. Er sah weder Josefa noch Schulmann an, der nun ankündigte: »Aus diesem Grund werde ich an Frau Rehmers Konzept einige gewichtige Änderungen vornehmen.«

Josefa saß wie vom Donner gerührt da. Im Raum herrschte gespannte Stille. Alle warteten darauf, welche Änderungen das sein würden. Aber Schulmann sprach nicht weiter, sondern lehnte sich zurück. Da Bourdin nicht reagierte, richteten sich nun alle Augen erwartungsvoll auf Josefa.

»Als Erstes muss ich betonen, dass dieses Konzept von meinem gesamten Team erarbeitet und kontinuierlich verfeinert wurde«, begann sie. »Zweitens wird das Konzept jedes Jahr im intensiven Austausch mit wichtigen Gästen überprüft. Wir verfügen über ein ausgefeiltes Sensorium für die Wünsche unserer Gäste. Unsere Gäste haben für uns oberste Priorität. Und Veränderungen an unserem Programm, so mussten wir immer wieder feststellen, werden von ihnen nicht goutiert.« Fast hätte sie hinzugefügt, dass Bourdin das sehr wohl wisse, aber sie versagte sich diese Zuflucht zur Unternehmensleitung.

Schulmann nutzte ihr kurzes Zögern aus, um in die Kerbe zu schlagen. »Das ist eine ziemlich festgefahrene Arbeitsweise, finden Sie nicht, Josefa?«, sagte er in herablassendem Ton.

Sie ignorierte das vertrauliche »Josefa« und unterbrach ihn resolut. »Vielleicht ändern Sie Ihre Meinung, Herr Schulmann, wenn Sie die Auswertung der Reaktionen unserer Gäste studieren. Die Bedürfnisse unserer Kunden und Geschäftspartner sind konservativer, als Sie denken. Schließlich werden aus gutem Grund auch die Regeln im Golf nicht jedes Jahr geändert.« Diese Bemerkung brachte ihr einen Lacher aus der Runde ein. Auch Schulmann lächelte süffisant.

»Man braucht mich nicht über die Gepflogenheiten in diesem Geschäft zu belehren, Josefa. Ich habe mit ein paar wichtigen Kunden gesprochen, oder vielmehr, *sie* haben mit *mir* gesprochen.« Er legte eine Kunstpause ein. »Wir werden das Catering anders anpacken, ich kenne da wirklich gute Leute, und wir werden das Konzertprogramm neu gestalten.«

Josefa intervenierte so ruhig wie möglich. »Das wird nicht möglich sein, Herr Schulmann. Wir haben alle Verträge schon längst unterschrieben, wie Sie sich vorstellen können. In diesem Jahr ist da nichts zu machen.«

»Diesen Satz möchte ich aus dem Vokabular unserer Mitarbeiter streichen«, konterte Schulmann scharf. »Da ist immer etwas zu machen.«

Josefa konnte ihre Gereiztheit nur noch schlecht unterdrücken. »Vergessen Sie nicht, dass *ich* für diesen Anlass die Verantwortung sowohl für das Budget wie auch für die Durchführung trage. Ich werde der Geschäftsleitung direkt Rechenschaft ablegen müssen. Eine massive Überschreitung der Kosten wegen Konventionalstrafen liegt da nicht drin.« Sie wandte sich nun direkt an Bourdin. »Wie sehen Sie das?«

Der räusperte sich. »Herr Schulmann ist der Marketingchef. Die Entscheidungen liegen nun bei ihm. Das gilt auch für das Golfturnier in Genf.«

Ein Raunen ging durch den Raum. Stuhlbeine scharrten, Papier raschelte, ein Stift fiel auf die glänzende Tischplatte. Josefa war, als hätte ihr jemand eine Ohrfeige versetzt. Sie blickte Schulmann nicht an, wollte nicht den Triumph in seinem Gesicht lesen.

Als ob nichts geschehen wäre, redete Bourdin weiter. »Wir

werden ein großartiges Team haben für ein großartiges Event mit großartigen Gästen …« Seine Worte drangen nur noch wie durch einen Nebel zu Josefa durch. Aber dann hörte sie eine helle, feine Stimme, die sagte: »Wenn das so ist, wie Herr Bourdin sagt, dann werde ich mir überlegen müssen, ob ich noch weiter in dieser großartigen Firma arbeiten will.«

Alle Köpfe drehten sich zu Claire.

– 12 –

Die Explorer-Bar im Stadtkreis 1 war ein Produkt des ästhetischen Puritanismus: Stahl, helles Holz und nichts Überflüssiges. Josefa bestellte einen Wein aus dem Libanon, dessen »leicht kaffeeartiger Nachgeschmack« vom Barmann angepriesen wurde.

»Sie wollen also gehen?«, fragte Pius Tschuor, der neben Josefa auf einem Barhocker saß. Sie sah ihn an. Es fiel ihr schwer, sich auf seine Worte zu konzentrieren. Nur langsam ließ die Anspannung nach. Pius hatte sie kurzerhand nach Büroschluss ins Nachtleben von Zürich entführt. »Ich denke, an einem Tag wie diesem ist es besser, wenn Sie nicht allein nach Hause fahren«, hatte er erklärt. »Ich bringe Sie, wohin immer Sie wollen.«

Die Bar war voll. Josefa entging nicht, dass sich Frauen nach Pius umdrehten. Es war nicht nur sein gutes Aussehen, es war auch seine sorglos-spöttische Ausstrahlung. Etwas Verwegenes ging von ihm aus, wie von dem Cowboy in der Zigarettenwerbung. Auch sie wurde mit Blicken begutachtet. Die Frau an seiner Seite. Josefa sah prüfend in den Spiegel hinter dem Tresen. Ein müdes Gesicht. Ein paar grauschwarze Locken hatten sich aus dem Knoten gelöst. Selbst ihr Mund wirkte schlaff. Sie schaute weg.

»Sie wollen also die Firma verlassen?«, fragte Pius erneut.

Josefa antwortete nicht. Sie war zu müde, um Entscheidungen zu treffen. Zu allem Überdruss hatte sie kurz nach der Mittagspause wieder eine anonyme E-Mail erhalten; wieder mit einer Botschaft auf Englisch. *Eine Frau kann nicht sorgfältig genug in der Wahl ihrer Feinde sein.*

Das gab ihr den Rest. Drei Wochen Urlaub waren an einem Tag verpufft.

»Sie sollten bleiben und Schulmann ins Messer laufen lassen«, sagte Pius.

»Welches Messer?«

»Das Messer, das Bourdin für ihn bereithält.«

»Was meinen Sie damit?«

»Bourdin braucht jemanden, der Chaos und Verunsicherung erzeugt. Wenn er es selber tut, kommt er mit Walther in Konflikt. Aber Bourdin braucht Chaos um sich herum. Das ist sein Lebenselixier. Schulmann wird ihm das liefern. Dann kann Bourdin seine Fäden ziehen, und wir alle zappeln daran.«

Josefa schüttelte den Kopf. »Walther verteidigt Bourdin durch alle Böden hindurch. Bourdin braucht Schulmann nicht« – sie stockte und korrigierte sich dann –, »oder besser: Bourdin braucht Schulmann für einen Zweck, den ich nicht durchschaue. Er verfolgt ein Ziel, aber ich komme nicht darauf, was es sein könnte.«

Pius goss ihr nochmals Wein ein. »Jetzt vergessen Sie mal Bourdin, Josefa. Kommen Sie, meine Teure, schenken Sie mir Ihr holdes Lächeln.«

»Ich bin so teuer, dass Sie mein Lächeln nicht bezahlen können«, gab sie zurück.

»Sie lachen so selten, Josefa, in Ihren Augen steckt immer

eine leise Traurigkeit.« Er sah sie fast zärtlich an. Sie fühlte sich weich werden.

»Das klingt ja direkt poetisch. Ich dachte, Sie seien Photograph und nicht Dichter«, erwiderte sie voller Ironie, aber insgeheim dachte sie, dass er Recht hatte. Wie lange war es her, dass sie sorglos gelacht hatte, bis ihr die Tränen die Wangen hinunterkullerten? Sie konnte sich nicht entsinnen. Aber als kleines Mädchen musste sie es oft getan haben. Vor dem Tod ihrer Mutter musste sie doch mit Freundinnen rumgealbert haben ... In einem angestrengt nüchternen Ton sagte sie zu Pius: »Aber es ist lieb, dass Sie sich meiner annehmen.«

»Ich wollte Sie nicht allein lassen nach so viel Ärger.« Seine Stimme war wie Samt.

»Woher wollen Sie wissen, ob nicht jemand zu Hause auf mich wartet?«

Pius rückte seinen Hocker näher, als wollte er ihr etwas Vertrauliches mitteilen. Sie meinte die Wärme seines starken Körpers zu spüren. Josefa hätte sich in diesem Moment gern an seine Schulter gelehnt. Nur ganz kurz. Oder vielleicht ein bisschen länger.

»Ich hätte immer schon gern gewusst, mit wem Sie Ihre Nächte teilen, Josefa«, raunte er. Seine Augen brannten dunkel.

»Und Sie?«, fragte sie zurück.

»Ich? Mit Gelyella.«

»Und wer ist diese exotische Unbekannte?«

»Ein lebendiges Fossil«, verriet Pius und grinste, sein Gesicht immer noch ganz nahe. Er ließ sie nicht aus den Augen. »Gelyella ist etwa ein drittel Millimeter lang. Unter dem Mikroskop sieht sie aus wie ein seltsames Krustentier. Schweizer Forscher haben sie Mitte der neunziger Jahre in einer unterirdischen Quelle entdeckt. Diese winzigen Dinger haben zwanzig Millionen Jahre überlebt, stellen Sie sich das mal vor.

Und Gelyella ist eine wahre Schönheit: Sie hat einen vollkommen durchsichtigen, augenlosen Körper.«

»Das klingt spannend. Ich habe noch nie von Gelyella gehört«, sagte Josefa. Sie fühlte plötzlich bleierne Müdigkeit sich in ihrem Körper ausbreiten. Der Rotwein.

»Menschen vergessen Wesen, die nicht sichtbar sind. Wesen, die in unterirdischen Welten leben.« Sein Finger bewegte eine ihrer baumelnden Locken hin und her.

»Ihre Wesen fürchten das Tageslicht«, sagte Josefa und griff nach ihrem Weinglas wie nach einem Rettungsanker.

»Im Licht würden sie elend zugrunde gehen«, stieß Pius zwischen den Zähnen hervor. Seine Augen funkelten. Josefa wusste, dass er Spaß machte, aber trotzdem rann ihr plötzlich ein kalter Schauer über den Rücken. Es war einfach alles zu viel gewesen heute.

Pius legte lachend den Arm um ihre Schulter und zog sie kurz an sich. »Hab ich Sie erschreckt, meine furchtlose Kriegerin?«

Josefa drückte ihr Gesicht an den weichen Stoff seiner Jacke. Dann zog sie sich rasch zurück.

»Ich habe allen Grund, mich zu fürchten«, sagte sie und erzählte ihm von den anonymen E-Mails. Pius hörte ihr aufmerksam zu. Zuhören war eine seiner Stärken. »Vielleicht kann jemand zurückverfolgen, woher die Botschaften kommen. Man hinterlässt immer Spuren, wenn man ins Internet geht. Gehen Sie doch mal zu Joe Müller ins Internetcafé im Hauptbahnhof. Joe ist ein alter Kumpel von mir – und ein ausgebuffter Internetfreak der ersten Stunde.« Josefa wurde fast wieder wach. »Joe Müller, den kenn ich auch. Ich habe früher mal bei ihm einen Internet-Kurs gemacht. Warum habe ich nicht vorher daran gedacht? Danke für den Tipp.« Sie rutschte vom Barhocker. »Los, gehen wir, Gelyella wartet.«

»Sie haben mir immer noch nicht verraten, mit wem –«

»Vielleicht ist es auch jemand, der nicht ans Licht will«, erwiderte Josefa und steuerte auf den Ausgang zu.

– 13 –

In der riesigen Halle des Zürcher Hauptbahnhofs wurde wieder einmal etwas aufgebaut. Männer in orangefarbener Arbeitskleidung verlegten Gestänge und trugen Bretter. Es sah ganz nach einer Tribüne aus, wahrscheinlich für eine Modenschau. Der bunte Engel von Niki de Saint-Phalle schaute missbilligend auf das Getümmel unter ihm. Ständig wurde diese prachtvolle weite Halle voll gestopft mit irgendwelchen Marktständen, Bankreihen und Festzelten.

Josefa klopfte an die Scheibe des Internetcafés, an dem ein Schild hing: »Geschlossen.« Der junge Mann, der die Bar mit einem Lappen reinigte, machte ein abwehrendes Handzeichen. »Ich will zu Joe«, rief Josefa und deutete auf die Gestalt, die bei einem Computer stand. Der Barmann sagte etwas zu Joe, der sich nun nach ihr umdrehte. Er kam gemächlich zur Tür – sie hatte ihn noch nie in Eile gesehen – und drehte einen Hebel.

»Du siehst ja richtig fit aus«, begrüßte er sie.

»Mach dich nicht lustig über mich, ich habe nur vier Stunden geschlafen«, gab Josefa zurück.

»Ja, das wilde Zürcher Nachtleben«, säuselte Joe. »Du willst doch nicht sagen, dass dich diese E-Mails die ganze Nacht wachgehalten haben?«

»Nein, es war ein Mann.«

Joe pfiff durch die Zähne. Josefa hatte ihren Namensvetter vor einigen Jahren als Krankenpfleger Josef Müller beim

Blutspenden kennen gelernt. Diese Information hatte sie Pius vorenthalten; sie wollte nicht, dass er sich Josefa auf einer Bahre liegend vorstellte. Damals hatte sie Joe scherzhaft als »Krankenbruder« angesprochen, worauf er sie zu seiner »Schwester im Geiste« erhob. Er hatte sie ins Internet eingeführt, als es in den meisten Büros noch ein Fremdwort war. Die Arbeit im Krankenhaus hatte er inzwischen für eine Teilzeitstelle im Internetcafé aufgegeben und sein kurzes Haar an den Spitzen weiß gefärbt.

Josefa schaltete ihren Laptop an und zeigte Joe die anonymen Texte. Er schüttelte traurig den Kopf, als er den Absender sah. »Mit Hotmail ist da eigentlich nichts zu machen. Für uns ist das ein anonymer Remailer. Der gibt mir keine Anhaltspunkte. Wäre es ein ganz spezifischer Provider, einer, der in Zürich seine Zentrale hat, oder ein Firmenabsender oder ein Internetcafé, dann ließe sich vielleicht etwas zurückverfolgen. Sorry, aber ich kann dir da absolut keine Hoffnungen machen.«

»Schade«, sagte Josefa, die nicht wusste, was ein Remailer war. »Aber ich wollte es wenigstens versucht haben.«

Joe zuckte entschuldigend die Achseln. »Wenn es eine Polizeiuntersuchung wäre, dann müssten wahrscheinlich Service-Provider wie Hotmail ihre IP Log Files für die Strafuntersuchung öffnen. Diese Log Files registrieren alle Besucher der Webseite durch deren IP-Adressen. Und durch die IP-Adressen könnte man zu den Absendern gelangen.«

»Aha.« Josefa wollte nicht den Eindruck erwecken, dass ihr alles klar war. Außer, dass sie wegen dieser E-Mails keine Strafuntersuchung der Polizei auslösen wollte.

Joe schien ihre Gedanken zu lesen. »Das sind ja keine Morddrohungen«, sagte er besänftigend.

Josefa nickte. »Ich weiß nicht mal, ob der Kerl – oder die Kerlin – englischer oder amerikanischer Muttersprache ist.«

Joe überlegte einen Augenblick. »Wenn du nichts dagegen hast, schicke ich die Mails rasch an mein System weiter und geb sie Jack, einem Kollegen aus England, zu lesen. Vielleicht findet er etwas heraus.«

»Okay, aber er soll diskret damit umgehen.«

»Keine Bange, ich werde deine Adresse herausfiltern.«

Sie drückte Joe ein buntes Lederarmband mit edlen Metalleinsätzen in die Hand, das sie ihm schon früher versprochen hatte. Es war ein Kundengeschenk von Loyn und wurde nur in begrenzter Anzahl hergestellt. »Cool«, sagte Joe und grinste. »Mit diesen Dingern habe ich früher beim Blutspenden die Ader abgebunden.«

Als Antwort gab Josefa ihm einen Schubs. Bei ihm konnte sie sich das erlauben.

Bei Paul Klingler würde sie vorsichtiger sein müssen. Josefa war schon zwanzig Minuten zu spät, als sie am Rennweg aus der Straßenbahn stieg. Sie lief mit der schweren Laptop-Tasche über der Schulter die Gasse hinauf, an den eleganten Geschäften vorbei. Es war schwül, und ihr war heiß, trotz des leichten Sommerkleides. In der Eingangshalle des Hotel Widder zeigte das Schild »Bibliothek« nach unten. Paul wartete bereits in einem Ledersessel vor dem leeren Kamin. Bei ihrem Anblick erhob er sich und breitete die Arme aus. Sein Anzug war solide Maßarbeit, musste es auch sein, bei seinen zwei Metern.

»Willkommen im Club«, sagte er feierlich.

»Halt, halt«, wehrte Josefa ab. »So schnell geht das nicht. Warum dieser Ort, warum diese Heimlichkeit?«

»Diskretion, würde ich das nennen, die Essenz unseres Geschäfts.«

Josefa bemerkte, dass Paul einen neuen Haarschnitt trug. In seinem fahlen Haar leuchteten keck blondierte Strähnchen. Er wies auf einen weiteren Ledersessel. »Setz dich doch erst mal. Was möchtest du trinken?« Josefa bestellte einen Tomatensaft. Sie sah sich in der Bibliothek um. Das mittelalterliche Mauerwerk und die moderne Struktur des Raumes ergaben ein interessantes Gemisch.

»Wann?«, fragte Paul, als er von der Bar zurückkam.

»Wann was?«

»Wann fängst du bei mir an?« Er schaute ihr direkt ins Gesicht.

»Paul, sollte ich bei Loyn aufhören, möchte ich nicht wieder irgendwo angestellt sein – dann möchte ich meine eigene Firma aufbauen.« Sie wartete gespannt, wie Paul reagieren würde. Doch der sagte locker: »Gute Idee, Josefa. Ich werde einige Projekte auslagern und deine Firma damit beauftragen. Die Sache ist geritzt. Hast du schon gekündigt?«

Sie verschluckte sich am Tomatensaft. Ungerührt hielt Paul ihr eine weiße Stoffserviette hin.

»Ich werde noch das Golfturnier am Genfersee im September betreuen, weil ich mich dafür verantwortlich fühle. Ich kenne einige der Gäste seit langem. Vielleicht lassen sich da auch Kontakte knüpfen, das wäre nicht schlecht. Dann werde ich entscheiden, ob und wie schnell ich gehe. Ich habe zwei Monate Kündigungsfrist, außerdem haben sich etliche Urlaubstage und Überstunden angesammelt. Da kommt mir das Arbeiten endlich mal zugute, meinst du nicht?«

Paul hörte ihr aufmerksam zu, sein langer Oberkörper war ihr zugeneigt. »Du hast sicher schon genügend Kontakte geknüpft, Josefa. Aber wenn du meinst, dass du das Golfturnier noch machen willst – gut. Jetzt habt ihr ja schon wieder einen Gast weniger.«

Josefa gab keine Antwort.

»Henry Salzinger. Er wurde ja ständig von Loyn eingeladen.«

Josefa nippte schweigend an ihrem Tomatensaft.

»Dieser so genannte unabhängige Rechnungsprüfer für Swixan ... Du erinnerst dich an Färber Brothers? So hieß damals seine Firma. Er hat den Swixan-Schurken einen Persilschein ausgestellt. Er hat vor den miesen Tricks der Manager die Augen verschlossen, statt den Gaunern auf die Finger zu klopfen.« Er schaute sie herausfordernd an. »Er hatte einen Jagdunfall.«

Josefa fuhr hoch. »Noch einer?«

»Dachte schon, dass dich das überrascht«, sagte Paul. »Salzinger war in den Bergen, wenn ich mich nicht täusche, im Kanton Wallis. Da hat er offenbar das Gewehr falsch in die Hand genommen, und schon ging ein Schuss los. Lungendurchschuss. Ich wusste gar nicht, dass der auch Wild jagt und nicht nur unterbewertete Firmen.«

Josefa dachte an Salzingers Trinksitten in St. Moritz, wie die bedauernswerte Claire seine feuchten Monologe hatte ertragen müssen, an Salzingers konturenloses, nichts sagendes Gesicht, seine giraffenartige Gestalt.

»Paul, du nimmst mich doch auf den Arm. Im Sommer ist die Jagd im Kanton Wallis ja noch gar nicht offen. Da stimmt doch was nicht.«

»Was für normale Leute gilt, ist noch lange kein Hindernis für Herren mit Geld«, entgegnete er. »Ein Almhirt hat die Leiche gefunden, als er nach einer verirrten Kuh Ausschau hielt und seine Hunde wie wild zu bellen anfingen.«

»Es kann auch Selbstmord gewesen sein«, sagte Josefa, die immer noch so tat, als höre sie eine verrückte Mär. Paul hob die Achseln.

»Vielleicht. Vielleicht auch nicht. Die Familie spricht lieber von einem Unfall und sagt, Salzinger habe sicher nur seine Kondition in den Bergen testen wollen, nachdem er im vergangenen Jahr eine Knieoperation hatte.« Er rückte seine

Krawatte zurecht. »Anwalt Feller-Stähli, Konzernchef Thüring und jetzt Salzinger, der Rechnungsprüfer. Bei der Swixan-Pleite sind sie ungeschoren davongekommen, und nun sind alle drei mausetot«, sagte er mit einem sarkastischen Unterton.

Fehlt noch Karl Westek, der Finanzchef, dachte Josefa. Auch ein Gast von Loyn. Stattdessen wendete sie ein: »Thüring wird nur vermisst. Niemand weiß, ob er nicht noch lebt.«

Sie sah Gesichter vor sich: der drahtige Westek mit dem Kiefer eines Kampfhundes; Salzinger, über den Tisch gebeugt wie eine Trauerweide. Auch Feller-Stähli war in St. Moritz dabei gewesen, genauso Thüring, mit dem sie ja noch ein paar Worte gewechselt hatte. Später hatte sie ihn mit dem rätselhaften Curt Van Duisen zusammensitzen sehen.

»Du denkst, das ist kein Zufall?«, hakte sie nach.

Er schaute sie unverwandt an. »Doch, natürlich kann alles ein Zufall sein. Aber manche Leute werden sich Fragen stellen. Die Medien tun es jetzt schon. Das ist doch ein gefundenes Fressen für die. Und wenn die Medien zu wühlen anfangen, beißt die Polizei auch irgendwann an.«

»Paul, warum erzählst du mir das alles? Diese Leute gehen mich nichts an. Sie standen halt zufällig auf der Gästeliste von Loyn. Und die Gäste wähle schließlich nicht ich aus.«

»Zufällig auf der Gästeliste? Ist es Zufall, dass sich Thüring bei euch sehen lassen konnte? Obwohl er die Swixan ins Verderben getrieben hat? Thüring war der meistgehasste Mann in Zürich. Er hat über sehr viele Menschen sehr viel Leid gebracht.« Paul lachte trocken. »Er wollte sich wieder als ehrbarer Unternehmer etablieren, und wer half ihm dabei? Loyn. Ja, die Brüder halten alle zusammen, durch dick und dünn. Die haben schließlich alle irgendwie Dreck am Stecken.«

Josefa hatte manchmal Mühe, ihren alten Freund zu verstehen. Seine Kunden stammten aus bedeutsamen Wirtschaftskreisen, und Paul half ihnen, sich in der Öffentlichkeit gut zu verkaufen. Er war ihr Image-Designer, ihr Porentiefreiniger. Und hier saß er, im Luxushotel, bestimmt vor dem teuersten Cognac des Hauses, und sprach von menschlichem Leid. Aber Paul war ihr schon immer ein Rätsel gewesen: Als sich die Schüler auf dem Gymnasium als Revoluzzer im Kampf gegen das Establishment fühlten, las Paul Jubiläumsberichte von Schweizer Unternehmen. Und als die Revoluzzer sich zu respektierten Mitgliedern der kapitalistischen Gesellschaft wandelten, trat Paul in den Beirat eines ethischen Fonds ein und unterstützte alternative Energien.

»Na ja – Schulmann wird sich ärgern, wenn du nach so kurzer Zeit abspringst. Da wird er also selbst die Knochenarbeit machen müssen. Der wird sich wundern, dieser Angeber.« Paul schien plötzlich königlicher Laune zu sein.

»Du hasst ihn, nicht wahr?«

Pauls Lächeln gefror. Seine Mundwinkel zuckten nervös. »Nein. Warum sollte ich Schulmann hassen?«

»Nicht Schulmann. Thüring.«

»Ach, Thüring meinst du. Nein, den hasse ich nicht. Warum auch? Mir hat er nichts zuleide getan. Mir nicht.«

Josefa war kalt geworden. Der Schlafmangel ließ sie frösteln. »Ich möchte allmählich nach Hause, ich muss nachschlafen«, sagte sie entschuldigend zu Paul, der sofort aufstand. »Ich wollte dir nur raten, dich aus allem rauszuhalten, Josefa. Sprich mit niemandem über diese Unfälle. Denk an die Devise in unserem Geschäft: Wir halten uns aus allem raus.« Er umarmte sie flüchtig.

Als sich Josefa zum Ausgang wandte, sah sie einen Mann um die Ecke verschwinden. Sie hätte schwören können, es war Richard Auer. Aber vielleicht hatte sie schon Halluzinationen.

– 14 –

Das Großmünster sah an diesem Tag wie ein Werk des Verpackungskünstlers Christo aus. Die beiden Türme der mittelalterlichen Kathedrale, die gerade renoviert wurden, waren in braune Kunststoffplanen gehüllt. Die Touristen waren frustriert. Das meistphotographierte Gebäude Zürichs entzog sich ihnen unter einer schäbigen Plastikhülle.

Helene hatte andere Sorgen. Sie wollte nachsehen, wie sehr die Kolonie der Alpensegler, die im Sommer immer unter den Vorsprüngen und Zierleisten der Türme nisteten, von den Bauarbeiten abgeschreckt wurden. Josefa überquerte mit ihr den Münsterplatz aus behauenen Pflastersteinen. Sie blieben vor einer unscheinbaren Holztür an der Hinterseite des Kirchenrumpfes stehen. Helene zog einen altmodischen großen Schlüssel hervor, mit dem sie ihnen öffnete. Josefa schlüpfte hinter ihr hinein. Drinnen war es dunkel und kühl. Als die schwere Holztür krachend ins Schloss fiel, zuckte Josefa unwillkürlich zusammen. Dann drehte Helene einen Lichtschalter und öffnete eine weitere Tür mit einem zweiten Schlüssel. »Das ist ja wie in einem Banktresor«, sagte Josefa.

Sie durchquerten das dunkle Kirchenschiff und stiegen eine Holztreppe hoch und dann noch eine und noch eine, bis Josefa völlig außer Atem war. Von einer Plattform aus konnte man auf eine Turmzinne treten. Durch Lücken in den Planen sah Josefa auf die Ziegeldächer der Altstadt, auf Dachterrassen mit kleinen Gärten und Sonnenschirmen, sah ein Stück der schlammgrünen Limmat und weiter hinten die Kuppe des Üetliberges. Die Luft flimmerte, so heiß war es.

»Was wär das schön, ein Alpensegler zu sein. Die Welt aus der Distanz von oben zu betrachten, und wenn's kalt wird, einfach wegzufliegen.«

»Auf diesen äußerst originellen Gedanken sind schon viele andere vor dir gekommen«, bemerkte Helene trocken. In ihrem roten Haar hingen Spinnweben. Weiß der Himmel, wo sie wieder herumgeturnt war.

»Stefan wird nach New York versetzt.« Josefa sparte sich einleitende Worte.

Helene fuhr fort, die Steinwände zu inspizieren. »Also eine Fernbeziehung?«

Josefa setzte sich auf die Holzplanken.

»Kannst du mir das empfehlen? … Gibt es deinen kanadischen Freund eigentlich noch?«

Das war eine geradezu dreiste Frage, denn Helene redete nicht viel über ihre Gefühle. Einmal hatte sie Josefa ein Bild von Greg gezeigt: ein bärtiges großflächiges Gesicht, eingerahmt von einer bis über die Ohren gezogenen, mit Pelz gefütterten Kappe, ein offener Blick und kräftige Zähne. Josefa ertappte sich bei der Vorstellung, wie Greg und Helene sich küssten. Es war ihr ein wenig unangenehm. Sie wollte ihre Freundin nicht als sexuelles Wesen sehen.

»Greg? Der schlägt sich durch den kanadischen Busch«, erklärte Helene. »Mit irgendwelchen blöden Touristen.«

»Da sollte er aber lieber aufpassen. Gerade ist dort ein bekannter Schweizer Anwalt umgekommen, irgendwo in der Nähe von Prince George. Feller-Stähli heißt er. Er war auf einer geführten Jagdtour und hat sich dann verirrt.« Helene war hinter den Planen verschwunden. Josefa hörte ein Rascheln und Kratzen. »Sie haben Grizzlybären gejagt. Hast du davon gehört? Oder Greg?«

»Was hast du gesagt?«, fragte Helene, als sie wieder auftauchte.

»Feller-Stähli, ein bekannter Anwalt, ist auf der Bärenjagd irgendwo bei Prince George umgekommen. Greg wohnt doch dort, nicht wahr?«

»Weißt du, wie groß die Wildnis um Prince George ist?«, fragte Helene zurück. »Größer als die Schweiz. Und weißt du, wie viele Touristen sich dort jedes Jahr aufhalten? Und da soll Greg ausgerechnet von einem Schweizer Anwalt gehört haben?«

»Feller-Stähli hat die Führungsleute von Swixan beraten, wie sie ihre Millionen wegschaffen können, bevor der Konzern Pleite ging.«

»Dann hat er sein Schicksal verdient«, sagte Helene und half Josefa, wieder auf die Beine zu kommen.

Josefa sagte darauf nichts. Sie konnte sich ja schlecht darüber beklagen, dass sich Helene nicht für ihre Welt der Luxustaschen und reichen Kunden interessierte. Helene beschäftigte sich mit anderen Dingen, zum Beispiel mit der richtigen Diät für verwaiste Alpensegler: Hackfleisch, Vitamine, zerquetschte Ameisen, Mehlwurmschrot. Und die wiederum interessierten nun Josefa nicht sonderlich. Aber als sie sich im Dunkeln über die Stufen der engen Holztreppe tastete, fragte sie: »Was ist mit den Alpenseglern? Werden sie hier wieder nisten können? Und was ist jetzt mit Greg? Bist du noch mit ihm zusammen?«

Sie konnte Helenes Gestalt im Dunkeln nur schemenhaft sehen, und ihre Worte wurden begleitet von dem lauten Poltern ihrer Stiefel. »Das ist das Problem mit dir, Josefa. Du stellst so viele Fragen, aber ich bin mir nicht sicher, ob du die Antworten wirklich hören willst.«

In diesem Moment piepste Josefas Handy. Es war Stefan. »Hast du Zeit?« Sie war überrascht: Das Wochenende gehörte sonst immer seiner Familie.

Sie sah Helene an. Die wusste sofort Bescheid. »Na, geh schon«, sagte sie. »Er ist ja nicht mehr lange da.«

Ein paar Stunden später lag sie erschöpft und zufrieden neben Stefan, die Augen geschlossen. Sie spürte sein Bein auf dem ihren, seinen Arm auf ihrer Brust. Schlief er? Plötzlich sprang der Anrufbeantworter ihres Telefons an – sie hatte wohl vergessen, die Lautstärke zurückzustellen, wie sie es sonst immer tat, wenn sie Besuch erwartete. Aber sie hatte es nicht klingeln hören. Ob sie eingenickt war?

Zuerst erkannte sie die Stimme der Frau nicht. Aber Stefan richtete sich sofort auf. »Hier ist Agnes. Das ist eine Nachricht für Stefan, falls er da ist. Christian hat einen Unfall gehabt mit dem Fahrrad. Er hat eine Kopfverletzung und ist im Kantonsspital. Komm möglichst schnell dorthin.« Ein Klicken beendete die Mitteilung.

Stefan, wie er nach seinen Kleidern greift. Stefan, der fragt: »Wo ist meine Uhr?« Als ob die Uhr wichtig wäre, wenn sein Sohn im Krankenhaus liegt. Stefan, der aufs Klo eilt, die Tür zuschlägt, pinkelt, die Tür aufreißt, die Jacke packt, seine Autoschlüssel sucht und mit einem hingeworfenen »Tut mir Leid« zur Tür hinauseilt.

Seine Uhr fand Josefa später hinter dem Bett. Nachts um zwei Uhr saß sie immer noch wach auf dem Sofa, die Federdecke um sich gerollt, und starrte ins Leere.

– 15 –

In der Küche war kein Durchkommen. Kabel lagen kreuz und quer, Werkzeuge verstellten den Weg. Über allem lag eine weiße Pulverschicht. Zwischen Kühlschrank und Pfannenablage klaffte ein großes Loch. Ein Mann im blauen Overall kniete in der Lücke, mit gebuckeltem Rücken, als bete er eine

Gottheit vor einem Hausaltar an. Sein Bohrer surrte ohrenbetäubend. Im Entree stand Josefa neben einer Waschmaschine, die mit einer dicken Plastikfolie umhüllt war, und brüllte: »Er braucht eine Brille.« Sie bog Daumen und Zeigefinger zu einem Kreis und legte sie um ihre Augen. »Eine Brille«, wiederholte sie. Salis Vater stand ihr gegenüber und versuchte zu begreifen. »Brille?«, fragte er. »Warum Brille?« Josefa hielt ein Schreiben von Salis Lehrerin in der Hand, mit dem Herr Emini zu ihr gekommen war. »Sali sieht nicht gut, seine Augen sind zu schwach«, erklärte sie. »Wer bezahlt Brille?«, fragte Salis Vater nun, mehr verärgert als besorgt. »Die Schule?« Herr Emini hatte Arbeit, das wusste Josefa, aber nicht, wo. Sie sah ihn manchmal mit einem alten Lieferwagen vor dem Haus parken.

»Ich nicht kaufe Brille«, sagte er störrisch. »Brille kostet viel Geld, viel Geld. Ich habe auch nicht Brille.« Josefa hätte ihn am liebsten gefragt, ob Kinder in seiner Heimat keine Brillen trügen. Sie wusste absolut nichts über die Lebensweise im Kosovo. In diese Region wurden keine Loyn-Produkte verkauft. Sie wusste einzig, dass die Menschen dort offenbar ein salziges Fladenbrot mit Joghurt aßen, weil Sali ihr das am Vortag als Gabe heraufgebracht hatte. Verlegen hatte sie ihm im Gegenzug eine Tafel Schokolade in die Hand gedrückt.

»Die Brille ist wichtig für Sali«, insistierte sie jetzt. »Ohne Brille sieht Sali die Buchstaben nicht. Er kann ohne Brille nicht lesen.«

Der Bohrer dröhnte in der Küche. Herr Emini ging ihr auf die Nerven. Sie würde die Sache mit Frau Yilmaz besprechen. »Ich werde mit der Schule reden«, lenkte sie ein. Das beruhigte den Mann, als ob sie versprochen hätte, die Brille zu bezahlen. »Gut, gut«, sagte er und warf neugierig einen Blick in die Küche. »Waschmaschine«, brummte er. Josefa war kurz davor, ihn hinauszuwerfen.

Da klingelte das Telefon. Josefa griff zum Hörer. »Einen Moment, bitte«, schrie sie. Salis Vater bewegte sich zur Tür. »Gut, gut, gut«, murmelte er wieder und ging dann ohne ein weiteres Wort hinaus. In der Leitung war jemand, den Josefa nicht verstand. Sie schloss sich im Schlafzimmer ein.

»Hallo?«

»WA-RUM wurde der Termin von Joan VER-SCHO-BEN?«

Joan Carolls Agentin.

»Kelly, hat man Ihnen nichts gesagt? Der neue Marketingchef Werner Schulmann hat das angeordnet und –«

»WA-RUM werde ich nicht IN-FOR-MIERT?«

»Ich habe Ihnen eine E-Mail und ein Fax –«

»WA-RUM haltet ihr euch nicht an die AB-MA-CHUN-GEN?«

»Kelly, Sie müssen mit Werner Schulmann sprechen, er hat das veranlasst. Er –«

»Werner WER? Wir wollen nicht mit Werner sprechen. Wir werden mit Francis Bourdin sprechen, TSCHOU-SE-PHIIIN!« Klick. Das war's.

Als sie die Tür öffnete, stand der Handwerker davor.

»Ich mache jetzt Mittagspause«, verkündete er.

Josefa traute ihren Ohren nicht. Sie starrte den Mann fassungslos an. »Sie machen jetzt Mittagspause?«, fragte sie langsam und betonte jedes Wort.

»Japp«, antwortete der Handwerker. »Bin etwa um halb zwei wieder zurück.«

Josefa schüttelte den Kopf. Dann legte sie los. »Nein, mein Herr, Sie machen jetzt sicher *keine* Mittagspause. Ich habe extra Ihretwegen heute Morgen freigenommen. Sie kommen erst um *elf* Uhr, und jetzt wollen Sie schon wieder Pause machen! Das ist ungeheuerlich. Ich muss am Nachmittag ins Büro. Und Sie sind immer noch nicht fertig!«

Sie wurde nun lauter, ihre Stimme klang schrill. »Was, glauben Sie, musste ich alles unternehmen, damit ich heute Morgen hier sein konnte? Glauben Sie, *ich* könnte einfach um elf Uhr im Büro eintrudeln? Denken Sie, Sie können sich Ihr Geld so leicht verdienen? Und dazu anderen Leuten noch das Leben schwer machen?« Sie brüllte nun beinahe, ihr Gesicht lief rot an, und auf ihrer Stirn bildeten sich Schweißperlen.

»Ich werde mich bei Ihrem Chef beschweren, damit können Sie rechnen! Das muss ich nicht einfach so hinnehmen. Sie denken wohl, Sie könnten das bei einer Frau machen, nicht wahr! Aber nicht mit mir, mein Herr, NICHT MIT MIR!«

Vor Wut zitternd, schmiss sie den Telefonhörer, den sie immer noch in der Hand hielt, auf den Boden. Die Kunststoffhülle brach krachend auf und enthüllte die Innereien moderner Technologie. Josefa flüchtete ins Schlafzimmer und knallte die Tür hinter sich zu. Mit den Fäusten trommelte sie wimmernd auf das Bett ein. Dann griff sie zum Stahlseil. Die schwere Kugel begann zu schwingen, langsam erst, dann immer schneller, immer mächtiger, unaufhaltsam. *Geht besser aus dem Weg, geht aus dem Weg, ihr Dummköpfe, ihr Schleimer, ihr Verräter!* Nichts kann die Kugel stoppen, sie ist stärker als alles, sie kreist und kreist und vernichtet alles in ihrer zerstörerischen Bahn. Sie schlägt auf und zerschmettert, und nichts bleibt verschont. Wie das dreht und dreht und alles aus dem Weg bombt! Bomm! Bomm! Bomm!

Endlich. Vollbracht. Befreit.

Langsam drang Licht ein. Der Schrank. Das Ölbild. Josefa sah sich verwirrt um. Wie viel Zeit war vergangen? Wie leicht sie sich plötzlich fühlte. Was war geschehen? Der Mann mit der Waschmaschine. Oh mein Gott. Das Telefon am Boden. Sie öffnete die Schlafzimmertür.

Der Mann im blauen Overall stand im Entree. Er starrte

sie an, als wäre sie eine Außerirdische. Josefa ließ die Schultern hängen. »Entschuldigen Sie bitte«, murmelte sie. »Ich bin einfach mit den Nerven runter. Es war ein bisschen viel in letzter Zeit. Ich … Ich wollte nicht so …« Sie drückte mit den Mittelfingern auf ihre Nasenwurzel.

Der Handwerker rieb seine rauen Hände nervös gegeneinander. »Lassen Sie doch einfach den Schlüssel da«, sagte er. »Ich mach das mit all meinen Kunden so. Ich werfe ihn dann später in den Briefkasten.«

Josefa behagte die Idee überhaupt nicht. Wie konnte sie dann kontrollieren, wie gut und wie lange er arbeitete? Aber schließlich war in den vergangenen Wochen so ziemlich alles in ihrem Leben außer Kontrolle geraten. Ein Handwerker war da noch das kleinste Übel. Josefa seufzte und drückte ihm einen Schlüssel in die Hand. Die Tür fiel hinter ihm zu.

Sie taumelte ins Wohnzimmer und ließ sich aufs Sofa fallen. Was war nur mit ihr los? Konnten diese jähen Wutanfälle nicht endlich aufhören? Beinahe hätte sie dem guten Mann den Telefonhörer an den Kopf geworfen! Ihr zog sich der Magen zusammen, als sie daran dachte. Glücklicherweise war ihr so was noch nie in der Firma passiert.

Josefa schloss erschöpft die Augen. Sie musste es sich einfach hundertmal sagen, wie ein Mantra: Ruhig und beherrscht. Ruhig und beherrscht. Das war sie und nichts anderes. *Ruhig und beherrscht.*

Das Handy klingelte. Sicher wieder Kelly. Aber es meldete sich eine Männerstimme. »Sebastian Sauter von der Zürcher Kriminalpolizei.«

Der Kripobeamte.

»Ich habe bei Ihnen Kaffee getrunken, und da muss ich wohl meine Mütze liegen gelassen haben.«

»Ah ja, ich erinnere mich. Ja, Ihre Mütze ist noch da.« Josefa hörte das Zittern in ihrer Stimme.

»Wenn es Ihnen nichts ausmacht, würde ich gerne vorbeikommen und sie holen.«

»Heute? Nein, das ist unmöglich heute. Das geht keinesfalls. Ich … äh … Es geht hier grad alles drunter und drüber. Die Waschmaschine, wissen Sie …, eine neue Waschmaschine … Und im Büro …«

Sie verstummte.

»Frau Rehmer? Sind Sie noch da?«

»Ja.« Das war alles, was sie herausbrachte.

»Ich wollte Sie nicht stören, wir können es auch auf einen anderen Tag verschieben, hören Sie?«

»Ich … Ich weiß nicht, was mit mir heute los ist«, stammelte Josefa, und jetzt brach ihre Stimme. Ihr liefen die Tränen hinunter. »Es war so hektisch heute, entschuldigen Sie bitte.«

»Frau Rehmer, Sie brauchen sich nicht zu entschuldigen. Wir alle haben solche Tage. Kann ich etwas für Sie tun?«

»Nein, nein, es geht schon wieder. Ich werde mich melden, ja?«

»Klar, kein Problem.«

Ganz ruhig, Josefa. Hinsetzen, tief atmen. Und dann ganz konzentriert überlegen. Woher hatte Sebastian Sauter ihre Handynummer?

– 16 –

Sie schloss die Tür zur Waldhütte auf, drückte auf die rostige Falle und stieß dann mit ihrer Schulter so kräftig sie konnte gegen das Holz. Mit einem lauten Ächzen gab die alte Tür nach. Glück gehabt. Bei eiskaltem Wetter sperrte sich das

Schloss oft gegen alle Versuche, es zum Drehen zu bringen. Dann half nur die heiße Flamme eines Feuerzeugs, die sie gegen das störrische Metall hielt.

Heute war es nicht sehr kalt, nur durchdringend nass. Sie schob die Tür zu und verschloss sie gleich wieder. Den Schlüssel legte sie in eine versteckte Ritze auf dem oberen Türbalken. Dann tastete sie sich im Schein ihres Feuerzeugs weiter, bis sie eine Kerze fand und sie anzündete. Sie hatte ihre Taschenlampe im Auto vergessen, aber sie mochte nicht noch einmal zurücklaufen, im Regen und in der einbrechenden Dunkelheit. Der schmale Waldpfad war ihr zwar vertraut, jede Windung, jeden überhängenden Ast meinte sie zu kennen, aber er war nun ziemlich aufgeweicht. Auf dem Hinweg war sie beinahe auf einer hervorstehenden Wurzel ausgerutscht.

Sie zündete die Öllampe an, die auf dem einfachen Holztisch in der Mitte des Raumes stand. Dann fiel ihr ein, dass sie auch die Zeitungen im Wagen liegen gelassen hatte, mit denen sie das Holzfeuer im Herd entfachen wollte. Wie nachlässig sie heute war! Sie strich sich die nassen Hände an einem Tuch ab, das über einer aufgespannten Schnur hing. In ihrem Rucksack steckte ein Krimi, dessen Titel *Inferno des kalten Kalküls* sie verlockt hatte. Sie riss ein paar Seiten heraus und legte sie in die Feuerstelle des altertümlichen Kochherdes. Darauf schichtete sie dünne Holzspäne. Noch reichte das gespaltene Holz aus, nächstes Mal würde sie wieder eine Ladung mitbringen müssen. Vorsichtig setzte sie die literarischen Fetzen in Brand, und als die Späne Feuer fingen, legte sie ein großes Scheit in die Öffnung im Herd. Im kleinen Raum setzte sich Rauch frei. Ohne Rauch kein Feuer.

Sie wartete, bis sich nach und nach Wärme ausbreitete. Vor den Fenstern waren die Tannen in der Dunkelheit nicht mehr zu erkennen. Nur das Knacken des Feuers und die Regengischt an den Scheiben waren zu hören. Sie fürchtete sich nicht. Der Wald war ihr Schutz, ihre Räuberhöhle. Niemand wusste, dass sie hier war.

Niemand wusste, wer sie wirklich war.

Wie leicht sie die anderen doch täuschen konnte. Alle, egal ob Männer oder Frauen, sahen in ihr, was sie sehen wollten. Und das war, was sie ihnen zeigte – eine Maskerade, ein Verwirrspiel, eine aus Berechnung geborene Täuschung.

Niemand wusste, weshalb sie hierher kam und was sie hier tat.

Morgen, sobald genügend Licht durch die Fenster fiel, würde sie sich ans Werk machen. Sie würde die einzelnen Teile aneinander reihen, miteinander verknüpfen, ineinander schieben, zu einem großen machtvollen Ganzen verbinden. Alles würde nach Plan gehen. Denn sie würde sich nicht hindern lassen. Sie würde sich ihre Feinde zu Nutze machen. Niemand sollte es wagen, ihr das vorzuenthalten, was ihr zustand.

TEIL ZWEI

– 1 –

Über den Genfersee und die Alpen dahinter spannte sich ein tiefblauer Himmel, auf dem kleine weiße Wolken wie Tupfer aus Schlagsahne segelten. Die Sonne schien viel zu warm für diese Jahreszeit – es war Anfang September. Josefa wäre längst die Jacke ihres taubenblauen Leinenanzugs losgeworden, hätte das nicht gegen die Firmenetikette verstoßen. Die zweihundertfünfzig Gäste waren bestens gelaunt, nicht nur wegen des strahlenden Wetters, sondern weil Loyn eine weltberühmte deutsche Violinistin und einen amerikanischen Stardirigenten für das Abendkonzert eingekauft hatte.

Für Josefa war dies ein großer Triumph, denn ihr war es dank guter Beziehungen – und mit Hilfe von Walthers Finanzkraft – gelungen, das begehrte Künstlerpaar zu verpflichten. Dieser Coup durchkreuzte auch Schulmanns Pläne, das Programm kurzfristig nach seinen Vorstellungen umzubauen. Es war die Intervention von Walther persönlich, die Schulmann noch in den Startlöchern gebremst hatte. Der Firmenpatron mochte keine Rochaden in letzter Minute. Schließlich stand hier sein Geld auf dem Spiel.

Dass Schulmann eine Niederlage einstecken musste, war Balsam auf Josefas Wunden. Doch in gewissen Augenblicken, wenn sie sich wieder einer Konfrontation mit Schulmann stellen musste, fürchtete sie sich. Wie lange würde sie sich noch beherrschen können?

Josefa beobachtete jetzt die Sicherheitsleute, die am

Eingang die Photographen und Kameraleute überprüften. Fast hundertzwanzig Pressevertreter waren angereist. Sie wollten nicht nur über Colin Hartwell berichten, den Golfchampion, wie er einen kleinen weißen Ball durch die Luft beförderte. Ihr Interesse galt auch Hartwells blutjunger Frau Pamela, ein Starlet, das als die neue Sharon Stone gehandelt wurde. Sie hatte die richtigen Körpermaße für ihre Aspirationen. Josefa konnte die ganze Aufregung nicht nachvollziehen, aber sie spielte weder Golf, noch war sie sehr beeindruckt von Colin Hartwell. Er war zwar Multimillionär und hatte eine Trophäenfrau an seiner Seite, doch Josefa fand ihn anstrengend, weil er so viel redete (macht Golfspielen nicht schweigsam?, fragte sie sich) und sie seinen australischen Akzent manchmal kaum verstand. Warum Hartwell trotz seines Reichtums und Erfolgs freiwillig als Werbeträger für Koffer und Taschen »arbeitete«, war Josefa schleierhaft. Sie wagte dies aber nur Helene einzugestehen, für die das keineswegs ein Rätsel war. »Der kann eben nicht genug vom Geld kriegen«, sagte sie lapidar.

Nun waren die Photographen und Kameraleute im Halbrund aufgestellt. Die VIPs hatten sich von ihren Tischen im Zelt erhoben. Sie wollten Hartwells Superschlag sehen und anschließend am Golfturnier teilnehmen oder als Zuschauer mitlaufen. Um diese Gäste kümmerte sich Claire, und Josefa wusste, dass alles reibungslos klappen würde. Nur an der Art, wie Claire manchmal ihre Lippen aufeinander presste und damit ihrem hübschen Mund einen harten Zug verlieh, merkte Josefa, dass ihre Assistentin genauso frustriert war wie sie selbst. Hin und wieder zeigte sie auch ihre Ungeduld, was früher nie passiert war.

Jetzt zum Beispiel. Mit leicht entnervtem Kopfnicken versuchte sie einen Mann abzuwimmeln, der unablässig und lebhaft gestikulierend auf sie einredete. Josefa hätte gerne gewusst, wer dieser aufdringliche Gast war, aber er drehte ihr die ganze Zeit seinen langen, leicht vornübergebeugten Rücken zu.

Josefa rückte Hartwells blaue Golfkappe zurecht, auf der ein strategisch wichtiger Schriftzug der Firma Loyn stand. Pamela Hartwell war nicht zu sehen. Das verwunderte Josefa: Wo immer Linsen lauerten, war für gewöhnlich auch Pamela. Wahrscheinlich hatten sie Genfs Luxusboutiquen fortgelockt.

Josefa sah nun Claire sichtlich aufatmen – der Schwätzer wurde von einem anderen Gast am Arm weggezogen. Jetzt erkannte sie zumindest den Retter: Es war Karl Westek, der ehemalige Finanzchef des unglückseligen Swixan-Konzerns.

Ein dünner, drahtiger Westek, nicht viel größer als die zierliche Claire, mit einem Unterkiefer, der angespannt wie ein Ladebolzen war. Dachte Westek manchmal daran, was wohl mit dem immer noch vermissten Beat Thüring geschehen war? Oder mit Henry Salzinger, dem »unabhängigen« Rechnungsprüfer, der jedes Jahr über die Bücher der Swixan gegangen war und bis zum bitteren Ende mit seiner Unterschrift bescheinigt hatte, dass mit dem schwerkranken Konzern alles, aber auch wirklich alles in Ordnung war? Salzinger – tot wie der Anwalt Feller-Stähli.

Aber Josefa konnte sich jetzt nicht mit solchen Fragen beschäftigen.

»Ihr könnt loslegen, Jungs«, rief sie den Photographen zu und gewahrte sogleich mit Schrecken, dass sie gerade die Frauen unter ihnen diskriminiert hatte. Doch bevor sie überlegen konnte, wie sich dieser Lapsus wieder gutmachen ließe, geschah etwas völlig Unerwartetes. Sie sah, wie Colin Hartwell den Golfschläger aufzog. Und dann nahm sie etwas aus dem Augenwinkel wahr: einen Schatten, der auf Hartwell zuschoss. Aus der Menge kam ein Aufschrei. Das

Nächste, was Josefa registrierte, waren Blutspritzer auf dem weißen Polohemd des Australiers, der seinen Schläger fassungslos in beiden Händen hielt und nach unten starrte.

Francis Bourdin lag in verdrehter Stellung auf dem Boden; sein Kopf blutete, er stöhnte leicht. Sekundenlang war alles still. Dann hörte Josefa das Rattern der Kameraauslöser, und sie wusste, was sie zu tun hatte. »Rufen Sie die Ambulanz«, rief sie dem nächsten Sicherheitsmann zu. Ihre Augen suchten Marlene Dombrinski, eine ihrer Projektleiterinnen, die ein paar Meter von ihr entfernt wie erstarrt dastand. »Marlene, bringen Sie Colin von hier weg«, ordnete sie an. »Und Sie gehen mit«, rief sie zwei Sicherheitsleuten zu. Die Photographen und Kameraleute waren nun außer Rand und Band. Josefa sah sich um. Wo waren bloß die anderen? Glücklicherweise trafen nun die Rettungssanitäter ein, die sich stets in der Nähe aufhielten. Ein Arzt kümmerte sich um Bourdin.

Plötzlich stand Hans-Rudolf Walther vor Josefa, sein Gesicht rot vor Zorn. Trotz der heißen Sonne trug er einen formellen Anzug mit Krawatte. »Warum sind die Photographen noch hier?«, schrie er sie an. »Schicken Sie sie weg. Weg mit ihnen!« Seine Stimme wurde noch lauter. »Tun Sie etwas! Stehen Sie nicht so herum!« Josefa starrte ihn einen Augenblick entgeistert an. Dann drehte sie sich wortlos um und suchte die gelben Jacken des Sicherheitspersonals. Bald, so hoffte sie, würde dieser Albtraum ein Ende haben.

Um drei Uhr morgens lenkte Josefa eine Mercedes-Limousine durch die Dunkelheit. Sie hatte den Wagen schon oft gefahren. Zu ihren Aufgaben gehörte auch, besondere Gäste des Hauses zum Flughafen zu bringen. Neben ihr saß der Unternehmer Curt Van Duisen – wohl weil Van Duisen ein alter Freund von Walther war. Aber es fiel ihr schwer, sich von den Gedanken an die Ereignisse des Tages zu lösen.

Noch immer klang in ihr der verbale Schlagabtausch mit Richard Auer nach, der ihr spätabends auf dem Hotelkorridor begegnet war. »Wissen Sie, Frau Rehmer, ich finde es nicht … äh … souverän, wenn Sie immer Stimmung gegen Schulmann machen. Die Firma ist wichtiger als persönliche Animositäten. Er hat sich heute glänzend geschlagen, nach diesem … unglücklichen Vorfall.«

Sie war sprachlos.

»Vielleicht lassen Sie sich zu sehr von Paul Klingler beeinflussen«, setzte der Verkaufschef nach.

»Das geht zu weit, Herr Auer. Paul Klingler hat mit dieser Sache nichts zu tun.«

»Wie man's nimmt, Frau Rehmer. Es ist ja bekannt, dass Klingler ein Feind Schulmanns ist, seit er wegen ihm bei Harckmüller, Sinclair und Partner rausgeflogen ist.«

»Was ist er?« Josefa traute ihren Ohren nicht.

»Klingler ist ein schlechter Verlierer, Frau Rehmer. Sie sollten sich an ihm kein Vorbild nehmen.«

Josefa sah Auer mit steinernem Gesicht an und drehte sich auf dem Absatz um. *Ruhig bleiben. Ruhig und beherrscht.*

Das hätte sie gern Van Duisen erzählt, der trotz vorgerückter Stunde nur halb so müde schien wie sie. Kein Wunder. Er hatte angeregt mit anderen Gästen plaudern und dazu Champagner trinken und Kaviarbrötchen essen können. Sie dagegen hatte eine Zerreißprobe durchzustehen gehabt. Hartwells Schlag hatte, wie sich herausstellte, Bourdin das Nasenbein gebrochen und seine Kopfhaut angeritzt. Aber der Golfchampion bestand darauf, mit der eingeladenen Prominenz zu spielen. Und so fand das Golfturnier eine Stunde später doch noch statt. *The show must go on.* Werner Schulmann sprach mit den Leuten von der Presse, umgab sich mit der Aura des bewährten Krisenmanagers und buchte Punkte bei den VIPs. Es war seine Glanzstunde. Josefa dagegen war für die Überwachung des gesamten Abendprogramms zuständig: Cocktail-Empfang, Konzert, Gala-Diner, Abendunterhaltung. Sie lächelte, sie funktionierte, sie hielt die Fassade aufrecht.

Claire wich nicht von ihrer Seite. Josefa fand rührend, wie sehr ihre Assistentin sich bemühte, Loyalität zu zeigen. Aber sie übernahm sich etwas dabei. Zu nächtlicher Stunde eilte Josefa auf das »Büro« zu – ein Hotelzimmer, das kurzfristig in die Zentrale für die Mitarbeiter von Loyn umgewandelt worden war. Plötzlich hörte sie eine helle, aber gedämpfte Stimme aus dem Raum dringen; die Tür war nur angelehnt. Sie blieb überrascht im Korridor stehen. »Sie Verräter. Ihr Platz ist in unserem Team, und Sie wechseln einfach die Fronten. Sie sind ein erbärmlicher Wendehals.« Claires Stimme. Dann ein Mann. »Aber Schulmann hat mir die Order gegeben, mich um die Werbegeschenke der Gäste zu kümmern. Ich konnte doch nicht wissen, dass Bourdin ausgerechnet …« Es war Albert Tenning, der Jüngste im Team. Dann wieder Claire: »Hör ich recht? Sagten Sie Schulmann? Ihr Platz ist an *Josefas* Seite! Wie können Sie ihr in den Rücken fallen, Sie Versager.«

»Aber niemand weiß hier mehr so genau, wer eigentlich zuständig ist für –« Albert klang nervös und ängstlich. Claire unterbrach ihn scharf.

»Sie sind eine schleimige Kröte, und ich könnte Sie mit meinem Absatz zertreten, bis Ihnen die Eingeweide herausquellen.«

Josefa stutzte. Hatte sie richtig gehört? Zeit zum Eingreifen, bevor die Situation gänzlich eskalierte. Alle waren völlig übermüdet, und die ständige Anspannung forderte ihren Zoll. Dieser Schulmann brachte es fertig, dass sich ihre Mitarbeiter untereinander verfeindeten.

Sie räusperte sich und betrat das Zimmer. Als Erstes sah sie

Claires Gesicht, maskenhaft starr, der Mund leicht verkniffen. Ihre Assistentin stand aufrecht da, die Hände in die Hüften gestemmt. Albert saß mit hängendem Kopf vor ihr und drehte sich jetzt auf dem Stuhl um. Er hatte den Ausdruck eines bestraften Schülers. Josefa empfand Mitleid mit ihm. Aber sie konnte ihn in Claires Gegenwart nicht in Schutz nehmen.

»Claire? Albert? Sie sind immer noch auf? Es ist halb drei Uhr, Sie können jetzt wirklich schlafen gehen. Nutzen Sie die paar Stunden. Sie haben großartige Arbeit geleistet, und Sie haben sich ein wenig Ruhe wirklich verdient.«

Josefa versuchte ihrer Stimme einen lockeren Klang zu geben. Albert floh mit einem kurzen »Gute Nacht« aus dem Zimmer. Claire drückte ihre Zigarette im Aschenbecher aus. »Die letzte für heute«, sagte sie mit ihrer normalen, zirpigen Stimme. Sie warf Josefa einen Blick voller Anteilnahme zu. »Wer ist der Glückliche diesmal?«

»Van Duisen.« Josefa seufzte.

»Luchsen Sie ihm wenigstens ein paar Millionen ab.« In diesen Situationen half nur noch triefender Sarkasmus.

»Hat er mehr als eine?«

»Darauf können Sie Gift nehmen.« Ihre Assistentin lächelte müde.

»Vielleicht hat ihn Walther deswegen zur Chefsache erklärt. Am liebsten würde ich Ihnen Van Duisen überlassen, Claire. Sie haben eine glücklichere Hand mit Männern als ich. Bei Ihnen werden sie gefügig wie Lämmer.«

»Dumm wie Schafe, meinen Sie?«

»Ich habe gesehen, wie Karl Westek Sie heute von einem Schwätzer befreit hat. Er wollte wohl bei Ihnen Eindruck schinden.«

»Uuuuuh«, machte Claire und schloss die Augen.

Josefa spreizte die Finger, um ein nervöses Kribbeln zu

stoppen. »Ich verstehe nicht, warum Walther diese Swixan-Typen einlädt. Das ist doch nicht gut fürs Geschäft.«

Claire lachte trocken. »Die geben Gesprächsstoff, Josefa. Eine Menge Gesprächsstoff. Jede Ansammlung von Menschen braucht ein schwarzes Schaf, das ist gut für die soziale Hygiene.«

»Über mangelnden Gesprächsstoff konnten sich die Leute heute weiß Gott nicht beklagen.«

»Tja, da kann es ja nur noch aufwärts gehen. Hat doch auch was.« Claire reichte ihr eine Papiertüte, die auf dem Tisch gelegen hatte. »Für die Fahrt«, sagte sie. Es waren ofenfrische Buttercroissants.

Und jetzt fuhr sie um drei Uhr morgens einen Mann, der sich einen Privatjet leisten könnte, zum Genfer Flughafen. Wenigstens war Van Duisen mitfühlend – oder sehr höflich. »Nach diesem hektischen Tag sollten Sie nicht noch mit mir fahren müssen«, sagte er. Josefa war zu erschöpft, um die üblichen Floskeln abzuspulen. »Ja, dieser Tag war wirklich furchtbar, und ich weiß noch nicht, welche Folgen er haben wird.«

»Vielleicht ist es ein schlechter Trost, aber solche Ereignisse sind bald vergessen.«

Josefa wollte gerade etwas erwidern, als ihr in den Sinn kam, dass Van Duisen vor einem halben Jahr seinen dreißigjährigen Sohn bei einem Autounfall verloren hatte. Er war sein einziges Kind gewesen. Wie hatte sie das nur vergessen können? »Es tut mir Leid wegen Ihres Sohnes«, sagte sie.

»Ja, mir auch«, erwiderte Van Duisen. »Wissen Sie, ich hatte so wenig Zeit mit ihm. Immer war ich im Büro, in Sitzungen, auf Reisen. Die Firma war mein Leben. Und jetzt ist er tot, und ich kann es nicht mehr nachholen.«

Josefa schwieg. Sie wusste nicht, was sie sagen sollte.

Van Duisen sprach weiter. »Heute würde ich vieles ändern;

mehr leben, weniger arbeiten. Nicht mehr dieselben Fehler machen.« Er räusperte sich. »Ich werde bald aufhören und in den Ruhestand treten. Aber sagen Sie das niemandem.«

Sie schwiegen beide für eine Weile. Kurz vor Genf sagte er plötzlich: »Man kann sich nur wundern, warum Leute in ihr eigenes Unglück hineinlaufen.«

»Wie meinen Sie das?«

»Warum Herr Bourdin in einen aufgezogenen Golfschläger hineinläuft.«

Das hätte Josefa auch gern gewusst.

– 2 –

Bourdin nimmt den Golfschläger und lässt ihn auf eine Kiste am Boden sausen. Bumm. Bumm. Bumm. Josefa will ihn stoppen, aber er drischt mit voller Wucht weiter. »Ich will wissen, was da drin ist«, brüllt er. »Ich will wissen, was ihr Dreckskerle da drin versteckt!«

Bumm. Bumm. Bumm.

Josefa fuhr aus dem Schlaf hoch. Das Hämmern ging weiter. Und jetzt noch diese Stimme.

»Josefa! Mach auf! Mach die Tür auf!«

Die Stimme kam ihr bekannt vor. Aber sie wollte sie nicht hören.

»Josefa, ich weiß, dass du da drin bist. Mach endlich auf!«

Josefa schleppte sich zur Tür. Ihr Kopf dröhnte. »Ich bin krank, ich seh schrecklich aus. Geh weg«, jammerte sie durch die verschlossene Tür.

»Wenn du nicht sofort aufmachst, heule ich wie ein Wolf«, drohte Helene.

Josefa öffnete die Tür einen Spaltbreit. »Ich will nicht, dass du mich so siehst«, quäkte sie.

»Spinnst du? Lass mich rein«, befahl ihre Freundin.

»Ich werd mich doch mal zurückziehen dürfen.«

Helene fing an zu heulen wie ein Wolf. Damit hatte sie Josefa schon einmal auf einem Waldlauf verblüfft. Sie konnte heulende Wölfe perfekt imitieren, seit sie an einem wissenschaftlichen Wolf-Projekt in Rumänien teilgenommen hatte. Josefa war die Demonstration im Wald ein wenig peinlich gewesen, da Spaziergänger in der Nähe waren.

Jetzt war es ihr mehr als peinlich. Es war ein Schock.

Sie öffnete die Tür nun ganz. Helene stand in voller Safari-Ausrüstung da, samt Hut und Gummistiefeln. Doch etwas schien sie abzulenken.

»Hund«, sagte eine Kinderstimme. »Hund.«

Josefa äugte an Helene vorbei. Auf dem unteren Treppenabsatz stand Sali. Er trug seine neue Brille, die Josefa mit ihm ausgesucht hatte. Die Brille saß trotz seiner abstehenden Ohren tadellos. In ihren Gläsern spiegelte sich das Licht des Treppenhausfensters. Josefa hörte sich sagen: »Nein, Sali, das ist ein Wolf, nicht ein Hund – ein *Wolf*.«

»Du bist Hund?«, fragte Sali und zeigte mit dem Finger auf Helene. Josefa schaute Helene an und Helene schaute Sali an. »Nein«, sagte sie ernst. »Ich bin ein Wolf.« Und bevor Josefa es verhindern konnte, heulte sie erneut.

Da kam Salis Mutter die Treppe hochgerannt, nahm den Jungen rasch an der Hand und zog ihn mit sich, nach unten. Resolut schob Helene Josefa in deren Wohnung, zog sich die Stiefel aus, holte eine Decke aus dem Schlafzimmer, bettete Josefa auf das Sofa und kochte in der Küche Tee. »Du hättest mir ruhig etwas sagen können«, schimpfte sie und füllte den Krug mit heißem Wasser. »Du könntest ja hier sterben, und niemand wüsste davon.«

»Ich will nicht sterben, ich bin nur krank«, sagte Josefa störrisch.

»Das hat mir deine Sekretärin auch gesagt. Ich hab bei dir auf der Arbeit angerufen, nachdem du dich fünf Tage lang nicht gemeldet hast.« Helene reichte ihr eine dampfende Tasse.

Josefa mochte gar nicht ans Büro denken. Lieber schnell wieder alles wegschieben. »Walther gibt mir die Schuld an dem ganzen Desaster. Dabei ist Bourdin, dieser Vollidiot, losgerannt, nicht ich.« Das war alles ein Albtraum.

Ihre Freundin schüttelte den Kopf. »Ich hab es in der Zeitung gesehen. Das sah nicht so gut aus. Aber die Frage ist, ob du deinen Kopf dafür hinhalten willst.«

»Ich hab so genug von dem Laden. Diese Kotzbude, diese elende.« Josefa verschüttete einen Teil ihres Tees.

Helene lachte. »Wut tut gut, meine Liebe. Geh ran an die Säcke und verdrisch sie.«

Josefa fühlte sich tatsächlich etwas besser. Der reichliche Schlaf hatte ihr gut getan.

Helene ging für sie einkaufen und holte die Post aus dem Briefkasten. Zum Abschied sagte sie: »Meine Mutter hat dich wieder erwähnt. Sie erwartet dich immer noch zu Kaffee und Kuchen. Ich hab ihr gesagt, du hättest gerade zu viel um die Ohren.«

»Richte ihr wenigstens Grüße aus«, sagte Josefa mit flacher Stimme und schloss die Tür hinter Helene.

Lustlos blätterte sie die Zeitungen durch, die ihre Freundin heraufgeholt hatte. Dann entdeckte sie die Überschrift.

BEAT THÜRING VOR TENERIFFA ERTRUNKEN

Die spanische Polizei teilte am Donnerstag mit, sie gehe nach einer ausgedehnten Untersuchung davon aus, dass der Schweizer Financier Beat Thüring am 21. Juli vor Teneriffa ertrunken sei. Der Ex-CEO der Bankrott gegangenen Swixan-Gruppe …

Josefa las nicht mehr weiter. Sie starrte auf das Bild neben dem Bericht. Es zeigte Thüring mit »Freunden«, wie es in der Bildunterschrift hieß, auf Teneriffa. Zwei Männer, braun gebrannt und lachend, hatten den Arm um Thürings Schultern gelegt. Vor ihnen saß eine attraktive blonde Frau, die zu ihnen hochblickte. Einer der Männer ließ seine Hand auf ihrem Nacken ruhen. Josefa erkannte die Frau sofort. Sie trug dasselbe grüne Chemise-Kleid wie an ihrem ersten Tag im Hotel auf Teneriffa. Ingrid.

– 3 –

Er stand schon beim Eingang des Zoologischen Gartens, als Josefa um die Ecke bog. Ein bisschen verloren sah er aus inmitten der Kinder und Eltern, die vor der Kasse Schlange standen. Er trug ein braun kariertes Hemd, eine beige Cordhose und eine Mütze. Sein Gesicht sah etwas zerknittert aus. *Die übernächtigten Kripobeamten.*

»Sie brauchen Ihre Mütze ja gar nicht, Sie haben doch schon eine«, sagte Josefa zur Begrüßung.

Sebastian Sauter griff sich instinktiv an den Kopf. Oder war es Verlegenheit? Er hatte sie gerade noch erwischt, als sie aus der Tür gehen wollte, um frische Luft zu schnappen. Sein Anruf machte ihr ein schlechtes Gewissen. Wie lange war es her, dass er sie wegen seiner Mütze angerufen hatte? Und sie hatte sich nie bei ihm gemeldet. Aber er schien nicht verärgert.

»Ich bin auf dem Weg zum Zoo«, hatte sie ihm am Telefon beschieden.

»Dann treffe ich Sie dort«, hatte er geantwortet. Ein Mann der raschen Entschlüsse, dieser Sebastian Sauter.

Jetzt hielt sie ihm die Plastiktüte mit seiner Mütze entgegen. Er nahm sie mit einem schelmischen Lächeln. »Es ist aber mein Lieblingsmodell.«

Sie traten zur Seite, um dem Ansturm aufgeregter Kinder zu entgehen.

»Wodurch zeichnet sich Ihre Lieblingsmütze aus?«, fragte Josefa.

»Durch langjährige Treue.«

Sie grinste. »Und ausgerechnet bei mir ist sie von ihrem Grundsatz abgekommen.«

Sebastian Sauter kratzte sich im Gesicht. Offensichtlich hatte er sich hastig rasiert. An einer Stelle am Hals blutete er leicht. Er holte etwas aus seiner Hosentasche hervor. »Ich habe Ihnen ein kleines Dankeschön mitgebracht.«

Josefa war überrascht. Sie zog ein winziges würfelförmiges Paket aus einem Umschlag. Unschlüssig hielt sie es in der Hand. Sollte sie es hier vor ihm auspacken? Sollte sie es einfach einstecken? Da sagte Sauter: »Wollen wir einen Kaffee trinken?«

»Dazu müssen wir aber eine Eintrittskarte für den Zoo kaufen, denn das Café ist da drin.« Eigentlich wollte Josefa sich nicht in ein Café setzen, sondern durch den Zoo spazieren. Das war für sie seit Jahren eine bewährte Methode, ihre Gedankenknäuel zu lösen. Doch warum sollte sie nicht mit einem Kripobeamten durch den Zoo laufen? Das war womöglich eine noch effizientere Methode.

»Und wenn wir drin sind«, sagte sie zu Sauter, »müssen wir die Gorillas besuchen. Dort hat's nämlich Nachwuchs gegeben.«

»Sie schrecken mich nicht ab, ich habe heute meinen freien Tag.« Er schritt auf die Kasse zu.

Den Kaffee tranken sie aus Pappbechern an der Theke. Um sie herum tobten Kinder. Josefa packte zögernd das Geschenk aus. Sie war ein wenig nervös. Was kaufte ein Polizeibeamter als kleine Aufmerksamkeit? Ein erdbeergroßer Gegenstand war in Seidenpapier gewickelt; Josefa öffnete es behutsam: eine Miniaturtasse aus Holz.

»Rosenholz«, erklärte Sauter. »Ich habe es selbst gemacht. Eine Reminiszenz an Ihren guten Kaffee.«

Und sie hatte ihm damals bei ihrer ersten Begegnung nicht einmal eine zweite Tasse angeboten, erinnerte sie sich. »Sie haben es selbst gemacht? Sind Sie ein Kunsthandwerker?«

Josefa drehte die Tasse, zu der ein kleiner Unterteller gehörte, auf ihrer flachen Hand.

»Ich schnitze auch Pfeifen aus dem Wurzelholz der Baumheide, Bruyère.«

»Sie sind ein vielseitiger Mann, Herr Sauter. Wenn das die Einbrecher wüssten.«

»Die Einbrecher?«

»Ihre Klientel, Sie erinnern sich?«

»Aha«, sagte er nur.

»Ich werde Ihr Werk in Ehren halten.« Josefa wickelte das Tässchen wieder ein.

»Wie geht es Ihrer Nachbarin?«

»Ich denke gut. Ich sehe sie nicht so oft, abends ist sie meist weg. Sie ist Balletttänzerin, aber das wissen Sie ja.« Sie standen nun im Freien. Der Himmel war bedeckt, es war schwül. »Haben Sie die Täter eigentlich erwischt?«, fragte Josefa. Sie nahm Kurs aufs Affenhaus.

»Vielleicht war's ja nur einer. Oder eine.«

Sie sah ihn fragend an. Er rückte seine Mütze zurecht.

»Nein, wir wissen noch nichts. Einbrüche passieren ständig. Die wenigsten werden aufgeklärt.« Er warf ihr einen kurzen Blick zu. »Wie läuft Ihre Arbeit?«

Josefa erzählte von ihrem Berufsalltag, ließ aber das Golfturnier und Schulmann weg. Für Sauter, das konnte sie an seinem Gesichtsausdruck sehen, war ihre Arbeit offenbar recht spannend. Klar, sie betreute prominente Leute, die er wohl nur aus Zeitschriften oder vom Fernsehen her kannte. Dazu die exotischen Orte, an denen sie glanzvolle Events organisierte, und ihre Kontakte rund um die Welt – er schien beeindruckt. Ob er die salopp gekleidete Frau neben ihm, in T-Shirt, Jeans, Parka und Trekkingschuhen, mit dem Duft der schönen Luxuswelt in Verbindung bringen konnte? Nur die Lippen hatte sie leicht nachgezogen. Nun klebte das Rot am Pappbecher.

Schreie von Pfauen und anderen Vögeln erfüllten die Luft. Josefa wunderte sich, warum sie ihm all das so freimütig mitteilte.

»So viel Aufregung kann ein Polizistenleben nicht bieten«, sagte Sauter, als sie geendet hatte.

»Mir ist es zu viel Aufregung im Moment. Deshalb gehe ich auch zu den Affen. Um mich abzuregen.« Sebastian Sauter stieß gerade die Tür zum Affenhaus auf, als Josefa sich zum eigenen Erstaunen sagen hörte: »Ich habe gestern gekündigt.« Er wandte sich ruckartig zu ihr um, mit einem Ausdruck im Gesicht, den sie schlecht deuten konnte. Sein Gesicht war nun auch nicht mehr zerknittert, sondern fast glatt. Als hätte jemand mit beiden Händen die Haut an den Schläfen leicht nach hinten gezogen. Er sagte aber nichts. Es wäre auch schwer zu verstehen gewesen bei all dem Rufen, Plappern und Lachen, das durch die riesige Halle vibrierte.

Vor einer hohen Glaswand standen dichte Reihen von Zoobesuchern. Kinder wurden auf die Schultern ihrer Väter gehoben. Alle waren gekommen, um das neugeborene Gorillababy zu sehen. Doch etwas war merkwürdig. Manche wandten sich mit ernsten Gesichtern ab. Sie wirkten betreten.

Josefa zwängte sich in eine Lücke, um mehr zu sehen. Die Gorillamutter saß ganz nahe an der Scheibe. Sie trug ihren Säugling im Arm. Er schien fest zu schlafen. Jemand zupfte Josefa am Ärmel. Sebastian Sauter zeigte auf eine Folie, die an der Scheibe klebte. »Kayra hat am Samstag ein totes Baby geboren. Wir lassen es bei ihr, bis sie es aus eigenem Antrieb hergibt.« In diesem Moment drehte das Gorillaweibchen den Kopf und sah Josefa direkt in die Augen. In seinem Blick lag eine unendliche Traurigkeit. Josefa hielt unwillkürlich den Atem an. Dann senkte die Affenmutter den Kopf.

Ihre Mutter liegt auf dem Bett des Krankenhauses. Sie hört jemanden sagen: Das ist deine Mutter. Aber die Frau ist ihr fremd. Sie sieht wie ein Phantom aus, hässlich und abschreckend. Sie redet wirres Zeug, und ihre Unterlippe hängt schlaff herunter. Speichel tropft heraus. Josefa will von ihr weg, will sie nicht ansehen. Das ist nicht meine Mutter, das ist nicht Mama, nein, das ist sie nicht, niemals! Warum muss Mama all diese Medikamente nehmen? Sie ist so ganz anders als sonst. Wenn sie nicht mehr diese Pillen nähme, könnte sie wieder wie früher sein. Meine liebe fröhliche Mutter. Warum erklärt mir niemand etwas? Immer muss ich auf diese kranke Frau Rücksicht nehmen. Monatelang. Sie liegt im Bett und weint. Weil sie Schmerzen hat. Aber ich will nicht Rücksicht nehmen. Ich will meine Mama zurück. Sie soll normal sein, wie alle anderen Mütter. Warum lässt Mama das mit sich geschehen? Warum wehrt sie sich nicht und steht vom Krankenbett auf? Warum kommt sie nicht zurück nach Hause?

Josefa will diese Mutter nicht mehr besuchen, sie will sie nicht mehr sehen, nicht mehr berühren. Und dann dieser schreckliche Sonntag. Papa bringt Josefa ins Krankenhaus. Er sagt ihr nicht, warum. Josefa schreit und schlägt wild um sich. Aber Papa schiebt sie ans Bett, auf dem die Mutter liegt; ihre Augen sind weit offen, das Gesicht eingefallen. Mama packt Josefas Arm, so sehr, dass es wehtut. Sie sagt mit röchelnder Stimme: Sie gehört mir. Immer wieder diesen Satz: Sie gehört mir. Ihre Fingernägel graben sich durch den Pullover in Josefas Arm. Josefa versucht sich zu lösen. Sie hört ihren Vater sagen: Sie gehört uns beiden, *cara*, uns beiden. Seine Stimme ist ganz sanft. Was geht hier vor? *Warum erklärt mir nie jemand etwas?*

Josefa reißt sich mit aller Kraft los und rennt aus dem Krankenzimmer. Sie rennt durch den Korridor, an den Krankenschwestern vorbei, noch ein Korridor und noch einer. Wo ist nur der Ausgang? Ich will raus hier!

Josefa hatte plötzlich das Gefühl, zu ersticken. »Mir ist zu warm hier drin. Ich bekomme fast keine Luft.« Sie wandte sich zu Sauter um, der hinter ihr stand. Sie sah an seinem besorgten Blick, dass er etwas in ihrem Gesicht las. Aber was? Dann bahnte er ihr schnell einen Weg durch die Menge und schob sie durch die offene Tür ins Freie. Wortlos liefen sie an Gehegen und Steinparks vorbei. Josefa spürte einen Kloß im Hals. Vierzehn Jahre war sie damals alt. Ein verwirrtes, zorniges, allein gelassenes Mädchen. Sie hatte nicht einmal geweint, weder bei der Beerdigung noch später. Sie war wie ein Fels in der Brandung gewesen, unerschütterlich, zuverlässig, vernünftig. Ihr Vater sagte zu Verwandten: »Wenn es Josefa nicht gäbe, würden wir als Familie auseinander brechen.«

Später kamen die Wutausbrüche. Ihr einziges Ventil. Immer wieder mühsam unter Verschluss gebracht. Mit unglaublicher Kraft den Schmerz unter dem Deckel gehalten. Und wozu?

Letztlich war doch alles schief gelaufen, das erkannte sie jetzt ganz deutlich. Ihre Beziehungen. Die Trennung von Loyn. Irgendwelche bösen Menschen, die ihr das Leben schwer machten. Josefa fühlte sich plötzlich von alldem überwältigt. Vielleicht sollte sie einfach aufgeben. Schwach sein. Nicht mehr kämpfen.

Aber was würde dann aus ihr werden?

Sebastian Sauter ging stumm neben ihr her. Was dachte er? Josefa holte tief Luft und sagte: »Es war so heiß dort drin, mir wurde fast schlecht.«

Sauter räusperte sich. »Wir können noch ein paar Schritte an der frischen Luft machen, vielleicht fühlen Sie sich dann besser.«

Er schwieg eine Weile und räusperte sich dann erneut. »Als ich letztes Mal mit meinem Sohn hier war, wurde ihm auch schlecht, weil er zu viele gebrannte Mandeln gegessen hatte. Es war mein Fehler, ich lasse ihm zu viel durchgehen, weil ich ihn nicht oft sehe. Wenn wir im Zoo sind, löchert er mich immer mit Fragen. Warum Schlangen sich häuten und Pinguine schwarz-weiß sind. Ich hätte Zoologe werden sollen.«

Josefa hörte ihn weiterplaudern und kleine Anekdoten erzählen – Rauchzeichen der Hoffnung aus einer normalen Welt, in der Kinder weinen, weil ihr Eis nicht so groß ist wie letztes Mal und weil man gerade die Fütterung der Löwen verpasst hat.

Sie liefen auf den Ausgang zu. Josefa blieb stehen und sah Sauter an. Sie wusste, dass er mehr erriet, als er zu erkennen gab. »Ich kann mir vorstellen, dass dieser Rollenwechsel für Sie ungewohnt ist, ich meine, wenn Ihr Bub die vielen Fragen stellt, wo doch Sie sonst immer die Fragen stellen.«

Sauter erwiderte ihren Blick und schaute dann in die Ferne. Oder vielleicht auch nur auf die Werbetafel für Hustenbonbons auf dem Zoogebäude. »Nach meiner Scheidung habe ich herausgefunden, dass die wichtigsten Fragen die sind, die man sich selber stellt«, sagte er.

»Und – haben Sie auch die Antworten selber gefunden?«

Sauter studierte erneut die Hustenbonbons. »Einige ja. Andere brauchen länger. Vielleicht ein Leben lang.« Er lachte, es klang wie ein Schnauben durch die Nase. »Aber ich denke, man kann besser damit leben, als wenn man immer wegschaut. Auf die Dauer zumindest. Ich ... ich bin mir immer noch ein Rätsel, in vielem, aber ein ... ein ... äh ... freundliches Rätsel.«

Sauter schaute verlegen drein. Josefa beschloss, ihn aus der peinlichen Situation zu erlösen, und schaute auf die Uhr. »Es ist schon spät. Ich glaube, ich nehme jetzt die Straßenbahn.«

»Darf ich Sie zur Haltestelle begleiten?«

Josefa zögerte, dann nickte sie.

– 4 –

Es war halb sechs Uhr morgens, als Josefa die Firmenzentrale von Loyn betrat – wahrscheinlich zum letzten Mal in ihrem Leben. Nur die Kraft der Vermeidung hatte sie so früh aufstehen lassen. Sie wollte niemandem begegnen und keine Gespräche führen müssen. Die »Aussprache« mit Hans-Rudolf Walther, die sich im Abwickeln einiger Formalitäten erschöpfte, hatte sie schon hinter sich. Er hatte nicht versucht, sie zum Bleiben zu bewegen, was sie ihm übel nahm. Wahrscheinlich hatte Auer überall herumerzählt, Klingler habe sie abgeworben. Sollten die doch glauben, was sie wollten.

Von ihren Mitarbeitern hatte sie sich bereits verabschiedet.

Es war ihr alles sehr nahe gegangen – eine Flut von guten Wünschen, traurigen Abschiedsworten und Geschenken. Schon vor dem »Vorfall« (so die interne Sprachregelung) auf dem Golfplatz war den meisten klar gewesen, dass Josefa nicht mehr lange in der Firma bleiben würde. Schulmann machte ihr das Leben schwer, wo immer er nur konnte. Weder er noch Bourdin, der lädiert im Krankenhaus lag, ließen sich zu Josefas Abschied vernehmen.

Claire dagegen ... Claire war völlig aufgebracht in Josefas Büro gestürmt. Nie hatte sie ihre Assistentin so außer sich gesehen. Die Enttäuschung stand ihr ins Gesicht geschrieben. »Ich kann es nicht glauben, Josefa, ich kann es einfach nicht glauben«, sagte sie ein ums andere Mal. »Wir hätten es geschafft! Wir sind ein so starkes Team, Sie und ich und die anderen. Was wird jetzt aus unseren Projekten? Wir haben doch so hart dafür gearbeitet! Wie können Sie das einfach so aufgeben? Wir haben für so vieles gekämpft. Und was wird jetzt aus unserem Team? Sie haben dieses Team aufgebaut, Josefa. Wir sind doch gemeinsam viel stärker als Schulmann und Bourdin. Warum lassen Sie sich von ihnen unterkriegen? Das sieht Ihnen gar nicht ähnlich! Haben Sie etwa Angst vor ihnen? Haben Sie Angst vor Schulmann?«

Angst vor Schulmann? Vielleicht. Aber sie wog kaum etwas, verglichen mit ihrer anderen Angst. Ich habe Angst vor mir selbst, hätte sie Claire gestehen müssen, vor der Wut in mir, aber das konnte sie natürlich nicht. Wie hätte sie es ihr erklären sollen? Sie wusste es ja selbst nicht genau. Außerdem – *sie* war doch die Chefin, die Starke, die Souveräne. Wie könnte sie sich vor Claire schwach zeigen? Es ist schon alles richtig so, redete sie sich ein. Wer Karriere machen will, muss sich verändern.

Auch Claire durfte davor nicht einfach die Augen verschließen. Josefa hatte sie in den vergangenen Monaten, wann immer sie konnte, aus Schulmanns Schussfeld genommen. Doch nach einer Weile bemerkte sie, dass Schulmann gar nicht direkt auf Claire zielte. Seine Taktik war es, sie zu ignorieren oder übertrieben höflich zu behandeln. Das war sicherlich eine besonders sadistische Bestrafung für sie. Wie auch immer, zu Josefas Erleichterung redete ihre Assistentin nicht mehr davon, Loyn zu verlassen.

Claire, die gute Seele, hatte ihr auch leere Kartons ins Büro gestellt, in die Josefa nun ihre restlichen Dinge packte. Ihre Sekretärin hatte die Presseausschnitte des Golfturniers und einen Stapel Photos auf den Schreibtisch gelegt – ein letzter Dienst. Zu Josefas Überraschung lagen auch einige frühere Bilder von Beat Thüring dabei, aufgenommen auf der Pferdeschau in St. Moritz. Wie ein dem Suff und Drogen zugeneigter Playboy – so beschrieben ihn die Medien – kam er ihr auf diesem Bild allerdings nicht vor. Er schien in ein ernstes Gespräch mit anderen Männern aus der Wirtschaft verwickelt. Auf einem Photo saß er mit Van Duisen, Westek und Salzinger an einem Tisch. Alle machten ernste Gesichter. Worüber sie wohl gerade sprachen?

Sie seufzte und begann den Schreibtisch zu räumen. Dabei fiel ihr ein hübscher Ohrhänger in die Hände. Marlene Dombrinski hatte auf einem Zettel vermerkt: »Dieses Stück wurde beim Golfturnier gefunden. Wir wissen nicht, wem es gehört. Soll ich mich darum kümmern?« Josefa drehte den Ohrhänger zwischen den Fingern. Sie konnte sich nicht erinnern, wer ihn getragen hatte, obwohl er ungewöhnlich war: Drei Rubine in der Form von Blütenblättern waren golden eingefasst, das Zentrum bildete ein transparenter Stein, an dem ein Diamanttropfen baumelte. Auf der Rückseite der Blätter waren Linien eingraviert, kleinen Schneckenhäusern nachempfunden.

Sie legte das Schmuckstück in einen Umschlag und schob

ihn in den kleinen Safe im Aktenschrank. Sie wollte Marlene gerade eine E-Mail schreiben, als sie plötzlich das Gefühl hatte, dass sie nicht allein war. Irgendjemand trieb sich vor ihrer Tür herum. Sie hörte ein leises Scheppern, dann ein Geräusch, als ob jemand die Luft durch die Zähne einzog. Mit einem Satz war sie bei der Tür und riss sie auf.

»Guten Morgen«, sagte Pius Tschuor, in der einen Hand eine Tasse Kaffee, in der anderen einen Teller mit Gipfeln. »Sie?«, rief Josefa, verärgert und erleichtert zugleich. »Schon wieder so früh. Sie haben mich ganz schön erschreckt!«

»Lassen Sie mich doch die Tasse abstellen«, sagte Pius mit seiner tiefen Stimme. Und dann, mit einem Blick, warm wie flüssige Schokolade: »Sie könnten mich ruhig herzlicher begrüßen.«

Josefa unterdrückte ein Grinsen.

»Warum können Sie nicht wie normale Menschen bis sieben Uhr schlafen?«

»Ich bin doch ein Mann des Dunkels, meine Liebe. Dunkle Höhlen, Dunkelkammern –«

»Sie arbeiten ganz schön an Ihrem Mythos, Pius«, unterbrach sie ihn. »Soll ich beeindruckt sein?«

»Wollen Sie mir nicht für die schöne Überraschung danken? Ich habe Ihr Auto gesehen und bin gleich in unsere kleine Küche gegangen. Die Gipfel sind übrigens Aufbackware.«

»Danke, Pius, das ist lieb von Ihnen. Vielleicht sind Sie auch noch so lieb, mit mir die Kartons nach unten zu tragen?«

»So sind die Frauen: Gibt man ihnen den kleinen Finger … Trauern Sie Thüring etwa nach?« Er hatte das oberste Bild auf dem Stapel entdeckt.

»Thüring? Ich hatte eigentlich nie etwas mit ihm zu tun«, sagte Josefa und trank den Kaffee langsam und genüsslich. Plötzlich kam ihr Ingrid in den Sinn. Was verband die schöne Fremde mit Thüring?

Pius biss nun selbst in einen Gipfel. »Manche Leute werden nicht unglücklich sein, dass Thüring ertrunken ist. Der hat sich ein schönes Leben gemacht mit dem Geld, das anderen gehörte.«

Josefa schaute auf ihre Uhr. »Ich will hier raus, bevor es losgeht. Helfen Sie mir?«

Doch Pius war immer noch bei Thüring. »Vielleicht hat er sich auch einfach abgesetzt. Man hat ja seine Leiche bisher nicht gefunden.«

Josefa nahm ihm das Bild aus der Hand. »Aber es gab Zeugen, die gesehen haben wollen, wie er ertrank. Wahrscheinlich haben sich die Haie über die Leiche hergemacht. – Kommen Sie, machen wir uns an die Arbeit.«

Sie liefen gerade mit den Kartons zum Aufzug, als sich die Tür aufschob und Hans-Rudolf Walther heraustrat. Er nickte kurz in ihre Richtung und warf dann Pius einen Blick zu, der deutliches Befremden ausdrückte. Josefa raunte Pius im Aufzug zu: »Ich hoffe, Sie werden jetzt nicht von der Gehaltsliste gestrichen, weil Sie einer Abtrünnigen geholfen haben.«

Pius stellte die Kartons ab und wischte sich ein paar Krümel von den Lippen. Dann sagte er ganz ruhig: »Der wird sich hüten.«

Diese Bemerkung ging ihr noch durch den Kopf, als sie am Nachmittag mit Sali auf einem Dampfer über den Zürichsee fuhr. Was hatte Pius bloß damit gemeint, und warum war seine Stimme so … so *kalt* gewesen? Neben ihr fütterte Sali die Möwen mit Brotbrocken und plapperte in einer fremden Sprache vor sich hin. Sie verspürte ein ungewohnt warmes Gefühl für den kleinen Kerl. Merkwürdig, sie hätte nie gedacht, dass es ihr einmal Spaß machen könnte, Zeit mit einem Kind zu verbringen – noch dazu einem fremden. Plötzlich fiel ihr Stefan ein. Ob er wohl mit seinen Kindern auch Ausflüge auf dem Schiff machte? Josefa dachte immer seltener an den Mann, der nach dem Anruf seiner Frau so plötzlich aus ihrem Leben verschwunden war. Sie hatten nie darüber geredet, wie Agnes an ihre Telefonnummer gekommen war oder wie lange sie schon von der Affäre gewusst hatte. Eigentlich hatten sie überhaupt nicht mehr richtig miteinander geredet – Stefan war zu sehr mit dem Unfall seines Sohnes und dem bevorstehenden Umzug in die Staaten beschäftigt gewesen –, aber das war auch gar nicht nötig. Es war ihnen beiden auch so klar, dass an eine Fortsetzung der Affäre nicht zu denken war. Und es gab Momente, da fühlte sich Josefa irgendwie befreit. Kein Warten mehr. Keine Schuldgefühle.

Im Dröhnen des Schiffsmotors hätte sie beinahe das Klingeln ihres Handys überhört. »Wo bist du?«, fragte Paul Klingler. »Auf einem Dampfschiff mit Sali«, schrie Josefa. »Wir steigen gerade bei der Haltestelle Zürichhorn aus.«

Sali rannte über den Landungssteg, um die Klangskulptur des Künstlers Jean Tinguely zu sehen. Sie war in vollem Gang. Touristen und Familien folgten dem Auf und Ab von Rädern, Kugeln, Hebelarmen, dem Scheppern und Klingeln und Rattern des Perpetuum mobiles. Der Junge war vollkommen in Bann geschlagen und umrundete unentwegt die riesige Lärmmaschine.

»Du hast versucht, mich zu erreichen?«, sagte Paul.

Sie waren jetzt Geschäftspartner – an diesen Gedanken musste sie sich noch gewöhnen. Josefa hatte sich bereit erklärt, Aufträge und Projekte für ihn auszuführen, dabei aber betont, dass sie selbständig arbeiten würde. Sie wollte kein neues Angestelltenverhältnis. »Sag mal, wie war das mit Schulmann und dir bei Harckmüller, Sinclair und Partner?« Sie hatte lange gewartet, bevor sie den Mut fand, ihm diese Frage zu stellen.

»Mmmmh«, machte Paul. »Haben die Vöglein in dein Ohr gezwitschert?«

»Keine Vöglein. Richard Auer hat mich damit beglückt. Es war richtig schön, dass ich nichts davon wusste.«

»Jaaaaaaah …« Lange Pause. »Schulmann und ich haben vor sechs Jahren kurz bei Harckmüller zusammen gearbeitet. Schulmann, dieses intrigante Schwein, hat den halben Laden gegen mich aufgebracht. Und dann bin ich gegangen und habe es nie bereut.« Er räusperte sich. »Sei froh, Josefa, dass du von Loyn weg bist.«

Plötzlich war es um sie herum merkwürdig still. Josefa sah sich um. Tinguelys Klangskulptur war verstummt – die Show war zu Ende. Sali kam und zerrte an ihrer Hand. Er hatte einen Eiswagen entdeckt.

»Paul, ich muss weiter …«

»Ja, wir sprechen uns später.« Er klang erleichtert.

Während Sali genüsslich an seinem Eis leckte, schaute Josefa immer wieder ungeduldig auf ihre Uhr. Kurz entschlossen winkte sie einem Taxi und zog den widerstrebenden Sali hinter sich her. Als der Wagen vor der Feltenstraße hielt, bemerkte Josefa, dass ein zweites Taxi fast zeitgleich vor dem Restaurant gegenüber zum Stehen kam. Josefa sah einen Mann aussteigen. Er trug eine dunkelgrüne Windjacke. Sie hatte ihn heute schon öfters gesehen. Erst auf dem Dampfschiff, später dann in der Nähe der Tinguely-Maschine. Und jetzt stieg er zur selben Zeit am selben Ort aus einem Taxi. Josefa fand das merkwürdig. Aber sie hatte keine Zeit, zu beobachten, wohin er ging, Salis Eltern warteten sicherlich schon.

Zurück in ihrer Wohnung, legte sie sich ein wenig hin. Der Ausflug hatte sie erschöpft, aber sie war trotzdem hellwach. Pauls Worte hallten in ihr nach. So gut hatte er also Schulmann gekannt! War ihm sogar unterlegen gewesen. Wie hing das bloß alles zusammen? Ein Klingeln an der Tür schreckte sie auf. Es war Esther Ardelius.

»Ich habe die Telefonnummer dieses Polizeibeamten verlegt – der, der mich wegen des Einbruchs befragt hat. Ich brauche von ihm ein Papier für die Versicherung. Und ich weiß nicht mal, wie der Typ heißt. Kennst du vielleicht den Namen des anderen, der mit zu dir runterging?«

»Sebastian Sauter. Ich war übrigens mit ihm im Zoo.« Esther fielen fast die Augen aus dem Kopf.

»Ich habe ihm endlich seine Mütze zurückgegeben«.

»Hat er dich angerufen?«

Josefa blätterte in ihrem Adressbuch. »Hat er meine Handynummer von dir?«, fragte sie zurück.

»Möglich. Die wollten ja nach dem Einbruch so viel wissen. Die haben mich richtig gelöchert. Aber Polizeibeamte sind so was von langweilig und konservativ. Die würden mich glatt einschläfern.«

»Vielleicht«, murmelte Josefa und schrieb die Nummer auf einen Zettel. »Aber die erschrecken nicht so schnell über etwas, meine Liebe, weil sie schon alles gesehen haben. Da kann man als Frau auch mal die Haltung verlieren, ohne dass sie gleich einen Schock kriegen.«

Esther nahm augenzwinkernd den Zettel entgegen und eilte nach oben, um zu telefonieren. Zehn Minuten später stand sie wieder vor der Tür. »Diese elende Bürokratie«, schimpfte sie. »Die kann einem wirklich den letzten Nerv rauben. Ich wurde um *fünf* Ecken verbunden, bis ich an der richtigen Stelle war! Das ist ja ein wahres Labyrinth.« Sie setzte sich auf den Gymnastikball, den sich Josefa für ihre Rückenübungen angeschafft hatte. »Und weißt du, was das Beste ist? Die behaupten, Sebastian Sauter arbeite gar nicht in ihrer Abteilung. Der habe mit Diebstahl und Einbruch nichts zu tun.«

»Mit wem hast du dann schließlich gesprochen?«

»Mit dem Kollegen, der mich am Schluss befragt hat.«

»Und was hat der gesagt?«

»Ich sei schon am richtigen Ort, aber zuständig für den Fall sei *er* und nicht Sebastian Sauter.«

»Und wofür ist Sauter zuständig? Hast du das rausgefunden?«

Esther hopste mit dem Ball auf und ab. »Ja. Für Kapitalverbrechen, glaube ich.«

»Kapitalverbrechen? Was soll denn das heißen?«

»Mord. Was denn sonst?«

– 5 –

In der Straßenbahn kam Josefa plötzlich in den Sinn, dass sie die Champagner-Truffes aus der Confiserie Sprüngli im Kühlschrank vergessen hatte. Sie würde den Besuch bei ihrem Vater gleich mit einer Entschuldigung beginnen müssen. Glücklicherweise hatte sie aber das Geschenk für ihren Bruder dabei, dessen Geburtstag sie heute feiern wollten. Dann verpasste sie die richtige Haltestelle und musste vom Klusplatz aus zurücklaufen. Vielleicht war es auch ihr unbewusster Wunsch, das Familientreffen vermeiden zu können.

Das Haus ihres Vaters gehörte eigentlich ihrer Stiefmutter Verena. Sie hatte es als Familienbesitz in die Ehe gebracht. Josefa, die damals sechzehn Jahre alt war, erlebte einen doppelten Schock: eine neue Frau an der Seite ihres Vaters und ein neues Heim. Sie sträubte sich gegen beides, das Haus und die Frau. Auch in diesem Moment. Eigentlich war es eine gemütliche alte Villa mit vielen Winkeln und Stiegen, Obstbäumen im Garten und einem alten Steinbrunnen vor dem schmiedeeisernen Tor. Aber die Emsigkeit und der Elan der Stiefmutter waren eine stetige Provokation für sie. Josefa rebellierte nicht offen, wie Markus, als er zwanzig wurde. Sie verschloss sich einfach wie eine Auster. Wenn ihr Vater sie aufforderte, doch ein wenig zugänglicher gegenüber seiner neuen Gattin zu sein, schwieg Josefa. Das brachte ihn jedes Mal zur Weißglut. Professor Rehmer konnte zwar die kompliziertesten linguistischen und philosophischen Theorien entwerfen, aber bei seiner Tochter kannte er sich nicht aus. Josefa nahm sich vor, an diesem Abend nett zu ihm zu sein. Ihres Bruders wegen.

Verena öffnete die Tür. Sie hatte ihr kurzes honigblond getöntes Haar mit Gel nach hinten gekämmt, was ihr ebenmäßiges Gesicht gut zur Geltung brachte. Sie war vor kurzem fünfzig geworden – während Josefas Vater auf die fünfundsechzig zuschritt. »Schön, dich mal wieder zu sehen«, sagte sie. Soll das ein versteckter Vorwurf sein?, fragte sich Josefa. Sie hatte Verena und ihren Vater seit einem Jahr nicht mehr besucht. Letzte Weihnachten war sie nach Ägypten geflohen.

»Ich habe Champagner-Truffes gekauft und sie im Kühlschrank vergessen, tut mir Leid«, sagte sie, während sie die Jacke ablegte. »Das macht nichts«, wehrte Verena ab. »Dein Vater kann ohnehin nichts Süßes mehr essen. Er hat Zucker.«

»Er ist zuckerkrank? Seit wann?«

Verena führte sie ins Wohnzimmer. »Seit vier Monaten etwa«, sagte sie schnell. »Das passiert mit dem Alter.«

Josefa betrat den getäfelten Raum und blieb wie angewurzelt stehen. »Ich dachte, wir feiern den Geburtstag von Markus«, stieß sie beim Anblick eines Dutzend Gäste hervor. Verena fasste sie besänftigend am Arm. Josefa roch ihr teures Parfüm. »Dein Vater erhält den Max-Frisch-Preis der Stadt Zürich. Das will er mit ein paar alten Freunden feiern.«

Und seine Kinder sind die Komparsen für den großen Künstler. Josefa wäre am liebsten auf dem Absatz umgedreht und hinausgelaufen.

Sie waren alle da: der Dekan der Universität, der Direktor des Schauspielhauses, der Kulturbeauftragte der Stadt, der Verleger von Rehmers gesammelten Werken, eine bekannte Schauspielerin, die seine Texte auf der Bühne vorgetragen hatte, und ein paar Frauen, die Josefa nicht kannte. Wohl die ehrenwerten Gattinnen.

»Josefa.« Ihr Vater trat auf sie zu. Mit seinem wuchtigen Schädel und dem schlohweißen Haar war er eine imposante Erscheinung. Das musste sich auch Josefa eingestehen. »Markus hat seinen Flug verpasst und wird etwas später kommen.« Das war alles, was er zur Begrüßung zu sagen hatte.

An der festlich gedeckten Tafel saß zu ihrer Rechten ausgerechnet der Universitätsassistent ihres Vaters, der sie mit seiner Unterwürfigkeit und seinem verstaubten Wissen schon auf einigen Festen gelangweilt hatte. Zu ihrer Linken schwieg die Gattin des Schauspielhaus-Direktors. Wahrscheinlich hatte sie verlernt zu sprechen, wo es doch alle um sie herum so bühnenreif taten.

»Für wen arbeiten Sie eigentlich noch mal, Frau Rehmer?« Das war der Assistent.

Da Josefa gerade den Mund voll hatte, beantwortete ihm Verena seine Frage. Josefa hörte das Wort »Loyn«, aber sie hatte keine Lust zu erklären, dass sie die Firma verlassen hatte.

»Sie treffen sicher viele interessante Leute«, ließ sich nun eine Dame weiter unten am Tisch vernehmen.

»Josefa bewegt sich nicht unter normal Sterblichen, sie bevorzugt die Gesellschaft von Millionären und Hollywood-Stars.« Ihr Vater wetzte die Messer.

Josefa versuchte, gelassen zu bleiben. »Das stimmt nicht.

Meine beste Freundin ist zum Beispiel Ornithologin. Und sie hält sich bestimmt nicht für unsterblich und besitzt auch keine Million.«

»Eine Ornithologin, wie spannend!«, meldete sich nun plötzlich die Gattin des Schauspielhaus-Direktors. Offenbar hatte Josefa einen Nerv bei ihr getroffen. »Wie heißt sie denn? Ich kenne sie bestimmt. Ich bin nämlich im Ornithologischen Verein.«

»Helene Meyer.«

»Ja, ja, sie ist mir ein Begriff. Sie hält manchmal Vorlesungen an der Universität.« Die schweigsame Gattin war nun sichtlich animiert. Josefa dagegen überhaupt nicht.

Als die Gäste zum Kaffee in den Salon schritten, verabschiedete sie sich. Ihr Vater hielt sie nicht zurück. Aber sein Assistent nahm sie zu ihrem Erstaunen beiseite. »Ihre Freundin Helene Meyer«, sagte er. »Ich kannte ihren Vater.«

»Helenes Vater?«

»Ja, Peter Meyer. Ein tragischer Fall.«

»Tragisch? Warum?« Josefas Neugier war geweckt.

»Sie wissen das nicht? Er hat fast sein gesamtes Geld durch die Swixan-Pleite verloren. Bald darauf beging er Selbstmord.«

Josefa konnte ihre Überraschung nicht verbergen. »Nein, das wusste ich nicht. Wie furchtbar.«

»Ja, ich habe in Peter Meyer einen guten Freund verloren. Es freut mich, dass Sie mit Helene befreundet sind.« Diese Worte kamen mit aufrichtiger Herzlichkeit.

Verena begleitete sie zur Garderobe. Sie hatte Stil, das musste Josefa zugeben. Sie drückte herzlich Josefas Hand und ging dann in den Salon zurück.

Josefa lief den Hügel zur Hauptstraße hinunter. Es war unangenehm kühl geworden. Ein Taxi kam ihr entgegen. Es glitt an ihr vorbei und hielt dann abrupt an. Eine Tür wurde aufgestoßen. Aus dem Innern schälte sich ein schlanker, biegsamer Körper. »Markus!«

Ihr Bruder trug einen langen, dünnen Mantel. »Diese Locken trägt man nachts doch nicht spazieren. Da verfangen sich Fledermäuse drin.«

»Die Fledermäuse haben schon alles Blut aus mir gesaugt. Sie sehen aus wie Papa und seine Gäste.«

»Er hat also wieder mal ganz Zürich zu sich geladen.« Markus brauchte sie nicht viel zu erklären, er wusste sofort Bescheid. »Komm, lass uns lieber zu dir fahren.«

Im Taxi erzählte ihm Josefa von dem Abend im elterlichen Haus. Zusammen schleppten sie seine Taschen die Treppe zu Josefas Wohnung hoch. Er musste die Instrumente einer ganzen Rockband bei sich haben. Im Licht des Korridors sah sie, dass er einen feinen Schnurrbart trug. Sein Haar war so kurz geschnitten, dass seine Schädelknochen eckig hervortraten.

»Wofür hat Papa eigentlich den Max-Frisch-Preis gewonnen?«, fragte Markus, während er sich aus dem Kühlschrank ein Bier nahm, als würde er hier wohnen. »Keine Ahnung, es war eine Überraschung«, sagte Josefa müde. »Ich kenne seine Bücher nicht.« Das stimmte nur halb, sie hatte ein paar Mal in ihnen geblättert.

Markus reichte ihr einen Umschlag. »Ich hoffe, du kannst mit meiner Musik mehr anfangen. Das ist meine neue CD. Ich habe sie mit Fredric gemacht.«

»Wer ist Fredric?«

»Mein Freund.« Aha. Er liebte derzeit also wieder Männer. Sie wusste so wenig von seinem Leben. Sie wusste überhaupt wenig vom Leben der Menschen, die ihr nahe standen. Kannte sie ihren Bruder überhaupt? Sie hatte ihn nie in London besucht, hatte nie seine Wohnung betreten oder mit ihm die Musikclubs aufgesucht, in denen er spielte. Und genauso war es mit ihrer besten Freundin. Nach vier Jahren war Helene für sie in vielem immer noch eine Unbekannte. Aber sie hatte so wenig Zeit, die Arbeit nahm ihr alle Energie, und bis vor kurzem hatte Josefas größtes Interesse der Firma gegolten.

Markus schaute sie prüfend an. »Du hast eine harte Zeit hinter dir, stimmt's?«

Sie nickte. Während sie Brotscheiben mit Parmaschinken, Tomaten, sauren Gurken und gekochten Eiern belegte, erzählte sie ihm von ihrer Kündigung bei Loyn, von ihren Plänen und von den bedrohlichen E-Mails, ohne ihn mit vielen Details zu belasten. Markus nahm die Mayonnaise und bekränzte damit das gekochte Ei und die Tomaten auf seinem Brot. »Und was sagt Papa zu deiner Kündigung?«, fragte er.

»Dem hab ich gar nichts gesagt. Du kennst ihn doch. Er hätte das zum Anlass genommen, mir wieder mal vorzuhalten, dass ich besser etwas Gescheites studiert hätte, statt eine Marketing-Ausbildung zu machen. Für ihn bin ich ohnehin eine gescheiterte Existenz.« Sie war den Tränen nahe, so frustriert war sie.

»Na und? Das kann dir doch egal sein. Wie alt bist du – fünfunddreißig? Da brauchst du doch nicht mehr auf die Meinung von Papa zu hören.«

»Ich weiß, aber diese Dinge verfolgen einen, ob man will oder nicht. Man wird die ganze Scheiße nie los.«

Markus kaute bedächtig auf seinem Brot herum. Ein winziger Tomatenkern klebte auf seinem Kinn. Josefa musste sich überwinden, ihn nicht wegzutupfen, wie sie es früher automatisch getan hätte.

»Was ist denn das?«, fragte Markus neugierig und deutete auf eine Kinderzeichnung an der Küchenwand. Josefa erzählte ihm von Sali.

Markus schmunzelte. »Du hast dich doch noch nie für Kinder interessiert.«

»Was meinst du damit?«

»Kinder waren immer eine Pest für dich. Du bist vor ihnen regelrecht geflohen.«

»Das ist nicht fair«, wehrte sich Josefa, obwohl sie ihm insgeheim zustimmte. »Wahrscheinlich hat es mir einfach gereicht, dass ich auf meinen kleinen Bruder aufpassen musste.«

»Das war aber nicht meine Schuld, sondern Papas. Er hat dich in eine Rolle gezwungen, die dich überforderte, und –«

»Ich war nicht überfordert«, unterbrach ihn Josefa heftig. »Aber ich konnte es Papa nie recht machen. Nichts war ihm jemals gut genug.«

»Er war wohl selbst überfordert von Mamas Tod«, murmelte Markus. Und fügte etwas lauter hinzu: »Du erwartest etwas von Papa, das er dir in dem Maße nie geben wird. Bestätigung, Anerkennung, Lob, was auch immer.«

»Warum soll ich das nicht erwarten? Warum soll er mir nicht das geben, was Eltern normalerweise ihren Kindern geben?«, fragte Josefa aufgebracht.

»Für unseren Vater existiert Bewunderung nur für seine Person, daneben hat nichts anderes Platz. So ist das nun mal, und du kannst es nicht ändern. Du bist doch gut in deinem Beruf und bekommst da ständig Anerkennung. Genügt das nicht?«

»Du bist wenigstens ein Künstler, Markus. Kunst zählt für Papa, auch wenn es Rockmusik ist.«

»Ach was. Ich glaube, der hat nie eine meiner CDs gehört. Ist auch nicht so wichtig.« Markus nahm einen kräftigen Schluck von seinem Bier und wischte sich mit der Hand über den Mund. »Schau vorwärts, Schwesterherz, lass es hinter dir. Du schleppst zu viel mit dir rum. Du quälst dich nur selber.«

Josefa hielt den Blick starr auf den Tisch gerichtet und zerdrückte ein paar Brotkrümel.

»Sag mal, gab es zwischen unseren Eltern einen Konflikt, bevor Mama starb? Ich meine, abgesehen von ihrer Krankheit, gab es da irgendwelche Spannungen zwischen den beiden?«

Markus kramte in der Tasche seines Mantels, den er über die Stuhllehne gehängt hatte. »Weiß nicht. Warum fragst du?«

»Ach, ich hab da so eine vage Erinnerung, dass sie wegen irgendetwas Streit hatten.« Sie stand auf und ging zum Küchenschrank.

»Am besten fragst du Papa. Aber wie ich ihn kenne, wird er darüber schweigen wie ein Grab.«

Trotzdem war Josefa überzeugt, dass sie ihren Vater eines Tages zum Reden bringen würde.

– 6 –

So früh hatte der Winter schon seit Jahren nicht mehr begonnen. Es war erst Mitte November, aber in den Bergen lag bereits eine dicke Schicht von watteweichem Pulverschnee. Josefa stand mit Claire am Hang einer Bergflanke irgendwo in den Alpen des Kantons Glarus, wohin ihre ehemalige Assistentin sie entführt hatte. »Na, hab ich übertrieben?« Josefa musste gestehen, dass sie überwältigt war von der kargen Schönheit dieser Berglandschaft. Ihr war diese Gegend absolut neu und auch ein wenig unheimlich. Josefa fürchtete sich vor Lawinen. Doch Claire beruhigte sie: »Ich kenne das Gebiet wie meine Westentasche. Wir waren als Kinder jeden Winter hier. Und das Schöne ist, dass es die wenigsten Leute kennen.«

Josefa hatte Claire immer nur in schicken Kostümen gesehen. Nie hätte sie gedacht, dass diese etwas ätherisch und zerbrechlich wirkende Person Skitouren unternehmen würde. Auch bei sich selbst hätte Josefa das nicht für möglich gehalten. Sport gehörte nicht zu ihren Freizeitbeschäftigungen, und ihre Kondition war entsprechend schlecht. Aber das sonnige Wetter war einfach zu verlockend. Und als Claire vor einigen Tagen gefragt hatte: »Haben Sie Felle für Ihre Skier?«, war sie gleich losgezogen und hatte sich welche besorgt. Wer weiß, wann sie wieder die Gelegenheit zu einem solchen Ausflug haben würde, jetzt, da sie von Paul Klingler mit einer Flut von Aufträgen bedacht wurde. Er hatte eine Reihe von Dienstleistungen »outgesourct«, wie er das im Fachjargon nannte. Sie arbeitete nun von zu Hause aus und war die meiste Zeit allein. Sie vermisste ihre Mitarbeiter und den Austausch mit ihrer Assistentin. Deshalb hatte sie sich über Claires Einladung sehr gefreut.

»Ist das nicht toll!«, sagte Claire wieder, da Josefa in schweigender Bewunderung dagestanden hatte. Unter ihnen öffnete sich ein schüsselförmiges Tal, das wie eine sanfte Welle gegen die Bergflanken auslief. Die Wälder waren weiß gepudert. Unten, in der Talsohle, lag ein Bergsee, in dem sich im Sommer herrlich baden ließ, wie Claire versichert. Zurzeit verbarg er sich unter einer Schneedecke. In einer Waldlichtung war ein verschneites Dach zu sehen, im Sommer wohl eine Alphütte. Wohltuend einsam war die Gegend, eine Oase in der zersiedelten Schweizer Alpenlandschaft. Und das nicht einmal zwei Autostunden von Zürich entfernt.

Josefa schaute den Berghang hoch. War das ein Lawinengebiet? Aber Claire beschwichtigte sie erneut: »Keine Gefahr, darauf können Sie sich verlassen.« Josefa blieb nichts anderes übrig, als ihren Worten zu vertrauen. Sie stiegen auf ihren Skiern noch ein wenig höher und machten es sich dann in einer Kuhle bequem, in der sie eine silberne Wärmefolie ausgebreitet hatten. Sie aßen belegte Brote und Trockenfrüchte und tranken dazu Tee aus der Thermosflasche. In der Sonne war es schon fast zu heiß. Der Schnee glitzerte im gleißenden Licht. Josefa schmierte eine neue Schicht Sonnenschutz auf ihr Gesicht.

Während der Fahrt in Claires Geländewagen hatten sie nur Belangloses gesprochen. Die meiste Zeit war Josefa ohnehin in einen Halbschlaf versunken, weil sie viel zu wenig geschlafen hatte. Die Firma erwähnten sie mit keinem Wort. Doch hier oben, umgeben von majestätischen Bergspitzen, atmete und redete es sich leichter. »Wissen Sie, ich bin ganz froh, dass ich bei Loyn geblieben bin«, fing Claire ohne Einleitung an, während sie noch an einem getrockneten Apfelschnitz kaute. »Ich mag die Produkte, ich mag die Promi-Feste, ich mag sogar den Stress und das Chaos dort.«

»Sie brauchen sich nicht zu rechtfertigen, Claire«, unterbrach sie Josefa. »Ich kann Sie gut verstehen. Ich habe nicht erwartet, dass die ganze Mannschaft aus Loyalität zu mir kündigt. Das wär ja blöd.«

»Es ist nicht Ihretwegen, es ist wegen Werner. Ich hab mich so hintergangen gefühlt. Aber dann sagte ich mir: Der bleibt sicher nicht ewig dort. Ich kann ihm die Stirn bieten. Ich bin zäh. Leute wie Werner kommen und gehen. Bourdin lässt ihn ganz sicher nicht höher aufsteigen. Und wenn er nicht weiterkommt, dann geht er. Dann bin ich an der Reihe. Da lohnt es sich, nicht aufzugeben.«

Josefa schwieg. Sie hatte eigentlich keine Lust, über Schulmann zu sprechen. Außerdem hatte sie der steile Aufstieg ziemlich erschöpft. Aber Claire redete unverdrossen weiter: »Ich kann mir etwas aufbauen bei Loyn, das weiß ich. Ich werde weit kommen. Ich lasse mir nicht einfach alles kaputtmachen, das habe ich mir geschworen.« Claires helle Stimme war schrill geworden. Sie hielt jäh inne, als ob sie fürchtete, nun als ungezogenes Mädchen abgestraft zu werden.

Josefa kannte dieses Gefühl, der Welt die Stirn bieten und jede Schlacht gewinnen zu können. Das hatte sie am Anfang ihrer Karriere auch gehabt. Sie seufzte. Claire würde ihre Erfahrungen machen. Sie war noch so jung. »Ist schon in Ordnung, Claire«, sagte sie und reichte ihr die Flasche mit dem heißen Tee. »Sie haben Recht, Leute kommen und gehen. Und wir sollten gehen, bevor es dunkel wird.«

Sie stand auf und zog am Reißverschluss ihres Rucksacks. Dann entfernte sie die Felle von ihren Skiern. »Jetzt fängt das Vergnügen an«, rief Claire, als sie auf den Brettern standen. Und nach einem kräftigen Stoß sausten sie durch den pulvrigen Schnee und wirbelten links und rechts weiße Wolken auf.

Als sie den Wagen erreichten, brach bereits die Dämmerung herein. Josefa war froh, dass sich Claire in der Gegend auskannte und sie sicher auf der freigepflügten, aber holprigen Bergstraße voranbrachte. Sie fuhren eben aus dem Talkessel heraus und hielten kurz bei einer Abzweigung, als der Motor erstarb. Claire drehte den Zündschlüssel. Nichts. Sie versuchte es erneut, doch der Motor sprang nicht an. Scheiße, dachte Josefa, hütete sich aber, es laut zu sagen. Claire blieb völlig ruhig.

»Sie müssen mir helfen«, sagte sie.

»Helfen? Ich verstehe nichts von Automotoren.«

»Nein, Sie müssen mir die Taschenlampe halten, damit ich etwas sehe.«

Schneegestöber hatte eingesetzt. Josefa wickelte sich den Schal um den Kopf und stand einen Augenblick später zitternd neben Claire, die im schwachen Lichtstrahl unter der Motorhaube herumhantierte.

Scheiße, Scheiße, Scheiße, dachte Josefa wieder. Das hatte

gerade noch gefehlt, weit weg von jeglicher menschlicher Behausung. Sie würden wohl mit den Skiern weiterfahren müssen.

»Mehr nach rechts«, sagte Claire und stocherte weiter.

»Vielleicht ist es die Elektronik«, gab Josefa zu bedenken. Sie fürchtete das Schlimmste. Eine Nacht im kalten Auto. Vielleicht standen sie sogar unter einem Lawinenhang.

»Nein, das ist ein älteres Modell. Da ist noch fast alles Mechanik. Das versteht jedes Kind. Starten Sie mal den Motor.«

Josefa stieg ins Auto und tat, wie ihr geheißen.

Nichts.

Claire verschwand wieder unter der Haube. Diesmal hielt sie die Taschenlampe selbst. Josefa hatte keine Ahnung, was Claire da tat.

»Noch mal«, befahl sie nach einer Weile. Und tatsächlich – der Motor sprang an. »Sie verdienen eine Medaille«, sagte Josefa erleichtert, als ihre Begleiterin ins Auto stieg.

Claire manövrierte sie sicher durchs Schneegestöber. »Mein Vater hat einmal drei Wochen nicht mit mir gesprochen. Wirklich nichts – kein Wort. Das war, nachdem sein Wagen unterwegs schlapp gemacht hatte. Ich war zwölf Jahre alt. Unser Auto war ein Modell mit Vierradantrieb, und wir hatten gerade eine Wanderung in den Bergen hinter uns und wollten nach Hause fahren. Doch plötzlich streikte der Wagen. Mein Vater untersuchte alles Mögliche, und wir warteten und warteten und nichts passierte.«

Sie legte einen niedrigeren Gang ein. »Ich sagte zu ihm: ›Vielleicht ist es das Problem mit der Zündung, von dem Onkel Konrad kürzlich erzählt hat, als er bei uns war.‹ Wissen Sie, mein Onkel war Automechaniker und führte damals eine Garage. Er ist schon länger tot. Sie wissen ja, Kinder können gut zuhören und sich die unmöglichsten Dinge merken. Wie ich. Und das kam mir damals in den Sinn.«

Das Schneegestöber ließ etwas nach. Sie beschleunigte. »Mein Vater schimpfte fürchterlich. Er schrie mich an. Schrie: ›Du hältst dich da raus, du ewige Besserwisserin!‹ Er war schon ganz nervös ... Aber ich will es kurz machen: Es stellte sich heraus, dass es genau das besagte Problem mit der Zündung war.« Claire stellte die Heizung höher. »Danach hat er drei Wochen kein Wort mit mir geredet. Das hielt er ohne weiteres durch. Drei Wochen. Das ist lang, Josefa. Es war absolut furchtbar. Ich wusste nicht, was ich falsch gemacht hatte. Ich wollte doch nur helfen!«

»Ja, Väter können das«, sagte Josefa nachdenklich. Schweigen konnte sicherlich höllisch wehtun. Auch wenn ihr Vater sie nie angeschwiegen hatte. Er strafte lieber mit Worten, verletzte mit ätzendem Sarkasmus, mit messerscharfen Anspielungen.

Claire sah geradeaus. »War wohl besser, dass er geschwiegen hat. Denn wenn er mal den Mund aufmachte, dann sagte er meist: ›Du kannst nix.‹ Dabei war *er* der Versager.«

»Und Ihre Mutter? Was hat sie gesagt?«

»Die? Die hat mich nicht in Schutz genommen. Meine Mutter hat sich nie, kein einziges Mal, vor mich gestellt. Das gab es einfach nicht. Auch wenn sie wusste, dass ich im Recht war. Na ja, da habe ich gelernt, dass man sich selber helfen muss.«

»Wie haben Sie sich denn selber geholfen?«, fragte Josefa neugierig.

Claire bremste ab und fuhr vorsichtig durch eine scharfe Kurve. An manchen Stellen hatte sich Eis gebildet. »Wie meinen Sie? Ach so. Ich wollte beispielsweise die Höhere Handelsschule besuchen, aber meine Eltern weigerten sich, mir die Ausbildung zu bezahlen. Sie fanden, Sekretärin sei gut genug für mich. Ich bin deshalb zu meinem Onkel gegangen – dem, dem die Garage gehört. Er hat mir ein Darlehen gegeben.«

Josefa fand das eine sonderbare Art von Selbsthilfe. »Haben Ihre Eltern von dem Darlehen gewusst?«

»Irgendjemand hat es ihnen brühwarm erzählt, wahrscheinlich meine Tante, um ihnen eins auszuwischen. Von da an sprachen die beiden nicht mehr mit mir, auch meine Mutter nicht. Zu Hause – das gab es von da an nicht mehr für mich. Ist auch egal. Wenigstens habe ich es ihnen endlich gezeigt. Es ging auch ganz gut ohne sie. Gewisse Leute kann man einfach hinter sich lassen.« Claire warf ihr einen Blick zu. »Wie war denn Ihre Mutter?«

Josefa schaute den tanzenden Schneeflocken im Lichtkegel der Scheinwerfer zu. »Ich kann mich nicht so gut erinnern«, sagte sie. »Ich war vierzehn, als sie an Krebs starb.«

»Ich verachte meine Mutter.« Diese Worte passten so gar nicht zu Claires glockenheller Stimme. Das machte ihre Aussage noch bitterer.

»Warum verachten Sie nicht Ihren Vater? Schließlich hat er Sie ja immer runtergemacht.«

Claire schien sie nicht verstehen zu wollen. »Sie hätte ihn zur Rede stellen sollen, sich ihm entgegenstellen. Sie hätte den Kampf aufnehmen sollen. Aber sie hat sich mit ihrem unterwürfigen Verhalten zu seiner Verbündeten gemacht – gegen mich. Gegen ihre eigene Tochter.«

Claire hatte sich so in Rage geredet, dass sie zu stark aufs Gaspedal trat. Der Wagen kam ins Schlittern, und Josefa umklammerte ängstlich ihren Haltegriff, doch Claire brachte das Auto mühelos wieder auf die Spur.

»'tschuldigung. Ich konzentriere mich wohl besser auf die Straße als auf längst vergangene Geschichten. Ich bin ja kein kleines Mädchen mehr, sondern eine erwachsene Frau, die sich so etwas von niemandem mehr bieten lässt. Heute kann ich es mit allen aufnehmen, nicht wahr?«

Josefa wusste nicht recht, ob Claire das ironisch oder ernst meinte, und antwortete deshalb nur mit einem vagen »Mhm«. Sie spürte, dass sie und Claire unbekanntes Terrain betreten hatten. In ihrer Beziehung hatte sich etwas verschoben. Josefa war nun nicht mehr die Chefin und ihre Assistentin nicht mehr die Untergebene. Sie waren jetzt etwas anderes, aber was, das hätte Josefa noch nicht benennen können.

– 7 –

Am nächsten Tag, als Josefa am Ufer des Zürichsees entlangschritt, war es mit dem schönen Wetter schon wieder vorbei. Es war zwei Uhr nachmittags, doch dichter Nebel verdunkelte den Himmel. Jetzt fing es auch noch an zu regnen, und mit jedem Schritt spritzte schmutziges Wasser auf ihre neuen Wildlederstiefel. Josefa ging am Chinesischen Garten vorbei und bog ins Seefeld-Viertel ein, wo Paul Klingler seine Consulting-Firma in einer Biedermeiervilla untergebracht hatte. Dort traf sie sich regelmäßig mit ihm zu Besprechungen. Heute allerdings hatte sie etwas ganz anderes vor, und sie hatte Paul bereits am Telefon darüber informiert.

Sie drückte die Sprechanlage am Hintereingang. Paul erschien persönlich. Es gab kaum einen Sonntag, den er nicht wenigstens teilweise im Büro verbrachte. »In welcher Sonne hast du denn gelegen?«, fragte er und neigte seine hünenhafte Gestalt, um sie zu begrüßen. Josefa erzählte ihm von der Skitour mit Claire, sah sich aber außerstande, ihm den genauen Weg dahin zu erklären oder wie der Berg hieß, dessen Flanken sie erstiegen hatten.

»Kann ich dir etwas anbieten?«, erkundigte sich Paul, der, wenn er wollte, ein richtiger Gentleman sein konnte, und führte sie zu einem Büro mit Blick auf den Zürichsee. Während seine Sekretärin (auch sie musste sonntags arbeiten) Josefa den gewünschten Orangensaft brachte, öffnete Paul für sie den Zugang zur elektronischen Datenbank und zog sich dann zurück.

Nach zwei Stunden Bildschirmsuche brannten ihr die Augen. Aber sie hatte gefunden, wonach sie suchte.

Sie schloss die Datenbank, bat Pauls Sekretärin um ein Telefonverzeichnis und notierte sich die Nummer, die sie trotz der vielen Meyers schnell fand. Athena Meyer-de Rechenstein war offensichtlich so stolz auf ihren Namen, dass sie ihn in voller Länge hatte eintragen lassen. Josefa packte ihre Unterlagen ein, verabschiedete sich rasch von Paul und ging dann ins Freie. Die Luft erschien ihr kälter als zuvor. Sie nahm ihr Handy aus der Tasche und wählte die Nummer auf dem Zettel.

»Hallo«, meldete sich sogleich eine melodische Frauenstimme.

»Hier ist Josefa Rehmer, die Freundin von Helene.«

Daraufhin war es am anderen Ende still, so dass Josefa schon dachte, die Verbindung sei unterbrochen. Doch dann hörte sie Helenes Mutter wieder: »Josefa, was für eine Überraschung! Ich darf Sie doch Josefa nennen, nicht wahr? Wie geht es Ihnen?«

Diesmal war es an Josefa, zu stutzen. Die Frau sprach hochdeutsch. Warum hatte Helene nie erwähnt, dass ihre Mutter Deutsche war?

»Spreche ich mit Helenes Mutter?«, fragte sie zurück.

»Natürlich«, antwortete die freundliche Frauenstimme. »Sie haben schon richtig gewählt, Josefa. Wann kommen Sie mich besuchen?«

»Wann immer es Ihnen passt«, reagierte Josefa hölzern.

»Haben Sie heute Zeit?«

Vielleicht wird es doch nicht so schwierig, wie ich befürchtet habe, dachte Josefa, als sie in der Schnellbahn saß, die nach Küsnacht führte, einem Dorf am unteren Zürichsee. »Goldküste« hieß dieser Uferabschnitt im Volksmund – seiner reichen Villenbesitzer wegen. Wie würde Frau Meyer-de Rechenstein wohl auf ihre indiskreten Fragen reagieren? Fragen, die unangenehme Erinnerungen hervorrufen mussten. Ihr schwirrte der Kopf von all den Berichten, die sie gerade in der Datenbank gelesen hatte. Damals, vor sieben Jahren, als der Swixan-Konzern wie ein Kartenhaus in sich zusammenfiel, hatte sie sich dafür nicht sonderlich interessiert. Es gehörte nicht zu ihren Aufgaben, sich mit den Gästen von Loyn über Ereignisse aus der Vergangenheit zu unterhalten. Im Gegenteil – es war besser, sie zu ignorieren. Sie verstand viele Details der Swixan-Affäre nicht; alles war so verschachtelt, verschlungen, verflochten. Die Swixan AG war, das wusste sie nun, ein wirres Konglomerat, das im Maschinen- und Fahrzeugbau, in der Spezialitätenchemie und im Immobiliensektor tätig gewesen war. Sie wusste auch, dass viele Angestellte nicht nur ihre Stelle, sondern auch ihre Alterspension verloren hatten – und noch mehr. Im Geiste ging sie nochmals die Fakten durch, während draußen die Vororte Zürichs an ihr vorbeiflitzten: Noch kurz vor dem Konkurs hatten die Konzernmanager die achtzehntausend Mitarbeiter ermuntert, ihr Geld in Swixan-Aktien anzulegen. Viele Mitarbeiter erwarben Monat für Monat das Maximum der Aktien-Optionen und schaufelten, ohne es zu ahnen, so das Grab für ihre Altersersparnisse. Ihre eigenen Pensionsgelder legten die Mitglieder der Konzernleitung dagegen in privaten Partnerfirmen an, wo diese nach dem Ruin der Swixan vor dem Zugriff der Gläubiger geschützt waren.

Das war kurz bevor die Manager an der Konzernspitze begannen, selbst große Aktienpakete abzustoßen, weil sie die

Katastrophe kommen sahen. Die Angestellten und Aktionäre und auch die Geschäftspartner ließen sie bis zuletzt im Dunkeln. Sie versicherten ihnen stattdessen, es gebe keinen Grund zur Sorge – auch, als der Aktienkurs plötzlich immer tiefer fiel. Jahrelang hatten die Konzern-Verantwortlichen die Gewinne des Unternehmens künstlich aufgebläht und die wachsenden Schulden mit einer Reihe komplizierter Transaktionen verheimlicht. Niemand läutete die Alarmglocke – weder die Journalisten noch die Aktienanalysten und andere Marktexperten –, obwohl sie die Bilanz und die Erfolgsrechnung des verschachtelten Imperiums nicht mehr durchschauten (der Jahresbericht versteckte mehr, als er enthüllte) und obwohl niemand wirklich sagen konnte, womit Swixan ihr Geld verdiente. Niemand zog die Notbremse – auch die Rechnungsprüfer nicht, deren Aufgabe es gewesen wäre, kritische Fragen zu stellen. Der Chef der Rechnungsprüfungsfirma war damals der nunmehr tote Henry Salzinger. Der in St. Moritz am Tisch von Beat Thüring, Karl Westek und Curt Van Duisen getafelt hatte. Und Feller-Stähli hing auch in der ganzen Affäre mit drin. Feller-Stähli, den Helene nicht kennen wollte. Obwohl doch ihr Vater, wie Josefa nun ausführlich hatte nachlesen können, eines der prominentesten Opfer in dieser ganzen Tragödie war. Denn schließlich lief das Fass über und die Swixan-Leitung musste Farbe bekennen. Daraufhin fiel der Aktienkurs ins Bodenlose. Der Konzern erklärte den Bankrott.

Und mit der Swixan AG brach auch das Lebenswerk von Peter Meyer zusammen. Helenes Vater hatte seine kleine, aber lukrative Firma, die Präzisionsinstrumente herstellte, ein paar Jahre zuvor an Swixan verkauft, weil er niemandem aus der Familie das Unternehmen übergeben konnte. Meyer hoffte, seine Firma würde im Schoße eines großen, finanzstarken Konzerns eine gute Zukunft haben. Und Swixan versüßte ihm den Verkauf mit einem Sitz im Verwaltungsrat, in dem alles saß, was in Zürichs Finanzwelt Rang und Namen hatte.

Trotz vieler »Unregelmäßigkeiten« im Vorfeld des Bankrotts kamen die Mitglieder der Konzernleitung – darunter Konzernchef Thüring und Finanzchef Westek – dank ihres prominenten Anwalts Feller-Stähli und dank ihres selektiven Gedächtnisses (»Ich kann mich nicht erinnern«) mit symbolischen Bußen davon. Die Rechnungsprüfer wuschen ihre Hände in Unschuld.

Anders Peter Meyer. Er versuchte, wie Josefa im Internet-Archiv gelesen hatte, langjährigen Angestellten seiner ehemaligen Firma mit seinem persönlichen Vermögen über die Notsituation hinwegzuhelfen. Wenigstens *er* schien sich ein wenig verantwortlich zu fühlen. Und das hatte Konsequenzen: Elf Monate nach dem Desaster nahm sich Meyer – ohne einen Abschiedsbrief zu hinterlassen – durch einen Gewehrschuss in den Mund das Leben. Es war sein Jagdgewehr.

Um fünf Uhr stand Josefa vor dem Meyer'schen Haus. Es war inzwischen schon ziemlich dunkel. Deshalb nahm sie erst im Innern des Anwesens richtig wahr, in welch stattliches Bürgerhaus sie da geraten war. Das Wohnzimmer, in das Frau Meyer-de Rechenstein sie sofort führte, war bis zur Decke mit Holz getäfelt. In der Ecke stand ein riesiger alter Ofen mit blauweißen Kacheln – ein antikes Prunkstück. Die ganze Stube atmete Geschichte.

Frau Meyer-de Rechenstein hatte sie überschwänglich empfangen. »Josefa, wie lange habe ich mir Ihren Besuch gewünscht! Ich freue mich so, dass Sie hier sind. Helene hat mir so viel von Ihnen erzählt.« Und dann waren die Sätze aus ihr herausgepurzelt, als ob sie seit Tagen mit niemandem mehr geredet hätte.

»Setzen wir uns doch«, sagte sie jetzt und führte Josefa zu zwei Polstersesseln, die mit weißem Chintz überzogen waren.

Auf einem schweren, glänzenden Holztisch mit Intarsien waren bereits das teure Porzellan und eine Schwarzwälderkirschtorte angerichtet. »Bei diesem Wetter muss man sich doch etwas Gutes tun«, sagte ihre Gastgeberin und goss Kaffee ein, ohne Josefa zu fragen, ob sie lieber Tee oder ein koffeinfreies Getränk hätte.

Diese groß gewachsene, elegante Dame mit dem silbergrauen Haar hatte äußerlich gar nichts mit Helene gemeinsam. Sie musste ihr einziges Kind ziemlich spät geboren haben, dachte Josefa. Und dann die Sprache! Josefa hatte unwillkürlich ins Hochdeutsche gewechselt, aber Athena Meyer hatte sie sogleich korrigiert. »Ich verstehe Schweizerdeutsch natürlich«, sagte sie. »Aber als Deutsche sollte man sich keinesfalls darin versuchen. Es klingt fürchterlich, und die Schweizer können es nicht ausstehen. Aber reden wir doch von Ihnen! Womit sind Sie denn jetzt gerade bei Loyn beschäftigt?«

Josefa musste sich gedanklich erst einmal zurechtfinden. Ach ja, die Firma. »Ich habe vor kurzem bei Loyn aufgehört und arbeite jetzt für eine Consulting-Firma«, erklärte sie.

»Ach wirklich.« Athena Meyer-de Rechenstein schien enttäuscht und zupfte an der Halsschleife ihrer senfgelben Seidenbluse. Helenes Mutter, das wusste Josefa, liebte die Taschen von Loyn. Als es zum Firmenjubiläum eine limitierte Serie von Handtaschen aus Nappaleder für spezielle Freundinnen und Freunde des Hauses gegeben hatte, verschaffte Josefa ihr ein Exemplar. Das war auch der Grund, warum Frau Meyer-de Rechenstein sie zu Kaffee und Kuchen empfing.

»Ich wollte mich selbständig machen«, schob Josefa nach. »Ich kann jetzt von zu Hause aus arbeiten.«

»Wie wunderbar!«, rief ihre Gastgeberin aus, als hätte sie gerade nochmals eine schöne Handtasche bekommen.

»Dieser Raum ist sehr beeindruckend«, lenkte Josefa ab, was Helenes Mutter die Gelegenheit gab, ihr im Detail die Geschichte des Gebäudes und des Kachelofens zu schildern.

»Wenigstens das Haus blieb uns erhalten«, seufzte sie dann unvermittelt. »Mein armer Mann hat ja ansonsten fast unser gesamtes Vermögen wegen der Swixan verloren. Nur die andern im Konzern, die haben für sich vorgesorgt. Aber nicht mein Mann. Mein Peter hatte Grundsätze. Er war ein guter Mensch, viel zu gut für so etwas.«

Josefa war überrascht, dass Frau Meyer-de Rechenstein so freimütig das Thema anschnitt. Aber die distinguierte Dame klang wie ein Mensch, der sich vom Schicksal betrogen fühlte und daraus keinen Hehl machte.

»Er war doch im Verwaltungsrat von Swixan«, warf Josefa vorsichtig ein. »Musste er nicht gewusst haben, was im Konzern vor sich ging?«

»Nein, mein Mann hat nichts gewusst, *gar nichts*«, kam sofort die Antwort. »Diese Leute haben alles verschleiert und vertuscht. Der Mann, der für die Finanzen verantwortlich war …«

»Karl Westek?«

»Ja genau, Karl Westek. Der galt ja in der ganzen Wirtschaftswelt als Genie. Wie sollte mein Mann da Verdacht schöpfen? Aber er hatte seinen Stolz, wissen Sie. Er hat sich nicht rausgewunden wie alle andern. Ehre gilt in unserer Familie noch etwas.«

Sie faltete ihre Hände im Schoß. Josefa stellte ihre Tasse ab. »Und wie war das für Helene?«

»Schrecklich«, sagte ihre Mutter. »Schrecklich.« Sie tupfte sich die Lippen mit einer bestickten Serviette ab. »Helene sollte eigentlich unsere Firma leiten. Das war der größte

Wunsch meines Mannes. Die beiden kamen ja so gut miteinander aus. Er hat sie sogar auf die Jagd mitgenommen, sobald sie alt genug dafür war. Jedes Jahr im Oktober, ins Valser Tal. Da hatte die Tochter den Papa ganz für sich. Das war wichtig für sie. Deshalb geht sie auch heute noch auf die Jagd nach Vals. Da kennt sie sich gut aus. – Nehmen Sie noch ein Stück Kuchen?«

Josefa nickte geistesabwesend. »Sie hat dann auch an der Hochschule in Sankt Gallen Wirtschaft studiert«, hörte Josefa sie erzählen. Sie hatte Mühe, sich zu konzentrieren. »Fast drei Jahre. Aber dann ging die Verlobung mit Richard Auer in die Brüche, und sie machte was ganz anderes. Das wissen Sie ja. Deshalb hat mein Peter unsere Firma an Swixan verkauft. Er dachte, dort sei sein Lebenswerk gesichert. Was für ein verhängnisvoller Irrtum das war! Und als mein Mann dann … von uns ging …, das war schrecklich für Helene, ganz schrecklich.«

Josefa hörte mit rasenden Herzklopfen zu. Helene und verlobt! Mit Richard Auer. Hatte sie richtig gehört?

»Aber was erzähle ich Ihnen die ganze Zeit. Sie wollen ja nicht zu spät zur Schnellbahn kommen, das habe ich nicht vergessen.« Sie stand auf und Josefa tat es ihr gleich.

»Wie schön, Sie endlich kennen gelernt zu haben! Und ich freue mich jeden Tag an der Tasche«, sagte sie beim Hinausgehen. »Wissen Sie, ich hätte sie vielleicht auch über Richard beziehen können, aber das hätte mir Helene nie verziehen. Und wir haben dann die bessere Lösung gefunden – dank Ihnen. Ich hole gleich Ihren Mantel.«

Als Josefa das Haus von Athena Meyer-de Rechenstein verließ, wollte der Schrecken nicht von ihr weichen. Sie konnte es nicht fassen. Helene und Richard Auer.

– 8 –

Pius zieht sie an sich. Sie leistet keinen Widerstand. Seine Rückenmuskeln bewegen sich unter ihren Fingerspitzen. Seine Wange berührt die ihre. Seine Hand liegt fest auf der Mulde ihres Kreuzes. Sie brennt. Sie will ihn. Sie will seinen Körper. Sein Mund ist ganz nah.

Mitten in der Nacht erwachte Josefa plötzlich. Ihr Herz pochte wild, in ihrer Brust, in ihrem Hals, in ihrem Kopf. Es dauerte eine Weile, bis sie wusste, wo sie war. Dieser Traum mit Pius. So schön. So verstörend. Ein durchdringendes Geräusch. Das Telefon. Sie vergrub sich unter ihrer Bettdecke. Verdammt, sie hatte den Anrufbeantworter nicht eingestellt.

Ihre Hand tastete nach dem Gerät.

Zuerst hörte sie ein leises Rauschen.

»Josefa?« Eine Stimme von weit weg, die sie nicht erkannte.

»Josefa, bist du dran?« Markus.

»Bruderherz, weißt du eigentlich, wie spät es ist? Es ist mitten in der Nacht, verdammt!«

»Es ist acht Uhr morgens und Montag. Um diese Zeit bist du doch sonst immer wach. Außerdem ist es wichtig.«

»Was ist passiert?«

»Werner Schulmann ist tot.«

»Wer?« Sie hatte bestimmt nicht richtig gehört. Plötzlich war sie hellwach.

»Werner Schulmann. Der von Loyn. Verena hat mich deswegen gestern angerufen. Sie hat versucht, dich zu erreichen, aber du warst unterwegs und dein Anrufbeantworter sprang nicht an. Also hat sie mich angerufen, und da ich dich ohnehin sprechen wollte, habe ich ihr gesagt, dass ich dich anrufe.«

Verena? Was hatte ihre Stiefmutter damit zu tun? »Ich versteh nicht die Bohne.«

Markus half ihr nach. »Verena ist eine Freundin von Schulmanns Mutter. Sie hat es von ihr erfahren. Verena dachte, es sei vielleicht besser, du weißt es, bevor du in die Firma gehst.«

Klar, Verena dachte immer noch, sie arbeite bei Loyn.

»Warum ist er tot? Was ist denn geschehen?«

»Keine Ahnung. Die Todesursache ist allem Anschein nach noch nicht amtlich festgestellt. Aber man hat ihn offenbar zu Hause gefunden. Du kannst ja später Verena anrufen, aber heute ist sie den ganzen Tag in der Klinik. Probier's am besten morgen mal.«

Um Josefa drehte sich alles. Markus' Stimme entfernte sich. »Du, ich muss los. Sorry, dass ich dich geweckt habe. Wir sprechen später nochmal, ja?« Und schon hatte er aufgelegt.

Josefa fiel ins Bett zurück und zog die Decke fest um sich. Schulmann. Tot.

Wussten die Leute bei Loyn es schon? Wusste es Claire? Sie wollte gerade zum Hörer greifen, aber etwas hielt sie zurück. Sie wollte nicht miterleben, wie Claire darauf reagierte. Würde sie erleichtert sein? Würde sie vielleicht sogar Schadenfreude empfinden? Oder Wehmut? Trauer?

Josefas Reaktion war Ärger. Da kam der Typ zu Loyn, verursachte ihre Kündigung, und jetzt dankte er ab. Wäre alles gar nicht nötig gewesen. Was für ein Witz.

An Schlaf war jetzt nicht mehr zu denken. Sie wankte ins Bad. Ein belebender Tee würde ihr gut tun. Über zwei Küchenstühlen hing noch immer ihr Skianzug. Sie kochte Wasser auf und ließ es über getrocknete Pfefferminzblätter laufen. Aus dem Treppenhaus hörte sie Stimmen.

Eine Stunde später war sie so weit stabilisiert, dass sie sich der Planung eines Referats mit anschließendem Buffet zuwenden konnte. Sie saß im Gästeschlafzimmer, das sie zum

Büro umfunktioniert hatte, und starrte auf den Bildschirm. »Ich schlage Ihnen vor, den Einladungskarten für die Gäste eine kurzen Abriss der Geschichte Ihres Unternehmens mit einigen aussagekräftigen Photos beizulegen …«

Sie hörte auf zu tippen. Schulmann war tot. Sie konnte es nicht fassen. In ihrem Kopf tobte ein Wirbelsturm. Aber sie musste das Konzept morgen früh ihrem Kunden vorlegen.

Das Telefon surrte. Bestimmt Paul, dachte sie.

Die Stimme am Telefon flüsterte. »Frau Rehmer. Ich bin's, Bianca Schwegler. Ich weiß nicht, ob ich's weitersagen darf, aber … Werner Schulmann ist tot.«

»Frau Schwegler, ich kann Sie kaum verstehen.«

»Ich kann nicht lauter sprechen. Hier ist das Chaos ausgebrochen. Herr Schulmann ist tot.« Ihre frühere Sekretärin war so unter Druck, dass sie Josefas Reaktion gar nicht erst abwartete. »Er sollte am Freitag nach Mailand reisen, um den Medien unsere neue Kollektion vorzustellen. Aber da ist er nie angekommen. Wir haben bei ihm zu Hause angerufen, aber er meldete sich nicht. Dann haben wir seine Mutter angerufen. Die wusste auch nicht, wo er war. Sie hatte keinen Schlüssel zu seinem Haus. Wir haben schließlich rausgefunden, dass er gar nicht geflogen ist. Und haben die Tür von der Polizei öffnen lassen … Da hat man ihn tot gefunden – einen Moment.« Josefa hörte ein Stimmengewirr im Hintergrund, und dann wieder Bianca Schwegler: »Entschuldigen Sie, es geht hier wirklich drunter und drüber. Was ich eigentlich sagen wollte: Die Polizei untersucht die Todesursache, weil Schulmann einen Zettel hinterlassen hat. Auf dem stand, dass, falls er sterben sollte, ihn sicher jemand umgebracht hat. Verstehen Sie?«

»Die Polizei untersucht? Wer hat denn diesen Zettel gefunden?«

»Der Zettel war bei seinem Anwalt, zusammen mit seinem

Testament, hab ich gehört. Aber ich weiß es nicht genau. Auf alle Fälle wird seine Leiche jetzt untersucht.«

»Wie reagieren denn die anderen – Bourdin, Walther?«

»Francis Bourdin ist ganz hysterisch. Herrn Walther habe ich noch nicht gesehen. Bourdin ist gestern aus Mailand zurückgekommen. Hier herrscht das reinste Chaos. Marlene sucht überall nach Claire. Die ist verschwunden. Dabei sollte sie ein paar von Schulmanns Aufgaben übernehmen. – Frau Rehmer, ich muss jetzt aufhören. Gerade habe ich Herrn Walther vorbeigehen sehen. Machen Sie's gut.« Und dann: »Vielleicht kommen Sie ja jetzt wieder zurück.«

Josefa hielt den Hörer noch lange in der Hand. Heute würde sie sich nur mit Mühe auf ihre Arbeit konzentrieren können, das war ihr klar.

Am Abend fiel in den Nachrichten des Schweizer Fernsehens der Ausdruck »Verdacht auf Mord«. Der war aber offensichtlich nicht von der Polizei, die keine weiteren Informationen herausgab. Man sah Walther, wie er auf dem Weg zu seinem Auto von Fernsehkameras verfolgt wurde. Warum hatte ihm niemand gesagt, dass er besser die Tiefgarage benutzen sollte?

Josefa versuchte, Verena zu erreichen, aber ihr Vater sagte ihr, sie sei noch nicht von der Klinik zurückgekehrt. Sie fragte nicht weiter und beendete das Gespräch. Dann wählte sie Claires private Nummer, doch auch beim dritten Mal meldete sich dort nur der Anrufbeantworter. Josefa mochte keine Nachricht hinterlassen. Sie war plötzlich sehr vorsichtig geworden.

– 9 –

Sali streckte einen Kochlöffel, der ihm als Zepter diente, mit einer grandiosen Geste gegen die Decke. »Schaut dort, der Stern, auf den wir gewehrt haben«, begann er aufgeregt. »Gewartet haben«, korrigierte ihn Josefa sanft. Sali hatte die Rolle des Königs Balthasar aus dem Morgenland erhalten, er würde in der Schule Krone und Zepter tragen und dem Jesuskind kostbare Geschenke bringen. »Was schenkst du denn dem Christkind?«, fragte Josefa. Sali zog die Nase kraus. »Ski.« Das wünschte er sich selbst zu Weihnachten, denn alle seine Schulkameraden besaßen Skier. »Aber dort, wo das Jesuskind lebt, gibt es gar keinen Schnee«, sagte sie und kam sich dabei ziemlich dumm vor. Wie sollte man einem muslimischen Kind das christliche Weihnachtsfest erklären? Noch dazu, wo sie in Sachen Religion ziemlich unbedarft war. Irgendwo hatte sie gelesen, dass der Islam Jesus als Propheten anerkennt. Ob Sali wohl den Koran las? Im Fernsehen hatte sie Bilder von Kindern in einer Koranschule gesehen. Sali blieb unbeirrbar: »Jesus will Ski.« Damit war die Sache entschieden.

König Balthasar fiel vor einem mit Zeitungen gefüllten Korb auf die Knie, der die Krippe darstellte und alle Berichte über Schulmanns mysteriösen Tod enthielt. Salis Ernsthaftigkeit rührte Josefa. Wie vertrauensvoll Kinder doch waren. Und wie oft dieses blinde Vertrauen enttäuscht und zerstört wurde. Sie hätte Sali am liebsten in die Arme genommen und getröstet. Da meldete sich wieder einmal das Telefon.

Paul. Nein, Verena. Sie hatte von beiden noch nichts gehört. Paul war nach Auskunft seiner Sekretärin auf Geschäftsreise in Wien. Und Helene war es sicher nicht. Sie wusste, dass ihre Freundin weg war, auf einer Vortragsreise in der französischen Schweiz. Irgendwie war Josefa sogar froh, dass sie noch ein wenig Zeit hatte, bevor sie Helene wiedersah.

»Franz Kündig, Kriminalpolizei Zürich«, hörte sie eine Männerstimme sagen. Josefas Herz setzte aus. »Ja bitte?«, gab sie von sich, zaghafter als beabsichtigt.

»Frau Rehmer, wir hätten gern ein paar Auskünfte von Ihnen im Fall Werner Schulmann. Sie wissen wahrscheinlich, dass er tot aufgefunden wurde. Wir sind dabei, die Todesursache zu klären. Könnten Sie morgen bei uns vorbeikommen?«

»Ja«, sagte Josefa verdattert.

»Wie wäre es mit neun Uhr, im Polizeiposten Rathaus?«

»Später ginge es besser, vielleicht um zwei Uhr. Ich habe vormittags noch ein paar Termine.«

Franz Kündig war einverstanden und nannte ihr Adresse und Telefonnummer seines Büros. Josefa legte auf und sah Sali immer noch vor dem Zeitungskorb knien. »Du bist ein guter König«, lobte sie ihn und strich ihm übers Haar. Sali stand auf. »Aber da ist auch noch schlechter König, will Christkind toden.«

»Er will es töten? Ja, Herodes ist ein böser König. Aber er findet das Jesuskind nie.«

»Nein, findet nie. Josefa geht schnell weg. Josefa hat Angst.«

»*Josef* geht weg, Josef, der Vater. Josefa, das bin ich. Josef ist ein Mann. Aber du hast Recht, Josef geht schnell weg, damit Herodes das Kind nicht findet.«

Sali nickte heftig. »Josefa nimmt Kind und Frau und Esel und geht weg. Josefa hat Angst.«

Sie nahm den Text des Weihnachtsspiels zur Hand. »Ja, Josefa hat Angst«, sagte sie leise.

Am Abend ging sie ins Kino, um sich abzulenken. Aber sie nahm den Film nur halb wahr. Immer wieder führte sie ein fiktives Gespräch mit der Polizei. Als sie nach Hause kam, sah sie das Licht des Anrufbeantworters blinken.

Die erste Nachricht war von Verena. »Herbert hat mir gesagt, dass du angerufen hast. Ich war in der Klinik, und am Abend hatten wir Teamsitzung. Ich habe heute noch mal mit Anita Schulmann gesprochen. Sie ist die Mutter, weißt du. Ich bin mit ihr befreundet. Es ist ganz schrecklich. Die Polizei geht jetzt von Mord aus.« Ihre Stiefmutter machte eine bedeutungsvolle Pause. »Anita sagt, Werner sei vergiftet worden. Man weiß nicht, von wem und warum. Du kannst dir vorstellen, in welchem Zustand Anita ist. Er war der einzige Sohn. Das hättest du ihm sicher nicht gewünscht, nicht wahr? Mehr weiß ich nicht. Melde dich doch später.«

Die zweite Nachricht war von Pius. Sie tauchte in seine warme, volle Stimme ein. »Ich hoffe, es geht Ihnen gut, Josefa. Sie haben sicher die Neuigkeit gehört. Wer hätte das gedacht ... Josefa, ich möchte Sie mal wieder sehen. Sie fehlen mir. Sie fehlen uns allen. Rufen Sie mich doch bald an.«

Sie hörte seine Nachricht noch dreimal ab. Dann legte sie sich mit einem seltsam flattrigen Gefühl schlafen.

Am folgenden Tag stand sie rechtzeitig vor dem Posten Rathaus der Kriminalpolizei, einem stolzen, klassizistischen Bau, der eben mit viel Aufwand renoviert worden war. Das Büro 15 A schien davon unberührt geblieben zu sein. Es war mit veralteten Büromöbeln ausgestattet, ein Kalender des Drogisten-Vereins hing an der Wand, und ein paar staubige Zimmerpflanzen versuchten vergeblich, die viel zu kleinen Töpfe zu sprengen. Arbeitete Sebastian Sauter auch in einer solchen Klause?

Josefa hatte feuchte Hände, wie beim Zahnarzt vor dem

Bohren. Der Mann, der sich als Franz Kündig vorgestellt hatte, drückte auf den Auslöser eines Tonbandgeräts. Er trug einen Schnurrbart, und über der Stirn war das Haar frech nach oben gebogen, wie es gerade Mode war. Dabei war er sicher über vierzig, schätzte Josefa. Ein zweiter Beamter saß schräg vor ihr in der Ecke und schaute sie neugierig an. Was dachte er? *Gift gilt als weibliches Mordinstrument.*

»Wie lange kannten Sie Werner Schulmann?«, begann Kündig nun die Befragung.

Josefa starrte auf das Tonband. Sie konnte durch ein kleines Fenster im Gerät die sich drehenden Spulen sehen.

»Ich habe ihn früher mal bei einem geschäftlichen Anlass getroffen, vor einigen Jahren. Bei Loyn war er etwa zweieinhalb Monate, bevor ich die Firma verließ. Das heißt, ich habe eigentlich nur zwei Monate gearbeitet, als er dort war. Ich hatte noch drei Wochen Urlaub im Juli.«

»Haben *Sie* gekündigt?«

»Ja.«

»Hatte das etwas mit Herrn Schulmann zu tun?«

Auf diese Frage hatte Josefa sich vorbereitet. »Nur indirekt. Es war unklar, welche Kompetenzen ich hatte und welche nicht. Herr Schulmann hat nie ein klares Pflichtenheft erstellt, obwohl ich das wünschte. Damit konnte ich nicht leben. Ich bin für klare Verhältnisse.«

»Haben Sie mit Herrn Schulmann je über geschäftliche Dinge gesprochen?«

Josefa sah den Beamten irritiert an. »Natürlich haben wir Geschäftliches besprochen. Ich verstehe Ihre Frage nicht.«

Franz Kündig ging auf ihren Einwand nicht ein. »Wie waren Ihre Gespräche? Freundschaftlich?«

»Wir haben sie aufs Nötigste beschränkt. Es gab nie einen Austausch bei einer Tasse Kaffee in der Firmenkantine, falls Sie das meinen.«

»Wie war sein Verhältnis zu Francis Bourdin?«

»Ich glaube, Herr Bourdin hat Werner Schulmann in die Firma geholt. Wenigstens habe ich das so gehört. Aber ich habe nie direkt danach gefragt.«

Franz Kündig rollte auf seinem Stuhl vom Schreibtisch weg, dann drehte er sich zur Seite und kreuzte die Beine.

»Frau Rehmer, hatten Sie je den Eindruck, dass er irgendwie merkwürdig war?«

»Wer, Bourdin oder Schulmann?«

»Schulmann.«

»Es kommt drauf an, was Sie unter merkwürdig verstehen«, sagte sie zögernd. »Wissen Sie, in unserem Geschäft sind alle irgendwie überdreht. Wir sind umgeben von Glamour und Prominenten – es ist manchmal wie beim Film. Das macht es irgendwie schwierig zu sagen, was unter diesen Umständen normales Verhalten ist.« Sie wusste nicht, ob der Beamte mit ihren Worten etwas anfangen konnte. Dann fiel ihr ein, dass die Polizei bestimmt schon andere Leute von Loyn befragt hatte und womöglich von ihrem gespannten Verhältnis zu Schulmann wusste. Deshalb fügte sie noch rasch hinzu: »Herr Schulmann war sicher nicht zu Loyn gekommen, weil er sich für Ledertaschen und Koffer interessierte, das scheint mir klar. Und das unterscheidet ihn – unterschied ihn von den meisten Mitarbeitern.«

Der Mann in der Ecke richtete nun zum ersten Mal das Wort an sie. »Wir haben bei Werner Schulmann Tonbänder gefunden. Es sind Aufzeichnungen von Gesprächen zwischen Gästen einer Veranstaltung von Loyn. Unter anderem zwischen Karl Westek und Curt Van Duisen.« Er ließ seine Worte ihre Wirkung entfalten und behielt dabei Josefa fest im Blick.

Josefa musste erst einmal verdauen, was sie da gerade gehört hatte. Gespräche aufgenommen? Plötzlich sah sie ein

Bild vor sich: Das Festzelt. Westek und Van Duisen an einem Tisch.

»Können Sie uns etwas dazu sagen?« Josefa hörte die Frage wie durch eine Wand. Sie schüttelte den Kopf. »Das ist mir völlig neu. Ich meine ... Wie ist das möglich? Das wäre ja ungeheuerlich – für die Firma, für die Gäste. Ich kann mir nicht vorstellen, warum das jemand tun würde.« Sie machte eine Pause, um ihre Gedanken zu ordnen. »Alles, was ich weiß, ist, dass die von Ihnen genannten Herren beim Mittagessen am selben Tisch saßen. Es gibt ein Photo davon ...«

»Wir nehmen an, dass jemand Wanzen gepflanzt hat – kleine Mikrophone über, auf oder unter den Tischen, das wissen wir noch nicht. Können Sie sich vorstellen, wer das getan haben könnte?«

Josefa wurde heiß. Wanzen! »Sie sagten, Schulmann hatte die Tonbänder. Denken Sie nicht, dass er es war?«

Hier schaltete sich Kündig wieder ein. »Wir ziehen keine voreiligen Schlüsse; alle Möglichkeiten kommen in Betracht.«

»Ich kenne die Leute, die an dieser Veranstaltung mitgearbeitet haben«, sagte sie langsam, um keinen Fehler zu machen. »Ich kann mir nicht vorstellen, dass jemand von ihnen so etwas tun würde. Es ist absurd. Wozu? Das würde höchstens jemand tun –« Sie stockte.

»Ja?«, fragte der zweite Beamte, dessen Namen sie vergessen hatte.

»Der die Firma in den Dreck ziehen will«, beendete sie gequält den Satz.

Der Mann in der Ecke sah mehr wie ein Lehrer als ein Kripobeamter aus. Er putzte seine Nickelbrille mit einem altmodischen Stofftaschentuch. »Dieses Zelt wurde also am Vorabend aufgebaut.«

Er hatte offensichtlich schon mit Angestellten von Loyn gesprochen. Mit wem wohl?

»Ja.«

»Wann wurden die Tische aufgestellt?«

»Auch am Vorabend. Wir beauftragen immer dieselbe Firma, eine Transportfirma, die sich mit den Catering-Leuten abstimmt. Wir arbeiten schon seit Jahren mit diesem Unternehmen zusammen. Sepp Kohler zum Beispiel, der die Möbelträger beaufsichtigt, ist schon seit zwanzig Jahren oder noch länger bei seiner Firma angestellt.« Josefa merkte, dass sie so redete, als ob sie immer noch bei Loyn wäre.

»Wer hatte Zugang zum Zelt?«

»Grundsätzlich alle, die Mitarbeiterausweise von Loyn tragen. Das gilt auch für das Personal der beiden Zulieferfirmen. Die waren um sieben Uhr abends fertig und kamen erst am anderen Morgen mit den Blumengestecken wieder und den Kerzen und dem Geschirr. Das Zelt wurde aber rund um die Uhr von Sicherheitsleuten bewacht.«

»Also hatten abends um die dreißig Personen Zugang zum Zelt?«

Josefa überlegte. »Theoretisch sogar mehr, vierzig vielleicht. Wir hatten auch Sicherheitspersonal, wie ich schon sagte, etwa ein Dutzend Leute. Aber mein Team war abends pausenlos beschäftigt. Wir mussten uns ja um zweihundertfünfzig Gäste kümmern.«

»Wer ist letztlich verantwortlich dafür, dass alles in Ordnung ist? Wer macht die Kontrolle?«

»Ich. Zumindest war das so, bevor Werner Schulmann zu Loyn kam. Aber ich sagte Ihnen bereits, es gab gewisse Unklarheiten bei den Aufgaben. An jenem Abend kritisierte er, dass die rotgoldenen Stühle nicht zu den weißen Tischen passten. Aber das sind die Farben des Golfclubs, auf dessen Gelände die Veranstaltung stattfand.«

Plötzlich kam ihr etwas in den Sinn. »Es gab noch eine Änderung, etwa zwei Tage vor dem Anlass.«

Die beiden Männer saßen reglos da und schauten sie an.

»Schulmann wollte selbst über die Sitzordnung entscheiden. Das war bisher immer meine Aufgabe gewesen – ich habe mich natürlich mit der Geschäftsleitung vorher abgesprochen. Wir hatten immer eine feste Tischordnung, mit den Namen auf Tischkarten. Es gibt bei uns Ehrenplätze, Prominententische und dann die normalen Tische, wenn Sie verstehen. Tische für Gäste, die nicht so eng mit Loyn verbunden sind. Aber Schulmann bestand darauf, die Sitzordnung selber zu bestimmen.«

»Was wollen Sie damit sagen, Frau Rehmer?«

»Ich frage mich nur, warum Herr Van Duisen wieder mit Herrn Westek an einem Tisch war. Die saßen schon in St. Moritz zusammen, mit Beat Thüring und Henry Salzinger.«

»So«, sagte Kündig. Und dann: »Wo genau stand der Tisch mit Van Duisen und Westek am Genfersee?«

Josefa konzentrierte sich. Van Duisen kam ihr in den Sinn. Sie hatte vor dem Lunch noch einmal alles überprüft, und als sie das Festzelt verließ, hatte er ihr einen freundlichen Gruß zugerufen. Er hatte in der Nähe des Zelteingangs gesessen. Das teilte sie ihren Befragern mit.

»Wann waren Sie am Freitagabend zum letzten Mal im Zelt?«

»Lassen Sie mich nachdenken … Kurz vor sieben machte ich den Rundgang mit dem Chef der Catering-Firma. Dann traf ich Colin Hartwell, den australischen Golfspieler, falls Sie ihn kennen, und seinen Assistenten. Wir mussten das weitere Programm besprechen … Also kurz vor sieben.«

»Haben Sie Schulmann an jenem Abend gesehen?«

»Ja, um einundzwanzig Uhr, bei der Besprechung des kommenden Tages. Das ganze Team war anwesend.«

»Eine letzte Frage, Frau Rehmer: Kennen Sie eine Frau namens Dorita?«

»Dorita? Nein, der Name sagt mir nichts.«

Kündig erhob sich. Josefa war entlassen.

– 10 –

Josefa stolperte benommen in die feuchte Winterluft hinaus. Vereinzelt fielen zarte Schneeflocken. Himmel, es war doch erst Ende November! Sie schlang sich den Schal um den Kopf und überquerte die Brücke über die Limmat. Sie musste mit jemandem sprechen. Nur mit wem? Vor einer Begegnung mit Helene fürchtete sie sich eher. Es gab so viele offene Fragen, und Josefa wagte sie nicht zu stellen. Noch nicht. Ihr Bruder war zu weit weg und das Telefon ein schlechtes Medium in einer brisanten Situation wie dieser. Pius? Ach, Pius. Er würde sie mit diesem intensiven Blick ansehen und vielleicht nach ihrer Hand greifen, und sie wusste nicht, was das alles zu bedeuten hatte.

Ihr kamen Leute schwer bepackt mit Einkaufstaschen entgegen. Das Weihnachtsgeschäft war bereits in vollem Gange. Sie ließ sich Richtung Bellevue-Platz treiben. Der Schnee fiel nun dichter. Warum nur hatte sich Paul noch nicht gemeldet? Er musste doch inzwischen wieder aus Wien zurück sein. Es war so gar nicht seine Art, kein Zeichen von sich zu geben. Schon gar nicht bei solchen Ereignissen. Josefa blieb kurz auf der Straßenbahninsel am Bellevue stehen, dann zog sie entschlossen los. Sie würde der Sache auf den Grund gehen und in Pauls Büro nachfragen.

Eine junge Frau, die sie hier noch nie angetroffen hatte, öffnete die Tür. Josefa stellte sich vor und fragte nach dem Herrn des Hauses. Die junge Frau zögerte und ließ sie dann wortlos in der Eingangshalle stehen. Josefa war leicht verärgert. Dass Paul Klingler nun in persona die Treppe herunterkam, versöhnte sie nicht. Er geleitete sie in sein Büro und schloss die Tür. Wie immer trug er einen gut sitzenden Anzug. »Warum meldest du dich nicht? Was ist mit dir los?«, warf ihm Josefa an den Kopf, noch bevor sie den Mantel abgelegt hatte.

»Die Katastrophe«, sagte Paul und fläzte sich in einen der beiden Ledersessel vor dem Erkerfenster. Er machte ein leidendes Gesicht. »Magen- und Darmgrippe, absolut grässlich. Ich dachte, ich sterbe.« In der Tat sah er etwas bleich aus.

»Was soll dann die Geschichte mit Wien?«

»Wien? Ach so. Das war die offizielle Erklärung. Ich kann doch meinen Kunden nicht sagen, dass ich kotze und scheiße wie verrückt. 'tschuldige.«

»Ehrlich gesagt, wäre mir eine solche Grippe lieber als dieser ganze Wirbel um Schulmanns Tod«, sagte Josefa und drehte die Ringe an ihren Fingern.

»Ja, davon hab ich schon gehört«, sagte Paul, nun deutlich lebhafter. »Ich hab dich heute versucht anzurufen, aber du warst nicht zu Hause und dein Handy war ausgeschaltet.«

»Ich war auf dem Polizeikommissariat, zur Befragung.« Sie berichtete Paul im Detail von dem Gespräch. Ihr Partner hörte aufmerksam, aber nicht sonderlich erschüttert zu.

»Warum erzählt mir die Polizei von den Wanzen und den Tonbändern? Warum geben die mir solch wichtige Informationen? Ich versteh das nicht!«

Paul strich sich mit dem Mittelfinger zwischen Nasenspitze und Oberlippe hin und her, als wollte er dort eine Falte glätten. »Vielleicht wollten sie deine Reaktion testen. Oder vielleicht wollen sie, dass du die Information streust, und dann sehen, was dabei herauskommt.«

»Du glaubst, die beschatten mich?«

»Möglich. Ist nicht auszuschließen. Die Typen müssen ja irgendwas tun. Immerhin haben sie einen Mord aufzuklären.« Er lächelte ihr aufmunternd zu und rieb seinen Rücken am Ledersessel. »Du hast ja nichts Dummes getan, oder? – Haben sie dir gesagt, was auf den Tonbändern drauf ist?«

Sie schüttelte den Kopf.

»Eins kann ich dir sagen: Wenn Westek, Salzinger, Thüring und Van Duisen zusammensitzen, dann sicher nicht zum Kaffeeklatsch. Die verlieren keine Zeit mit Golfgeschichten. Da geht's um große Geschäfte, *big business*, meine Liebe. Oder *bad business*, wie man's nimmt.«

»Van Duisen passt nicht zu Westek, Thüring und Salzinger«, wandte Josefa ein.

Paul spannte seinen Oberkörper, so dass er noch länger erschien. »Ich weiß, du hast ein Faible für ältere, väterliche Typen, Josefa.«

Sie hob protestierend die Hände, aber er fuhr fort: »Du hast immer große Stücke auf Walther gehalten, du hast ihn ja geradezu verehrt. Wie gut er das Unternehmen führe, wie er hinter seinen Angestellten stünde, wie er Frauen fördere. Stimmt's? Dabei ist in der Unternehmensführung keine einzige Frau. Und es wird auch nie eine dort hineinkommen. Ich kenne diese Brüder. Die wollen unter sich sein. Frauen stören da nur. Walther wusste genau, was er tat, als er dir Schulmann vor die Nase setzte, glaub mir. Der hat keinen Moment lang daran gedacht, dich zu befördern. Schulmann sollte dich in die Schranken weisen, bevor du zu selbstbewusst wirst.«

Josefa fühlte Bitterkeit in sich aufsteigen. »Weißt du, Loyn lag mir wirklich am Herzen. Ich habe meine Arbeit geliebt, meine Mitarbeiter, die Reisen, das Ambiente, dass ich viele Leute traf. Ich dachte, hier hätte ich meine Lebensaufgabe gefunden. Und ich wollte helfen, die Firma weiterzubringen … Walther und Bourdin haben mir das Blaue vom Himmel versprochen, aber das war alles nur klebrige Zuckerwatte. Es hat tatsächlich Schulmann gebraucht, damit ich das merke. Und ich hätte den Mut haben sollen, es Walther einmal offen zu sagen.«

»Josefa, vergiss es. Er hätte dir keine Antwort gegeben. Oder er hätte einen Vorwand gefunden – hat er ja auch. Du hast nicht gelernt zu beißen, bevor dich die anderen beißen. Du denkst, da ist ein lieber Onkel, der dir Geschenke macht. Und jetzt bist du enttäuscht. Das kann ich ja verstehen. Aber Firmen sind wie Gewässer voller Haifische. Entweder du bist auch einer, oder du gehst unter. Und Van Duisen …, der ist auch ein Haifisch, das kannst du mir glauben. Van Duisen verkauft sich als Industrieller, aber es geht ihm immer nur um den Profit. Er hat in seinem Leben schon Hunderte von Arbeitsplätzen vernichtet, um ein paar Millionen mehr in die eigene Tasche schaufeln zu können.«

»Aber der Tod seines Sohnes, ich glaube, der hat ihn verändert.« Josefa merkte, dass sie Van Duisen verteidigte. »Und überhaupt – warum sollten die vier ausgerechnet bei einem Event von Loyn, umgeben von vielen Leuten, Geheimnisse austauschen?«

»Das ist doch die beste Tarnung«, rief Paul aus, unterbrach sich aber, als die junge Frau, die Josefa die Tür aufgemacht hatte, mit einem Tablett hereinkam. Sie stellte zwei Tassen und einen Teller Zwieback auf das Glastischchen.

»Lindenblütentee«, sagte er entschuldigend. Josefa wollte zuerst ablehnen, aber vielleicht würde ihr etwas Beruhigendes für den Magen ebenfalls gut tun. Sie griff dankend nach ihrer Tasse.

Die Tür schloss sich und Paul war gleich wieder beim Thema. »Niemand würde Verdacht schöpfen, schließlich sind solche Anlässe ja dazu da, dass sich die Leute informell treffen und unterhalten können. Wo sollten sie sich denn sonst treffen, ohne dass es auffällt? In der Männer-Sauna am Hirschenplatz?«

Josefa presste die Lippen zusammen. Paul warf ihr einen kurzen Blick zu. »Sag mal, haben sie sich eigentlich dazu geäußert, *wie* Schulmann umkam?«

»Nein. Und sie haben mich auch überhaupt nichts in die Richtung gefragt. Ob ich ein Alibi hätte oder so. Ist das nicht merkwürdig? Aber aus anderer Quelle weiß ich, dass es Gift gewesen sein soll.«

»Gift, bist du sicher? Und wer hat dir das erzählt?«

»Das kann ich dir nicht sagen.«

»Gifttod in Zürich.« Paul schüttelte den Kopf, aber er wirkte auch leicht amüsiert. »Den Auftrag möchte ich haben«, sagte er.

»Welchen Auftrag?«

»Wie Loyn diese Affäre am besten der Öffentlichkeit verkauft. Walther hat bestimmt schlaflose Nächte. Wer macht jetzt die Medienarbeit, wo der Marketingchef um die Ecke gebracht wurde? Wanzen im Festzelt – was für ein Skandal!«

Josefa sah ihn verständnislos an. »Dich kann aber auch gar nichts erschüttern, Paul. Schulmann wurde *ermordet.* Und Salzingers Stimme ist auf diesem Band. Und der ist auch tot. Und überhaupt ... Ich meine, was alles passiert ist! Mit Thüring und Feller-Stähli. Das ist doch nicht normal. Das ist doch ...« Sie rang nach Worten.

»Jetzt fällt dir das auch endlich auf. Glückwunsch, Josefa.«

»Mir ist das alles unheimlich. Und vielleicht verdächtigen sie ja auch mich. Ich hätte die Wanzen schließlich setzen können.«

»Und, hast du?« Er griff nach einer Scheibe Zwieback.

»Das ist doch nicht dein Ernst ... Aber Schulmann hatte sicher das Know-how dazu. Er war technisch sehr versiert.«

»Weißt du, so wie die Polizei dich befragt hat und wenn ich

mir das richtig zusammenreime, wissen die viel mehr, als du dir überhaupt vorstellen kannst. Die wissen, was auf den Tonbändern ist, und vielleicht auch, wer Schulmann umgebracht hat.«

»Meinst du?« Sie rührte im Tee.

»Sicher. Ich bin gespannt, was das Fernsehen bringt. Und die Zeitungen. Bestimmt drängt sich unser Francis mit allen Mitteln ins Rampenlicht.«

– 11 –

Am Abend bestätigte ein Fernsehbericht Josefas Ahnungen. Die Tonbänder und auch die Todesursache waren bereits öffentliches Wissen. Die Polizei wollte aber nicht sagen, auf welche Weise Schulmann die »giftige Substanz« verabreicht worden war. Auch um welches Gift es sich handelte, blieb unerwähnt.

Der Begleitkommentar erweckte den Eindruck, alle Gäste im Festzelt seien illegal belauscht worden. Es würde sicher nicht mehr lange dauern, bis die Liste mit den Eingeladenen in die Hände der Medien geriet, vermutete Josefa.

Natürlich spekulierten die Medien (und bestimmt nicht nur sie) über die Hintergründe der Tat, die nun bereits als Mord galt: Hatte Schulmann brisante Informationen erhalten und jemanden erpresst? War es ein Beziehungsdelikt? Hatte Werner Schulmann Feinde? Aber noch waren die Journalisten gleichermaßen unschlüssig wie die Polizei – oder wie die Polizei vorgab zu sein.

Hans-Rudolf Walther ließ sich diesmal nicht blicken. Am Morgen darauf gab Loyn eine Pressemitteilung heraus: Das

Abhören der Gespräche von Gästen des Hauses sei »die verabscheuungswürdige Tat eines fehlgeleiteten Menschen«. Die Firmenleitung verurteile in aller Schärfe ... Man sei gleichermaßen empört wie ... und entschuldige sich bei ...

Josefa waren die Floskeln geläufig.

Bourdin selbst gab keine Erklärung ab, und das kam Josefa reichlich merkwürdig vor. Er war schließlich das Aushängeschild von Loyn.

Auch ihre eigene Meinung war gefragt; immer wieder riefen Reporter bei ihr zu Hause an, aber sie hütete sich, auch nur die kleinste Information preiszugeben. Sie dachte an Pauls Mahnung. *Halt dich da raus*. Josefa teilte den Fragestellern lediglich mit, sie habe Loyn schon vor einiger Zeit verlassen. Nein, nicht wegen Schulmann. Sie blieb so höflich wie möglich und spielte die Ahnungslose.

Außerdem steckte sie über beide Ohren in Arbeit: Sie musste drei große Weihnachtsessen für Firmen organisieren. Heute ging das erste über die Bühne – in einem stillgelegten Gefängnis, das ein findiger Unternehmer in einen Tanzschuppen mit Bar und Restaurant umgebaut hatte. Ihr Kunde, ein aufstrebendes Software-Unternehmen, hatte nach einem besonders originellen Standort für die Firmenparty gesucht und war von ihrem Vorschlag sehr angetan.

Als sie in dem ehemaligen Gefängnis eintraf, waren die Spediteure mit den Tischen, Stühlen, Dekorationen und Tischtüchern schon da und standen wartend herum. Josefa sah sogleich, dass es andere Tische waren, als sie geordert hatte. Sie steuerte auf Sepp Kohler zu, den Vormann der Spediteure, mit dem sie schon oft bei Loyn zusammengearbeitet und der auch bei ihrem Umzug in die Feltenstraße geholfen hatte.

»Herr Kohler, was ist mit den Tischen geschehen?«

Dem Mann war die Sache offenbar peinlich. »Frau Rehmer, es ist nicht mein Fehler, aber der Chef wollte die anderen Tische nicht herausgeben.«

»Warum denn das?«, fragte sie ungläubig.

Kohler verzog das Gesicht. »Es waren die Tische, die wir bei Loyn hatten, Sie erinnern sich? Beim Golfturnier am Genfersee.«

»Ja, und?« Josefa verstand immer noch nicht.

»Der Chef will diese Tische zurückbehalten, bis die Sache geklärt ist.«

»Welche Sache?«

»Die mit den Wanzen und dem Abhören.«

»Du meine Güte«, entfuhr es ihr. So weit war es also schon gekommen.

»Wir haben auch die passenden Tischtücher«, versicherte Kohler.

Josefa begutachtete das Inventar und instruierte dann die Möbelträger und die Dekorateure. Sie hatte das schon Dutzende Male gemacht, und es würde auch diesmal klappen.

Als der Vormann nach vollbrachter Arbeit auftauchte, um seine Lieferdokumente abzeichnen zu lassen, kam er nochmals auf das Thema zurück. »Wir haben nie etwas entdeckt, wissen Sie.«

»Was entdeckt, Herr Kohler?«, fragte Josefa geistesabwesend, während sie die Papiere überflog.

»Wanzen oder so. Wir prüfen die Tische jedes Mal, wenn sie zurückkommen. Ob man sie reparieren muss, ob es lose Schrauben gibt oder Holzsplitter. Wir hätten die Dinger sehen müssen.«

»Ich bin ja keine Expertin«, sagte sie, »aber dic Wanzen waren wahrscheinlich irgendwo anders, würde ich meinen. Im Blumengesteck, in den Ventilatoren, in den Kerzenhaltern – was weiß ich.«

»Die Polizei sagt, sie waren unter dem Tisch.«

Josefa schaute Kohler überrascht an. Was die Kripo so alles an Informationen freigab … Der Vormann redete weiter. »So klein können die Mikrophone nicht gewesen sein. Da war das schwere Tischtuch drüber. Und der Lärm rundherum. Wir hätten sie sehen müssen.«

»Niemand macht Ihnen einen Vorwurf«, beschwichtigte sie.

Kohler nahm die Papiere, die Josefa unterzeichnet hatte, und legte sie in eine Mappe. Er schien noch etwas loswerden zu wollen.

»Bei der Pferdeschau in St. Moritz hatten wir übrigens Ärger. Wir sind absolut pünktlich da gewesen, um die Tische zu holen. Nachdem alles fertig war, meine ich. Pünktlich wie immer. Mann, hat der sich aufgeregt. Er hat uns angebrüllt, dass wir eine Stunde zu früh seien, das gehe gegen die Abmachungen, und wir sollten in einer Stunde wiederkommen.«

»Wer hat Sie angebrüllt?« Josefa war jetzt ganz Ohr.

»Herr Bourdin«, sagte Kohler.

»Francis Bourdin? Der ist doch gar nicht zuständig dafür.« Josefa blickte den Spediteur zweifelnd an. Kohler nickte heftig. »Wir mussten abziehen und später wiederkommen. Obwohl alles bereit fürs Abräumen war.«

Josefas Gedanken überschlugen sich.

»Haben Sie das der Polizei gesagt?«

»Ja, hab ich. Ehrlich gesagt, meine Mitarbeiter waren damals richtig sauer auf Herrn Bourdin.«

»Und was hat die Polizei gesagt?«, hakte sie nach.

»Die haben es notiert.«

Kohler sah sie erwartungsvoll an. Wahrscheinlich wollte er wissen, welche Schlüsse sie daraus zog. Sie dankte ihm, drückte ihm ein großzügiges Trinkgeld in die Hand und lief ins Restaurant, um die Getränkeliste zu überprüfen.

Die nächste Ruhepause kam an diesem Abend erst, als die Geschäftsleiter und Personalvertreter der Softwarefirma nach dem Aperitif ihre Reden hielten. Josefa schloss die Tür zum Saal und zog sich in der angrenzenden Bar an einen kleinen Tisch in der Ecke zurück. Hinter dem Tresen war das Personal damit beschäftigt, die Getränke fürs Essen vorzubereiten. Gläser klirrten. Auf einem Barstuhl saß eine junge Frau vor einem Cocktail. Sie trug eine schwarze Chiffonbluse, durch die helle Haut schimmerte. Ihr Lederrock bedeckte ihre Schenkel nur knapp.

Josefa schlug ein Frauenmagazin auf, das sie aus einer Zeitschriftenablage an der Wand gezogen hatte, und schaute sich die Werbung an. Natürlich war auch Loyn vertreten, sogar mit einer Doppelseite, auf einem Papier, das dicker als die redaktionellen Magazinseiten war. Joan Caroll, leicht verrucht und unnahbar, volle glänzende Lippen und ein Mona-Lisa-Lächeln, breitbeinig auf einer pompösen Marmortreppe sitzend, die langen Beine unter einer hautengen Hose, die hohen Absätze wie Speerspitzen aufgesetzt. Eine Stufe unter ihr ein Gepard in Ruhestellung, zwischen seinen Pranken eine Loyn-Tasche. Die Tasche war fast so verführerisch wie Joan. Josefa seufzte.

Hier saß sie also, buchstäblich im Gefängnis, und überwachte ein unbedeutendes Firmenessen; sie rannte täglich Aufträgen hinterher, die so wenig Sexappeal hatten wie eine Weinbergschnecke, und musste sich verkaufen, als ob sie nie in einem der renommiertesten Schweizer Unternehmen für glanzvolle Höhepunkte und erlesenste Kundschaft zuständig gewesen wäre. Sie vermisste ihre Arbeit bei Loyn, und in Momenten wie diesen hielt sie ihre Kündigung für einen schweren Irrtum. In den ersten Wochen war sie zwar erleichtert gewesen, den Grabenkämpfen entkommen zu sein, und hatte sich auf die neuen Herausforderungen gefreut, doch der

Reiz der gewonnenen Freiheit hatte sich schnell verflüchtigt. Ihr fehlte der Kontakt mit den »Ambassadoren«, die Verbundenheit mit ihrem Team, der anregende Austausch im Büro. Sie gehörte nirgendwo mehr dazu.

Es schmerzte sie, dass sie beim Loyn-Festival mit den Weltstars der klassischen Musik, die sie selbst eingeladen hatte, nicht dabei sein konnte, dass sie nicht wie immer leise und geschickt die Fäden im Hintergrund ziehen würde. Vielleicht hätte sie anders vorgehen sollen, mit mehr Sinn für Taktik. Hätte sie nicht besser das Gerücht gestreut, dass sie zu kündigen beabsichtigte, und so Walther Zeit zum Nachdenken gegeben? Vielleicht hätte er sich ihren Wert für die Firma, ihre unschätzbare Leistung über die vergangenen fünf Jahre in Erinnerung gerufen; vielleicht hätte er sie dann umstimmen wollen.

Aber nach ihrer Kündigung hatte Walther nicht einmal versucht, sie zum Bleiben zu überreden. Er hatte ihr weder ein höheres Gehalt angeboten, noch Zugeständnisse an ihren Pflichtenkatalog gemacht. Sie war von einem Tag auf den andern überflüssig geworden. Wie war das nur möglich? Josefa wusste, dass sie gut war, sehr gut sogar, und trotzdem hatte man sie einfach gehen lassen. So leicht war sie ersetzbar.

Scheitern stand nicht in ihrem Lebensplan, aber diesmal war sie gescheitert. Sie fühlte Wut in sich aufsteigen. Warum ließ sie so etwas mit sich machen? Wie konnte es so weit kommen? Warum hatte Bourdin ausgerechnet Schulmann zu Loyn geholt? Damit Schulmann sie ausbootete? Nein, Rache konnte es nicht sein. Nicht für Bourdin und nicht für Walther. Das sagte ihr der Instinkt. *Was wird mir verheimlicht?*

Sie hatte das Gefühl, irgendetwas Wichtiges übersehen zu haben. Sie hatte überhaupt das Gefühl, dass sie schon seit vielen Jahren etwas Entscheidendes übersah. Etwas, das ihr ständig im Weg stand und das ihr trotzdem entging.

Josefa klappte die Zeitschrift zu. Sie war Opfer eines schmutzigen Spiels geworden, davon war sie überzeugt. Aber so einfach würden die Spieler nicht davonkommen. *Sie* würde nicht mit leeren Händen von Loyn weggehen. Sie würde sich nach fünf Jahren nicht einfach abservieren lassen. Sie würde sich noch etwas holen: eine Antwort, mit der sie später würde leben können.

Durch die geschlossene Tür des »Gefängnissaals« hörte sie Applaus, dann Stühlerücken und laute Stimmen. Jemand trat in das Restaurant. Josefa erkannte ihn auf Anhieb: Karl Westek. Was machte der frühere Finanzchef von Swixan auf dem Fest einer kleinen, unbedeutenden Firma? Westek schaute sich suchend um, sein Körper ruckte wie eine harte Sprungfeder. Ihre Blicke trafen sich. Josefa nickte ihm freundlich zu, aber bevor sie etwas sagen konnte, hatte er sich schon von ihr abgewandt und eilte auf die junge Frau zu, die noch immer gelangweilt an der Bar saß. Westek sagte etwas zu der Blondine, das Josefa auf die Entfernung nicht verstand. Dann packte er ihren Arm und verließ mit ihr das Restaurant, ohne Josefa noch eines Blickes zu würdigen.

Jetzt bin *ich* also eine Persona non grata – selbst für einen Gefallenen wie Westek, dachte Josefa in einem Anflug von Sarkasmus. Ob er sie nicht erkannt hatte oder nicht erkennen wollte? Vielleicht war er ja ein wenig paranoid geworden, nun da zwei seiner alten Komplizen nicht mehr unter den Lebenden weilten und ein dritter vermisst wurde. Und wer wohl die aufreizend angezogene Frau war?

Die Restauranttür öffnete sich wieder. Es war die Musikkapelle, die in einer halben Stunde ihren Auftritt hatte. Während Josefa mit dem Leiter der Combo die letzten Details absprach, schleppten die anderen bereits Instrumentenkoffer unterschiedlicher Größen herein. Josefa kam der alte Mann mit seinem Kater in den Sinn, den sie im Irchel-Park getroffen hatte. Kofferträger. Sie war immer noch stolz, dass ihr dieses Wort eingefallen war.

Kofferträger! Warum hatte sie nicht früher daran gedacht? Sie nickte den Musikern kurz zu und verzog sich in eine ruhige Ecke. Dann wählte sie eine Nummer auf ihrem Handy. Als sich der Empfang des Hotels in der Nähe des Golfplatzes am Genfersee meldete, verlangte sie den Concierge. Sie war froh, dass der Mann ihren Namen gleich erkannte, das sparte ihr lange Erklärungen. Er nahm offenbar an, dass sie immer noch für Loyn arbeitete. Josefa stellte ihre Frage. Der Concierge sagte, es sei Herr Schulmann gewesen, der die Habseligkeiten von Herrn Bourdin aus dessen Hotelzimmer räumen ließ. Er korrigierte sich: Nein, Herr Schulmann habe Bourdins Kleider und andere Utensilien selbst eingepackt und dann den Koffer nach unten tragen lassen. Herr Schulmann habe es auch übernommen, Bourdins Ehefrau darüber zu informieren, dass man alles zu ihr transportieren werde. Doch Herr Schulmann habe den Anruf wohl vergessen. Denn kurz darauf – als Herr Schulmann bereits abgereist war – habe Frau Bourdin angerufen und von nichts gewusst.

Das war alles, was Josefa erfahren wollte.

Nach dem Gespräch nippte sie an ihrem Orangensaft und versuchte, sich Klarheit zu verschaffen. Hatte Bourdin die Wanzen platziert, nicht Schulmann? Aber warum? Was trieb ihn dazu, Leute wie Westek und Van Duisen heimlich zu belauschen? Vielleicht waren auch in St. Moritz Gäste abgehört worden. Klar schien ihr auch, dass Schulmann von den Wanzen gewusst hatte. Nur den Zeitpunkt konnte Josefa nicht festsetzen. Vielleicht steckte er mit Bourdin unter einer Decke. Vielleicht hatte er aber auch erst davon erfahren, als er die Tonbänder und die Abhöranlage in Bourdins Hotelzimmer entdeckte.

Hatte Schulmann also die Wanzen rechtzeitig entfernt, bevor die Spediteure kamen? Hatte er Bourdin vielleicht sogar damit erpresst? Und hatte Bourdin ihn dann umgebracht? Josefa stockte der Atem. Die Sache wurde immer rätselhafter.

Und noch eine Frage schoss ihr durch den Kopf: Hing Schulmanns Ermordung in irgendeiner Weise mit den merkwürdigen Unfällen von Thüring, Salzinger und Feller-Stähli zusammen?

– 12 –

Ich weiß nicht, warum ich das tue – ich kann eigentlich kein Blut sehen«, sagte Josefa zu der Krankenschwester des Roten Kreuzes, die ihr gerade den Oberarm abband. Sie lag in einem der mobilen Container, die für ein paar Tage auf der Sechseläuten-Wiese parkten. Das Rote Kreuz hatte zu einer großen Blutspende-Aktion aufgerufen, und Josefa fand, dass es Zeit für eine gute Tat war. Vielleicht ihre einzige in diesem sich dem Ende zuneigenden Jahr. »Ihr Blutdruck ist sehr niedrig«, stellte die Krankenschwester mit bekümmertem Blick fest. »Ich weiß nicht, ob es ratsam ist, Ihnen überhaupt Blut abzunehmen.«

»Ich hatte schon immer einen niedrigen Blutdruck«, versicherte Josefa, die fürchtete, vergeblich hierher gekommen zu sein. »Das Blutspenden hat mir noch nie geschadet.«

Die Krankenschwester sah sie mit zusammengezogenen Brauen an. »Versprechen Sie mir aber, dass Sie nachher in den Frühstücksraum gehen und einen richtig starken Kaffee trinken und etwas essen.« Sie machte ein strenges Gesicht. »Und wenn Sie das geringste Unwohlsein spüren, melden Sie sich sofort.«

Josefa versprach es und tappte zehn Minuten später unsicheren Schrittes ins Freie. Es war früh am Samstagmorgen und bitterkalt. Anfang Dezember, und so viel Schnee. Draußen stand eine Gruppe Männer in dunklen Mänteln. Polizei! Was machte die hier? Das war ja ein richtiger Aufmarsch, an die acht Leute. Sie verschwand rasch im Frühstückscontainer – und sah sich wieder einem Polizeibeamten gegenüber.

»Sie hier?«, rief Sebastian Sauter. Er hielt eine Tasse in der Hand.

Josefa versuchte, ihre Überraschung zu überspielen. »Ich habe Blut gerochen und dachte, vielleicht lohnt es sich vorbeizuschauen«, erwiderte sie flapsiger, als es eigentlich ihre Absicht war.

»Sie sehen, es lohnt sich«, gab Sauter trocken zurück. »So können wir uns ein paar Minuten unterhalten.« In seiner schnittigen Uniform strahlte er eine gewisse Autorität aus. Sein Haar wirkte frisch gewaschen, und auf seinem Gesicht lag ein gesunder Schimmer. Alles an ihm sah frisch aus, dachte Josefa. Sie dagegen war sicher bleich wie der Tod.

Eine Frau in weißer Schürze reichte ihr einen dampfenden Kaffee und ein Brötchen mit Butter und Marmelade. Sauter setzte sich neben Josefa an einen kleinen Bistrotisch. Er roch nach Kräutershampoo. Ein Dutzend Blutspender saßen schwatzend und kauend herum, die Hälfte von ihnen sicher Polizisten, schätzte Josefa.

»Hat man die gesamte Zürcher Kripo zum Blutspenden abkommandiert?«

»Ja, das gehört zu unseren edlen Pflichten«, sagte Sauter und zwinkerte ihr zu. »Wir sind ein Vorbild für den Rest der Bevölkerung. – Sie müssen sich also vor mir nicht fürchten.«

Was wollte er ihr damit sagen? Müsste sie sich vor irgendjemandem fürchten? Er wusste sicher von Schulmanns plötzlichem Tod, vielleicht auch von ihrer Befragung in der Polizeizentrale. War er nicht für Tötungsdelikte zuständig? Wenigstens hatte Esther das behauptet. Weshalb tauchte er dann bei einem gewöhnlichen Einbruch auf? Aber sie hütete sich, das Thema anzuschneiden. Sauter anscheinend auch.

»Ich gebe zu, ich bin hoffnungslos verdorben«, sagte er.

»Verdorben?«

Er deutete auf die Tasse. »*Sie* haben mich verdorben. Seit ich Ihren Espresso getrunken habe, kann mich kein anderer Kaffee mehr glücklich machen.«

Sie konnte sich ein Lächeln nicht verkneifen. »Herr Polizist, Sie werden doch nicht erwarten, dass sich das Rote Kreuz den Luxus erlaubt, italienischen Espresso zu servieren. Das wäre eine Verschwendung von Spendengeldern.«

»Ich bezahle doch sogar mit meinem Blut dafür, ist das kein fairer Tausch?«

»Sogar Schweizer Blut wiegt italienischen Espresso nicht auf, Herr Sauter.« Sie funkelte ihn an.

»Was heißt schon Schweizer Blut – mein Urgroßvater stammte aus dem Schwarzwald. Wir Schweizer sind doch alle mit ausländischen Genen veredelt.«

Sie lachte. »Danke für ›veredelt‹. Meine Mutter kam aus dem Piemont.«

»Aha. Dacht ich mir's doch.« Er sah sie von der Seite an. Es löste ein Kribbeln in ihr aus. »Ihre Augen und Ihr Teint – Sie haben etwas Mediterranes. Und woher kommt der Name Josefa?«

Der Mann fragte so viel, sie kam gar nicht zum Essen. Einmal Polizist, immer Polizist, dachte sie. Aber es war ihr nicht unangenehm. Sie erzählte ihm, wie ihre Mutter damals eigentlich einen Sohn erwartet hatte, den sie nach Josefas Großvater benennen wollte – Giuseppe. Dann wurde es ein Mädchen und daraus eine Josefa.

Sauter lächelte und schaute sie plötzlich besorgt an.

»Sie sehen etwas blass aus, Frau Rehmer. Geht es Ihnen gut?« Wie unvermittelt dieser Mann das Thema wechseln konnte. Josefa fühlte sich einmal mehr überrumpelt.

»Ja …, mir … So weit schon. Ich …«

Da öffnete sich die Tür, und ein Uniformierter winkte Sauter zu sich. Sauter zögerte, suchte nach Worten. Seine grauen Augen erforschten ihr Gesicht. »Passen Sie gut auf sich auf«, sagte er dann ernst. »Sie haben ja meine Telefonnummer.« Und schon war er aus der Tür. Josefa schaute ihm verblüfft nach. Verblüfft und irgendwie frustriert. Worüber, konnte sie nicht einmal genau sagen.

Der Kaffee des Roten Kreuzes war immerhin so wirksam, dass sie sich stark genug für eine Schlittenfahrt mit Sali fühlte. Sie wollte mit ihm am Nachmittag vom Üetliberg hinunterrodeln. Zwei Stunden vor Aufbruch hockte sie mit verschränkten Beinen auf dem Wohnzimmerteppich und überprüfte die Batterie ihres Photoapparats. Sie hatte vor, Salis Abenteuer im Schnee zu dokumentieren. Als das Telefon klingelte, zögerte sie. Vielleicht war es wieder ein Reporter. Sie ließ den Anrufbeantworter abspulen und hörte eine vertraute Stimme: »Josefa? Bist du da?« Helene. Josefa rannte zum Telefon. Sie musste endlich mit ihrer Freundin in Ruhe reden.

»Ich stehe gleich mit einer Flasche Champagner vor deiner Tür. Es gibt etwas zu feiern.«

Typisch Helene, dachte Josefa und ging in die Küche, um geräucherten Lachs aus dem Kühlschrank zu nehmen und Aufbackbrötchen in den Ofen zu schieben.

»Yummy, yummy«, sagte Helene, als sie eintrat. Diesen Ausdruck hatte sie wohl von ihrem kanadischen Freund. »Es duftet nach frischem Brot!« Helenes Wangen waren von der Winterluft gerötet und eiskalt, wie Josefa bei der Begrüßung feststellte. Sie registrierte auch, dass ihre Freundin eine neue Frisur hatte, weiblicher als sonst.

Helene stellte den Champagner auf den Tisch. »Ich habe einen Lehrauftrag erhalten in Kalifornien, für ein Jahr«, verkündete sie strahlend. »Und rat mal, was das Beste daran ist: Greg kommt ebenfalls nach Kalifornien!«

Josefa blieb der Mund offen stehen. Kalifornien. Sie versuchte ein Lächeln, aber es gelang ihr nicht ganz. »Und wann geht's los?«, fragte sie.

»Im Sommer.« Helene legte den Korken frei. »Schau mich nicht so an, Josefa! Freu dich für mich.«

Josefa rieb sich das Kinn. Diese Neuigkeit warf ihren Plan durcheinander, Helene sachte auf die schwierigen Themen anzusprechen. »Ich bin ein wenig überrumpelt«, gestand sie wahrheitsgemäß. »Ich muss mich zuerst fassen.«

Die letzten Worte gingen in einem lauten Knall unter, als der Korken gegen die Decke schoss. Der Champagner schwappte über den Tisch, weil die Gläser nicht in Reichweite standen. Helene rettete den Rest und hob ihr Glas. »Prost, auf unsere Zukunft!« Josefa stieß nicht sehr begeistert an. »Was immer sie uns bringen möge«, murmelte sie.

Helene entdeckte den Photoapparat, der immer noch auf dem Teppich lag. »Du hast eine neue Kamera? Zeig mal … Ist ja ein tolles Ding.«

Josefa winkte ab.

»Du hast sicher eine viel bessere Ausrüstung, Helene. Aber ich bin zufrieden. Die Photos werden ganz gut. Sieh mal.«

Josefa kramte einen dicken Umschlag aus einer Schublade. Es waren die Photos von Teneriffa. Helene ging sie durch, kommentierte ab und zu Farben und Komposition. Dann verstummte sie plötzlich. Das Photo in ihrer Hand zeigte Ingrid auf der Hotelterrasse. Etwas an Helenes Gesichtsausdruck ließ Josefa aufmerken. »Das ist eine Deutsche, mit der ich mich ein paar Mal getroffen habe. Kennst du sie etwa?«

Helenes Antwort war nicht zu verstehen. Sie blätterte weiter. Das nächste Bild war eine Großaufnahme von Ingrid.

»Das ist Freya«, sagte sie nun.

»Freya?« Josefa war verwirrt. »Nein, sie heißt Ingrid und ist aus Deutschland.«

Helene legte das Bild wieder auf den Stapel. »Ingrid ist ihr zweiter Name. Eigentlich heißt sie Freya Hallmark, aber sie hasst diesen Namen. Deshalb nennt sie sich Ingrid.«

Josefa starrte sie verdutzt an. »Du kennst sie?«

»Ja, sie ist meine Kusine. Zweiten Grades oder so ähnlich. Jedenfalls ist sie die Tochter einer Kusine meiner Mutter.«

»Warum heißt deine Mutter eigentlich de Rechenstein?«

»Meine Großmutter war Deutsche. Ihr Mann stammte aus einem Berner Patriziergeschlecht. Als er starb, zog sie mit den Kindern zu ihren Eltern. Meine Mutter ist deshalb in Deutschland aufgewachsen.«

»Und ... Warum war Ingrid – ich meine Freya – genau zur gleichen Zeit wie ich auf Teneriffa, noch dazu im selben Hotel?«

Helene nahm einen Schluck Champagner. »Wie das Leben so spielt. Ich glaub, meine Mutter hat mir erzählt, dass Freya da hinreist. Deshalb kam ich überhaupt auf die Idee, dir Teneriffa zu empfehlen. Der Rest ist Zufall.« Und als sie den Zweifel in Josefas Gesicht sah, schob sie mit gespielter Entrüstung nach: »Hey, das ist ja wie bei einem Verhör ... Was guckst du mich so komisch an – ist was?«

Josefa nippte nun auch zuerst an ihrem Champagner, bevor sie antwortete. »Ich habe in der Zeitung ein Bild von Freya gesehen. Sie war mit Beat Thüring in einer Bar. Auf Teneriffa.«

Helene hatte gerade begonnen, eines der immer noch warmen Brötchen mit Butter zu bestreichen, und legte es nun beiseite. Sie fragte nicht, wer Beat Thüring war. »Freya ist Juristin, Josefa«, erklärte sie nachsichtig, als ob sie einem neugierigen Kind Rede und Antwort zu stehen hätte. »Sie berät Deutsche, die im Ausland leben. Und manchmal geht sie mit ihnen aus. Und trifft vielleicht auch mal ein paar Schweizer. Die Welt ist ein Dorf, Josefa. Hast du diese Erfahrung nicht auch schon gemacht?«

Aus Helenes Mund klang alles immer so einfach, so normal. Und doch konnte ihr Josefa diesmal nicht so leicht Vertrauen schenken.

»Dann reist Freya also oft nach Teneriffa?«

»Das hängt wohl von der Auftragslage ab, nehm ich an. Warum willst du das wissen?«

Aber Josefa war schon bei der nächsten Frage. Sie hatte so viele.

»Warum hat sie sich mir dann nicht zu erkennen gegeben? Warum hat sie mir nicht gesagt, wer sie ist?«

Helene leckte sich Kräuterquark vom Finger. »Ich vermute, sie war in einer heiklen Mission unterwegs und wollte das nicht an die große Glocke hängen. Du hättest ihr bestimmt viele Fragen gestellt, aus lauter Neugier, und sie hätte dir wegen der Art ihrer Tätigkeit die wenigsten beantworten können. Sie muss oft sehr diskret sein. Aber das kennst du ja aus deinem Job, nicht wahr?« Helene sah sie aufmunternd an. »Und, was willst du noch wissen?«

Josefa kam sich vor wie die Richterin über ihre Freundin. Trotzdem konnte sie nicht anders. »Warum hast du mir nie von dir und Richard Auer erzählt?«

Es entstand eine lange Pause, während der Helene den Lachs mit der Gabel in kleine Stücke zerlegte und Zwiebelringe kunstvoll darauf verteilte. Dann sagte sie: »Ich habe mich geschämt. Anders kann ich dir's nicht erklären. Ich dachte, wenn du nichts davon weißt, dann existiert diese peinliche Episode auch nicht.« Sie lehnte sich zurück. »Ich wollte damals den Erwartungen meiner Eltern genügen. Richard war der Sohn eines Geschäftsfreundes meines Vaters. Wir haben beide an der Hochschule St. Gallen Wirtschaft studiert; ich tat es Papa zuliebe. Aber dann stimmte irgendwann einfach nichts mehr für mich. In den Semesterferien arbeitete ich in der Vogelwarte in Zürich. Die kennst du doch, nicht wahr? Und plötzlich wusste ich, was ich will. Was *ich* will. Das war's. Aus mit Richard, aus mit Papas Firma ... So war's.« Sie hielt den Blick auf den Tisch gerichtet, als würde sie nochmals den Entscheidungsprozess von damals durchleben. Dann begann sie schweigend zu essen.

Josefa spürte, dass die Zeit für Fragen abgelaufen war. An den Selbstmord von Helenes Vater mochte sie jetzt nicht rühren. Dafür würde es sicher eine bessere Gelegenheit geben.

Als Sali an der Tür klingelte, verabschiedete sich Helene herzlich wie immer, und Josefa war es ein wenig unangenehm, dass sie ihre Freundin so ausgequetscht hatte. Doch dann nahm Sali sie in Beschlag, und für ein paar Stunden vergaß sie das Gespräch mit Helene. Eine neue Sorge machte sich breit: Sie war nun davon überzeugt, dass sie beschattet wurde. Zwei Männer, die bereits in der Straßenbahn hinter ihnen gesessen hatten, bestiegen wie sie die rote Bahn auf den Üetliberg. Josefa sah sie in gebührendem Abstand auf dem Schlittelweg und im Bergrestaurant, und später fuhren sie mit ihr und dem Jungen wieder in die Stadt zurück, bis vors Haus.

Nach ihrer Rückkehr ließ sie ein heißes Bad einlaufen. Sie musste sich unbedingt entspannen, sie wollte nicht in Panik geraten. Vielleicht bildete sie sich alles nur ein, vielleicht waren ihre Sinne überreizt, ihre Phantasie aus den Fugen geraten. Und Helene – was musste sie bloß von ihr denken? Sie war voller Freude bei Josefa aufgetaucht, mit einer Flasche Champagner, weil sie ein lange angestrebtes Ziel erreicht hatte. Und anstatt mit ihr zu feiern, löcherte Josefa sie mit misstrauischen Fragen!

Vielleicht war sie ja auch nur neidisch. In Helenes Leben bewegte sich etwas. Bei ihr dagegen lag alles auf Eis. Sie hatte keine Pläne für die Zukunft. Sie wusste nicht einmal, was sie über Weihnachten tun würde. Früher hatte sie entweder durchgearbeitet oder war in sonnige Gefilde geflogen. Am liebsten würde sie wieder weit weg fahren – und am liebsten sofort. Weg von Morden und merkwürdigen Zufällen, weg von dunklen Ahnungen und unangenehmen Fragen.

Sie stieg aus der Wanne, trocknete sich ab und schlüpfte in ihren bequemen Hausanzug.

Jedes Mal, wenn sie sich wie jetzt an den Computer setzte, um ihre E-Mails abzurufen, fürchtete sie, eine dieser bedrohlichen Botschaften vorzufinden. Aber seit einigen Wochen waren sie ausgeblieben. Stattdessen las sie eine Nachricht von Claire:

Liebe Josefa,
entschuldigen Sie, dass ich nichts von mir hören ließ. Aber Sie können sich ja vorstellen, dass sich hier die Dinge überstürzen. Da Schulmann weg ist und Bourdin einen halben Nervenzusammenbruch hatte, muss ich überall einspringen. Ich unterstütze Bourdin mit dem Marketing und Walther mit der Kommunikation. Vielleicht ist es ganz gut, dass Schulmann Ihre Stelle nie besetzt hat. Er wollte ja immer alles selbst kontrollieren. Jetzt hat er zum Glück überhaupt keine Kontrolle mehr. Walther ist sehr zufrieden mit mir, und es macht mir großen Spaß. Ich wollte schon immer richtig gefordert werden. Ich tue alles, damit die Stars nicht abspringen.

Werde mich melden, sobald die Dinge hier wieder im Lot sind.
Bis bald, Claire

– 13 –

Am nächsten Tag erschien die größte Zeitung der Stadt mit einem farbigen Bild von Francis Bourdin auf der Hintergrundseite. Die Schlagzeile fragte: »Was hat dieser Mann zu verbergen?« Die Journalistin behauptete, Bourdin plane schon seit langem, die Firma Loyn zu übernehmen. Er habe sich in Finanzkreisen bei interessierten Investoren erkundigt und gegenüber Freunden durchblicken lassen, er verfüge über »Mittel« gegen Walther, die den alten Herrn zwingen würden, ihm die Firma günstig zu verkaufen. Bourdin habe auch kein lückenloses Alibi für die Zeit, in der Schulmann umgebracht wurde. Als Tatzeit gab die Verfasserin den späten Donnerstagabend an. Sie habe das aus »zuverlässiger Quelle« erfahren. Nicht Schulmann, sondern Bourdin habe die Gäste abgehört, und Schulmann habe dies herausgefunden. Die Journalistin hatte das philippinische Zimmermädchen ausgefragt, das Schulmann beim Räumen von Bourdins Hotelsuite half, und die entsprechenden Schlüsse gezogen. Sie wagte zum Schluss eine verblüffende Spekulation: War Francis Bourdin jemandem zu gefährlich geworden und war Schulmann, den Bourdin zur Verstärkung seiner Hausmacht zu Loyn geholt hatte, das Bauernopfer?

Josefa presste die Hand auf den Mund. Auf wen zielte diese Mutmaßung? Sie konnte sich doch nicht auf Walther beziehen! Walther war ein Vorzeigeunternehmer und Loyn eine Perle der Zürcher Wirtschaft.

Josefa las weiter. Schulmann hatte die Tonbänder offenbar seinem Anwalt zur Verwahrung gegeben. Weder Schulmann noch Bourdin konnten mit diesem Material Gutes im Sinn gehabt haben, schrieb die Journalistin und fragte: »Welcher der Gäste sollte damit erpresst werden?«

Josefa fand das reichlich konfus. Noch mehr erstaunte sie, dass nun die Namen von Gästen aufgelistet wurden, darunter Thüring, Salzinger, Van Duisen und, natürlich, Westek, ohne ihnen besondere Aufmerksamkeit zu schenken. Lediglich zwei Gäste, die am Golfturnier teilgenommen hatten, wurden zitiert. Einer davon, ein alter Geschäftsfreund von Walther, erklärte: »Es tut mir Leid für Hans-Rudolf Walther, dass seine Firma jetzt negative Schlagzeilen macht. Das hat er nicht verdient. Und solche Morde sind ja meistens Beziehungsdelikte.«

Josefa nahm ihre Lesebrille ab und rieb sich die Augen. Eines würde die Zeitung mit diesem Bericht erreichen: Bourdin musste nun sein Schweigen aufgeben und öffentlich Stellung beziehen.

In ihrer Wohnung war es still. Normalerweise hörte sie um diese Zeit, wie Esther auf dem Parkettboden ihre Tanzschritte übte. Ihr war die Stille unheimlich. Warum rief sie niemand an, um ihre Meinung zu diesem Zeitungsbericht zu hören? Warum meldete sich keiner von den Leuten, mit denen sie bei Loyn zusammengearbeitet hatte? War sie schon vergessen?

Sie wandte sich dem blauen Briefumschlag zu, den sie mit der Zeitung heraufgeholt hatte. Kein Absender. Sie öffnete den Umschlag und zog ein Bild heraus. Ein Photo von ihr. Das Gesicht war in sanftes Licht gehüllt, der Oberkörper leicht nach vorne gebeugt. Offensichtlich neigte sie sich jemandem zu. Im Ausschnitt ihrer Kostümjacke war subtil die leichte Wölbung ihres Brustansatzes zu sehen. Ihre Lippen waren voll und zu einem geheimnisvollen Lächeln geöffnet.

Ihre Augen glänzten beinahe verführerisch. Ein Schimmer lag auf ihrem Haar, das zu einem weichen Knoten hochgesteckt war. Kleine Locken ringelten sich an ihrem Hals, der aus dieser Perspektive lang und schlank schien. War das wirklich sie?

Josefa konnte sich nicht erinnern, wann dieses Bild aufgenommen worden war. Den beigen Zweiteiler auf dem Photo trug sie häufig. Doch sie wusste gleich, wer sie in jenem Moment festgehalten hatte, in dem sie so sinnlich und strahlend wirkte.

Sie entfaltete den Papierbogen.

Ich schreibe sonst nie Briefe. Aber dieser ist mir wichtig. Warum kommen Sie mich nicht besuchen, und ich koche das Einzige, was ich kann: Fleisch-Fondue. Ich weiß, wo man die besten Saucen kaufen kann. Das ist mein Beitrag an die friedliche Koexistenz der Geschlechter. Wenn ich nichts von Ihnen höre, bin ich am Donnerstag um zwölf Uhr bereit.

Diese Einladung war genau, was sie brauchte.

– 14 –

Der weitläufige Häuserkomplex stieg wie ein riesiger weißer Dampfer aus dem teuren Boden von Zürichs Innenstadt auf. Nach vorne und hinten verjüngten sich die Gebäudeflanken wie der Bug eines Schiffes, das annähernd die Ausmaße der legendären *Titanic* besaß. Im hohlen Bauch des gigantischen Kahns gab es zwar weder Swimming-Pools noch Tennisplätze, aber die Architektur erinnerte trotz des grauen

Himmels und der kalten Brise an Sonne, Dolcefarniente und Gelächter.

Das war also das Renommierprojekt des sozialen Wohnungsbaus. Josefa staunte nicht schlecht, als sie vom luftigen Innenhof zu den großen überdachten Terrassen hochblickte. Sie hatte gehört, dass die Böden in den Wohnungen aus pflegeleichtem Marmor waren. Die Leute rissen sich darum, hier zu wohnen, mit einer Aussicht auf den Fluss und die Berge, und das alles für eine Miete, die sich auch Kleinverdiener leisten konnten.

Dazu zählte Josefa den Loyn-Photographen eigentlich nicht, und ihr war es ein Rätsel, wie sich Pius Tschuor hier eine Wohnung hatte ergattern können. Er war zwar bei Loyn nicht fest angestellt, aber er wurde sicher gut bezahlt. Sie wusste überhaupt sehr wenig über diesen attraktiven Mann, musste sie sich jetzt eingestehen, außer dass Joe Müller vom Internetcafé ein alter Kumpel von ihm war. Tat sie gut daran, in einen Teil seines Lebens zu treten, der ihr bislang verborgen geblieben war?

Pius stand schon in der Tür. Er lächelte gewinnend, und Josefas Herz klopfte schneller. Sie hatte absichtlich eine Schutzschicht um ihren Körper gelegt: Unter der grünen Daunenjacke trug sie einen dicken weißen Wollpullover, dazu ausgewaschene Jeans und gefütterte Stiefel. Ganz anders Pius. Unter seinem eng anliegenden T-Shirt zeichnete sich ein kraftvoller, schlanker Oberkörper ab, und seine Hose saß straff über dem Gesäß. Josefa schaute rasch wieder weg. Sie wollte sich auf ihre geheime Mission konzentrieren. Wenigstens hatte Pius die Zurückhaltung gehabt, sie zum Lunch und nicht zum Abendessen einzuladen.

»Ich war ein bisschen nervös, ob Sie kommen würden«, gestand er freimütig und nahm ihr die Jacke ab.

Seine Worte berührten sie, aber sie sagte: »Ich hoffe, Sie

haben das Fleisch trotzdem aufgetaut.« Die Wohnung hatte tatsächlich weiße Marmorböden.

»Das Fleisch ist frisch vom Metzger«, protestierte Pius. Er führte sie durch die Wohnung, die aus einem riesigen Wohnraum, einem Schlafzimmer mit begehbarem Kleiderschrank, einem Büro, das Pius offenbar auch als Archiv benutzte, einem Bad mit schwarzen Kacheln und einer kleinen Küche bestand. Fast alle Möbel waren schwarz – die gesamte Einrichtung kam Josefa wie eine überdimensionale Schwarz-Weiß-Photographie vor. Nirgendwo war ein Körnchen Staub zu sehen.

Josefa dachte an ihre bunten Kissen und die geblümten Vorhänge und die farbigen Badezimmerkacheln. Pius würde in ihrer Wohnung einen wahren Kulturschock erleben.

»Martini?«, fragte er. Josefa konnte sein Aftershave riechen; wie vertraut ihr dieser anregende Duft inzwischen war. Sie wehrte ab: »Ich will am Nachmittag noch arbeiten.« Sie musste vor allem einen klaren Kopf behalten bei dem, was sie vorhatte.

Sie stießen mit Mineralwasser an.

»Josefa, wollen wir nicht endlich zum Du übergehen?«

Es sprach nichts dagegen. Sie war ja nicht mehr die Event-Managerin bei Loyn. Offenbar machte Claire diesen Job jetzt; sie schien ihre einstige Chefin reibungslos ersetzt zu haben. Wie schnell das gegangen war. Josefa spürte ein Ziehen im Magen.

Pius stellte den Topf mit der Bouillon auf den Tisch. Die Brühe schäumte, als sie die Spieße mit den Fleischstücken eintauchten.

»Also, was denkst du, wer hat Schulmann umgebracht?«, fragte Pius auf seine unverblümte Art.

»Das wollte ich dich fragen«, gab Josefa zurück. Sie wich seinem intensiven Blick aus.

»Im Krimi ist es immer die Person, die am wenigsten verdächtig ist, im wahren Leben ist es umgekehrt.«

»Du glaubst doch nicht etwa, dass es Bourdin war?«

»Nein, ich glaube nicht, dass er der Mörder ist«, erklärte Pius ungerührt, als ob er über die Aufstellung einer Fußballmannschaft reden würde. »Es stimmt zwar, dass Bourdin die Firma übernehmen möchte, aber das ist doch nur legitim, oder? Das schmeichelt Walther höchstens. Und dass Bourdin ein loses Mundwerk hat und sich gern mit allem Möglichen brüstet, ist ja kein Geheimnis. Das gehört schon fast zum guten Ton in diesen erlauchten Kreisen. Da blufft ja jeder, was das Zeug hält.«

Er schenkte ihr Wasser nach. Sie schwieg.

»Walther kommt als Mörder ohnehin nicht in Frage. Er darf schon deshalb nicht der Mörder sein, weil er mein nächstes Photobuch finanzieren wird.« Er grinste. »Schulmann ist ein Mensch, der sich überall Feinde gemacht hat. Er war machthungrig und skrupellos. Ich denke, das Motiv zu seiner Ermordung ist in der Zeit vor Loyn zu finden. Das habe ich auch der Polizei gesagt.«

»Die Polizei hat mit dir gesprochen?«

»Klar, die haben doch mit vielen Leuten gesprochen. Mit dir sicher auch, oder?«

Josefa nickte und löffelte Sauce auf ihren Teller.

»Und was denkst du?«

Josefa antwortete nicht sofort. Sollte sie Pius von Thüring und Konsorten erzählen und von Pauls Theorie, was diese Leute mit Loyn vorgehabt haben könnten? Eigentlich war es merkwürdig, dass Pius diese Variante nicht selbst erwähnte. Was dachte er denn, warum Bourdin die Wanzen gesetzt hatte? Aber sie beherrschte sich. *Halt dich raus, Josefa.*

»Um jemanden zu vergiften, muss man die Person gut kennen«, sagte sie stattdessen. »Ich meine, man muss einen besonderen Zugang zu ihr haben. Erschießen kann man sie hingegen aus der Distanz.«

»Hat dir die Polizei irgendetwas gesagt, das auf eine bestimmte Person hindeutet?«

»Nein, natürlich nicht. Warum sollten sie? Vielleicht verdächtigen sie ja auch mich.«

Pius schmunzelte und sah sie schelmisch von unten an: »Bestimmt, Josefa, du bist die gefährlichste Person, die ich kenne. Du siehst schon so aus. Ich mag es, wenn du so gefährlich bist.« Er spießte gleich drei Fleischstücke auf seine Gabel. »Ich sag dir was: In einem Jahr wird niemand mehr von diesem Mord sprechen. Das ist der Vorteil unserer schnelllebigen Zeit.« Er stand auf, beugte sich über den Tisch und hob ihr Kinn an, so dass sie ihn anschauen musste. »Wann kommst du mit in die Höhle? Weißt du, das gäbe ein tolles Projekt für uns beide. Du könntest die Öffentlichkeitsarbeit für mein Buch machen.«

»Welches Buch?«

»Mein Photoband über die Höhlensysteme in der Schweiz. Tropfsteingrotten, Hölloch, unterirdische Seen, all die Viecher dort unten – das wird etwas ganz Besonderes. Ein Buch im Riesenformat. Etwas, das es noch nie gab. Was sagst du dazu?«

Josefa schüttelte den Kopf. »Wenn Walther das Buch finanziert, wird er sicher nicht ausgerechnet mich für die PR he ranziehen.«

»Lass mich nur machen, ich werde das schon regeln«, sagte Pius und stellte die Teller zusammen. »Walther frisst mir aus der Hand.«

Als Josefa ihn verblüfft ansah, lachte er schallend. Bei Pius wusste man nie, was Spaß und was Ernst war.

Sie holte tief Luft. »Hör mal, kann ich die Abzüge von den Photos sehen, die du während des Golfturniers gemacht hast? Ich hätte gern ein paar Erinnerungsbilder, das war ja mein letztes großes Projekt. Aber ich will nicht bei Loyn darum betteln gehen. Die haben ohnehin andere Sorgen.«

»Lagen die nicht bei dir auf dem Schreibtisch, an deinem letzten Arbeitstag? Ich erinnere mich an ein Bild von Thüring.«

»Das war in St. Moritz. Thüring war in Genf nicht mehr dabei, wie du weißt.«

»Ja, natürlich, kein Problem«, sagte Pius und führte sie in sein Büro. Dort hingen überall Bilder von jungen schönen Frauen. Ihr Bild war nicht darunter. Josefa war sich nicht sicher, ob sie froh oder enttäuscht sein sollte. »Fledermäuse und Höhlen hast du nicht aufgehängt?«, fragte sie.

»Nein, das ist mein Geheimprojekt. Schöne Frauen kann jeder ablichten, aber das andere ist richtig harte Arbeit.« Er zog Ordner mit Kontaktbögen aus einem Regal und legte sie auf den Tisch. »Hier, nimm dieses Vergrößerungsglas und schreib einfach die Nummern auf. Ich kümmere mich derweil um den Nachtisch.«

Josefa wusste genau, wonach sie suchte. Sie ging alle Bilder systematisch durch, auf denen das Festzelt im Hintergrund zu sehen war. Pius hatte einen anderen Blickwinkel als die restlichen Photographen, weil er auch die Schar der Presseleute im Bild haben musste, die den Golfspieler ablichten wollten. Josefa richtete die Lupe auf den Hintergrund. Sie suchte Bild für Bild ab, um zu sehen, was sich vor dem Zelt abspielte. Bald war sie bei den Photos mit Colin Hartwell angelangt. Zuerst posierte der Champion mit seiner Frau Pamela – das war noch am Morgen –, dann, am Nachmittag, alleine mit dem Golfschläger. Sie stutzte und blätterte zu den Bildern mit Pamela Hartwell zurück. Tatsächlich! Das war der Ohrschmuck mit den Rubinen und dem Diamanttropfen. Derselbe, den Marlene Dombrinski ihr auf den Schreibtisch gelegt hatte und der noch immer im Safe von Loyn schlummerte!

Aber damit konnte sie sich jetzt nicht aufhalten.

Nun folgten Bilder, die sie früher nicht hatte sehen wollen: Francis Bourdin am Boden, blutend. Rundum verwirrte und entsetzte Gesichter.

Josefa richtete ihren Blick nochmals auf die Bilder davor. Aus der Küche hörte sie das metallische Geräusch eines Schneebesens. Bourdin war auf diesen Abzügen nirgendwo zu sehen, er hatte auf der Seite von Pius gestanden. Dann war er plötzlich auf ihn losgestürmt.

Ihre Hand mit der Lupe zitterte plötzlich. Da war, wonach sie gesucht hatte. Eine Gestalt, ganz vage, am Eingang des Festzelts. Dann ein Umriss vor dem Tisch auf der rechten Seite. Und ein nacktes Bein, das unter dem Tisch hervorlugte. Undeutlich war eine weibliche Sandale zu erkennen. Wenn sie doch bloß ein Mikroskop hätte! Sie ging nochmals einige Bilder zurück. Hier war es: dasselbe gestreifte Kleid, das die Frau im Festzelt trug. Pamela Hartwells Kleid.

Plötzlich fiel es Josefa wie Schuppen von den Augen. Das war es, was Bourdin aufgeschreckt hatte! Er hatte beobachtet, wie Pamela Hartwell unter den Tisch kroch. Vielleicht hatte er auch nur das nackte Bein einer Frau darunter hervorgucken sehen. Bourdin musste gefürchtet haben, dass jemand die Wanzen entdecken würde. Deshalb schoss er los und lief direkt in Hartwells Golfschläger hinein. Wie konnte er ahnen, dass Pamela nur ihren verlorenen Ohrhänger suchte … So viel Ärger wegen eines hübschen Schmuckstücks!

Sie hörte Pius aus der Küche rufen. »Ich komme gleich«, rief sie zurück. Schnell schob sie die Kontaktbögen in den Ordner zurück und wollte ihn ins Gestell zu den anderen Ordnern schieben, konnte aber keine Lücke entdecken. Eine Schublade stand offen. Pius musste den Ordner hier herausgeholt haben. Tatsächlich lag dort schon ein anderer Ordner, der dieselbe weinrote Farbe hatte. Josefa hob den Deckel, um zu sehen, ob darin noch mehr Photos vom Golfturnier waren. Das erste Bild zeigte eine Frau in erotischer Pose, und alle andern Bilder auch.

Josefas Herz begann zu rasen. Hastig blätterte sie die Bögen durch. Lächelnd, lasziv, verspielt, in eleganten Kleidern, im Sportdress, im knappen Bikini, im halb geöffneten Bademantel – es war immer dieselbe Person. Pamela Hartwell.

Josefa wagte fast nicht zu atmen. Was hatte das zu bedeuten? Sie hörte Schritte und legte den Ordner rasch zurück. Als Pius eintrat, hielt sie wieder den ersten Ordner in der Hand. »Wohin damit?«, fragte sie und hoffte, ihm würden ihre glühenden Wangen nicht auffallen. Er nahm ihr den Ordner aus der Hand, legte ihn in die Schublade und schob sie zu. Sie bemerkte, dass die Schublade ein Schloss an der Außenseite hatte. »Ich habe Zabaglione gemacht, das müssen wir sofort essen«, sagte er.

»Du bist gar kein so schlechter Koch, wie du behauptet hast«, lobte ihn Josefa, als sie wieder am Tisch saßen. Ihre Stimme war rau wie Schmirgelpapier.

»Siehst du, es gibt doch noch gute Seiten an mir zu entdecken.« Er zwinkerte ihr zu. »Hast du dir die Nummern aufgeschrieben?«

»Nein, ich konnte mich nicht entscheiden. Warum triffst du nicht die Auswahl für mich und schickst mir ein paar Bilder? Das wäre wirklich lieb.« Sie lächelte ihn an.

Pius nickte. »Aber sag niemandem was davon. Die Polizei interessiert sich nämlich auch für die Bilder, aber sie haben nur die in der Firma mitgenommen. Glücklicherweise habe ich immer Duplikate von den Negativen.«

Josefa wusste nicht, wie sie diese Aussage einordnen sollte. Darüber würde sie später nachdenken.

»Vergiss Loyn für eine Weile, Josefa. Wir sollten wirklich mal zusammen eine Höhle besuchen«, sagte Pius. »Das wird dich auf andere Gedanken bringen. Das ist eine ganz andere Welt, du wirst sehen.«

Sie ließ sich den letzten Löffel Zabaglione auf der Zunge zergehen. Vielleicht hatte er Recht. Sie brauchte neue Erfahrungen, neue Projekte. Die Aufgabe, ein Photobuch zu lancieren, reizte sie.

Pius schaute sie mit einem Glitzern in den Augen an. »Manche Dinge bleiben glücklicherweise den meisten Menschen verborgen.«

Natürlich, dachte Josefa. Nur welche Dinge sind das?

– 15 –

Es dämmerte schon, als Josefa die Wohnung des Photographen verließ. Nach dem reichlichen Mahl beschloss sie, wenigstens einen Teil ihres Weges zu Fuß zurückzulegen. Vielleicht half ihr das, ihre Gedanken zu ordnen. Sie hatte wie ein naives Schulmädchen auf das schmeichelhafte Porträt reagiert. Wie konnte sie nur so dumm sein? Sie hatte sich der Illusion hingegeben, das Photo zeige, wie Pius sie sah: hübsch, sinnlich, verführerisch. Dabei machte er diese Art Photos von vielen Frauen. Täglich hatte er sie vor seiner Linse – makellose, begehrenswerte, ihrer Wirkung auf Männer absolut sichere Schönheiten. Frauen wie Pamela Hartwell.

Doch wie kam Pius dazu, diese enthüllenden Aufnahmen zu machen? Hatte ihn Pamela darum gebeten? Wusste Colin Hartwell davon? Und warum hatte sie sich einen relativ unbekannten Photographen dafür ausgesucht? Die Kälte trieb

Josefa die Tränen in die Augen. Sie beschloss, die Straßenbahn am Paradeplatz zu nehmen, und ging noch einen Schritt schneller. Pamela flirtete gern, so erzählte man sich bei Loyn hinter vorgehaltener Hand. Sie war gerade mal dreiundzwanzig Jahre alt, fünfzehn Jahre jünger als Colin, eine australische Strandnixe mit braun gebranntem Teint und betörend grünen Augen. Der Traum eines jeden Photographen.

Josefa brauchte Trost. Eine heiße Schokolade mit Schlagsahne in der Confiserie Sprüngli schien ihr genau das Richtige zu sein. Wochen später wurde Josefa bewusst, dass es während dieser halben Stunde im Sprüngli geschehen sein musste. Während sie ahnungslos ihren Löffel in die Schlagsahne tauchte und in Selbstmitleid zerfloss, nahm Francis Bourdin sich das Leben. Und während sie mit der Straßenbahn nach Hause fuhr, musste Francis' Ehefrau den Abschiedsbrief entdeckt und sich auf die Suche nach ihrem Gatten gemacht haben. Sie fand ihn schließlich in der Garage, wo er die Abgase in seinen Maserati geleitet hatte. Die Polizei erklärte später, es gebe »keine Verdachtsmomente«, dass Bourdin etwas mit Schulmanns gewaltsamem Tod zu tun habe. Die Untersuchung werde jedoch »intensiviert«.

Josefa wagte nicht daran zu denken, wie verworren die Lage jetzt bei Loyn war. Schulmann war einfach zu ersetzen gewesen, aber was machte man ohne Bourdin, den »Magier«, wie man ihn in der Branche nannte? Josefa wollte schon Claire anrufen, doch dann kam ihr in den Sinn, dass diese sich bei ihr melden wollte und es bislang nicht getan hatte. Vielleicht wandte sie sich besser an Marlene Dombrinski, mit der sie ohnehin wegen des Ohrhängers von Pamela Hartwell sprechen wollte. Sie schickte ihr eine E-Mail: »Rufen Sie mich doch bitte an«, erhielt aber sogleich die automatische Rückantwort, dass Marlene erst ab dem 8. Januar wieder zu erreichen sei.

Drei Tage später war sich Josefa nicht mehr sicher, ob es gut wäre, ihre ehemalige Mitarbeiterin an den Ohrhänger zu erinnern. Am 22. Dezember, ihrem Geburtstag, holte sie die Post aus dem Briefkasten. Nicht dass sie Glückwünsche erwartete: Zwei Tage vor Weihnachten dachte niemand an Geburtstage. Auch diesmal war es so: keine Karte, kein Paket, kein Geschenk. Das kleine Mädchen in ihr hätte heulen können. Josefa wusste nicht einmal, mit wem sie Weihnachten verbringen würde. Sie hatte ein Dutzend Weihnachtsessen für Unternehmen organisiert, aber sie selbst war zu keinem eingeladen. Auf ihren Vater und seine Frau hatte sie keine Lust, und Helene war für ein paar Tage zu ihrem Freund nach Kanada geflogen. Paul Klinglers »Weihnachtsessen« fand erst Mitte Januar statt, weil seine Firma vor den Festtagen zu beschäftigt war. So überdeckte Josefa ihre Misere mit Arbeit – wenigstens davon hatte sie genug – und dem Vorhaben, sich mindestens vier Videofilme für die Festtage zu besorgen.

Um vier Uhr nachmittags klingelte es. War das Sali? Sie schaute durch den Türspion und erblickte wirres Grünzeug. Blumen! Als sie öffnete, hielt ihr der Bote vom Blumengeschäft einen riesigen Strauß hin und überreichte dazu noch ein kleines Paket mit einer Karte. Josefa gab ihm ein saftiges Trinkgeld und las das Begleitschreiben.

Ich wollte Ihnen schon lange danken für die tolle Zeit, die wir zusammen hatten. Sie fehlen mir, aber ich hoffe, Sie bekommen das Beste im Leben.
Alles Liebe, Joan

Josefa musste sich setzen. Ausgerechnet Joan Caroll dachte an ihren Geburtstag! Als sie von Loyn weggegangen war, hatte Josefa Joans Agentin über ihren Abgang informiert. Doch Joan hatte nie zurückgerufen. Und nun das.

Josefa packte mit zittrigen Fingern das kleine Paket aus. Es war fast so klein wie das von Sebastian Sauter damals. Sie klappte den Deckel auf, und was sie nun erblickte, nahm ihr fast den Atem. Auf weißem Satin lagen zwei Ohrhänger. Goldumrahmte Rubine in der Form von Blütenblättern. Ein transparenter Stein in der Mitte. Daran baumelte ein diamantartiger Tropfen.

Pamela Hartwells Ohrschmuck.

– 16 –

Weihnachten. Das Telefon unterbrach sie mitten im Film *Fargo*.

Es war Markus. Er rief aus London an. »Wir spielen in einem Club hier. Es ist ein ganz gutes Engagement, es wird mich wenigstens bis Ende Februar am Leben erhalten.«

Weihnachten im Musikkeller. Auch nicht viel feierlicher. »Ich wollte dir noch alles Gute zum Geburtstag wünschen«, fuhr er fort. »Wie alt bist du eigentlich geworden?«

»Sechs Jahre älter als du«, gab Josefa zurück.

»Touché. – Du, ich hab noch eine pikante Neuigkeit für dich. Hans-Rudolf Walther wurde hier vor einigen Monaten anscheinend in einer Bar für Homosexuelle gesehen. Das hat mir Pierre, ein Freund aus der Schweiz, erzählt, der gerade zu Besuch war.«

»Ach, das sind doch bloß böse Gerüchte, der übliche Tratsch aus der Szene«, erwiderte sie. »Walther war schon zweimal verheiratet.«

»Josefa, so naiv kannst du doch nicht sein! Als ob das was heißen würde!« Markus war entrüstet. »Aber du musst es auch nicht glauben. Ich dachte nur, es würde dich amüsieren.«

»We are not amused«, sagte Josefa im Tonfall der britischen Königin. Genau besehen, fand sie es wirklich nicht lustig. Im Moment mochte sie überhaupt nichts mehr von Loyn hören. Nichts mehr, das sie nicht erklären und einordnen konnte. Und nun war sie genau dort wieder angelangt. Aber Markus hatte ja keine Ahnung, in welch innerem Aufruhr sie sich befand. Er lebte in einer völlig anderen Welt.

Nach dem Gespräch machte sie sich Popcorn, goss flüssige Butter darüber und bestreute die weißgelben Bäuschchen mit Salz. Dann setzte sie sich wieder aufs Sofa. Walther in einer Homobar. Wie interessant. Wusste die Polizei davon? Wenn das mit Walther stimmte, dann wäre er erpressbar. Er wäre in der Defensive. Er würde angekrochen kommen: Frau-Rehmer-ich-habe-einen-großen-Fehler-gemacht, und sie würde antworten: Das-kommt-für-mich-leider-zu-spät-Herr-Walther. Sein Bild erschiene in den einschlägigen Spalten: *Bekannter Schweizer Unternehmer als Schwuler geoutet*. Er müsste sich vielleicht aus der Leitung von Loyn zurückziehen. Geschlagen, vernichtet, zerstört. So wie er andere –

Erneut klingelte das Telefon. Diesmal ließ sie den Anrufbeantworter laufen.

»Hallo, Josefa, hier ist Claire. Sie sind anscheinend nicht da. Ich wollte nur ein Lebenszeichen von mir geben, bevor ich mich für ein paar Tage zurückziehe. Wir schließen über die Festtage, aber das wissen Sie ja. Ich bin siebzehn Stunden am Tag im Stress, aber es läuft alles gut. Es hat keinen Sinn, in Panik zu verfallen. Wir haben alles im Griff. Wir müssen möglichst schnell einen Ersatz für Bourdin finden, und das wird uns auch gelingen. Ich hoffe, Sie verbringen ruhige Festtage, und wir werden uns sicher wieder im nächsten Jahr sprechen. Alles Gute fürs neue Jahr.«

Josefa verzichtete darauf, zum Hörer zu greifen. Sie wollte Claire gegenüber nicht als Klein-Lieschen im Jammertal erscheinen. Außerdem vertrug sie deren geschäftiges, aufgeregtes Plappern im Moment eher schlecht. Claire hatte sie nie gefragt, ob sie nicht wieder zu Loyn zurückkommen wolle. Und sei es nur aus reiner Höflichkeit. Aus den Augen, aus dem Sinn, so schnell geht das. Aber was hatte sie erwartet? Claire brauchte sie nicht mehr, und Loyn auch nicht. Claire war an ihre Stelle getreten.

Ich bin ein weiblicher Paria, dachte Josefa. Ausgeschlossen und allein. Das ist meine Lebensform, meine Bestimmung. Sie fand eine gewisse Befriedigung in ihrem Elend.

Wieder klingelte es, diesmal an der Tür. Josefa schaute auf die Uhr: halb zehn. Wer mochte das sein? Hoffentlich nicht die Albaner-Familie. Die bekämen einen Schock, wenn sie sie im saloppen Hausanzug sähen. Auf Zehenspitzen tippelte sie zur Tür und spähte durchs Guckloch. Es war Esther.

Josefa öffnete die Tür. Ihre Nachbarin hatte sich ins kleine Schwarze gestürzt. Ein goldener Reifen hielt ihr dunkles, feines Haar zurück. »Ich hab gehört, dass du zu Hause bist, und dachte, ich könnte das hier mit dir teilen.« Sie hielt eine Torte in den Händen. Josefa sah Schlagsahne und Vanillesauce und Biskuitkugeln und war besiegt. Eine Saint-Honoré-Torte!

»Komm rein. Ich hab noch einen Sekt kaltstehen.« Sie ließen sich mit Tellern, Gabeln und Gläsern auf dem Sofa nieder, zwei einsame Seelen am Heiligabend. Und nicht nur Josefa hatte Sorgen. Esthers letztes Engagement als Tänzerin lag bereits acht Monate zurück.

»Ich werde immer älter, und es wird immer schwieriger, in eine feste Truppe zu kommen.«

»Hast du Ersparnisse?«, fragte Josefa.

»Ersparnisse? Wo denkst du hin! In meinem Job verdienst du doch nichts.«

»Und was machst du jetzt?«

»Ich lebe vom Arbeitslosengeld. Und suche weiter.« Esther leerte ihr Sektglas in zwei Zügen. »Und ich tue verbotene Dinge, die ich früher nie gewagt habe, aus Angst, mich zu verletzen.«

»Was für verbotene Dinge?«

»Eislaufen zum Beispiel. Ich war diese Woche auf der Eisbahn beim Hotel Dolder.« Sie biss so heftig in ein Stück Torte, dass die Sahne auf beiden Seiten herausquoll. »Und weißt du, wen ich dort gesehen habe?« Sie schaute Josefa triumphierend an. »Den Polizeibeamten.«

»Welchen Polizeibeamten?«

»Mit dem du im Zoo warst.«

Sebastian Sauter. Der einsame Kämpfer für die gute Sache. Nur für welche Sache?

– 17 –

Es war bereits der dritte Abend, an dem sie auf der Dolder-Eisbahn ihre Runden drehte. Und immer noch keine Spur von einer rostroten Skijacke, wie Esther sie beschrieben hatte. Vielleicht kam Sebastian Sauter ja nicht regelmäßig hierher. Josefa fühlte sich uralt zwischen den vielen Mädchen und Jungen. Vor ihr zog eine hoch gewachsene Blondine mit wehendem Haar ihre Bahn. Es machte ihr offensichtlich Spaß, ihre Verehrer mit gewagten Kapriolen abzuschütteln. Doch es dauerte nie lange, und schon waren die Verfolger ihr wieder auf den Fersen.

Josefa fühlte ihre Füße müde werden. Sie hatte Lust auf eine Pause und eine heiße Schokolade. Sie glitt zum Ausgang, wo gerade ein junger Mann seinen Fuß aufs Eis setzte. »Hallo, Josefa«, rief er ihr entgegen. Sie musste zweimal hinschauen, bevor sie ihn unter der bunten Strickmütze erkannte. »Sieh mal an, Joe«, begrüßte sie ihn grinsend. »Du surfst also nicht nur im Web, sondern auch auf dem Eis?« Sie hielt sich an der Reling fest. Joe sah mit seiner Mütze wie ein nepalesischer Sherpa aus. »Hätte nicht gedacht, dass ich dich hier oben treffe«, erwiderte er. »Aber das trifft sich prima. Ich wollte dir sowieso eine E-Mail schicken. Wegen dieser Sache, du weißt schon.«

Josefa hatte »die Sache« in den vergangenen Wochen mit aller Macht verdrängt. Der unbekannte E-Mail-Verfasser hatte seine beunruhigenden Botschaften seit geraumer Zeit eingestellt. Aber merkwürdigerweise fand Josefa dieses plötzliche Schweigen genauso unheimlich.

»Hast du etwas herausfinden können?«, fragte sie widerstrebend.

»Ja und nein.« Joe versuchte, sich am Kopf zu kratzen, was ihm wegen der Handschuhe und der Mütze nicht gut gelang. »Das Einzige, was ich mit Sicherheit sagen kann, ist, dass einer der Sätze ein Zitat eines englischen Dichters ist, Oscar Wilde heißt er. Das hat mir Jack, ein Freund aus England, gesagt.«

»Oscar Wilde?«

»Ja, aber der Satz betreffe eigentlich Männer, nicht Frauen.«

»Also ein Zitat. Ein bekanntes Zitat.«

Jo nickte. »Und Jack sagte, ein paar andere Sätze klängen auch wie Zitate.«

»Das ist ja interessant«, murmelte Josefa.

Joe schien sich über ihre Reaktion zu freuen. »Gehst du schon nach Hause?«, fragte er.

»Ich wollte eigentlich …«, begann sie, aber dann blieb ihr

Auge an einer Kopfbedeckung hängen. Von wegen rostrote Skijacke, Sebastian Sauters Skianzug war dunkelblau. »… noch eine Runde drehen«, beendete sie den Satz.

»Danke, du hast mir sehr geholfen«, rief sie Joe nach. »Dafür hast du eine gute Flasche Wein verdient.« Und glitt davon. »Lieber einen Wodka«, hörte sie ihn noch.

Josefa nahm die Verfolgung des dunkelblauen Läufers auf, der ziemlich unsicher übers Eis manövrierte. »Irgendetwas an Ihnen kommt mir bekannt vor«, sagte sie, als sie auf gleicher Höhe mit ihm war. Sebastian Sauter machte vor Überraschung eine unerwartete Drehung und verlor beinahe das Gleichgewicht. Als er sich gefangen hatte, sagte er: »Ja, ich weiß, die Schlittschuhe.«

»Die Schlittschuhe?«

»Ja, Sie haben auch welche.«

Josefa lachte. Nicht schlecht für einen Kripobeamten, dachte sie. »Kommen Sie, wir sind hier ein Hindernis für unsere Umwelt.« Er zog sie am Ärmel zur Reling. »Und, wie lange haben Sie meine unbeholfenen Gleitversuche bewundert?«, fragte er und kramte ein Taschentuch hervor.

»Ich habe Sie gerade erst bemerkt«, gestand Josefa. »Wollen Sie Landesmeister werden?«

Sauter schnäuzte sich. »Mein Sohn will Eishockey mit mir spielen. Deshalb muss ich ein wenig üben. Ich will doch nicht, dass er den Respekt vor mir verliert.« Er schaute sie neugierig an. »Und was machen Sie hier? Ich habe Sie noch nie auf der Eisbahn gesehen.«

Sie ersparte sich eine Antwort, indem sie ihm vorschlug, in die Cafeteria zu gehen.

Nachdem sie eine Weile in ihre heiße Schokolade geblasen und allen Mut zusammengenommen hatte, kam Josefa unumwunden auf den Punkt zu sprechen, der sie schon seit längerem beschäftigte. »Sagen Sie, Herr Sauter, in welcher Abteilung der Kriminalpolizei arbeiten Sie eigentlich?« Er rührte lange in seinem pechschwarzen Kaffee, und Josefa hatte Zeit, ihn in Ruhe zu betrachten. Er trug den oberen Teil seines Skianzugs jetzt nach unten geklappt, so dass sie seine breiten Schultern sehen konnte – und einen kleinen Bauchansatz. Schließlich sagte er: »Ich dachte mir schon, dass Sie mich das eines Tages fragen würden.«

»Das ist eine sehr vage Antwort, wenn Sie diese Bemerkung erlauben.«

»Da haben Sie Recht.« Sebastian Sauter war jetzt ganz ernst. »Ich bin bei der Kriminalpolizei, aber mit Einbruch beschäftige ich mich nur in Ausnahmefällen. Derzeit arbeite ich wegen eines politischen Deliktes mit der Bundespolizei zusammen.«

»Wollen Sie damit sagen, der Einbruch bei Esther Ardelius war ein politisches Delikt?« Josefa wärmte ihre Hände, die sich plötzlich kalt anfühlten, an der Tasse.

»Es bestand der Verdacht, dass er etwas mit einem politischen Delikt zu tun haben könnte. Wahrscheinlich war Frau Ardelius gar nicht das Ziel der Einbrecher.«

»Wer dann? Etwa ich?« Josefa wurde nervös.

»Nein, nicht Sie. Jemand anders.«

Josefa starrte ihn fragend an. Sauter hielt ihrem Blick stand. »Lesen Sie keine Zeitung, Frau Rehmer? Wie politische Gruppen aus dem Ausland ihren Krieg in die Schweiz hineintragen?«

»Also die Leute unter mir? Salis Eltern?«

»Es sind nicht seine Eltern, sondern seine Tante und sein Onkel. Salis Eltern sind tot. Ermordet.«

»Mein Gott!« Josefa stellte die Tasse hin. »Wer hat sie denn ermordet? Und wie?«

»Erinnern Sie sich an den Anschlag auf das Restaurant im

Kreis Vier? An die Handgranaten, die da reingeworfen wurden? Salis Eltern saßen in dem Restaurant. Es war ein beliebter Treffpunkt für Kosovo-Albaner.«

»Das ist ja unglaublich! Und wer hat das getan?«

»Wir haben unsere Vermutungen, aber das ist alles, was ich sagen kann. Politische Gruppen, die sich auf dem Balkan bekämpfen, tun das auch hier. Salis Eltern und einige ihrer Freunde waren das Ziel einer solchen Abrechnung unter verfeindeten ethnischen Gruppen.« Josefa erinnerte sich, davon gehört zu haben. Militante serbische Immigranten hätten den Anschlag verübt, hieß es damals in den Zeitungen.

Sauter fuhr fort, ohne sie aus den Augen zu lassen: »Wir wollten wissen, ob weitere Menschen in Gefahr sind. Zum Beispiel Salis Tante und Onkel – und vielleicht auch Sali. Deshalb ließen wir das Haus eine Zeit lang überwachen.«

»Überwachen? Was bedeutet das?«

»Gegenüber ist doch ein Hotel. Das hat uns die Sache erleichtert. Mehr kann ich dazu leider nicht sagen.«

Josefa holte tief Luft. »Dann kennen Sie alle meine Gewohnheiten, meine Besucher – mein halbes Leben.« Sie war verärgert.

»Nein, so schlimm ist es nicht. Wir registrieren nur verdächtige Personen.«

»Und wer hat mich dann die ganze Zeit über verfolgt? Das waren doch Ihre Leute, oder nicht?«

»Nein, das waren Salis Beschützer, Leute aus der Partei seines Onkels. Die wollten wahrscheinlich sichergehen, dass der Junge nicht in Gefahr ist. Sie sind eben sehr misstrauisch.«

Josefa fror es. »Oder gedungene Mörder«, sagte sie sarkastisch.

Sauter streckte den Rücken durch. »Wir tun unser Bestes, damit die Schweiz für alle ein sicherer Ort bleibt. Unsere Welt ist leider kein Paradies, und wir müssen lernen, damit zu leben.« Er legte eine Hand auf ihren Arm, zog sie aber sofort wieder zurück, als hätte er es sich anders überlegt. Josefa blickte ins Leere.

Sauter räusperte sich. »Salis Angehörige haben trotz allem ein außergewöhnliches Vertrauen in Sie, Frau Rehmer.«

»Vertrauen? Bei dieser Beschattung? Das ist ja lachhaft.«

»Sie haben Ihnen den kleinen Jungen anvertraut – einer Person, die sie kaum kennen, einer Frau aus einem völlig anderen Kulturkreis.« Sauter hielt einen Augenblick inne. »Das ist für mich fast ein kleines Wunder.«

Josefa zog die Augenbrauen hoch. »In der Tat. Ausgerechnet ich, die Kopftücher doof und Paschas lächerlich findet.«

»Paschas gibt's bei uns auch«, sagte Sauter.

Der Satz verfehlte seine Wirkung nicht. »Und Sie … Finden Sie mich auch vertrauenswürdig, wie Salis Elt–, wie Salis Verwandte?«, fragte Josefa.

Er sah sie mit seinen schmalen grauen Augen direkt an. »Ich vertraue Ihnen, dass Sie nicht weitererzählen, was ich Ihnen gesagt habe.«

»So viel Ehr' kann ich gar nicht verkraften«, rief sie, wandte ihren Blick aber nicht ab, bis sich Sauter erhob.

»Ich glaube, Sie können sehr viel verkraften.« Er schlüpfte in die Ärmel seines Skianzugs.

Josefa blieb sitzen. Sie trank noch einen Schluck, aber plötzlich schmeckte die Schokolade bitter. Ob er bei seinen Worten wohl an den Wirbel um Loyn gedacht hatte? Das Thema, das wusste sie, war ein Tabu zwischen ihnen. Ein Kripobeamter würde sich nie zu einer laufenden Morduntersuchung äußern, auch wenn sie nicht von ihm, sondern von Kollegen aus einer anderen Abteilung geführt wurde. Außerdem – je weniger Profil sie in dieser Sache zeigte, umso besser. Da waren zwar Dinge, die sie gerne gewusst hätte. Aber sie hielt sich im Zaum. Stattdessen sagte sie: »Sali hat nie von seinen Eltern gesprochen. Ich frage mich, ob er weiß, ob und wie sie umgekommen sind.«

»Am besten, Sie überlassen das seinen Verwandten. Sie wissen jetzt ohnehin schon zu viel, Frau Rehmer.«

Josefa redete weiter, als ob sie ihn nicht gehört hätte. »Sali spricht nur von seinen Skiern. Das heißt, von den Skiern, die er zu Weihnachten *nicht* bekommen hat. Alle andern in seiner Klasse haben welche.«

»Mein Sohn besitzt gleich zwei Paar neue Skier und hat gar keine Lust zum Skifahren. Er will nur Eishockey spielen.«

»Warum hat er zwei Paar?«

»Ein Missverständnis. Eines von vielen zwischen meiner Exfrau, mir … und anderen Menschen.«

Josefa fürchtete schon, er würde ihr nun die ganze Leidensgeschichte eines Geschiedenen erzählen. Aber Sauter sagte stattdessen: »Wagen Sie sich nochmals aufs Eis?« Er stand nun vollständig angekleidet vor ihr, die Mütze auf dem markanten Schädel.

»Wagen *Sie* es?«, gab Josefa zurück.

Er grinste nur.

– 18 –

Die Sonne schmolz die letzten Schneereste weg, die an Schattenlagen noch überdauert hatten. Überall lauerten sumpfige Pfützen. Ein Auto raste an ihr vorbei und spritzte sie mit Dreckwasser voll. Josefa schaute an ihrem neuen hellblauen Wintermantel hinunter. Das war die Strafe für ihren Mut, eine solche Farbe zu tragen. Sie rief dem Autofahrer Schimpfwörter hinterher.

Josefa war ohnehin in Kampfstimmung. *Eine Frau kann nicht sorgfältig genug in der Wahl ihrer Feinde sein.* Sie hatte sich die anonymen E-Mails allesamt ausgedruckt. Auf dem Papier schienen sie ihr noch beklemmender als in elektronischer Form. Eine Frau kann ihre Feinde auch für ihre Zwecke nutzen, dachte sie.

Sie hatte beschlossen, ihrem Vater einen Besuch abzustatten. Verenas Haus – das war es in Josefas Augen immer noch – strahlte wie immer eine stolze Behäbigkeit aus. Diese Gemäuer hatten dreihundert Jahre überdauert. Man konnte die Vergangenheit in den herrschaftlichen Räumen förmlich einatmen. Verena stellte abends jeweils ein Glas Wasser auf den Küchentisch. »Alle wandernden Seelen sollen wissen, dass sie willkommen sind bei uns«, hatte sie Josefa einmal erklärt, was für diese ein Beweis mehr gewesen war, dass man ihre Stiefmutter nicht allzu ernst nehmen konnte.

An diesem Nachmittag stand kein Glas Wasser auf dem Tisch, obwohl Verena eine arme Seele zu Besuch hatte. »Darf ich vorstellen?«, sagte sie, als sie Josefa in den kleinen Salon führte. »Das ist Anita Schulmann.« *Seine Mutter.*

Anita Schulmann hatte einen erstaunlich kräftigen Händedruck. »Freut mich, Sie kennen zu lernen«, sagte sie mit lauter Stimme. Sie war viel jünger, als Josefa vermutet hätte. Vielleicht Mitte vierzig. Ihr Haar war rot gefärbt. Was sagte man jetzt? Mein Beileid, oder: Es tut mir Leid für Sie? Das hätte Josefa nicht über die Lippen gebracht. Aber Anita Schulmann löste die Situation. »Verena ist eine alte Freundin von mir, das hat sie Ihnen sicherlich erzählt, nicht wahr? Sie ist so gut zu mir. Ohne sie hätte ich diese Wochen kaum überstanden.« Verena drückte ihr beruhigend die Hand.

»Es muss furchtbar für Sie sein«, sagte Josefa höflich.

»Ja, es ist schlimm. Mein Gott, wer wollte Werner bloß etwas Böses antun? Wissen Sie, ich habe ihn nicht so besonders gut gekannt. Ich habe seinen Vater nach dem Tod von Werners Mutter geheiratet.«

Das war es also, was Verena Rehmer und Anita Schulmann verband. Die zwei Stiefmütter saßen in beneidenswerter Eintracht auf dem Biedermeiersofa. Die eine redete ohne Unterlass, die andere hörte geduldig zu.

»Werner war damals schon ausgezogen und wohnte in Dietikon. Er hat uns nicht häufig besucht, auch als Armin, mein Mann, bettlägerig wurde. Leider hat Werner nie eine Freundin mit nach Hause gebracht. Armin hätte gern Enkelkinder gehabt. Aber für Werner war die Karriere wichtiger. Tja, das ist halt heute so. Das muss man akzeptieren … Nie hat Werner uns von Problemen erzählt. Nie, dass er Feinde gehabt hätte.«

Frau Schulmanns Mund war rot geschminkt. Sie hatte ihre Lippen mit einem dunklen Konturenstift nachgezogen. Josefa saß da und wusste nicht, was sie sagen oder denken sollte. Verena tat nichts, um sie aus dieser Lage zu befreien. Werners Stiefmutter tat dagegen alles, um Josefa festzuhalten.

»Wer kann nur so etwas getan haben?«, fragte sie wieder. »Dazu noch mit einer Injektionsnadel.«

»Mit einer Injektionsnadel?« Josefa richtete sich kerzengerade auf.

»Ja, mit einer Spritze, stellen Sie sich vor. Zuerst hat der Mörder Werner betäubt, vermutlich etwas ins Glas geschüttet. Dann hat er eine Nadel genommen und das Gift ins Blut gepumpt. Daran ist Werner sofort gestorben. Die Polizei hat die Einstichstelle an seinem Körper entdeckt. Sie will nicht sagen, wo. Die Untersuchung ist ja noch im Gang.«

Ihr blutroter Mund bebte.

»Möchtest du noch eine Tasse Kaffee, Anita?«, fragte Verena.

»Ja, gern, aber nur koffeinfreien«, erwiderte ihre Freundin.

»Natürlich, meine Liebe. Josefa, dein Vater erwartet dich in seinem Büro, wenn's dir recht ist.«

Josefa verabschiedete sich widerstrebend von Frau Schulmann. Vielleicht hätte sie noch mehr interessante Neuigkeiten vernommen. Doch Verena geleitete sie festen Schrittes durch den langen dunklen Korridor. »Es geht ihm mal besser, mal schlechter«, raunte sie Josefa zu, »aber du hast einen guten Tag erwischt. Heute ist er nicht so müde.«

Der Zucker. Wieder etwas, was Josefa erfolgreich verdrängt hatte. Aber sie wäre spätestens, als sie die Nadel in der offenen Schatulle auf Rehmers Schreibtisch liegen sah, daran erinnert worden. »Musst du dir das Insulin selber spritzen?«, fragte sie zur Begrüßung. Das ersparte ihr den Händedruck. Rehmer nahm seine Brille ab und drehte sich auf seinem Bürostuhl aus Holz zu ihr um. Darin hatte schon Verenas Vater, ein Wirtschaftsanwalt, seine Rechnungen geschrieben.

»Ja«, sagte Herbert Rehmer. »Aber das ist nicht das Schlimmste.« Er rieb sich mit der flachen Hand über die Stirn. »Ich muss Diät halten. Alles abwiegen, bloß kein Gramm zu viel. Da kann einem schon die Lebensfreude abhanden kommen.« Dieses Eingeständnis nahm ihr beinahe den Wind aus den Segeln. Doch dann hörte sie ihren Vater sagen: »Und, welche Katastrophe führt Josefa Rehmer diesmal in ihr Elternhaus?«

Das ließ sie zur gewohnten Sachlichkeit zurückfinden. »Ich möchte, dass du das hier liest.« Sie reichte ihm die Ausdrucke. Ihr Vater war ein Kenner der angelsächsischen Literatur, daher war eine Übersetzung nicht notwendig.

Rehmer setzte seine Brille wieder auf. Josefa beobachtete ihn, während er las. Er war in den wenigen Wochen seit ihrem letzten Besuch stark gealtert.

Ihr Vater blickte irritiert auf. »Was ist das? Was soll ich damit?«

»Ich habe diese Botschaften von einem anonymen Absender erhalten. Ich will herausfinden, wer er ist.«

»Na und? Was willst du da von mir?« Herbert Rehmer war ungeduldig wie immer.

»Jemand sagt, es seien Zitate drin versteckt. Zitate von berühmten Personen. Ich möchte wissen, welches die Zitate sind und von wem.«

Ihr Vater sah sie mit prüfendem Blick an. Er öffnete den Mund, als ob er etwas sagen wollte, hielt sich dann aber zurück.

»Ich habe zwei Zitate gleich auf Anhieb erkannt«, sagte er nach einer Weile. »Eines ist von Tennessee Williams. Es lautet übersetzt ungefähr so: *Wir müssen einander misstrauen. Das ist unsere einzige Verteidigung gegen Verrat.*« Er studierte nochmals das Blatt vor ihm. »Das andere ist von Oscar Wilde, wenn auch etwas abgewandelt. Lass mich sehen. Ich muss das nachschlagen.« Er erhob sich mühsam und schlurfte zum Bücherregal, wo er einen dicken Wälzer herauszog.

»Was ist das?«, fragte Josefa. Ihr Vater warf ihr wieder diesen merkwürdigen Blick zu.

»Ein Nachschlagewerk«, brummte er. Und dann, etwas lebhafter: »Hier: Elisabeth Barrett Browning. *Der Teufel ist am teuflischsten, wenn er respektabel daherkommt.* Das ist meine Übersetzung, ich improvisiere da ein bisschen.« Nach einigem Blättern hatte er ein weiteres Zitat gefunden. »*Eine Körperverletzung wird schneller vergessen als eine Beleidigung*. Lord Chesterfield in einem Brief an seinen Sohn.«

Herbert Rehmer konnte einem solchen Rätsel nicht widerstehen, das hatte Josefa gewusst.

Schließlich fand er noch ein Zitat: »*Eigentlich war ich froh, als ich erfuhr, dass Sie Ihre Geduld verloren haben. Es ist ein gutes Zeichen, wenn kranke Leute wütend werden.*« Er blickte auf. »Eine Textstelle von Dorothy Parker. Sie würde noch weitergehen: *Es bedeutet, dass sie auf dem Weg zur Besserung sind.*«

Diesen Satz hat der feige Schuft unterschlagen, dachte Josefa. Natürlich, es hätte den Sinn völlig verändert. Oder nahm der mysteriöse Schreiber an, dass sie die Fortsetzung eines Tages herausfinden würde? – Aber darüber konnte sie jetzt nicht nachdenken. Sie merkte sich den Titel des Nachschlagewerkes, in dem ihr Vater die Zitate gefunden hatte.

»Vielen Dank, das hat mich wirklich weitergebracht.«

»Josefa, willst du mir irgendetwas durch die Zitate sagen?« Ihr Vater packte den Stier mal wieder bei den Hörnern.

Sie schüttelte den Kopf. »Ich sagte dir doch: Ich habe diese E-Mails von einem anonymen Absender erhalten. Er will *mir* etwas sagen.« Und sie fuhr wieder ihre Stacheln aus.

Ihr Vater drehte einen Kugelschreiber zwischen den Fingern und blieb stumm. Das provozierte sie. »Vielleicht kannst du dir vorstellen – vielleicht auch nicht –, dass es nicht besonders angenehm ist, solche Warnungen zu erhalten. Es ist auch nicht ... gerade erbaulich, von den Medien verfolgt zu werden, nur ... nur weil jemand in einer Firma ermordet wurde, in der man zufällig einmal gearbeitet hat. Und dann noch den ehemaligen Chef durch Selbstmord zu verlieren. Und während alldem ..., während all das passiert, ein eigenes Geschäft aufzubauen.«

Herbert Rehmer hüstelte und schob ein paar Papiere auf seinem Schreibtisch hin und her. »Ich weiß nicht, ob es dir hilft, aber eines kann ich dir sagen: Englisch ist mit Sicherheit nicht die Muttersprache des Verfassers oder der Verfasserin, außer er oder sie wäre so raffiniert gewesen, einige Sätze mit nichtenglischen Formulierungen zu verfremden, was ich nicht glaube ... Ich hoffe, das bringt dich weiter.« Er reichte ihr die Blätter mit den Zitaten zurück.

Sie standen im Zimmer, unschlüssig, wie sie ihr Treffen beenden sollten.

Da ergriff Josefa nochmals das Wort. Während sie sprach, hielt sie ihren Blick gesenkt. »Es gibt da noch etwas. Als Kind ... Als Teenager hatte ich viele Fragen, und auf die wenigsten erhielt ich eine Antwort. Du weißt, dass in unserer Familie über vieles nicht gesprochen wurde. Jetzt ... jetzt habe ich angefangen, die Antworten zu suchen. Ich weiß ..., das heißt, ich bin überzeugt, ich kann sie finden, wenn ich hartnäckig genug bin.« Sie holte tief Luft. »Ich will wissen, was hinter den Dingen steckt. Was sich hinter den Kulissen abspielt. Ich will nicht mehr, dass man mich ausschließt, verstehst du? Ich will wissen, was geschehen ist. Welche Rolle ich im Ganzen spiele ..., welche Rolle man mir zugedacht hat.« Sie hob den Kopf und schaute zum Fenster hinaus. »Also, was ich wissen will, ist ... Warum hat meine Mutter im Krankenhaus gesagt: ›Josefa gehört mir‹? Und warum sagtest du: ›Sie gehört uns beiden‹?«

Jetzt richtete sie ihren Blick auf den Vater, der sich behutsam wieder auf dem Bürostuhl niederließ. Er rieb sich lange und angestrengt die Augen, als könnte er so den Anblick der aufsässigen Tochter auslöschen.

»Sie war verwirrt«, sagte er schließlich mit schleppender Stimme. »Die Medikamente haben sie verwirrt. Sie lag im Sterben. Sie wusste nicht mehr, was sie sagte.«

Josefa wartete. Doch ihr Vater hatte nichts mehr hinzuzufügen.

»Ich will mehr wissen«, beharrte sie störrisch. »Da gibt es noch vieles, was ich nicht weiß. Ich habe ein Recht, es zu erfahren. Ich war dabei, nicht wahr? Es betrifft auch mich. Es ... es geht nicht nur um dein Leben, es geht auch um meins. Ich werde nicht lockerlassen, Papa.«

Sie wandte sich zur Tür und warf noch einen Blick auf ihren Vater. Er saß mit eingefallenen Schultern da, den Kopf gesenkt. Sie wedelte mit den Papieren in ihrer Hand. »Danke.«

»Lass dir von Verena einen Kaffee geben«, hörte sie ihn sagen. Sie war entlassen.

Josefa fand die Stiefmutter im oberen Stockwerk beim Sortieren ihrer Frühlingskleider. Auf dem Teppich ihres Ankleidezimmers stand ein halb gefüllter Kleidersack von Caritas. Verena stellte keine Fragen, sondern fing gleich an zu reden: »Anita ist eine sehr private Person, weißt du. Und jetzt wird alles in den Medien breitgeklatscht. Das ist nicht einfach. Aber ich glaube, Werner war auch kein einfacher Mensch.« Sie zog den Kragen der lila Bluse, die auf ihrem Schoß lag, gerade. »Ich habe ihn einmal kurz getroffen.«

»Du hast ihn getroffen?«, fragte Josefa verblüfft.

»Ja, ich habe seinen Vater im Krankenhaus besucht. Er lag in der Klinik, in der ich damals arbeitete. Und Werner Schulmann war gerade zu Besuch. Er dachte, ich sei eine Krankenschwester, und hat mich entsprechend behandelt.«

»Was meinst du – entsprechend?«

»Überheblich und anmaßend, anders kann ich's nicht beschreiben. Bis sein Vater den Irrtum aufklärte. Da hat sich Werner schnell verabschiedet.« Verena streifte ihre Hausschuhe ab und begann, ihre Füße aneinander zu reiben. »Werner hat Anita das Leben schwer gemacht. Er wollte verhindern, dass sein Vater das Testament zu ihren Gunsten ändert. Er drohte ihr mit dem Anwalt, stell dir vor! Er hat sie als Erbschleicherin bezeichnet. Dabei ist sie mit Armin seit acht Jahren verheiratet. Und hat extra aufgehört zu arbeiten, um ihn zu pflegen. Ach, lass uns doch noch einen Kaffee trinken.« Sie erhob sich und schaute Josefa erwartungsvoll an. Sie wusste, dass sie ihre Stieftochter mit diesen Neuigkeiten an der Angel hatte.

»Tee, bitte.«

Sie gingen hinunter in die Küche, und Verena setzte das Wasser auf. »Werner hat Anita tatsächlich mit dem Anwalt gedroht«, wiederholte sie. »Sein Anwalt wollte zuerst auch Werners Dokumente und Tonbänder nicht herausrücken.«

»Tonbänder?« Josefa horchte auf.

»Ja, du weißt doch, die Tonbänder vom Golfturnier. Werner hat sie seinem Anwalt zur Aufbewahrung gegeben. Doch mit der Polizei kann man so natürlich nicht umspringen. Der Anwalt musste ihr die Tonbänder letztlich aushändigen.« Sie nahmen im kleinen Salon Platz.

Josefa dachte angestrengt nach. »Schulmann hatte die Bänder also im Safe seines Anwalts deponiert. Ich dachte, er hätte sie zu Hause gehabt.«

Verena nickte heftig. »Die Polizei hat die Bänder vom Anwalt. Allerdings ist es wahrscheinlich, dass Werner zu Hause Kopien der Bänder hatte – die sind aber verschwunden. Das hat mir Anita erzählt.«

»Kopien? Es gab noch Kopien der Tonbänder? Und woher weiß Frau Schulmann das?« Josefa bemühte sich, ihre Ungeduld zu verbergen.

»Ganz einfach. Werner sagte seinem Anwalt, dass er alles kopiert habe, was er dem Anwalt zur Aufbewahrung gegeben hat.« Verena sah ihre Stieftochter an. Sie konnte sich gewiß zusammenreimen, welche Gedanken ihr durch den Kopf gingen. Ohne den Blick von ihr abzuwenden, fügte sie hinzu: »Aus allem, was Anita mir erzählt hat, schließe ich, dass die Polizei nur im Besitz der Originale ist und die Kopien immer noch sucht. Sonst hätten sie Anita nicht gefragt, ob Werner irgendwo einen Safe habe. Oder eine Ferienwohnung. Oder eine Freundin.«

»Das sind Routinefragen«, wandte Josefa ein.

Verena ließ sich nicht verunsichern. »Die Beamten haben

Anita explizit nach den Tonbändern gefragt. Das war, nachdem der Anwalt ihnen die Originaltonbänder schon übergeben hatte. Warum sollten sie danach fragen, wenn sie die Bänder schon besaßen? Sie wollen sicher wissen, wer die Kopien hat. Das ist doch logisch. Die dachten wahrscheinlich, Werner habe sie Anita zur Verwahrung gegeben. Manche Mütter tun ja alles für ihre Söhne.«

»Ich weiß nicht«, sagte Josefa nachdenklich. »Das klingt mir alles ein wenig verworren. Angenommen, Schulmann hat jemanden mit den Tonbändern erpresst. Angenommen, er wurde deswegen ermordet. Und angenommen, der oder die Mörder haben die Tonbänder in seinem Haus gefunden und mitgenommen.« Sie schüttelte den Kopf. »Die hätten sich doch denken können, dass Schulmann möglicherweise Kopien angefertigt hat. Oder dass die Originale anderswo sind. Wozu also dann der Mord? Das ist doch sinnlos.«

Verena hielt die Arme vor der Brust verschränkt. »Vielleicht ist jemand einfach durchgedreht. Vielleicht war es eine Panikreaktion. Und die Polizei will die Kopien finden – weil das vielleicht die Spur zum Mörder ist.«

Josefa fand es plötzlich äußerst komisch, dass sie mit ihrer Stiefmutter im kleinen Salon saß und Mordtheorien entwickelte.

»Möglich«, sagte sie. »Na ja, jetzt haben wir auf jeden Fall was zum Nachdenken. Danke für den Tee, ich muss mich langsam auf den Heimweg machen.«

Ihre Stiefmutter schien ein wenig enttäuscht zu sein, dass der Salon-Krimi damit zu Ende war. Aber sie fasste sich gleich wieder und lächelte. »Einen schönen Mantel hast du«, sagte sie im Vestibül. »Ich kann dir eine gute Chemische Reinigung empfehlen, ganz in deiner Nähe.« Verenas scharfem Auge entging wirklich nichts.

– 19 –

In den Alpen des Kantons Wallis verschüttete eine Lawine neununddreißig von einundfünfzig Häusern eines Bergdorfes. Das hörte Josefa in den Morgennachrichten. Mittags kam die nächste Hiobsbotschaft: Ein Stahlunternehmen schloss seine Tore, weil die Bankkredite gekündigt worden waren. Fünfhundert Menschen verloren ihre Arbeit. Als Josefa abends den Fernseher einschaltete, kündigte die Moderatorin gerade drei große Berichte an: die Lawine, die Massenentlassung – und der tödliche Autounfall von Karl Westek. »Das Auto von Karl Westek, dem früheren Finanzchef der Swixan AG, überschlug sich mehrere Male auf der Autobahn in der Nähe von Düsseldorf. Westek konnte nur noch tot geborgen werden. Keine weiteren Fahrzeuge waren in den Vorfall verwickelt. Die Polizei untersucht die Unfallursache. Eine Fremdeinwirkung wird nicht ausgeschlossen.«

Fremdeinwirkung? Meinte das Mord?

Karl Westek. Der vierte Tote. Der Dritte am Tisch in St. Moritz. Das ließ nur noch Curt Van Duisen übrig. Was mochte ihm in diesen Stunden durch den Kopf gehen? Niemand konnte jetzt noch behaupten, dass es Zufälle waren. Verirrt in der kanadischen Wildnis. Ertrunken vor Teneriffa. Getötet durch einen Schuss aus dem eigenen Jagdgewehr. Und nun dieser merkwürdige Autounfall.

Sie hatte Westek doch erst vor kurzem gesehen, in der Bar des Jail. Mit der jungen Frau in der schwarzen Chiffonbluse. Und jetzt war er tot. Josefa fühlte sich, als hätte sie ein Erdbeben erlebt und die Nachbeben hörten nie auf. Alles in ihrem Leben schien plötzlich ins Wanken zu geraten.

Dann sah sie das Bild des roten Porsche auf dem Fernsehschirm. Ein bis zur Unkenntlichkeit demoliertes Wrack.

Westek habe sich allein im Wagen befunden, berichtete die Reporterin. Es folgte ein Rückblick auf Westeks Leben. Sein unaufhörlicher Aufstieg und dann der gnadenlose Fall in die Tiefe. Sein Versuch, ein Comeback mit einer Firma für Risikokapital zu starten. Westek habe, so wurden »nahe Freunde« zitiert, seinen Misserfolg mit der Swixan nie richtig überwunden. Und »die Öffentlichkeit« habe ihm nicht verziehen, dass er sich diesen Misserfolg mit viel Geld versüßte – Geld, das er zuvor auf die Seite geschaufelt hatte. Es folgten Sequenzen von früher, etwa, wie Westek vor der Kamera versicherte, er habe nicht wissen können, wie es wirklich um die Swixan AG stand. Bei dieser Lüge zitterte sein wuchtiger Kiefer etwas. Es sei eine bösartige Verleumdung, behauptete er weiter, dass er Insiderwissen benutzt habe, um Swixan-Aktien rechtzeitig mit Gewinn abzustoßen, bevor deren Kurs ins Bodenlose fiel. In einem anderen Interview aus dem Fernseharchiv klagte der gestürzte Manager, er fühle sich als Opfer einer Verschwörung – und wurde von Josefas surrendem Telefon unterbrochen.

»Weißt du es schon?«, fragte Paul. Josefa konnte seine Erregung förmlich spüren. Er redete gleich weiter. »Übrigens, Van Duisen ist untergetaucht.«

»Wer sagt das?«

»Kam heute im Radio. Er sei an einen unbekannten Ort verreist, um den Medien zu entkommen.«

»Den Medien? Hat der Mann keine anderen Sorgen?« Josefa traute ihren Ohren nicht. »Jetzt sind schon sechs Männer tot. Was geht hier bloß vor sich?« Ihre Stimme überschlug sich leicht. Warum war sie so aufgewühlt? Was gingen sie diese Toten an?

»Das möchte ich auch wissen. So etwas gab es noch nie. Jetzt werden die Bösewichte der Wirtschaft gleich in Serie unter die Erde gebracht.«

»Hör auf, Paul. So weit will ich gar nicht danken, äh, denken. Das ist –«

»Ein Freud'scher Versprecher«, unterbrach er sie.

Josefa schwieg.

»Bist du noch da? Josefa, es tut mir Leid, ich wollte dich nicht verstören. Ich entschuldige mich in aller Form. Das Ganze kommt mir nur so absurd vor.«

»Schon gut«, sagte sie mit belegter Stimme. »Wirst du deinen Tag der offenen Tür trotzdem durchführen?«

»Aber natürlich. Die Welt geht täglich zwölf Mal unter. Ich will mir doch nicht deswegen jedes Mal die Kunden verprellen ... Ich hoffe sehr, ich kann mit dir rechnen.«

»Ich werde kommen«, versprach Josefa automatisch. Wie sie es unter diesen Umständen schaffen würde, sich in oberflächlicher Konversation und Schmeicheleien zu üben und dazu Tapas zu verdrücken, wusste sie zwar noch nicht. Vorerst wollte sie einfach nur die Bettdecke über den Kopf ziehen und alles vergessen. Sie verabschiedete sich von Paul und zog dann das Telefonkabel heraus. Nach kurzem Zögern holte sie ihren alten Teddybären aus dem Schrank. Es sah ja niemand. Sie brauchte etwas Weiches, an das sie sich schmiegen konnte. Und das ihr keine Rätsel aufgab.

– 20 –

Ein Blitzlichtgewitter brach über Josefa herein, als sie gerade bei Klingler & Partner einen Fuß über die gebohnerte Schwelle setzen wollte. »Bist du denn verrückt geworden? Die Presse reinzulassen!«, krächzte Josefa fassungslos. Ein strahlender Paul stand vor ihr. Er hob beschwichtigend die

Hand. »Wir machen ein Bild von jedem Gast und kleben es dann auf die Dankeskarte.«

Es dauerte mehrere Sekunden, bis Josefa kapiert hatte. »Warum in aller Welt sagst du mir das nicht vorher?«, rief sie.

»Es sollte eine Überraschung sein«, sagte Paul und fasste sie sachte am Ärmel. »Komm, jetzt lächeln wir schön für Franziska, unsere Starphotographin.« Josefa mühte sich ein Lächeln ab, während es blitzte. Klingler bleckte die Zähne – er konnte das gut – und führte sie dann in den großen Sitzungssaal, in dem ein Stehbuffet angerichtet war. Der Anblick von hundert Leckereien versöhnte Josefa ein wenig.

»Komm, du musst als Erstes René Hinkel kennen lernen«, sagte Paul beschwingt. »René«, rief er, und ein kleiner Mann drehte sich um. »René, das ist Josefa Rehmer, meine geschätzte Mitarbeiterin. Sie wird dein Firmenjubiläum zu einem Event machen, um das dich ganz Zürich beneidet.« Der Mann sah Josefa neugierig an. In einer Hand hielt er ein Glas Wein, in der anderen eine Serviette, mit der er sich nun rasch die Lippen abwischte.

»Jetzt können wir gleich einen Jugendclub aufmachen«, sagte Hinkel zur Einleitung. Josefa verstand nicht. Er lachte bellend. »Wir sind hier gleich drei, die an der Schlingenstraße aufgewachsen sind. Paul, meine Wenigkeit und da hinten Michi Gantz, der Künstler unter uns. Macht tolle Ölbilder. Haben Sie schon welche von ihm gesehen? Hängen in jedem Bankgebäude. So weit hab ich's leider nicht gebracht.« Er lachte erneut.

Josefa verzog die Mundwinkel zu einem Lächeln. Sie wollte nicht abweisend erscheinen. »Ich kenne Sie von irgendwoher«, sagte Hinkel nun.

»Wahrscheinlich von der Fernsehwerbung für Kräuterpastillen«, erwiderte Josefa betont freundlich. »Ich spiele das Alpenheidi.«

Hinkel lachte schallend. »Sehr gut, sehr gut. Sie arbeiten also für Paul?«

»Ja, aber ich habe meine eigene Firma«, sagte Josefa und schielte unauffällig zum Buffet. Beim Anblick der japanischen Gyoza wurde ihr der Mund wässrig. *Du musst dich jetzt verkaufen, Kontakte knüpfen, Aufträge an Land ziehen.* Hinkel kam ihr ständig mit dem Gesicht zu nahe, so dass sie immer wieder vorsichtig versuchte, Abstand zu schaffen. Hatte er das bei einem Management-Seminar gelernt?

»Wo haben Sie denn vorher gearbeitet?« Hinkel knabberte jetzt an einem Zahnstocher, auf dem vorher sicher eine dieser verlockenden Kulinarien aufgespießt gewesen war.

»Bei Loyn«, erwiderte Josefa knapp. Musste sie sich für diesen Namen schämen, nach all den Ereignissen? Oder noch schlimmer – musste sie nun Fragen beantworten wie: Wer, glauben Sie, hat Werner Schulmann umgebracht?

Doch René Hinkel schien aus einem anderen Grund erfreut: »Loyn!«, rief er. »Da habe ich doch gerade mit jemandem gesprochen, der auch bei Loyn war. Wo ist er nur?« Er drehte sich suchend um. Bevor er mit dem Zahnstocher auf die Person zeigen konnte, hatte Josefa sie schon entdeckt und floh nun geradezu ans Buffet.

»Frau Rehmer, wie schön, Sie hier zu sehen!«

Sie fuhr so schnell hoch, dass sich eine Haarnadel in ihrem Chignon löste. Richard Auer trug einen schwarzen Anzug mit einer gepunkteten Fliege. Seine wässrig blauen Augen schimmerten.

»Frau Rehmer, ich bin so froh, dass ich Sie treffe. Wir sind ja mit einem, äh … eher unharmonischen Klang auseinander gegangen. Aber ich habe Ihnen Unrecht getan, das weiß ich heute.«

Auers Stimme wirkte künstlich gedämpft wie bei einem

Priester im Beichtstuhl. Josefa fühlte Hitze in sich aufsteigen. Auer machte einen gequälten Eindruck, aber sie tat nichts, um es ihm leichter zu machen.

»Wissen Sie schon, dass ich bei Loyn aufgehört habe?«, sagte er nun verschwörerisch.

»Nein, das wusste ich nicht.« Josefa versuchte, ihr Erstaunen zu kaschieren. Und nicht zu fragen: Hat man Sie hinausgeworfen?

»Ja, vor zwei Wochen bereits. Ich konnte glücklicherweise sofort gehen, da ich noch so viel Urlaub ausstehen hatte.«

Josefa kam das bekannt vor. Aber sie wunderte sich, warum ihr niemand davon erzählt hatte, zum Beispiel Claire. Aber sie hatte schon lange nicht mehr mit Claire gesprochen. Und Pius? Er musste das doch mitbekommen haben.

Immer mehr Gäste drängten ans Buffet. Richard Auer steuerte sie in eine ruhige Ecke.

»Wissen Sie, wegen Werner Schulmann, Sie hatten ja soo Recht. Ich habe das leider damals nicht erkannt. Aber dann hat er mir sein wahres Gesicht gezeigt.« Er zündete sich nervös eine Zigarette an. Josefa fand das in dieser Umgebung unpassend, aber sie war nun doch von seinen Ausführungen gepackt und wollte seinen Redefluss nicht stoppen.

»Sein wahres Gesicht?«, fragte sie mit gespielter Gleichgültigkeit.

»Ja, unangenehm, äußerst unangenehm. Schulmann hat sich mir gegenüber Dinge herausgenommen, die schlicht unentschuldbar sind.«

Jetzt war es mit Josefas Zurückhaltung vorbei. »Was für Dinge denn?«

»Das kann ich Ihnen nicht erzählen. Sie gingen unter die Gürtellinie, wenn Sie verstehen, was ich meine.«

Natürlich verstand sie nicht. Trotzdem blickte Auer Josefa an, als erwarte er eine Bestätigung von ihr, dass er richtig gehandelt hatte. Als ob sie jetzt im selben Boot säßen. Da konnte er lange warten. Auer war jetzt wieder auf dem freien Arbeitsmarkt; wahrscheinlich war sie nun in seinen Augen ein guter Kontakt. Sie konnte ihm womöglich nützlich sein. Sie wunderte sich nur, warum er so offen bekannte, dass er wegen Schulmann gegangen war – unter höchst mysteriösen Umständen, wie er zum Ausdruck brachte.

Als sie sich gerade mit einer höflichen Ausrede von ihm entfernen wollte, kam ihr eine Idee. *Nutze deine Feinde.* »Ich bewundere Ihre Konsequenz«, sagte sie lächelnd und hätte sich am liebsten für diesen Satz gehäutet. Auer lächelte zurück. Falls er Josefas Schmeichelei durchschaute, ließ er sich nichts anmerken. »Wir haben übrigens eine gemeinsame Bekannte«, fuhr Josefa fort. »Helene Meyer.«

»Ach, wie interessant. Sie kennen Helene?« Auer mimte den Erstaunten.

»Ja, und ich habe auch eine entfernte Kusine getroffen, Freya Hallmark.«

»Ach.« Auer benetzte seine Lippen.

Josefa tastete sich wie auf einer dünnen Eisdecke voran. »Sie kennen Freya doch auch, Herr Auer?«

»Ja, ihr Vater und mein Vater waren eng befreundet. Aber das hat Ihnen Helene sicher schon erzählt.« Josefa ignorierte die Bemerkung.

»Ihr Vater, Herr Auer, war ja auch mit Peter Meyer befreundet, nicht wahr?« Seine Augen irrten nun hin und her, als suche er nach einem Ausweg. Zigarettenasche fiel auf den Boden.

»Ja, sie waren bis kurz vor seinem ... seinem Ableben befreundet. Aber Hilmar, Freyas Vater, kam bei der Swixan-Pleite sehr schlecht weg.«

»War denn Peter Meyer daran schuld?«

»Schuld ...« Ihr ehemaliger Kollege scharrte mit dem rechten Fuß und hielt den Blick auf den Boden gesenkt. »Sicher hat Peter Hilmar da reingezogen. Hilmar hat schließlich immer große Stücke auf ihn gehalten. Mein Vater hat ihn davor gewarnt, fast sein ganzes Vermögen da reinzubuttern. Und dann, nach dem Bankrott, ist Hilmar schwer krank geworden. Der hat das nie verwunden. Er wollte jedem seiner Kinder helfen, ein Haus zu bauen. Das hatte er sich zum Ziel gesetzt. Ein Leben lang hat er sich dafür abgerackert und gespart.« Auer fummelte an seiner Fliege herum. »Und dann, als Peter sich das Leben nahm, das hat Hilmar ... Das war nochmals eine persönliche Katastrophe für ihn. Da hat er sich völlig von der Außenwelt zurückgezogen. Jetzt wird er in einer Spezialklinik behandelt, aber er ist kaum mehr ansprechbar. Für die Töchter ist das eine Katastrophe, besonders für Freya. Die stand dem Vater am nächsten.«

Richard Auer klang aufrichtig erschüttert. Doch dann blies er Rauch in die Luft und sagte: »Hilmar wollte nicht auf meinen Vater hören. Dummheit muss man immer irgendwann schwer bezahlen. Gerade an Weihnachten habe ich wieder mit meinem Vater darüber gesprochen, als ich zu Besuch in Mannheim war.«

Josefa dachte, dass sie nun genug gehört hatte, und wollte sich schon davonschleichen. Aber da sagte er einen Satz, der sie innehalten ließ. »Das wissen Sie wahrscheinlich alles schon von Helene. Sie hat ja Freyas Vater vor zwei Wochen besucht.«

»Vor zwei Wochen? Sind Sie sich sicher?«

»Aber ja. Meine Tante ging zu ihm in die Klinik, als gerade Freya und Helene zu Besuch waren. Sie hat es meinem Vater erzählt.«

In diesem Augenblick kam Paul auf sie zu und zog sie mit ein paar entschuldigenden Worten mit sich.

»Ich dachte, ich müsste dich mal von deinem alten Kollegen loseisen«, flüsterte er ihr zu, als sie sich von Auer entfernt hatten.

»Sehr nett von dir, Paul. Aber warum hast du den überhaupt eingeladen?«

Paul zuckte die Schultern. »Warum nicht? Wir haben Tag der offenen Tür. Da kann ich niemanden diskriminieren.«

»Er ist ein Schleimer, und du weißt es.« Josefa schäumte.

»Josefa, die halbe Welt besteht aus Kriechtieren. Wenn ich sie alle ignoriere, kann ich keine Geschäfte machen. Du musst dir endlich eine Elefantenhaut zulegen. Lass sie einfach nicht an dich heran.«

»Du hast gut reden. Der Mann geht über Leichen.« Kaum hatte sie den Satz ausgesprochen, hätte sie sich am liebsten ein Pflaster über den Mund geklebt.

Paul grinste. »Wusst ich's doch.«

»Sehr witzig. Aber trotzdem. Ich glaub, ich muss mal irgendwo in Ruhe durchatmen, Auer hat mich ganz schön gestresst«, sagte Josefa.

»Geh in mein Büro, es ist offen.«

»Du lässt dein Büro offen?«

»Klar, deshalb heißt es doch ›Tag der offenen Tür‹ – was niemand sehen soll, ist gut verschlossen.«

Josefa stieg die Holztreppe mit dem weinroten Läufer hoch. Pauls Büro erinnerte sie an das geschichtsträchtige Wohnzimmer von Athena Meyer-de Rechenstein. Sogar ein Kachelofen stand in der Ecke. Alles war penibel aufgeräumt. Auf einem kleinen Salontisch lag ein Hochglanzprospekt. Josefa ließ sich beim Erker mit den großen Fenstern in einen Ledersessel fallen. Ihr Blick wanderte über den grauen See und die nebelverhangenen Berge. Sie schlüpfte aus ihren hochhackigen Schuhen und legte die Beine hoch. Welche Wohltat!

Von unten drang Stimmengewirr und das Klappern von Geschirr herauf. Im Hintergrund spielte leise klassische Musik. Sie schloss die Augen und wurde ruhiger, aber es war ihr unmöglich, nicht an Helene und Freya zu denken. Welche dunklen Geheimnisse verbargen die Kusinen?

Dann hörte sie Schritte sich nähern. Schnell nahm sie ihre Beine vom Tisch und griff zur Hochglanzbroschüre, um nicht wie ertappt dazusitzen. *Klingler & Partner. We make a difference in your company because your company makes a difference in the world. – Wir geben unser Bestes für Ihre Firma, weil Ihre Firma der Welt ihr Bestes gibt.*

Da nimmt Paul den Mund ja ganz schön voll, dachte sie amüsiert. Aber er hatte Recht. Das war genau das, was seine Kunden hören wollten. Draußen entfernten sich die Schritte wieder. Sie blätterte weiter. Tolle Bilder, kühle Ästhetik und große Worte. Über allem prangte ein Satz des verstorbenen Künstlers Andy Warhol: *Being good in business is the most fascinating kind of art.*

Josefa übersetzte laut: »Gut im Geschäft zu sein ist die faszinierendste Form von Kunst.«

Dann setzte ihr Herz ein paar Schläge lang aus. Sie klappte das Heft wie in Trance zu, griff nach Tasche und Schuhen und tippelte auf Zehenspitzen über den Korridor in die angrenzende Bibliothek. Systematisch ging sie die Buchrücken durch, Reihe um Reihe. Schließlich fand sie, was sie suchte. Mit zitterndem Finger fuhr sie den Index nach Stichworten ab. Sie fand das Zitat von Andy Warhol. Und sie fand auch alle anderen Zitate, eins ums andere. Dorothy Parker, Lord Chesterfield, Oscar Wilde und wie sie alle hießen.

Das war doch nicht möglich! Hatte Paul ihr die bedrohlichen E-Mails geschickt? Sie wühlte in ihrer Tasche. Die Blätter mit den ausgedruckten Botschaften waren immer noch drin. Sie las die Sätze mit höchster Konzentration durch. Gab es etwas, was auf Paul hindeutete, eine Wendung, einen Unterton? Sie konnte nichts finden. Sie überlegte fieberhaft. Viele Leute hatten solche Nachschlagewerke. Es musste nichts bedeuten. Jedermann konnte sich eine Adresse bei Hotmail einrichten und einen Absender erfinden. »No noose« – was für ein merkwürdiger Ausdruck. Vielleicht war er auch im Index zu finden? Sie ging das Alphabet nochmals durch. Nichts. *Nonoose, no blues, no shoes*, reimte sie in Gedanken vor sich hin. – Das war es: *No noose*. Es waren zwei Wörter, nicht eins!

Sie ging nochmals an den Bücherreihen entlang und zog ein englisch-deutsches Wörterbuch heraus. Nach wenigen Sekunden hatte sie das Wort gefunden. »noose (nu:s) I s. Schlinge f (a. fig.): … to slip one's head out of the hangman's noose – mit knapper Not dem Galgen entgehen.«

Die Geräusche von unten waren lauter geworden. Die leise Musik im Hintergrund war praktisch nicht mehr zu hören. *»No noose«* – keine Schlinge. Was sollte das bedeuten? Keine Henkersschlinge? Für wen? Für sie? Das wurde ja immer verworrener. Wie konnte sie Paul nur so schnell verdächtigen? Warum sollte ausgerechnet er … Sie hielt inne. Ihr Puls begann zu rasen. Die Schlingenstraße! Hatte René Hinkel ihr nicht erzählt, dass ihr Arbeitgeber in der Schlingenstraße aufgewachsen war? Also war es doch Paul! Aber warum würde er so etwas tun? Das war absurd!

Die Tür knarrte. Josefa fuhr herum. Paul stand mit einem voll beladenen Teller und einem Glas Rotwein auf der Schwelle. »Entschuldige, ich wollte dich nicht erschrecken«, sagte er. »Ich dachte, ich muss dich ein wenig aufpäppeln, damit du wieder für die böse Welt der Finanzhaie gewappnet bist.« Er stellte Teller und Glas auf den massiven Eichentisch. Josefa rührte sich nicht. Sie sah das Glas auf dem Tisch. *Der Mörder hat sein Opfer zuerst betäubt.*

Paul sah sie neugierig an. Dann entdeckte er das Nachschlagewerk vor ihr. »Was – du arbeitest schon wieder? Das ist doch nicht dein Ernst.« Sie sah ihn nur schweigend an. Sie war wie gelähmt. »Josefa, was ist los?«, fragte Paul beunruhigt.

Sie schob ihm als Antwort die ausgedruckten E-Mails hinüber. An seinem Gesichtsausdruck sah sie, dass er sofort Bescheid wusste. Eine unendliche Erschöpfung überkam sie. Ihr Körper fühlte sich an wie Blei.

Paul setzte sich an den Tisch in der Nähe der Tür, die nur angelehnt war. Für eine Weile verbarg er sein Gesicht in den Händen, dann faltete er sie wie zum Gebet und schaute sie an. Er sah plötzlich alt und grau aus. »Ich bin froh, dass es ans Licht gekommen ist«, sagte er. »Ich bin froh, dass du es weißt.« Er machte eine Pause. Seine Stimme war flach und leise. »Ich hab es dir schon längst sagen wollen, aber ich fand den Mut nicht dazu. Ich war zu feige. Einfach zu feige.«

Josefa sah feinen Schweiß auf seiner Stirn glänzen. Er presste die Hände gegeneinander. »Ich wollte dich von Loyn wegholen, da rausholen. Darum ging es mir, Josefa, um nichts anderes. Ich wusste, dass Bourdin mit Schulmann im Gespräch war. Lange, bevor es andere wussten. Schulmann stellte sicher, dass die Sache schnell in unseren Kreisen die Runde machte. Dieser Angeber.« Er stockte. Paul Klingler, der Vielredner, der Sprachakrobat, die geölte Sprechmaschine, rang nach Worten. »Deshalb wollte ich dich warnen, als du noch in St. Moritz warst. Als du noch nicht wusstest, was auf dich zukommt.«

Sie sah ihm in die Augen, und er hielt ihrem Blick stand. »Ich halte Schulmann für einen sehr, sehr gefährlichen Mann«, begann er langsam und vergaß, dass er über einen Toten redete. »Es gibt in unserer Welt Psychopathen, die leicht erkennbar sind, und solche, die nie als Psychopathen entlarvt werden, obwohl sie welche sind.« Er wischte sich mehrfach über den Mund, als hätte er dort einen Krümel.

»Ich habe den Bericht eines Forschers auf diesem Gebiet gelesen, Josefa. Dieser Forscher – er ist ein weltweit anerkannter Psychiater –, dieser Forscher schätzt, dass etwa ein Prozent der westlichen Bevölkerung zu den Psychopathen gerechnet werden kann. Diese krankhaften Besessenen bringen auf ihrem Lebensweg Zerstörung und Schmerz über die Menschen, ohne dabei auch nur das geringste schlechte Gewissen zu haben. Sie haben gar kein Gewissen. Sie fürchten weder Strafe, noch können sie die Gefühle anderer verstehen oder nachvollziehen. Sie sind einfach … böse. *Böse*, verstehst du?« Er sah sie geradezu flehentlich an. Seine Schultern waren eingefallen, sein langer Oberkörper schien verkürzt, als ob ihn jemand gestaucht hätte.

»Ich habe gelesen, dass nur eine Minderheit der Psychopathen gewalttätig ist. Die große Mehrheit dagegen ist … normal. Wenigstens nach außen. Sie funktionieren. Sie scheinen sogar sozial zu sein, sind es aber nicht wirklich.« Pauls Stimme wurde nun lebhafter, wie die eines Fernsehmoderators, der ein Publikum für sich gewinnen will. »Psychopathen können in Schwimmbädern, Bibliotheken …, äh … Spitälern, in hohen Ämtern und als Schaffner oder Busfahrer arbeiten, was weiß ich – einfach überall. Oder als Unternehmensberater, ich will da niemanden ausnehmen. Es kann die eigene Mutter sein, ein Onkel oder … oder der eigene Bruder. Glaub mir, sie sind wie wir. Oder scheinen zu sein wie wir.«

Josefa behielt sein Gesicht genau im Blick. Sie wollte jede Regung aufnehmen, jede Zuckung registrieren. Paul schaute nun in die Ferne. Er schien sich in einer anderen Sphäre zu bewegen. »Sie haben kein Gewissen, sie sind menschliche Raubtiere.« Seine Hände ballten sich zu Fäusten. Als er sich dessen gewahr wurde, löste er sie und schaute kurz zu Josefa hinüber. Ihr entging nichts. »Ein Satz des Forschers hat mich besonders beeindruckt. *Psychopathen lieben das Chaos und hassen Regeln, und deshalb fühlen sie sich in der sich rasch ändernden Welt der modernen Unternehmen besonders wohl.* Ein anderer Psychologe gliedert sie in drei Kategorien –«

Paul unterbrach sich, weil seine Assistentin Isabelle in der Tür stand. »Paul, ein paar Leute möchten sich von Ihnen verabschieden.«

Er winkte ab. »Sagen Sie Ihnen, ich hätte ein unaufschiebbares, immens wichtiges Auslandsgespräch, es gehe um einen Millionenauftrag«, sagte er ohne Zögern. »Und nehmen Sie die Namen auf, ich werde mich bei ihnen melden.«

Isabelle zog sich zurück, ohne mit der Wimper zu zucken.

Paul warf Josefa einen kurzen Blick zu, um zu sehen, ob sie seine Botschaft verstanden hatte: *Du bist mir wichtiger als alles andere.*

Sie rührte sich nicht.

»Dieser Psychologe gliedert sie in verschiedene Kategorien: die Hochstapler – dazu gehören beispielsweise die Heiratsschwindler. Oder die Puppenspieler, die jemanden manipulieren, um an eine andere Person heranzukommen. Die Puppenspieler sind mächtiger als die Hochstapler, weil sie sich verbergen. Und dann gibt es die Intriganten, die Aufwiegler, die Fallensteller.« Er rieb mit den Fingerspitzen seiner rechten Hand über die Tischplatte, als wollte er sie auf Hochglanz polieren. Josefa spürte seine Anspannung geradezu körperlich.

»Die Psychopathen haben drei Antriebskräfte: Sie suchen den Kitzel. Sie haben ein pathologisches Bedürfnis zu gewinnen. Und sie haben den Hang, Menschen zu verletzen. Viele Kriminelle in weißem Hemd und Krawatte sind Psychopathen. Manager, die Anleger hereinlegen, Broker, die aus Geldsucht Börsenkurse manipulieren.«

Josefa konnte trotz ihrer Verstörtheit nicht anders, als ihm aufmerksam zuzuhören. Ihre Füße waren kalt geworden, doch in ihren Wangen staute sich die Hitze. Ihre Hände waren feucht.

Paul musste diese Informationen immer wieder im Kopf durchgegangen sein. Er musste auf der Suche nach einer Antwort, die ihm fehlte, in diesen Sätzen eine wichtige Erklärung gefunden haben.

Er sah sie nun offen an. »Ich halte Schulmann für einen Psychopathen, Josefa. Eine Mischung aus Puppenspieler, Intrigant und Quälgeist. Und ich wollte alles tun, um dich aus seinem Einflussbereich herauszuholen. Aber ich wusste nicht, wie.« Er breitete seine Hände aus wie ein Prediger.

»Du liebtest deinen Job bei Loyn über alles. Und du bist störrisch, Josefa. Das weiß ich zur Genüge. Hätte ich dir von Schulmann erzählt, hättest du mich wahrscheinlich für einen nachtragenden Querulanten gehalten.« Er suchte in ihren Augen nach einer Reaktion, nach einem Quäntchen Verständnis. »Du hast deinen Stolz. Du hättest mir zeigen wollen, dass er dich nicht einschüchtern kann. Und du hättest wahrscheinlich angenommen, ich würde Schulmann nur deshalb als das Böse in Person darstellen, weil ich will, dass du für mich arbeitest.«

Er strich mit der Rechten über den Tisch, als wollte er Brosamen wegwischen. Seine Stimme wurde nun fester. Er schien zum Kern seines Bekenntnisses zu gelangen. »Vor allem aber war ich nicht in der Lage, dir zu erzählen, wie er mich bei Harckmüller gedemütigt hat.«

»Warum nicht?« Josefas Worte kamen spontan, ohne Überlegung. »War es dir lieber, mich mit solchen E-Mails zu demütigen?«

»Ich wollte dich nicht *demütigen*. Ich wollte dich in einen Zustand der erhöhten Aufmerksamkeit versetzen.«

»Erhöhte Aufmerksamkeit? Ich hör wohl nicht recht. Du hast mir Angst gemacht!« Josefas Stimme klang hart.

»Ja, ich gebe zu, ich wollte dir Angst einjagen. Angst ist manchmal der wirksamste Schutz vor Bedrohung. Sie hat dich wachsam und vorsichtig gemacht und dein Misstrauen geweckt. Nur so warst du gewappnet gegen Schulmanns Bösartigkeit.«

Er schob den Stuhl mit einer heftigen Bewegung nach hinten und stand auf. Seine Hände umfassten die Stuhllehne, bis seine Knöchel hervortraten. »Ich will dir von meiner Erfahrung mit ihm erzählen, dann wirst du mich besser verstehen. Ich habe bei Harckmüller fünf Jahre lang gearbeitet. Gerhard Harckmüller wollte mich an seiner Firma beteiligen, weil er so zufrieden mit mir war ... Doch dann kam Schulmann in die Firma. Und bald änderten sich die Dinge.« Er räusperte sich.

»Es begann damit, dass Daten meiner Kunden an die Öffentlichkeit gelangten. Die Kunden beschwerten sich natürlich, sie glaubten, das Leck wäre bei mir. Ich dagegen dachte, das Leck wäre bei den Kunden. Ich konnte mir das gar nicht anders erklären. Niemand hatte Zugang zu diesen Daten außer sie und ich. Aber eine vertrauensvolle Zusammenarbeit war unter diesen Umständen kaum mehr möglich.«

Es entstand eine Pause. Pauls Lippen bewegten sich tonlos. Als könnte er, als wollte er noch nicht hörbar machen, was nun folgen würde. Josefa beobachtete ihn fasziniert. So hatte sie ihren alten Freund noch nie gesehen.

»Dann lud jemand auf meinem Computer im Büro Kinderpornographie herunter. Und dieser Jemand sorgte dafür, dass es ein Kollege entdeckte, der es wiederum dem Chef meldete. Ich konnte Harckmüller anfänglich überzeugen, dass jemand – vielleicht ein Hacker – illegal in mein System eingedrungen war. Jemand hatte mein Passwort geknackt. Ich änderte es von da an ständig. Doch dann erhielten zwei Mitarbeiterinnen anzügliche E-Mails. Sie trugen meinen Absender. Der Chef verlangte eine Aussprache und ich verlangte eine interne Untersuchung. Ich war inzwischen auch so weit, dass ich zur Polizei gegangen und Anzeige gegen unbekannt erstattet hätte. Aber Harckmüller wollte kein öffentliches Aufsehen. Er riet mir dringend davon ab, in dieser Sache tätig zu werden.«

Paul tigerte vor der Bücherwand auf und ab. Seine Finger berührten die Buchrücken leicht, als würde ihm der Kontakt Trost verleihen. »Von da an war der Wurm drin. Schulmann nahm jede Gelegenheit wahr, um kleine, feine Spitzen gegen mich abzufeuern. Es waren keine offenen Attacken, aber wann immer er konnte, stellte er mich bloß. Ich war nervös und schlief nicht mehr, ich machte kleine Fehler, Konzentrationsfehler. Schulmann ließ immer wieder ironische Bemerkungen los, er genoss das richtig. Bald hatte er auch andere Mitarbeiter auf seiner Seite; Mitarbeiter, deren Leistungen ich früher mal kritisiert hatte oder die neidisch auf meine Position in der Firma waren.«

Er hielt jäh inne und wandte sich dann wieder an Josefa, als habe er vorübergehend vergessen, dass sie am Tisch saß.

»Harckmüller machte mich insgeheim für die schlechte Atmosphäre in der Firma verantwortlich. Das spürte ich, obwohl er nichts sagte. Unsere Beziehung kühlte sich merklich ab. Schulmann dagegen versprühte seinen Charme nach allen Seiten. Er war nicht sonderlich gut in seinem Job, was die Substanz, die Knochenarbeit anbetraf. Aber er besaß eine große Verführungskraft. Er gab den Leuten in seiner Umgebung das Gefühl, er halte sie für besonders tüchtig und talentiert und sie würden von den anderen völlig unterschätzt. Ich habe ihn oft dabei beobachtet. Er wickelte sie um den Finger. Später habe ich gelesen, dass Psychopathen eine ungeheure Überzeugungskraft besitzen. Selbst Psychiater lassen sich immer wieder von ihnen täuschen.«

Josefas Mund war trocken geworden. Sie nahm einen Schluck Wein. »Wie hast du herausgefunden, dass es Schulmann war? Mit dem Computer, meine ich.«

»Anfangs war es nur eine Vermutung. Ich versuchte ihm Fallen zu stellen. Eine Zeit lang benutzte ich den Computer eines Kollegen, der mir wohl gesonnen war. Aber ich konnte niemandem sagen, dass ich Schulmann im Verdacht hatte. Ich konnte mein Büro zwar abschließen, trotzdem hatten andere Personen Zugang zu den Räumlichkeiten, vom Sicherheits- bis zum Reinigungspersonal. Ich konnte keine Videokamera installieren oder einen Detektiv mit Nachforschungen beauftragen. Irgendwann gab ich auf. Ich konnte nur noch verlieren.« Paul setzte sich wieder. Seine Mundwinkel zuckten.

»Harckmüller nahm meine Kündigung mit sichtlicher Erleichterung entgegen. Als ich mein Büro räumte, kam Schulmann herein. Er wollte sich von mir verabschieden. Ich erwiderte, darauf könne ich verzichten. Da sagte er – und ich erinnere mich noch genau an den Satz: ›Selbst Giganten gehen manchmal unter. Auch die *Titanic* war davor nicht gefeit.‹ Er sagte es lächelnd. In jenem Moment wusste ich mit absoluter Sicherheit: Er war's. Denn eines meiner Passwörter lautete ›Titanic‹. Mein Gott, wie ich den Mann gehasst habe.« Er stand abrupt auf. »Ich hol mir ein Wasser, wenn du nichts dagegen hast.«

Josefa schüttelte den Kopf. Sie schlüpfte in ihre Schuhe. Die Party unten war noch immer in vollem Gang. Paul würde seine Gäste vergraulen, wenn er nicht bald runterging. Geschah ihm recht. Das war eine noch viel zu kleine Strafe für die Sorgen, die er ihr bereitet hatte. Sie spürte, wie hungrig sie war, und griff nach den Häppchen auf ihrem Teller. Paul kehrte rasch zurück, als fürchtete er, sie könnte in der Zwischenzeit verschwinden. Er fing gleich wieder an zu reden, kaum dass er einen Schluck getrunken hatte.

»Schulmann hätte dich zum Wahnsinn getrieben, glaub mir. Mit den E-Mails wollte ich dich misstrauisch machen. Das war meine Absicht. Du solltest die Menschen in deiner Umgebung genauer unter die Lupe nehmen. In dieser Gemütsverfassung würdest du nicht so leicht auf Schulmanns Charme hereinfallen.«

»Charme? Das soll wohl ein Witz sein!«, protestierte Josefa.

Paul fuhr sich mit gespreizten Fingern durch das Haar.

»Ja, er hat sich dir gegenüber nicht besonders charmant benommen, das habe ich auch schnell mitgekriegt. Aber da hatte ich mit meiner Kampagne schon begonnen. Außerdem war ich fest entschlossen, dich so weit zu bringen, Loyn zu verlassen ... Wie du siehst, hat er dann jemand anders zum Wahnsinn getrieben.«

»Wen meinst du?«

»Den Mörder. Ich bin überzeugt, da ist jemand durchgedreht, weil Schulmann zu weit ging. Jemand, der nicht so feige ist wie ich.«

»Paul!« Josefa war mehr über den Ton entsetzt als über seine Worte. »Weißt du, deine Warnungen wären gar nicht nötig gewesen. Ich war schon gewarnt.« Paul schaute überrascht zu ihr hoch.

Sie erzählte ihm von Schulmanns Anmache im Museum of Modern Art in San Francisco und von seinem sexuellen Übergriff in der Hotelsuite.

Paul schlug sich mit der Hand auf die Stirn. »Wenn ich das gewusst hätte. Warum hast du mir nichts davon erzählt? Ich komme mir so blöd vor, Josefa, es tut mir so Leid ... Es tut mir aufrichtig Leid.« Er schüttelte den Kopf. »Und gleichzeitig bin ich so froh, dass du ihm entkommen bist. Dass er dir nichts wirklich Schlimmes antun konnte.«

Josefa antwortete nicht. Sie war zu schockiert. Zu verwirrt. Sie wusste nicht, was sie von der ganzen Sache halten sollte. Es war Zeit, nach Hause zu gehen. Sie stand auf. Paul folgte ihr. Sie war froh, dass er keine Erklärung von ihr erwartete. Nicht wissen wollte, wie sie jetzt zu ihm stand, ob sie ihm verzieh. Josefa wusste es selbst noch nicht.

Als sie in den Korridor hinaustraten, fiel ihr wieder ein, was sie Paul hatte fragen wollen, bevor er sich sein Wasser holte. »Warum ist Schulmann von Harckmüller eigentlich nicht zum Partner gemacht worden?«

»Ich würde gern sagen, weil er nicht gut genug war«, sagte Paul. »Aber so weit kam es gar nicht. Schulmann machte einen saudummen Fehler. Auf einem Betriebsfest fuhr er eine junge Frau grob an und sagte ihr, sie sehe in ihrem Kleid aus wie eine Nutte und wie sie es wagen könne, in einem solchen Aufzug an einem Firmenanlass teilzunehmen. Schulmann hielt sie für eine neue Volontärin und dachte, er könnte mit so einer Tirade seine Umgebung beeindrucken. Das war ein großer Irrtum: Die junge Frau war die Tochter von Harckmüller.«

Sieh mal an, dachte Josefa und stieg die Treppe hinunter. Sieh mal an. Manchmal genügt ein dummer kleiner Fehler, um sein Schicksal zu besiegeln.

Niemand vermochte ihre Karten aufzudecken. Niemand kannte ihre Absichten, ihr wahres Gesicht.

Sie ging noch einmal alles in Gedanken durch. Ein genialer Plan. Ein brillantes Gehirn. Eine blendende Fassade.

Es war plötzlich alles so einfach. Noch einfacher, als sie es sich gedacht hatte.

Mit Hilfe eines Handtuchs nahm sie die heiße Wasserkanne vom Holzherd, mischte das Wasser in einem Becken mit Schnee und gab etwas flüssige Seife dazu. Dann tauchte sie sorgfältig ihre Hände hinein. Das Wasser verfärbte sich.

Ich wasche meine Hände in Unschuld, dachte sie. Der Gedanke gefiel ihr ungemein. Sie wiederholte ihn immer wieder, während sie ihre Hände von den Spuren säuberte. Spuren, die niemand sehen sollte.

Wie dumm doch die Menschen sind. Wie festgefahren. Und wie empfänglich für – aber daran wollte sie jetzt lieber nicht denken.

Feinde sind wie ein riesiges Buffet. Ein großartiges leckeres Buffet. Man kann sich bei ihnen bedienen. Dabei höflich danken und reizvoll lächeln und ein stilles Versprechen in den Augen aufleuchten lassen.

Und dann den Spieß umdrehen.

Später, wenn es so weit ist.

Wie dumm werden sie sich dann vorkommen. Die Haare werden sie sich raufen. Die Augen auskratzen.

Falls sie dazu dann noch Zeit haben.

Sie streckte sich behaglich auf dem alten Sofa vor dem Herdfeuer aus. Die Arbeit war getan. Der Triumph würde bald ihrer sein.

– 22 –

Im Gasthaus Trittlibach roch es nach Käse und Kirsch und Knoblauch, denn im Winter lebten die Wirtsleute von Gästen, die wegen der Fondue-Spezialitäten hierher kamen. »Fondue-Spezialitäten« stand auch auf der Menü-Karte. Aber Josefa hatte keine Lust auf Vacherin-Greyerzer-Fondue oder Emmentaler-Raclette-Tomme-Fondue mit Muskat. Sie hatte an diesem Abend überhaupt keine Lust auf geschmolzenen Käse.

Sie bestellte ein Glas Saint Saphorin, obwohl sie wusste, dass sie später wahrscheinlich aufrecht im Bett stehen würde, weil Weißwein sie wach hielt.

»Sie essen nichts?«, fragte die Bedienung, eine stämmige ältere Frau mit buschigen Augenbrauen.

»Nein, heute nicht«, erwiderte Josefa schuldbewusst.

»Dieser Tisch ist aber in einer Stunde reserviert«, sagte die Kellnerin.

»Kein Problem«, gab Josefa zurück und schaute sich um. Die Gaststube war erst halb voll, und es ging schon auf neun zu. Josefa hatte das Trittlibach nur deshalb ausgewählt, weil es so nahe bei ihrer Wohnung lag und sie schon ziemlich müde war. »Es kommt dann noch jemand, der auch nichts isst«, rief sie der Bedienung nach, um sie zu ärgern.

»Woher wissen Sie das denn so genau?«, sagte eine amüsierte Stimme hinter ihr. Josefa drehte sich überrascht um. Sebastian Sauter hatte sie wieder einmal in einem wenig erbaulichen Moment erwischt.

»Ist das nicht typisch – die Polizei kommt durch den Hintereingang«, bemerkte sie.

»Das stimmt heute keineswegs. Schließlich bin ich ab und zu auch mal nicht im Dienst, wie jetzt zum Beispiel.«

Er stand in einem Pullover von undefinierbar dunkler Farbe vor ihr, darüber eine rostrote Winterjacke (also hatte Esther doch richtig gesehen, damals, auf der Eisbahn), und hielt ein Paar Skier in der einen und Skistöcke in der anderen Hand.

»Das sind sie also«, sagte Josefa, und ihr Herz klopfte schneller. »Toll sehen die aus, richtig Hightech. Die werden Sali sicher gefallen.«

Sauter lehnte Bretter und Stöcke an die Wand und setzte sich. »Kevin, mein Bub, freut sich, dass er jetzt stattdessen Eishockeyschläger bekommt.« Er sah durchgefroren aus.

Die Kellnerin kam zurück, und Sauter sagte: »Einen Salami-Teller für zwei und ein Glas Sonnenberger.«

»Sie sind ja ein Mann mit weiblicher Intuition«, neckte sie ihn. »Auf Salami habe ich tatsächlich Lust.«

»Als halbe Italienerin müssen Sie Salami ja auch lieben. Nur Polenta bekommt man hier nicht.« Er sah sie mit der ihm eigenen Mischung aus Anteilnahme und Neugier an, die ihr inzwischen schon vertraut war. Und da war noch etwas in seinem Blick, aber sie wollte es lieber gar nicht so genau wissen. Sie war schon aufgeregt genug.

»Und was bewegt Sie gerade in Ihrem Leben?«, fragte Sauter. Manche seiner Fragen trafen sie völlig unvermittelt.

»Nun, ich hab ein Buch gelesen – das heißt, nein, ich habe *über* ein Buch gelesen, von einer Amerikanerin, deren geschiedener Mann sie überallhin verfolgt und mit allen möglichen Tricks schikaniert hat. Er ließ ihr tonnenweise Waren zuschicken, die sie nie bestellt hatte, sandte in ihrem Namen unflätige Briefe an andere Leute und solche Dinge. Er war Computerexperte. Jahrelang hat er das getan. Er machte ihr Leben zu einem Albtraum ohne Ende. Sie musste sich schließlich eine neue Identität zulegen und regelrecht untertauchen.«

Sauter hörte ihr aufmerksam zu. Die Kellnerin brachte Brot und Besteck. Sauter hielt Josefa den Brotkorb hin, aber sie winkte ab. »Er hat sie wieder aufgespürt, ich glaube, über ihre Kreditkarte oder ihre Bankverbindung – ich weiß es nicht mehr so genau. Nein, ich glaube, er ist in die Computerdatei einer Behörde eingebrochen, elektronisch natürlich. Sie war vollkommen verzweifelt und wusste sich nicht mehr anders zu helfen, als ihn umzubringen.«

Der Salami-Teller kam. Sauter schob ihn in die Mitte, zu ihr hin. »Das isst man am besten mit den Fingern«, beschied er und reichte ihr wieder den Brotkorb. Diesmal griff Josefa zu. Beide kauten schweigsam, den Blick auf den Teller oder auf andere Gäste gerichtet. Es war angenehm ruhig in dem Lokal. Sauter nahm sein Weinglas in die Hand. Er hatte kräftige Hände mit starken Adern auf dem Rücken. Hände eines Mannes, der gern mit Holz arbeitet.

»Ich weiß, dass Sie mir diese Geschichte nicht deshalb erzählen, damit ich sage: Ich stelle meiner Exfrau nicht nach. Was ist es dann?«

»Die Moral von der Geschicht'? Ich bin froh, dass ich noch nie in ihrer Situation war, ich meine, in der Situation dieser Amerikanerin. Nicht nur wegen der Nachstellungen ihres Mannes. Ich glaube, ich hätte mich wie sie entschieden. Ich hätte nicht mein Leben lang Opfer sein wollen. Mein ganzes Leben lang in Todesangst leben. Schrecklich.«

Sie spielte gedankenverloren mit einer Salamischeibe. »Man muss sich selber schützen. Das ist man sich schuldig. Warum soll der Kerl davonkommen? Was mich von dieser Frau unterscheidet, ist einfach nur Glück. Das Glück, mich nicht entscheiden zu müssen. Ich bin einzig deshalb eine gute Person – vor dem Gesetz eine gute Person –, weil ich nie in eine solche Notlage geraten bin.«

Sie schaute zu ihm hoch. Er führte eine Salamischeibe zum

Mund, kaute, sah sie an, brach Brot, kaute, nahm einen Schluck Wein, sah sie wieder an. Lange.

»Und wer definiert *Notlage*?«, fragte er dann. »Wo fängt sie an?«

»Todesangst, zum Beispiel. Jeden Tag Todesangst.«

Er hörte auf zu kauen. »Sie werden nicht bedroht, Frau Rehmer. – Ich hätte Ihnen nicht von Salis Eltern erzählen sollen. Ich will nicht, dass Sie sich beunruhigen.«

Sebastian Sauter sah wirklich besorgt aus. Er hatte die Lippen zusammengepresst, und seine grauen, sonst fast transparenten Augen waren ganz dunkel geworden. Die Deckenlampe über ihrem Tisch hing so tief, dass seine Stirn im Schatten lag. Josefa schüttelte den Kopf. »Ich rede nicht von mir, ich rede von dieser Amerikanerin.«

Er glaubte ihr nicht. Das sah sie ihm an. Sie fühlte sich in der Falle. Warum erzählte sie ihm nur solche Dinge?

»Ich will das nicht weiterverfolgen.« Sie wand sich. »Was ich sagen wollte, ist, dass man in den entscheidenden Momenten des Lebens, bei der Geburt oder im Tod oder in der Angst oder im Zorn, ganz allein ist.«

Sie fand diesen Schluss furchtbar ungelenk und fehl am Platz, vor allem hier im Trittlibach, mit den rotweißen Tischdecken und den Gamshörnern an der Wand und einem Polizeibeamten außer Dienst, der den Tisch mit Brotkrumen übersäte.

»Ich glaube, ich bin zu müde, um ein vernünftiges Tischgespräch zu führen«, sagte sie schnell. »Seit ich allein zu Hause arbeite, quatsche ich alle bei der erstbesten Gelegenheit voll.«

Das stimmte überhaupt nicht, und Josefa fühlte sich über diese Bemerkung noch unglücklicher als über die vorherige. Sie war so durcheinander, dass sie am liebsten aufgestanden und hinausgelaufen wäre. *Mein Leben ist aus den Fugen geraten.*

Aber da sie das nicht tun konnte – sie wollte unbedingt die Skier für Sali mitnehmen –, stützte sie die Ellbogen auf den Tisch und legte das Gesicht in die Handflächen. Sie schaute auf die nahezu leer geräumte Salami-Platte und fühlte Sauters Blick auf sich. Bestimmt hatte sie dunkle Ringe unter den Augen, und ihre Locken, die sie nur nachlässig hochgesteckt hatte, standen ihr in allen Richtungen vom Kopf ab.

Am Nebentisch stritten sich jetzt ein paar Gäste aus Spaß um die Käsekruste am Boden der ausgegessenen Fondue-Pfanne. »Das kostet dich die nächste Flasche Wein, Peter«, rief jemand. Es klang wie ein Echo aus einer fernen Welt. Menschen, die Fondue aßen, sich über ein schlecht ausgesuchtes Weihnachtsgeschenk aufregten, ihren Hund wegen Würmern zum Tierarzt brachten, Leserbriefe an Zeitungen schrieben, allergisch auf Nüsse oder Erdbeeren oder Milch reagierten, sich eine Tasche von Loyn zum vierzigsten Geburtstag leisteten. Menschen, die nie versehentlich ein Kind überfahren würden, die nicht an Krebs erkrankten, die nie ihr ganzes Geld an der Börse verloren, die nie einen Menschen abgrundtief hassen würden.

»Es soll Leute geben, die nie morgens in den Spiegel schauen und sich nicht wiedererkennen.«

Sauter räusperte sich, wie immer, wenn er etwas Persönliches sagen wollte. »Ich bin kein guter Redner, Frau Rehmer, aber ich verstehe sehr gut, was Sie meinen. Ich … Als ich entdeckte, dass meine Frau, meine Exfrau, schon seit Monaten einen Liebhaber hatte, erkannte ich mich auch fast nicht wieder. Da gehen einem Gedanken durch den Kopf, und man hat Gefühle, die man später lieber vergessen würde. Ich will da nicht wieder zurück, aber vielleicht war es gut, dass ich einmal dort war. Ich verstehe jetzt vieles besser.«

Er drückte mit seinen kräftigen Fingern eine Brotrinde matschig. »Als Polizeibeamter muss man lernen, mitten in all dem … all dem Monströsen, mit dem man konfrontiert wird, eine heile Welt für sich zu bewahren. Und das ist meistens die Familie. Für mich war es ganz sicher meine Familie. Als sie dann auseinander brach – das war schlimm. Ich bin zeitweilig richtig ausgerastet. Aber ich habe immer noch einen engen, guten Kontakt zu Kevin, und ich habe meine Arbeit, und ich bin kein Säufer geworden.«

»Wünschen Sie noch etwas? Dessert? Kaffee?« Die Bedienung war an ihren Tisch getreten. Josefa hob den Kopf. Zu ihrer eigenen Überraschung bestellte sie ein Zitronensorbet, das sie vorher auf der Karte gesehen hatte. »Einen doppelten Espresso«, sagte Sauter.

Josefa ließ ihre rechte Hand auf der karierten Decke hin- und hergleiten wie ein von Wellen bewegtes Seegras. Sie hatte sich wieder gefangen und überspielte ihre Betretenheit mit Spott. »Es besteht also eine Chance, dass Sie trotz allem in den Himmel kommen?«

Sauter grinste. »Ganz bestimmt. Und Sie auch, Frau Rehmer. Sie auch.«

Sie lächelte zurück und sagte: »Ich heiße Josefa.« Und, bevor er etwas erwidern konnte: »Mir gefällt der Name Sebastian. So cool.« Dann lachte sie über sich selbst.

– 23 –

Der schwarze Lieferwagen stand schon seit einer halben Stunde vor der stillgelegten Fabrik. Das Gelände war öde und menschenleer. Bahnschienen führten aus der abgetakelten Halle heraus und verliefen im Nichts. Ein alter Zugwagen lag seitlich gekippt auf dem vereisten Boden. Die Schriftzüge auf den Außenwänden der Fabrik waren kaum mehr zu erkennen. Schreie von Möwen, die es auf dem Flug zum See hierher verschlagen hatte, erfüllten die Luft.

Der Mann im blauen Overall trommelte mit den Fingern auf das Lenkrad. Sein Atem kam in weißen Stößen aus seinem Mund, als er gähnte. Es war eiskalt im Wagen, aber er wagte trotzdem nicht, den Motor laufen zu lassen. Er wollte das kleinste Geräusch seiner Umgebung mitbekommen. Er war in einem der Lieferwagen seiner Speditionsfirma hierher gefahren. Das Unternehmen, bei dem er als Vormann der Möbelspediteure arbeitete, war weither bekannt. Konzerne wie Loyn gehörten zu ihren Kunden. Seine Anwesenheit an diesem Ort ließ sich notfalls leicht begründen.

Sein Lieferant war zuverlässig, aber vorsichtig. Man kannte sich, trotzdem war stets ein gewisses Misstrauen da. Auf beiden Seiten. Keiner wollte sich in Gefahr begeben.

Die Möwen, die mit ihren Schnäbeln das hartgefrorene Erdreich aufzubrechen versuchten, stoben plötzlich in alle Richtungen davon. Er sah einen mittelgroßen Lastwagen auf sich zukommen. Das musste er sein. Der Laster fuhr an ihm vorbei und verschwand hinter der Fabrik. Der Mann im blauen Overall stieg aus und ging ihm zu Fuß nach. Als er beim Fahrzeug angekommen war, öffnete sich die Wagentür. Er schwang sich ins Innere. Ein knapper Gruß, ein kurzer Blickwechsel mit dem Mann auf dem Fahrersitz. »Die Ware ist erstklassig.«

»Kann ich sie sehen?« Der Mann im Overall versuchte, seine Aufregung zu verbergen. Je weniger Interesse er zeigte, umso besser. Ob die Gegenstände, die der Lieferant jetzt sorgfältig vor ihm auspackte, tatsächlich ihr Geld wert waren, würde er erst hinterher nachprüfen können. Aber er musste das Risiko eingehen. Hier gab es keine Umtauschgarantie.

»Dann also wie vereinbart?« Der Lieferant nickte.

Der Mann holte aus der Tasche seines Overalls ein Bündel Banknoten, die der Lieferant nachzählte und einsteckte. Als er mit seinem Paket aus dem Wagen sprang, rief ihm der Mann in der Führerkabine nach: »Gut, dass der Kerl nicht mehr reden kann!«

Der Mann im Overall ging wortlos zu seinem Wagen zurück.

TEIL DREI

– 1 –

Der Hotelkorridor war leer. Obwohl sie in großer Eile war, klopfte Josefa nicht sofort an die Tür des Zimmers 398. Sie wollte sich zuerst sammeln. Ihre Schläfe pochte, und sie spürte ihr Brustbein. Sie musste in der Straßenbahn einige Prellungen abbekommen haben, als sie gegen den Mann im Lammfellmantel geworfen wurde. Er schien nicht bemerkt zu haben, dass ein harter Gegenstand in seinem Anzug sie verletzt hatte. Sie wurde den Gedanken nicht los, dass es eine Schusswaffe war. Genau so hatte es sich angefühlt.

Ihr zitterten die Knie. Das war alles ein bisschen viel gewesen in letzter Zeit. Ihre Nerven lagen blank. Aber sie konnte die Vertreter der Firma Dessag nicht länger warten lassen. Sie klopfte kräftig an die Tür, obwohl es eine Taste mit Leuchtschrift gab, die nun aufblinkte: »Bitte eintreten«. Sie trat in den Vorraum. Im angrenzenden Raum brannte Licht, kein Wunder, die Gardinen waren zugezogen.

Hätte sie etwas warnen sollen? Die geschlossenen Gardinen vielleicht? Oder der Umstand, dass ihr niemand die Außentür öffnete, als sie anklopfte? Hätte sie vorsichtiger sein sollen nach den vergangenen Monaten, in denen sechs Menschen umgekommen waren, alles Männer, die sie von der Arbeit her kannte?

Als sie die Gestalt im Türrahmen sah, erstarrte sie. Nichts wie weg. *Lauf, Josefa, lauf.* Aber sie blieb wie angewurzelt stehen.

Curt Van Duisen machte eine einladende Geste.

»Ich hatte schon lange den Wunsch, mich mit Ihnen zu unterhalten«, sagte er, als ob das alles erklären würde.

Jemand machte sich an der Tür hinter ihr zu schaffen. Josefa drehte sich hektisch um. Der Mann im Lammfellmantel.

»Mein Leibwächter«, hörte sie Van Duisen sagen. Panik stieg in ihr hoch. Nun war ihr der Fluchtweg versperrt. Wie dumm. Wie konnte sie nur in diese Falle tappen.

Van Duisen bemerkte ihre Angst. »Frau Rehmer, Sie haben nichts zu befürchten. Kommen Sie doch herein. Ich habe immer viel von Ihnen gehalten. Deshalb bin ich Ihnen eine Erklärung schuldig.« Er trat einen Schritt in den Raum zurück und machte eine halbe Drehung. »Die Polizei überwacht unser Treffen.« Hinter Van Duisen erschien nun ein zweiter Mann, ein ihr ebenfalls bekanntes Gesicht.

»Entschuldigen Sie die Unannehmlichkeiten, die wir Ihnen bereiten«, sagte Franz Kündig. »Aber es blieb uns nichts anderes übrig, als es auf diese Weise zu arrangieren.«

»Ist das ein Verhör?«, fragte Josefa alarmiert. Sie rührte sich nicht vom Fleck.

»Nein, nein«, versicherten beide Männer gleichzeitig. »Ich will Ihnen nur ein paar Dinge erklären«, schob Van Duisen nach.

»Ich nehme Sie beim Wort, Herr Van Duisen.« Josefa folgte ihm in die Suite. Vielleicht gab es hier versteckte Mikrophone, vielleicht wird unser Gespräch aufgenommen, dachte Josefa. Sie war entschlossen, nichts preiszugeben, was ihr schaden konnte.

Van Duisen wies auf einen der gemusterten Polstersessel. »Bitte, nehmen Sie Platz, Frau Rehmer.« Er setzte sich aufs Sofa. Franz Kündig war nicht mehr in ihrem Blickfeld; er musste hinter ihr in der Ecke stehen. Sie hätte ihn lieber beobachtet. Der Leibwächter hatte sich offenbar in den Korridor zurückgezogen.

Van Duisen zündete sich eine Zigarette an. Sie hatte ihn zuvor nie rauchen sehen. Oder sie konnte sich nicht daran erinnern. Sein Gesicht war schlaff, die Haut aufgeraut wie Japanpapier. Josefa saß steif in ihrem Sessel und hielt die Hände im Schoß verknotet.

»Frau Rehmer«, begann Van Duisen und räusperte sich. »Was ich Ihnen jetzt erzähle, habe ich der Polizei bereits gesagt. Aber ich möchte, dass auch Sie es wissen. Ich will nicht, dass Sie denken, ich sei ein Schurke. Ich weiß, wie sehr Sie sich für Loyn eingesetzt haben und wie schwer es Ihnen fiel, die Firma zu verlassen.«

Josefa schwieg und sah ihm direkt in die Augen. Das kann es doch nicht sein, Herr Van Duisen, dachte sie.

Er zog an seiner Zigarette und setzte dann einen Schwall Rauch frei. »Ich will nicht länger um den heißen Brei reden. Nun – Beat Thüring, Henry Salzinger und Karl Westek hatten es auf Loyn abgesehen. Sie wollten sich die Firma unter den Nagel reißen. Sie suchten einen Weg, Hans-Rudolf Walther zum Verkauf zu bewegen. Sie waren auch bereit, ihn zu zwingen, falls er nicht verhandeln wollte. Sie dachten, es wäre gut, wenn ich mit von der Partie wäre. Aber … Ich wollte nichts damit zu tun haben. Ich schätze Walther, und ich hatte den Verdacht, dass die drei nichts Gutes mit Loyn vorhatten. Thüring träumte von seiner Rückkehr als Chef eines renommierten Unternehmens. Und Henry Salzinger und Karl Westek wollten wahrscheinlich Loyn kaufen, um die Firma gründlich auszuschlachten und dann die restlichen Einzelteile – und vor allem die Marke Loyn – gegen viel Geld zu veräußern.«

Asche bröselte auf Van Duisens dunkelblauen Anzug. Er wischte sie ungeduldig weg. Josefa hörte ein Geräusch hinter sich. Wahrscheinlich hatte Franz Kündig nur seine Körperhaltung verändert.

»Ich sagte den Herren, ich sei nicht interessiert. Und ich sagte ihnen auch, ihr Vorhaben sei unklug. Erstens werde Walther nicht verkaufen und zweitens sei die Firma viel zu teuer und drittens würde niemand mit ihnen Geschäfte machen wollen, nach allem, was mit Swixan passiert ist. Meine Herren, sagte ich – das war beim Lunch in St. Moritz –, meine Herren, die ganze Öffentlichkeit wäre gegen Sie.«

Josefa wusste nicht, ob sie das alles hören wollte. Sie fand Van Duisen reichlich pathetisch. Und sie wollte nicht noch tiefer in die Sache hineingezogen werden. Hier ging es um lauter tote Männer. Gestorben allesamt unter sehr merkwürdigen Umständen. Unruhig blickte sie um sich. Van Duisen bemerkte ihren Widerwillen. »Entschuldigen Sie, möchten Sie ein Wasser?« Noch bevor sie etwas erwidern konnte, ging er zum Kühlschrank. »Oder einen Fruchtsaft?«

Josefa ließ sich ein Mineralwasser reichen. Die Luft in der Suite begann stickig zu werden. Der Rauch setzte ihr zu. Sie hielt die kalte Flasche einige Sekunden lang an ihre pochende Schläfe. Van Duisen setzte sich wieder. Er selbst trank nichts, dafür war er zu sehr mit seiner Erzählung beschäftigt.

»Karl Westek deutete am Genfersee an, dass er Informationen besitze, wonach Walther gezwungen sein könnte, bald zu verkaufen. Er sagte, seine Informationen stammten aus zuverlässiger Quelle, er habe einen Maulwurf in der Firma. Ich nahm diese Bemerkung als Prahlerei. Walther ist kein sehr enger Freund von mir, aber ich kenne ihn immerhin so gut, dass ich sicher bin, er weiß seine Geheimnisse zu hüten. Als ich jedoch von den Wanzen unter den Tischen hörte, begriff ich, dass Westeks Worte viel ernster zu nehmen waren, als ich damals annahm … Francis Bourdin oder Werner Schulmann – oder auch beide – müssen Wind von der Sache gekriegt haben. Schulmann spätestens nach dem Golfturnier. Bourdin wohl schon vorher, nach St. Moritz.« Er warf einen kurzen Seitenblick auf Kündig. »Die beiden wollten sicher wissen, was die drei im Schilde führten. Und den Maulwurf im Innern von Loyn gibt es wahrscheinlich wirklich.«

Van Duisen sah sie an. Josefa blinzelte. Ihre Augen brannten. »Eine Person«, fuhr er fort, »die Zugang zu Informationen hatte oder die sich solche Informationen verschaffte.«

»Und was wollen Sie da von mir, Herr Van Duisen?«, fragte sie. Ihre Geduld war erschöpft. Selbst wenn es diesen Maulwurf gab, was hatte *sie* damit zu tun? Es war Sache der Polizei, hier Licht in das Dunkel zu bringen. Welche Rolle hatte man ihr dabei zugedacht? Sie vergaß vor lauter Nervosität, dass sie in den vergangenen Monaten vergeblich nach Antworten gesucht hatte und sich ihr jetzt die Chance bot, eine Frage zu lösen. Van Duisens Blick bekam etwas Bittendes. »Ich möchte, dass Sie wissen, dass ich nicht mit Thüring, Salzinger und Westek unter einer Decke steckte. Was immer die vorhatten, ich war nicht mit von der Partie.«

Josefa sah ihn verständnislos an. »Warum ist es Ihnen wichtig, dass gerade ich das weiß? Haben Sie Herrn Walther von den Gesprächen erzählt?«

»Ja, natürlich, aber er lachte bloß und schlug die Sache in den Wind. Walther sagte mir, er höre eine solche Geschichte jeden Monat mindestens einmal. Es gebe wohl kaum jemanden, der nicht schon verdächtigt worden sei, Loyn kaufen zu wollen. Das schmeichle ihm höchstens.«

»Und was sagte er zum Maulwurf?«

»Davon habe ich ihm gegenüber nichts erwähnt. Wie gesagt, ich hielt es für den Trick eines Angebers. Ich kann doch keinen Verdacht gegen unschuldige Mitarbeiter streuen. Das ist nicht mein Stil.«

Josefa nahm einen Schluck Wasser. »Ich habe Sie nie wegen irgendetwas verdächtigt, Herr Van Duisen. Ich wusste gar nichts von der ganzen Sache.«

»Sie haben mich mit Westek, Thüring und Salzinger in St. Moritz zusammensitzen sehen, Frau Rehmer. In meinem Alter habe ich nichts mehr zu verlieren als meinen guten Ruf. Das Wertvollste in meinem Leben habe ich schon verloren, meinen Sohn. Jetzt will ich den Ruf meiner Familie schützen. Ich will, dass es Menschen in Zürich gibt, die an meine Integrität glauben. Menschen wie Sie, Frau Rehmer. Ich habe keine andere Aufgabe mehr in meinem Leben. Das ist nun meine Mission.«

Josefa drehte ihr Glas in den Händen. Irgendetwas ging hier nicht auf. Irgendetwas war noch nicht ausgesprochen. Van Duisens Mission in allen Ehren, aber welche Botschaft steckte wirklich dahinter?

Er beugte sich vor. »Ich hoffe, Sie verstehen dieses Gespräch als Vertrauensbeweis, Frau Rehmer. Ich habe ein nicht unbedeutendes Risiko auf mich genommen, hierher zu kommen. Sie sehen ja, ich brauche Leibwächter.«

Plötzlich verstand sie. Es war nicht die reine Sympathie, die Van Duisen zu seinem Bekenntnis trieb. Es war Angst. Er hatte neben seinem Ruf noch etwas zu verlieren: sein Leben. Und sie sollte die Botschaft verbreiten: Van Duisen ist unschuldig. Van Duisen hat mit alldem nichts zu tun. Diese Botschaft sollte jemand hören, dem ihre Meinung etwas galt. Eine Person, mit der sie in Kontakt stand. Jemand in ihrer näheren Umgebung. Es war nicht die Öffentlichkeit, die Van Duisen für seine Mission suchte. Es war ein kleiner Kreis von Menschen. Von potentiellen Mördern.

Sie saß wie erschlagen da. Sie konnte Van Duisen nicht mehr ins Gesicht sehen, sie war zu aufgewühlt. Dann, aus einer unkontrollierten Regung heraus, drehte sie sich zu Franz Kündig um. Der Fahnder zuckte überrascht zusammen.

»Herr Kündig, glauben Sie, dass der Mörder sich in meinem Umkreis aufhält?«

Kündig verlagerte sein Gewicht von einem Fuß auf den anderen. »Das ist eine der Optionen, die wir in Betracht ziehen müssen, Frau Rehmer. Ich glaube, ich erzähle Ihnen da nichts Neues. Wir verfolgen alle Spuren, die uns Aufschluss über die Mordtaten geben können. Wir wollen alles tun, um einen weiteren Mord zu verhindern.«

»Bin ich in Gefahr? Und jetzt vielleicht noch mehr, weil ich Herrn Van Duisen getroffen habe?«

Kündig antwortete nicht sofort. Er schien seine Worte sorgfältig abzuwägen.

»Lassen Sie mich es so erklären, Frau Rehmer. Angenommen, Sie begegnen einem potentiell gefährlichen Hund. Wenn ich Ihnen nichts über seine Gefährlichkeit sage, laufen Sie wahrscheinlich locker und unbefangen an dem Hund vorbei, und Ihr selbstbewusstes Verhalten hält ihn von einem Angriff ab. Andererseits könnte er Sie auch beißen, weil Sie ihm zu nahe kommen. Wenn ich Sie dagegen warne und Sie begegnen dem Hund, dann sind Sie vorbereitet und können sich vorsehen. Aber andererseits haben Sie jetzt vielleicht auch Angst, und der Hund riecht Ihre Angst und beißt zu. Meine Aufgabe ist es, den oder die Mörder zu fassen. Wir tun alles, damit es uns möglichst schnell gelingt. Und indem Sie hierher gekommen sind, haben Sie einen Beitrag dazu geleistet.«

»Wie?«, fragte Josefa perplex.

»Das können wir Ihnen leider nicht verraten.«

Josefa verließ die Eingangshalle des Hotels im Laufschritt. Sie war sauer. Und die größte Wut hatte sie auf den Riesen von einem Mann, der vor dem Hoteleingang auf sie wartete. Als sie sein zerknirschtes Gesicht sah, wuchs ihre Empörung noch.

»Du hast mich getäuscht«, schrie sie ihm entgegen. »Verraten hast du mich! Belogen!« Es war ihr egal, dass sich Passanten auf der Straße umdrehten. Paul wollte zu einer Erklärung ansetzen. Aber Josefa schnitt ihm das Wort ab. »Du hast mein Vertrauen missbraucht, und das schon zum zweiten Mal«, schleuderte sie ihm ins Gesicht. »Du ruinierst mein Leben!« Sie hätte ihn noch weit schlimmerer Dinge beschuldigt, hätte sich nicht in diesem Moment ihr Handy gemeldet.

»Josephine?«, hörte sie am anderen Ende der Leitung. Es war Kelly, Joan Carolls Agentin. Josefa musste sich zusammenreißen.

»Was gibt's, Josephine?«, fragte die Amerikanerin. Ach ja – sie hatte Kelly eine Nachricht hinterlassen. Wann war das nur gewesen? Sie hatte kein Zeitgefühl mehr.

»Kelly, ich habe ein Geschenk von Joan bekommen und möchte ihr persönlich danken.«

»Schreiben Sie ihr am besten eine Karte oder eine E-Mail. Joan ist sehr beschäftigt«, kam Kellys knappe Antwort.

»Nein, ich möchte persönlich mit Joan sprechen. Sagen Sie ihr das bitte.«

»Ich tue mein Bestes, aber ich kann nichts versprechen. Joan reist viel, sie hat kaum Zeit. Okay? Bye-bye.« Und schon hatte sie aufgelegt.

Am liebsten hätte Josefa das Handy vor ein Auto geworfen, so wütend war sie. Und noch immer stand Paul neben ihr. Bevor sie zu einer neuen Schimpftirade ansetzen konnte, sagte er schnell: »Joan Caroll ist übrigens aus dem Werbevertrag mit Loyn ausgestiegen.«

Damit hatte er Josefa allerdings aus dem Konzept gebracht. Sie schaute ihn verblüfft an. »Woher, verdammt noch mal, weißt du denn das schon wieder? Hast du einen Maulwurf bei Loyn?«

»Einen was? Nein, ich weiß es von einem Geschäftspartner in den USA. Joan verhandelt gerade mit Prada, weil sie die Lücke möglichst rasch füllen will.« Josefa starrte ihn erstaunt an, und Paul nutzte den Moment, um seine Rechtfertigung endlich loszuwerden.

»Josefa, die Polizei hat mich gebeten, die Sache einzufädeln. Es ging nur so. Alles musste geheim bleiben. Was hätte ich Kündig denn sagen sollen? Dass du nicht kooperieren willst? Ich dachte, du magst Curt Van Duisen. Ich dachte, du würdest froh sein.«

»Froh? Du hast sie wohl nicht alle!«

Paul machte eine beschwichtigende Handbewegung. »Das ist doch der beste Beweis, dass die Polizei dir vertraut, Josefa. Du kannst nun ruhig schlafen.«

Sie rang nach Worten und drehte sich vor Empörung im Kreis.

»Hast du eine Ahnung, Paul! Keinen blassen Schimmer hast du! – Und wie wusstest du überhaupt, wo das Treffen stattfindet?«

»Josefa, ich hab's doch persönlich arrangiert.«

Sie schloss die Augen. Wenn das so weiterging, konnte sie sich nächstens für eine Burn-out-Therapie anmelden.

»Komm, lass uns in ein Café gehen«, schlug Paul vor.

»In ein Café? Hier am Paradeplatz, um diese Zeit? Vergiss es. Die sind doch jetzt alle voll mit Bankern. Außerdem will ich keine Zuhörer.«

Paul nahm das indirekte Einverständnis als Zeichen dafür, sie doch noch besänftigen zu können. Er überlegte kurz.

»Ich hab's. Wir gehen in die Fraumünster-Kirche.«

»In eine Kirche?«

»Da gibt's jede Menge Touristen, die wegen der Glasfenster von Chagall hingehen. Da fallen wir überhaupt nicht auf.« Er nahm sie beim Arm. Sie leistete keinen Widerstand.

Paul Klingler hatte Recht: Ein großer Touristenbus war vor der nur wenige Schritte entfernten Fraumünster-Kirche geparkt. Im Innern erklärte eine Kunstführerin die Entstehungsgeschichte und Bedeutung der Fenster und der Rosette, die, wie Josefa wusste, der russische Künstler Marc Chagall in den siebziger Jahren geschaffen hatte.

Sie setzte sich ganz vorne auf eine Bank, Paul daneben. Eine Weile sagten beide nichts. Josefa wollte erst einmal ihre Gedanken ordnen. Paul wartete geduldig, was ihm sicher schwer fiel. Aber darauf wollte sie jetzt keine Rücksicht nehmen. Das Ganze war dermaßen unfair! Die Polizei vertraute ihr, Van Duisen vertraute ihr, Sali vertraute ihr, Salis Tante und Onkel vertrauten ihr – aber wem konnte *sie* vertrauen?

»Wir müssen einander misstrauen. Es ist unsere einzige Verteidigung gegen Verrat«, sagte sie halblaut.

»Wie bitte?«

»So lautet das Zitat, das du mir geschickt hast. Von Tennessee Williams.«

»Ach so.« Paul versuchte, seine langen Beine unter die Kirchenbank zu zwängen.

»Du hast allen Grund, mir zu misstrauen, Josefa, nach allem, was geschehen ist. Aber du hast auch Grund, mir zu trauen.«

»Wer sagt das?«

»Dein Instinkt. Sonst würden wir nicht hier sitzen.«

Josefa zuckte abschätzig die Schultern. »Was heißt das schon? Du hast Schulmann auch vertraut, am Anfang. Und dann hat er dich hintergangen.«

»Und jetzt ist er mausetot«, fügte Paul hinzu. »Was meintest du eigentlich mit dem Maulwurf bei Loyn?«

Sie beschloss, ihm den Inhalt des Gesprächs mit Curt Van Duisen zu erzählen. Hatte sie nicht eine Mission? Paul war ihr erstes Opfer.

Er hörte ihr gespannt zu, und als sie ihm von Thürings Andeutungen berichtete, wonach Walther zum Verkauf gezwungen werden könnte, pfiff er leise durch die Zähne. Nachdem sie geendet hatte, sagte er: »Ich bin gar nicht so überrascht ... gar nicht so überrascht. Dachte schon, dass sich die Viererbande so etwas ausgeheckt haben könnte. Du weißt ja, was ich von Van Duisen halte. Ich denke, der alte Fuchs hat sich gut überlegt, ob er da nicht mitmischen will. Loyn ist eine Perle, da läuft so manchem das Wasser im Mund zusammen. Doch Van Duisen hat sich gleich ausgerechnet, dass sich die Sache nicht auszahlen würde. Das Risiko war ihm zu hoch.« Er rutschte neben ihr auf der Holzbank hin und her; er hatte offenbar Mühe, eine bequeme Stellung zu finden. Womöglich war es bei Paul aber auch das Fieber eines Spielers, der auf einen Treffer hofft.

»Vielleicht war Van Duisen wirklich überzeugt, dass die öffentliche Meinung die Sache killen würde – auf die eine oder andere Weise.« Er hustete und zog ein Taschentuch hervor. »Oder dass den drei anderen nicht zu trauen war, dass sie untereinander Streit kriegen würden. Tatsache ist, dass er mit ihnen in St. Moritz am selben Tisch saß. Und mit Westek am Genfersee zusammenhockte. Die Tonbänder müssten Aufschluss darüber geben, was da wirklich besprochen wurde. Darüber hinaus kann Van Duisen sagen, was er will. Thüring ist ja ertrunken, und die andern beiden sind auch tot.«

»Du könntest genauso gut sagen, ermordet«, bemerkte Josefa.

»Tja, das muss sich noch erweisen. Meines Wissens untersucht die Polizei nur bei Westeks Autounfall auf Mord.«

»Und Feller-Stähli, der Wirtschaftsanwalt?«

»Der hat sicher auch irgendwie mitgemischt, das liegt doch auf der Hand.«

Josefa dachte nach. »Ich glaube nicht, dass Van Duisen etwas mit Westeks Ermordung zu tun hat.«

»Warum?«

»Sonst würde ihn die Polizei als Verdächtigen behandeln. Und der gute Mann hätte auch nicht solche Angst, selbst ein Mordopfer zu werden.«

Die Touristengruppe war nun auf ihre Seite gewandert, und die Stimme der Kunstführerin unterbrach ihr Gespräch. Als die Touristen sich wieder entfernt hatten, nahm Paul den Faden sofort wieder auf.

»Interessanter finde ich Schulmanns Ableben. Was führte Werner Schulmann im Schilde und was Francis Bourdin? Warum hörten sie die Bande ab? Es scheint mir klar zu sein, dass es Bourdin war, der Schulmann zu Loyn geholt hat, wahrscheinlich zur Vergrößerung seiner Hausmacht. Und dann lief es ganz anders, als Bourdin sich das vorgestellt hatte.«

Josefa runzelte die Stirn. »Irgendwie kann ich mir trotzdem nicht vorstellen, dass Schulmann von den Wanzen gewusst hat, *bevor* er die Tonbänder im Hotelzimmer von Bourdin entdeckte. Unser gewiefter Francis würde dieses Risiko nicht eingehen.«

»Da muss ich dir beipflichten. Schließlich war Schulmann noch nicht lange in der Firma. Warum sollte Bourdin einen Mitwisser haben wollen und sich dadurch verletzbar machen? Aber in meinen Augen wollten Bourdin und Schulmann dasselbe: die Kontrolle über Loyn. Schulmann als Manager, Bourdin als kreatives Genie. Doch Bourdin täuschte sich in Schulmann. Schulmann wollte nur Macht. Die Firma oder ihre Produkte interessierten ihn nicht.«

Josefa steckte die Hände in die Manteltaschen und presste die Arme an den Körper. Es war kalt in der Kirche. »Trotzdem macht es irgendwie keinen Sinn«, sagte sie nachdenklich.

»Was macht keinen Sinn?«

»Dass Bourdin Schulmann umgebracht hat. Schulmann hat eine Nachricht hinterlassen, man solle die Todesursache untersuchen, falls er tot aufgefunden wird. Von Bourdin stand da nichts drin. Hätte Schulmann nur den geringsten Verdacht gegen ihn gehabt, hätte er doch entsprechend gehandelt.« Ihr fröstelte. »Nein, Schulmann muss sich Bourdin gegenüber sehr sicher, sehr überlegen gefühlt haben.«

Jetzt schlang auch Paul seinen Schal enger um den Hals. »Dass er keinen Namen genannt hat, ist die Schikane eines Psychopathen, denn dann werden Unschuldige verdächtigt und –«

Josefa unterbrach ihn. »Also nehmen wir an, Bourdin und Schulmann wollten Loyn übernehmen. Thüring, Westek und Salzinger wollten Loyn ebenfalls. – Aber die Firma ist gar nicht zu haben!«

In der Kirche war es plötzlich still geworden. Die Touristengruppe war verschwunden. Sie schwiegen beide nachdenklich. Dann sagte Paul:

»Das bringt uns zum Maulwurf. Welche Informationen haben Thüring und Konsorten erhalten, die sie glauben ließen, dass sie Walther zum Verkauf zwingen könnten?«

»Das hat Westek gesagt, nicht Thüring. Nur ... Wer hat ihm diese Informationen gegeben?«

»Sicher niemand aus dem obersten Management, niemand, der Zugang zu den geheimsten Daten hatte, also Walthers Finanzchef zum Beispiel. Solche Leute hätten nur verlieren können, ich meine, viel Geld verlieren können. Außerdem …, in einem Familienunternehmen kann man vieles verbergen, die müssen ja ihre Zahlen nicht wie eine öffentliche Firma publizieren.«

Josefa nickte. »Vielleicht hat sich Schulmann Zugang zu wichtigen Daten verschafft. Der war ja ein richtiger Hacker. Er hat sicher versucht, Daten aus dem Computer zu stehlen. Bleibt nur die Frage, wie weit er damit gekommen ist.«

»Aber Schulmann hat Westek bestimmt keine Daten gegeben«, wandte Paul ein. Er flüsterte fast, weil es um sie herum so still war.

Josefa musste lächeln. »Wir tun so, als ob wir etwas wüssten. Dabei spielen wir nur Polizei.«

Dann kam ihr etwas in den Sinn. »Vielleicht hat die Viererbande Walther erpresst.«

»Warum?«

»Ich will es mal so sagen.« Josefa zögerte. Sie war sich nicht sicher, wie weit sie in der Sache gehen durfte. »Ein Bekannter eines Bekannten von mir meinte, in London einen Zürcher Unternehmer in einem Homoclub gesehen zu haben.«

»Wow! Das ergibt ja eine ganz neue Perspektive. Aber wer würde im Fall einer Erpressung dafür sein Lebenswerk hergeben? Das schützt ihn ja nicht vor einer weiteren Erpressung. Trotzdem … Das ist allemal ein interessanter Aspekt.« Er verschob seine Beine wieder. »Allerdings … Wenn es Erpressung gewesen wäre, wozu bräuchten Thüring und Co. dann einen Maulwurf?«

»Wir sind also so klug wie zuvor.« Sie seufzte.

Paul schnalzte mit der Zunge. »Sechs Bösewichte sind tot, aber die Welt ist kein bisschen sicherer geworden.« Er lachte trocken auf. »Nur ein paar Bären in Kanada und ein paar Rehe in Vals können aufatmen.«

»Warum in Vals?«

»Weil Salzinger da nicht mehr auf die Jagd gehen kann.«

Josefa sah ihn überrascht an. »Du hast mir erzählt, er sei im Kanton Wallis gewesen. Vals ist im Kanton Graubünden.«

Paul schüttelte den Kopf. »Da siehst du, wie gut ich in Geographie bin. Aber es war Vals, da bin ich mir sicher. Man hat ihn kurz vor seinem Tod im Thermalbad von Vals gesehen.«

»Woher weißt du das?« Josefa hatte das Gefühl, die Kirchenbank unter ihr fange an zu brennen. Vals. Wo Helene früher immer mit ihrem Vater auf die Jagd gegangen war.

»Ich lese die Zeitung, meine Liebe.«

Warum hatte sie das übersehen? Sie konnte nicht mehr ruhig sitzen bleiben. Nervös zupfte sie Paul am Ärmel. »Komm, die wollen die Kirchentür abschließen. Wir müssen die Chagall-Fenster ein andermal bewundern.« Rasch schickte sie noch ein kleines Gebet gen Himmel. Wo sie doch schon hier war. Ein Gebet für Helene.

»In einer Kirche Mordtheorien auszuhecken, ist nicht gerade fromm«, flüsterte sie Paul beim Hinausgehen zu. Der winkte ab. »Wir sind zerstritten reingegangen und kommen friedlich raus. Wenn das dem da oben nicht gefällt!«

Manchmal fand es Josefa ausgesprochen schwierig, Paul zu widerlegen.

– 3 –

Ich kann Ihnen keine persönlichen Informationen über Sali Emini herausgeben«, sagte Dr. Derungs. »Sie sind keine Angehörige und haben deshalb kein Anrecht auf Daten über ihn.«

Josefa lehnte sich irritiert in ihrem Stuhl zurück. Duri Derungs, stellvertretender Direktor des Schulärztlichen-Schulpsychologischen Dienstes der Stadt Zürich, war ein auffallend schöner Mann und hatte eine wohlklingende Stimme. Aber was er da von sich gab, gefiel ihr überhaupt nicht. Schon nach wenigen Minuten stufte sie ihn insgeheim als überheblich ein. Josefa verdrängte die Tatsache, dass sich der Psychologe eigens Zeit für ein Gespräch mit ihr nahm.

»Vielleicht haben Sie mich falsch verstanden. Ich möchte Sali nur besser helfen können«, begann sie. Derungs unterbrach sie sogleich: »Ich weiß nicht, welche Art von Hilfe Sie meinen, Frau Rehmer, aber psychologisch-therapeutische Hilfe erhält Sali von unseren Fachkräften.«

Josefa bemühte sich um Geduld. »Es ist offensichtlich, dass Sali ein traumatisiertes Kind ist. Was ich nicht verstehe – und Sie können da ganz allgemein von kriegsgeschädigten Kindern sprechen, wenn Ihnen das lieber ist –, was ich nicht verstehe, ist, warum Sali keine Aggressionen oder andere auffällige Verhaltensweisen zeigt. Was geht in ihm vor? Wie kann ich ihm helfen, sein Kriegstrauma zu bewältigen?«

Der Psychologe runzelte die Stirn, als ob Josefa einen schweren Fehler gemacht hätte. Seine Antwort kam ganz langsam, wie wenn er sie einer Schülerin gäbe. »Diese Kinder reagieren ganz unterschiedlich. Die einen werden depressiv, andere sind überangepasst, manche zeigen ein zerstörerisches Verhalten oder lehnen sich ständig auf. Viele ziehen sich aber auch emotional vollkommen zurück.«

Josefa ließ nicht locker. »Gerade das macht mir Sorgen, dass Sali nach außen so völlig normal ist. Dabei hat er einen Krieg erlebt und seine Eltern wurden umgebracht. Er spricht nie von ihnen. Ich weiß nicht, ob ich die Eltern überhaupt erwähnen darf.«

Dr. Derungs beugte sich vor und faltete seine schlanken

Hände zusammen. »Darf ich Sie etwas fragen, Frau Rehmer? – Woher kommt Ihr Interesse an dem Bub?«

Josefa blinzelte verärgert. Was für eine Frage. »Er wohnt im selben Haus wie ich, und sein Onkel hat mich mehrfach um Hilfe gebeten, wenn es um Formulare von der Schule ging oder um Salis neue Brille. Ich mache manchmal auch Ausflüge mit ihm – natürlich mit dem Einverständnis seiner Familie.«

»Haben Sie Kinder? Sind Sie verheiratet?«

»Nein, beides nicht. Warum fragen Sie?« Ihre Stimme wurde eine Nuance schärfer.

»Sie mögen den Jungen, nicht wahr?«

»Natürlich. Aber ... Was möchten Sie mir eigentlich sagen, Herr Derungs?«

»Geben Sie dem Kind einfach Zuwendung, lassen Sie ihn spüren, dass Sie gern mit ihm zusammen sind. Aber versuchen Sie keine Therapie mit ihm. Darum kümmern wir uns hier.«

Josefa schüttelte aufgebracht den Kopf. »Nein, Sie liegen ganz falsch, darum geht es mir überhaupt nicht –«

»Sali hat Glück im Unglück«, fuhr Dr. Derungs fort. »Er hat einen Onkel und eine Tante, die zwei Söhne im Krieg verloren haben und sich jetzt liebevoll um ihn kümmern. Und er hat auch einen großen Familienclan, der wenigstens zum Teil immer noch existiert. Ihre Hilfe, Frau Rehmer, ist der Familie sicher wertvoll und willkommen. Aber Sie sollten sich darauf vorbereiten« – jetzt schaute ihr der Psychologe direkt in die Augen –, »dass Sali früher oder später aus Ihrem Gesichtskreis verschwinden wird.«

»Was soll denn das nun wieder heißen?« Josefa bemühte sich nicht mehr, höflich zu sein.

»Seine Familie könnte nach dem Kriegsende wieder in den Kosovo zurückgeschickt werden, beispielsweise, oder freiwillig zurückkehren.«

Josefa lehnte sich jetzt ebenfalls vor. »Herr Derungs, ich muss Ihnen offen sagen, dass ich nicht verstehe, worauf Sie hinauswollen. Sind Sie vielleicht ständig mit Leuten konfrontiert, die Ihre Bemühungen um diese Kinder in Frage stellen?« Sie roch sein Aftershave: Givenchy pour Homme. Bourdin hatte das auch benutzt.

»Nein, das ist es nicht. Ich möchte Ihnen nur zu verstehen geben, dass Sie sich eines Tages von Sali werden trennen müssen, und dass die Loslösung nicht immer einfach ist – für beide Seiten.«

Josefa starrte den Mann vor ihr an. Sie war hergekommen, um etwas über Sali herauszufinden, und jetzt ging es plötzlich um sie und nicht um ihn. Dieser Bürohengst hatte sie wohl nicht mehr alle.

»Sali füllt bei mir kein Vakuum aus, weil ich kinderlos bin«, brach es aus ihr hervor. »Er ist in mein Leben getreten, man bat mich um Hilfe, und ich mag den Jungen, ich helfe ihm bei den Schulaufgaben. Ich will ihn weder therapieren noch adoptieren oder von seiner Familie entfremden.«

Sie hatte sich in ihrer Empörung vom Stuhl erhoben. »Sie denken wohl, ich sei so 'ne Wohlstandstussi, die plötzlich ihr Herz für ein Waisenkind aus dem Balkan entdeckt hat und jetzt mit Hilfe dieses armen Kindes ihre eigenen Probleme lösen will!« Sie schob den Stuhl mit einer abrupten Armbewegung von sich weg und stützte beide Arme auf den Schreibtisch, so dass sich der Psychologe reflexartig zurücklehnte. »Aber wissen Sie was: Er hilft mir tatsächlich – dieser kleine Bub hilft mir, die Welt mit anderen Augen zu sehen, nein, er hilft mir, eine andere Welt zu sehen – eine vielfältigere, buntere Welt, als Sie sich das wahrscheinlich vorstellen können«, fauchte sie. »Danke für das hilfreiche Gespräch, Herr Derungs.« Sie drehte sich um, öffnete die Tür und stürmte hinaus, ohne sie zu schließen.

Draußen war es dunkel. Die Luft schien noch kälter und feuchter als am Morgen zu sein. Trotzdem spürte Josefa ihr Gesicht glühen. Die Haut spannte. Sie machte sich nicht einmal die Mühe, ihre Handschuhe anzuziehen, sondern rannte die Seestraße hinunter, als würde sie verfolgt. Wenige Schritte vor ihr hielt eine Straßenbahn, doch Josefa lief blind weiter. In der Nähe des Bahnhofs Stadelhofen bog sie ab, in Richtung Zürichsee.

Vor dem Opernhaus machte sie Halt. Ihr stachen die Seiten, und sie bekam kaum noch Luft. Um sie herum strömten Gruppen von plaudernden Menschen zu den hell erleuchteten, hohen Eingangstüren. Josefas Ohren dröhnten. Das Blut pochte ihr in den Schläfen. Eine milchige Welle schwamm vor ihren Augen. Sie hielt die Kette in den Händen und ließ die Stahlkugel kreisen. Langsam setzte sich der schwere Rundkörper in Bewegung, erst zögerlich, dann immer schneller und mächtiger und bedrohlicher. Jetzt prallte die Kugel auf, Schlag auf Schlag, zerfetzte Mauern und Pfeiler, schnitt durch Gebäude, mähte alles in ihrem Radius gnadenlos nieder. Menschen flohen schreiend aus ihrer mörderischen Bahn. Doch da stand noch etwas, eine kleine jämmerliche Gestalt, ein Junge mit großen Ohren und weit aufgerissenen Augen. Sali, schrie Josefa, Sali, geh weg! Lauf, schnell! Sie konnte die Kugel nicht aufhalten, sie flog rasend schnell, höher und höher; der kleine Junge duckte sich, die Kugel verpasste ihn nur um Zentimeter, dann hob sie ab und schoss gen Himmel.

Josefa sah zu dem Kind am Boden. Es hob den Kopf – aber das war gar nicht Sali, es war ein Mädchen! Ihre schwarzen Locken kringelten sich, und dunkle Wimpern umrandeten ihre erschreckten Augen. Es sagte etwas, das Josefa nicht verstand.

Ihren Körper durchlief ein kalter Schauer. Sie schloss sekundenlang die Augen. Als sie sie wieder öffnete, stand das Mädchen immer noch vor ihr. Es sah sie mit großen Augen an und sagte wieder etwas. Im Hintergrund stand das hell erleuchtete Opernhaus, ein paar Menschen eilten zum Eingang. Josefa bemerkte jetzt auch eine Frau in einem gelben Anorak, die sie erwartungsvoll ansah. Dann hörte sie die Stimme des Mädchens: »Du hast deine Handschuhe verloren.« Die Kleine streckte ihr etwas Dunkelblaues entgegen. Tatsächlich, sie musste ihre Handschuhe fallen gelassen haben.

Josefa fasste sich so weit, dass sie mit ihrer freundlichsten Stimme »Das ist aber lieb von dir« stammeln konnte. Zu der Frau sagte sie: »So ein aufmerksames, gescheites Mädchen.«

»Ja, das war sie schon immer. Sie hilft ständig irgendwelchen Leuten. Ich weiß gar nicht, von wem sie das hat.« Die Frau lachte, und auch Josefa lächelte. Sie winkte dem Mädchen, das nun an der Hand der Mutter weiterging und sich dabei wiederholt zu ihr umdrehte. Josefa bemerkte erst jetzt, dass das Haar des Mädchens unter einer pelzartigen Mütze versteckt war. Vielleicht hatte es gar keine dunklen Locken. Und keine langen schwarzen Wimpern.

Josefa atmete die kalte Abendluft in tiefen Zügen ein. Ihr Kopf fühlte sich plötzlich federleicht an. Die Glut in ihrem Gesicht war erloschen, ihr Mund weich und die Schläfen entspannt. Sie zog sich die blauen Handschuhe über und wanderte festen Schrittes im Schein der Straßenbeleuchtung nach Hause.

– 4 –

Die morgendliche Konferenz am Hauptsitz der Zürcher Kriminalpolizei neigte sich dem Ende zu. Die Stimmung war gedämpft, zwischenzeitlich sogar leicht gereizt. Zwei Morde und noch kein Verdächtiger. Oder zu viele Verdächtige. Vor Franz Kündig lag eine der Zürcher Tageszeitungen. »Morde in Zürichs Finanzwelt weiterhin ungeklärt«, lautete die Schlagzeile. »Westeks Unfall ist Mord. Sabotage an seinem Porsche. Polizei ermittelt gegen unbekannt.«

Kündig hatte den Zeitungsbericht schon um sieben Uhr in seinem Büro gelesen. Er wollte vorbereitet in die Konferenz kommen. Es war immer gut zu wissen, was die Medien spekulierten. Und sie spekulierten nicht zu wenig. »Sind auch Beat Thüring und Henry Salzinger ermordet worden?«; »War Thürings Ertrinkungstod vor Teneriffa wirklich ein Unfall?«; »Hat sich Feller-Stähli aus eigenem Verschulden verirrt?«; »Hat Henry Salzinger tatsächlich selbst den Schuss aus seinem Jagdgewehr abgegeben?«

Kündig wollte auch sicherstellen, dass er richtig zitiert worden war, dass die wenigen Fakten, die er den Presseleuten mitteilen konnte, nicht falsch wiedergegeben wurden. »Wir haben keine Hinweise, dass Beat Thüring, Henry Salzinger und Urs Feller-Stähli umgebracht wurden.«; »Van Duisen gilt aufgrund der bisherigen Ermittlungen nicht als Verdächtiger.«; »Van Duisens Aufenthaltsort ist uns bekannt. Er steht den Ermittlern zur Verfügung, will sich aber gegenüber der Öffentlichkeit nicht zu den Ereignissen äußern.«

Kündig trommelte mit den Fingern ungeduldig auf die Tischplatte. Zu viele Verdächtige und noch kein konkreter Hinweis, keine wirklich heiße Spur. Die Tonbänder, die bei Schulmann gefunden worden waren, hatten nichts

Brauchbares ergeben. Die Medien machten Druck. Die Polizeidirektorin in der Kantonsregierung machte Druck. Und der eigene Ehrgeiz auch.

»Noch was?«, fragte Kündig und schaute zuerst auf seine Uhr und dann in die Runde. Heinz Zwicker meldete sich: »Wir haben die Protokolle der Telefongespräche vorliegen.«

Ach ja, die Protokolle. Kündig seufzte innerlich. Sie hatten vom Richter die Genehmigung erhalten, die Telefone von Loyn abzuhören. Es war ein Akt der Verzweiflung. Alle anderen Spuren waren ins Leere verlaufen. Schulmann hatte sicher Feinde, aber welcher Aufsteiger machte sich heutzutage auf seinem Weg nach oben keine Feinde? Neid und Egomanie gehörten zu den häufigsten Emotionen in einer Welt, in der Gefühle offiziell keinen Platz hatten.

»Was Besonderes?«, fragte er. Er stand unter Stress. Er hatte nicht nur den Fall Schulmann, sondern zwei weitere Untersuchungen zu leiten. Und jetzt auch noch den Fall Westek. Zu Hause zwei kleine Kinder und ein Neugeborenes, das nicht durchschlief. Seine Frau beklagte sich, dass er zu viel arbeite. Sie wollte, dass er zurückstecke. Aber jetzt war das unmöglich. Das hätte ihn die Karriere gekostet. Dies hier war die Chance seines Lebens.

Plötzlich merkte Kündig, dass sein Kollege gerade etwas referierte, ohne dass er ein einziges Wort davon mitbekommen hätte. »Entschuldige, Heinz. Ich hab das akustisch nicht verstanden«, sagte er. Zwicker sah ihn verwundert an, wiederholte aber geduldig seine Ausführungen. »Josefa Rehmer hat Marlene Dombrinski wegen eines Ohrhängers angerufen, der im Festzelt gefunden worden war. Während des Golfturniers von Loyn.«

»Und?«, fragte Kündig ungeduldig. Schon zehn Minuten überzogen.

»Sie sagte Frau Dombrinski, der Ohrhänger gehöre der

Ehefrau dieses berühmten Golfspielers, Colin Hartwell. Frau Rehmer hat den Ohrschmuck damals beiseite gelegt, in der Firma, weil man noch nicht wusste, wem er gehört. Frau Dombrinski sagte, sie könne sich das kaum vorstellen, weil sie Pamela Hartwell erst vor kurzem auf einem Anlass getroffen habe. Frau Hartwell hätte sie doch sicher nach dem Ohrschmuck gefragt.«

Kündig schaute wieder auf die Uhr. »Heinz, ich muss längst weg. Komm bitte auf den Punkt.«

Heinz Zwicker war genauso behäbig wie beharrlich. »Frau Rehmer sagte der Frau Dombrinski, sie habe Photos gesehen, wie die Hartwell unter den Tisch gekrochen sei im Festzelt – während des ominösen Phototermins mit dem Golfspieler.« Zwicker machte eine Kunstpause, um zu sehen, ob seine Worte von allen verstanden worden waren. »Frau Rehmer sagte, die Hartwell habe bestimmt den Ohrschmuck gesucht, weil sie vorher, auf den Bildern, noch beide Ohrhänger getragen habe.«

»Und?« Kündig starrte seinen Kollegen an. Der starrte zurück.

»Hast du jemals Photos gesehen, auf denen die Hartwell im Festzelt unter einen Tisch kriecht?«

Kündig schob seinen Stuhl nach hinten. »Kann mich nicht erinnern. Es gibt ja auch Tonnen von Photos. Geh du mal der Sache nach.«

Zwicker blieb ungerührt sitzen. »Ich bin jetzt aber drei Tage in Deutschland, wegen der Sache mit dem Porsche von Westek.«

Kündig klappte seine Mappe zu. »Okay, dann mach es, wenn du zurückkommst. Sitzung geschlossen.«

– 5 –

Nach einem völlig ungewöhnlichen Tauwetter Ende Januar beherrschten Anfang Februar wieder eisige Temperaturen die Stadt. Auf dem Teich im Irchel-Park lag eine dicke Eisdecke. Enten watschelten unbeholfen darauf herum. Manchmal schlitterten sie übers Eis, um die trockenen Brotreste aufzupicken, die ihnen kleine Kinder und alte Frauen zuwarfen. Josefa sah ihnen eine Weile zu, dann ging sie weiter, zu den flachen Universitätsgebäuden. Sie hatte keine Ahnung, welcher Eingang der richtige war. Sie fragte sich durch, bis sie bei der Ethologie landete. Ja, sagte eine freundliche Frau in einer grünen Schürze, hier sei sie schon richtig bei der Verhaltensforschung von Tieren, aber eine Helene Meyer kenne sie nicht. Sie verwies sie an ein anderes Gebäude, in dem die Verwaltung untergebracht war. Dort tippte eine junge Sekretärin Helenes Namen in ihren Computer – und fand sie tatsächlich. »Hier, das muss sie sein. Sie hat ein Forschungsprojekt für Alpensegler, nicht wahr?« Dann griff sie zum Telefon.

»Tut mir Leid. Helene Meyer ist gerade unterwegs, auf einem Waldlehrgang mit Schülern.« Als sie Josefas enttäuschtes Gesicht sah, fügte sie hinzu, Frau Meyer werde sicher ihre Freiluftlektion im Waldschulzentrum Kohlerwald beenden, wo die Schüler üblicherweise ihre Taschen zurückließen. Josefa ließ sich den Standort der Waldschulhütte beschreiben, die zum Glück noch innerhalb der Stadtgrenze lag, und dankte der jungen Frau für ihre Bemühungen. So schnell es der vereiste Boden erlaubte, lief sie zu ihrem Auto zurück. Sie stellte die Heizung auf Hochtouren, weil ihre Hände selbst in den Wollhandschuhen eiskalt geworden waren.

Glücklicherweise konnte sie die Waldstraße leichter als erwartet ausfindig machen. Das Holzhaus auf der Lichtung wurde auf einem großen Schild mit »Waldschulzentrum Kohlerwald« ausgewiesen. Vor dem rustikalen Gebäude stand ein kleiner Laster mit offener Ladefläche. Die Tür der Hütte war unverschlossen, und Josefa betrat einen Raum, der wie eine Küche aussah. Auf einem Herd stand ein Topf mit dampfenden Wasser. Aber es war niemand zu sehen. »Hallo«, rief Josefa, erhielt aber keine Antwort. Sie rief nochmals lauter. Nichts. Die Tür zum Nebenraum ließ sich öffnen. Auf Gestellen stapelten sich Papierrollen, ausgestopfte Tiere, Nistkästen für Vögel und orangefarbene Plastikplanen. An der Wand hingen knallgelbe Regenmäntel aus dickem Kunststoff. Der übrige Platz war mit Schließfächern voll gestellt.

»Hallo!« Wieder nichts. Josefa ging in die Küche zurück, setzte sich auf eine der Holzbänke und überlegte. Wenigstens war es einigermaßen warm hier drin. Jemand musste angeheizt haben. Der Laster vor der Hütte, die offene Tür, das dampfende Wasser – daran klammerte sich Josefas Zuversicht. Auf einem Holzbrett an der Wand entdeckte sie jetzt auch Tassen, eine Dose mit Kaffeepulver, daneben Kondensmilch und ein Paket Würfelzucker. Josefa schüttete Instantkaffee in eine Tasse, gab Zucker, heißes Wasser aus dem Topf und Kondensmilch dazu und machte sich auf die Suche nach einem Löffel. Die grobe Holzschublade ließ sich nur mit Mühe herausziehen und noch schwerer zuschieben. Josefa drückte mit aller Macht, bis die Schublade plötzlich nachgab und zukrachte.

Sie rührte in ihrem Kaffee und wärmte sich die Hände an dem heißen Gefäß. Plötzlich hörte sie ein Geräusch. Sie lauschte angestrengt. Da war es wieder. Es kam aus irgendeiner Ecke. Sie rannte in den Nebenraum. »Hallo«, rief sie, »hallo!« Jetzt waren Schritte zu hören, als ob jemand eine Treppe hochsteige. Sie kamen näher. Eine Tür wurde aufgewuchtet und zugeknallt. Jemand war im Raum, das spürte sie. Aber sie sah niemanden. Hinter den Schließfächern musste ein Durchgang verborgen sein.

Da trat plötzlich Helene in ihr Blickfeld. Sie starrte Josefa entgeistert an. »Mein Gott, hast du mich erschreckt!«, rief sie. »Was tust du denn hier?«

»An der Uni ... Man sagte mir, dass ... du ... hier bist«, stotterte Josefa, als müsste sie sich für etwas entschuldigen. Helene ging an ihr vorbei in die Küche. »Mensch, und ich dachte schon sonst was! Ich habe Geräusche hier oben gehört, ein lautes Knallen.«

»Die Tür stand offen. Da kann ja jeder reinspazieren.«

»Da spaziert aber niemand rein. Niemand kommt hierher.« Helene schaute sich suchend um.

»Jetzt bin *ich* da, und du könntest mich ruhig begrüßen«, beschwerte sich Josefa.

»Ich muss mir erst die Hände waschen, so möchte ich dich nämlich lieber nicht anfassen. Wo ist denn die Seife?« Sie warf einen Blick auf Josefas Tasse. »Machst du mir auch einen Kaffee? Schwarz, schwärzer, und noch schwärzer.«

Josefa füllte den Topf mit kaltem Wasser und stellte ihn wieder auf den Herd. Dann spülte sie ihren Löffel und häufte Unmengen Kaffeepulver in eine zweite Tasse. Helene trocknete sich derweil ihre Hände, die im kalten Wasser rot angelaufen waren. Josefa bemerkte, dass ihre Freundin sich ein Kopftuch umgebunden hatte. Sie sah wie eine Guerillakämpferin aus. Helene umarmte Josefa nun kurz und sagte: »Ein glückliches neues Jahr, meine Liebe. Was hast du denn an Silvester getrieben?«

»Ach, das liegt schon so lange hinter mir, ich weiß es gar nicht mehr«, sagte Josefa und empfand es auch so. Sie goss Helenes Kaffee auf und reichte ihn ihr. Sie wollte sich wieder hinsetzen, aber Helene schüttelte den Kopf. »Ich muss noch etwas erledigen. Nimm deine Tasse mit.«

»Helene, ich muss mit dir reden, unbedingt. Du hast auf meine Nachrichten auf dem Anrufbeantworter und auf dem Handy nicht reagiert. Deshalb bin ich hier.«

Helene stand schon auf der Türschwelle und machte eine ungeduldige Geste. »Tut mir Leid, aber ich bin erst am Sonntag zurückgekommen und musste am Montag diese Exkursion vorbereiten. Ich war einfach zu müde, um zurückzurufen. Ich hatte nicht den Eindruck, dass es dringend ist, entschuldige. Aber wir können ja unten reden.«

Josefa nahm ihre Tasse und lief Helene nach. Die verborgene Tür im Nebenraum führte zu einer kleinen dunklen Hinterkammer. Als Helene, die vorausging, ihr den Blick nicht mehr versperrte, sah Josefa ein großes Tier von der Decke hängen. Sie wusste nicht sofort, was es war, da Teile des Fells bereits abgezogen waren. Dann konnte Josefa den Kopf des Tieres ausmachen; es war an den Hinterläufen aufgehängt. Die dunklen Augen starrten gebrochen ins Leere.

»Ein Reh«, erklärte Helene. »Jemand hat es auf der Waldstraße angefahren und einfach liegen gelassen. Ich hab die Schüler nach Hause geschickt, es war ohnehin zu kalt für sie heute, und mich dann um das Tier gekümmert. Der Wildhüter ist krank, und sein Assistent ist hinter einem großen Hund her, der Wild reißt. Deshalb hat er mich gebeten, das Reh hierher zu bringen und gleich mit der Arbeit anzufangen.«

Sie zog sich eine Schürze und Plastikhandschuhe über und griff zu dem Messer, das auf einem kleinen Tisch lag. Josefa sah in der Ecke einen großen Eimer mit blutigen Innereien.

»War das Tier schon tot?«, fragte sie und konnte ihren Blick nicht von dem bloßgelegten Fleisch abwenden.

»Ich musste es erschießen, es war nicht mehr zu retten.« Helene löste das Fell von den Flanken. Sie arbeitete rasch und geschickt, obwohl die Kammer nur spärlich beleuchtet war.

Nach einer Weile murmelte sie: »Man muss Tiere auch töten können, wenn man ihnen helfen will.«

Es war eiskalt im Raum. Josefa kam er wie ein Verlies vor.

Helene warf ihr einen Blick zu. »Sorry, ich kann hier nicht heizen. Das Fleisch bleibt so länger frisch. Erwin, der zweite Wildhüter, wird nachher kommen und das Tier zerlegen. Ich werde bestimmt ein paar gute Teile abbekommen. Und du wirst dann von mir zu einem Rehrücken eingeladen.«

Aber Josefa war nicht nach Scherzen zu Mute, und Helene konzentrierte sich wieder auf die Arbeit.

Josefa setzte sich auf einen umgestülpten Plastikeimer außerhalb des Lichtkegels und sagte dann mit fester Stimme: »Helene, ich muss dir ein paar Fragen stellen.« Ihre Freundin gab etwas Undeutliches von sich, ohne den Kopf zu heben. »Warum hast du mich in dem Glauben gelassen, du seist in Kanada, während du dich anscheinend in Deutschland aufhieltest?«

Falls Helene überrascht war, so ließ sie es sich nicht anmerken. »Ich hab dir nie gesagt, dass ich nach Kanada fliege«, antwortete sie ruhig und arbeitete weiter. »Ich habe dir nur gesagt, dass ich Greg treffen werde. Wer hat dir denn erzählt, dass ich in Deutschland war?«

Josefa ignorierte die Frage und fuhr fort: »Es gibt einfach zu viele merkwürdige Zufälle, zu viele merkwürdige Situationen. Deine Kusine war ausgerechnet in Teneriffa, als Thüring verschwand. Sie war auch in der Bar, in der Thüring feierte, sie wurde ja sogar mit ihm photographiert. Zufälligerweise war sie im selben Hotel wie ich, sie erkannte mich, und zufällig kannte sie auch den Namen von Pius Tschuor. Dann kommt Salzinger um, angeblich durch einen Schuss aus dem eigenen Jagdgewehr.« Josefa schaukelte auf dem Plastikeimer hin und her, die Arme vor der Brust verschränkt. Es war so verdammt kalt hier.

»Zufällig geschieht das in der Nähe von Vals im Kanton Graubünden, und zufällig ist das der Ort, wo du immer mit deinem Vater auf die Jagd gegangen bist. Ich habe deine Mutter angerufen, Helene, und sie hat mir erzählt, dass du Ende Juli für ein paar Tage in Vals warst. Ausgerechnet zu der Zeit, als Salzinger dort seinen Unfall hatte. – Du hast mir nie etwas davon erzählt. Dabei habe ich dich kurze Zeit später auf dem Münster getroffen. Wäre es da nicht nur natürlich gewesen, du hättest so eine Reise erwähnt?«

Ihre Freundin hatte sich von dem Reh abgewandt und sah sie nun an, während sie das Messer an der Schürze abwischte.

»Ich weiß, dass die Swixan-Pleite für deinen Vater eine Tragödie war. Und sicher war sie auch für dich eine Tragödie. Ich muss das aussprechen, Helene, tut mir Leid, dass ich alte Wunden aufreißen muss.«

Helene schwieg.

Doch diesmal wollte Josefa nichts zurückhalten. Die Sache war zu wichtig. »Ich weiß auch, dass Freyas Vater einen schrecklichen Preis für den Niedergang der Swixan bezahlt hat. Und Freya wahrscheinlich ebenso.«

»Josefa, ich –«, begann Helene.

»Nein, bitte lass mich zu Ende reden«, unterbrach sie Josefa fast beschwörend, »sonst verliere ich den Faden. Wo war ich stehen geblieben? Ach ja. Dann bist du über die Festtage in Deutschland und nicht in Kanada. Zur gleichen Zeit kommt Karl Westek, der ebenfalls in Deutschland war, mit seinem Porsche um, weil jemand an den Bremsen oder am Motor herumgebastelt hat. Das kann doch alles kein Zufall sein, Helene, verstehst du? Ich komme da einfach nicht klar. – Das ist aber noch nicht alles.«

Josefa räusperte sich, dann fuhr sie tapfer fort:

»Der Wirtschaftsanwalt Feller-Stähli kommt auf der Bärenjagd irgendwo in der Wildnis bei Prince George um. Und wer ist Jagdführer in Prince George? Dein Freund Greg. Etwas sagt mir, das da was nicht stimmt.« Josefa holte tief Atem. Jetzt musste es raus. Was immer dem auch folgte, es musste raus. Ihr schlug das Herz bis zum Hals.

»Helene, hast du etwas mit dem Tod von Thüring, Salzinger, Feller-Stähli und Westek zu tun?«

Josefa wagte nicht, ihrer besten Freundin ins Gesicht zu schauen. Stattdessen starrte sie an ihr vorbei auf das halb offene Maul des Rehs, aus dem die Zunge hing, als hätte sie jemand herauszureißen versucht.

Eine Zeit lang war es totenstill. Dann drehte Helene ihr den Rücken zu. Wieder war das Schaben und Stochern des Messers zu hören, das leise Quietschen der Gummihandschuhe und das Scharren ihrer Jagdstiefel. Josefa schnürte sich der Hals zu. Das war's also. Helene wandte sich von ihr ab. Wegen des ungeheuerlichen Verdachts, den Josefa hegte.

»Helene, bitte ...«, flehte sie leise.

Nach einer Ewigkeit, so schien es ihr, begann Helene zu sprechen. Ihre Stimme klang gepresst, als müsste sie mit aller Kraft einen gewaltigen Strom von Emotionen zurückhalten.

»Ich wusste, dass du mir eines Tages solche Fragen stellen würdest, Josefa, das lag auf der Hand. Du bist ja nicht dumm. Aber jetzt ... jetzt, da ich dich höre, ist es ... schwer, das alles so gelassen entgegenzunehmen.« Sie drehte sich zu ihr um, aber Josefa konnte ihr noch immer nicht ins Gesicht sehen.

»Das ist eine geballte Ladung, die du mir da vor die Füße schmeißt. Und nur, weil ich weiß, wie besorgt du um mich bist – wenigstens bilde ich mir das ein –, und, ja, ich glaube, du bist auch loyal, trotz allem –, nur deswegen erzähle ich dir alles. Aber ich muss hier weitermachen, sonst werde ich nicht rechtzeitig fertig. Willst du die Geschichte jetzt hören oder nachher?«

»Jetzt«, sagte Josefa matt. Eine große Traurigkeit überkam sie. Als ob etwas unwiederbringlich zerstört wäre. Erneut dieses Schaben und Kratzen vom Tisch her. Und Helenes gepresste Stimme.

»Wenn etwas Schlimmes in der Familie passiert, hat man zwei Möglichkeiten – oder drei vielleicht. Man kann anderen die Schuld geben und verbittern. Oder man kann sich die Schuld geben und verzweifeln. Das wäre mir fast passiert. Ich war voller Schuldgefühle meinem Vater gegenüber. Meinetwegen hatte er die Firma verkauft. So dachte ich wenigstens. Meinetwegen hatte er alles verloren, was ihm wichtig war. Wir besaßen nur noch unser Haus, weil das meiner Mutter gehört.«

Helenes Sätze wurden durch kleine Pausen unterbrochen, während deren sie sich auf eine Bewegung des Messers konzentrierte. Josefa folgte jedem ihrer Handgriffe, als könnte sie so besser verstehen, was Helene sagte.

»Ich wäre sicher in eine tiefe Depression verfallen, wenn mich nicht zwei Dinge gerettet hätten: die verwundeten Vögel, die ich in der Vogelwarte am Mythenquai gesund pflegte – du hättest den Lebenswillen in den kleinen Körpern sehen sollen, es war einfach unglaublich –, und meine Mutter. Sie schickte mich zur Therapie. Sie hatte gerade ihren Ehemann verloren, sie wollte nicht auch noch ihre Tochter verlieren.«

Josefa hatte das Gefühl, ihr Körper würde langsam zu Eis erstarren. Sie hatte ihren Kaffee ausgetrunken und fühlte sich der Kälte jetzt vollkommen ausgeliefert. Sie presste ihre Daunenjacke fest um den Körper. Um keinen Preis wollte sie Helenes Redefluss unterbrechen. Vielleicht würde ihre Freundin ja danach gar nicht mehr mit ihr sprechen wollen.

Helene leerte ihre Tasse in großen Zügen und wechselte auf die andere Seite des Rehs.

»Zuerst sträubte ich mich gegen die Therapie, wie du dir vorstellen kannst. Aber meine Therapeutin war eine wunderbare Frau mit viel Lebenserfahrung und einem gesunden Menschenverstand. Sie war das Beste, was mir passieren konnte. Ich lernte, Verantwortung für das zu übernehmen, was ich beeinflussen konnte, und für alles andere die Verantwortung dorthin abzugeben, wo sie hingehörte. Das gab mir einige Jahre später die Kraft, zu handeln.«

Sie wischte die Klinge sorgfältig an einem Lappen ab und beugte sich wieder über den Tierkadaver.

»Zusammen mit Freya nahm ich Kontakt mit den Söhnen und Töchtern von Aktionären und Mitarbeitern auf, die ihr ganzes Geld – und in manchen Fällen auch Angehörige – durch den Swixan-Betrug verloren hatten. Wir wollten alles daransetzen, dass so etwas nicht noch einmal passiert, verstehst du? Wir wollten verhindern, dass die Schurken an der Spitze der Swixan erneut so viel Kummer über Menschen bringen. Und wir wollten auch nicht zusehen, wie sie nach dem skandalösen Freispruch ihre Millionen genießen, ohne ein schlechtes Gewissen zu haben.«

Helene legte das Messer weg und band ihre Schürze los. Josefa saß zusammengekauert auf ihrem Plastikeimer, am ganzen Körper zitternd. »Du bist ja am Erfrieren, Josefa. Komm, wir gehen nach oben und trinken noch etwas Warmes. Erwin muss jeden Moment kommen.«

In der warmen Küche dampfte das Wasser im Topf. Josefa sah jetzt, dass der Herd von einem Holzfeuer erhitzt wurde. Sie rührten nochmals Instantkaffee an und setzten sich wortlos in die Nähe des Herds.

Helene zog ihr buntes Tuch vom Kopf und strich sich mit gespreizten Fingern durchs Haar.

»Hast du die Geschichte von Al Capone gelesen, dem amerikanischen Mafiaboss? Capone war verantwortlich für den Tod Dutzender von Menschen. Da er die Morde nicht selbst ausführte, sondern gedungene Killer beauftragte, konnte ihm die Polizei nie etwas nachweisen. Doch seine Verfolger kamen auf die Idee, ihn anders in Ketten zu legen. Tatsächlich wurde Capone zu mehreren Jahren Haft verurteilt. Und weißt du, wofür? Steuervergehen! Damit hatte der Gangster nicht gerechnet.«

Josefa fragte sich, wie ihre Freundin jetzt auf Al Capone kam. Aber sie übte sich in Geduld. Helene schaute aus dem Fenster, obwohl sie dort nur Tannenäste sehen konnte. Ihr Gesicht verriet eine große Konzentration. Und etwas wie einen stillen Triumph. »Diese Kerle sind mit einer der größten Betrügereien in dieser Stadt davongekommen. Unfassbar, aber wahr. Doch das schützt sie nicht ihr ganzes Leben.«

Ihre Stimmlage war nun deutlich lebendiger als gerade noch im kalten Verlies. Josefa umklammerte ihre heiße Tasse.

»Sie machen Fehler. Kleine illegale Spielereien. So genannte Gentleman-Delikte. Verzeihliche Dummheiten. Aber damit sollen sie nicht davonkommen. Dafür wollen wir sorgen. Deshalb haben wir sie genauestens beobachtet. – Karl Westek hat seine schmutzige Scheidung uns zu verdanken. Er war ein notorischer Fremdgänger. Wir haben seine Frau über seine Fehltritte informiert. Inklusive Photos, wenn du verstehst, was ich meine.«

Josefa nickte wie betäubt.

»Salzinger fuhr oft mit drei oder vier Gläsern Wein im Blut. Vor einem Jahr hat er deswegen vorübergehend seinen Führerschein verloren. Er hat sich bestimmt gewundert, woher die Polizei ständig einen Tipp bekam, dass er wieder betrunken auf der Straße unterwegs ist. – Die Jagdwaffe, mit der er umkam, war übrigens nicht registriert. Auch das haben wir herausgefunden und der Polizei mitgeteilt. Aber da war er bereits tot.«

Helene schob ihre Kaffeetasse in einem undurchschaubaren Muster auf dem Holztisch hin und her. Josefa hielt die Arme krampfhaft verschränkt. Als ob sie so Helenes Worte auf Distanz halten könnte. »Thüring hatte es mit Kokain. Wir haben die spanische Polizei auf Teneriffa informiert, anonym natürlich. Er hat sich früher schon mal losgekauft, mit Schmiergeld, aber diesmal sah es schlecht für ihn aus. Vielleicht ist er im Drogenrausch freiwillig vom Boot gehüpft.«

Helene beugte sich zu Josefa vor und schaute ihr ins Gesicht. Aber Josefa richtete den Blick starr auf Helenes Tasse. »Diese Leute verdienen eine Strafe, Josefa. Aber es ist nicht so, wie du denkst! Wir richten nicht selbst. Glaubst du, Salzingers Familie habe seinen Tod nicht untersuchen lassen? Nichts deutet auf etwas anderes als auf einen Unfall hin.« Sie ließ ihre Worte minutenlang im Raum stehen. Dann lehnte sie sich wieder zurück.

»Freya war auf Teneriffa, weil sie hoffte, die Verhaftung Thürings live miterleben zu können. Aber die spanische Polizei hat geschlampt. Es mag vielleicht zynisch klingen, aber wenn die Polizei rechtzeitig eingegriffen hätte, wäre Thüring noch am Leben. Dann säße er jetzt nämlich hübsch lebendig in einer Gefängniszelle.«

Sie machte eine Pause. Josefa sah ihr nun in die Augen. »Und warum hat sie mich erkannt? Wir sind uns doch noch nie begegnet.«

Helene schaute sie erstaunt an. »Aber du bist doch meine beste Freundin! Ich habe ihr sicher Photos von dir gezeigt. Von uns beiden, von der Wanderung auf dem Üetliberg, du erinnerst dich sicher noch. Du bist ein wichtiger Mensch in meinem Leben. Außerdem … Dein Gesicht vergisst man nicht so schnell, Josefa, mit deinen großen dunklen Augen.« Ihr Mund verzog sich kurz zu einem Lächeln. Dann wurde sie wieder ernst.

»Du musst verstehen, Freya wollte sich dir nicht zu erkennen geben, sie wollte dich nicht in diese Sache hineinziehen.«

Josefa konnte ihre Zweifel noch nicht ganz ablegen. »Und Karl Westek?«

»Westek war in Deutschland, in Begleitung einer Prostituierten, und hat einige dubiose Personen getroffen. Dann haben wir ihn aus den Augen verloren. Das ist alles.« Helene hielt ihrem Blick stand.

»Jetzt weißt du mehr, als du wissen solltest. Mehr, als für dich gut ist. Das wollte ich eigentlich verhindern. Denn du hast genug eigene Probleme. Ich wollte dich nicht damit belasten.« Sie lächelte bitter. »Aber alles weißt du nicht. Das ist besser so. Zu deinem eigenen Schutz.«

»Zu meinem Schutz? Warum redest du von *meinem* Schutz? *Du* musst dich schützen, Helene! Was ist, wenn die Polizei dasselbe beobachtet hat wie ich? Wenn sie dort dieselben Überlegungen anstellen? Was sagst du ihnen dann?«

Helene schüttelte den Kopf. Sie streckte ihre Hand aus, als wollte sie ihre Freundin zu sich heranziehen. »Mach dir keine unnötigen Sorgen. Die Polizei hat, was mich betrifft, keinen Anlass zu Verdacht. Oder sagen wir, nicht mehr oder nicht weniger als bei anderen Personen.«

Sie zog ihre Hand wieder zurück, aber ihr Blick blieb auf Josefa haften. »Ich könnte mir auch Sorgen um dich machen, weißt du?«

»Warum?« Josefa merkte, wie sie wieder fror, trotz der Wärme vom Herd.

»Überleg doch mal.« Helene wiegte ihren Kopf hin und her. »Was sagst du der Polizei, wenn du gefragt wirst, warum du im Juli ausgerechnet auf Teneriffa warst? Und dort im Hotel Freya getroffen hast? Was sagst du, wenn die Polizei herausfindet, dass du in jungen Jahren eine dekorierte Sportschützin warst? Und was sagst du, wenn deine ehemaligen

Mitarbeiter der Polizei erzählen, dass du mit allen Mitteln verhindern wolltest, dass Schulmann zu Loyn kommt, und dass du wegen Schulmann deinen Job verloren hast? Dass ihr euch auf den Tod gehasst habt und du Schulmann ewige Rache geschworen hast?«

»Was willst du damit sagen?« Josefa stand so abrupt auf, dass sie ihre Tasse umkippte.

Helene stellte die Tasse wieder hin. »Jetzt verstehst du vielleicht, wie ich mich im Moment fühle. Nach deiner Befragung. Traust du mir tatsächlich zu, einen Mord zu planen – oder mehrere? Traust du deiner besten Freundin so etwas zu?«

Josefa schwieg. Es war alles so konfus. Die Enttäuschung stand Helene ins Gesicht geschrieben.

»Ich will nur sagen, dass du genauso verdächtig bist wie ich – oder so wenig wie ich.« Sie nahm ihr Kopftuch und wischte die Kaffeelache vom Tisch. Dann schaute sie das Tuch mit gespielter Resignation an. »Dabei wollte ich meine Brille damit putzen.«

Sie ging zum Wasserhahn und spülte das Tuch aus. Dann drehte sie sich zum Tisch und sagte versöhnlich: »Wir sollten uns nicht verrückt machen, Josefa. Und unsere Energien auf das konzentrieren, was wesentlich ist. Es gibt Wichtigeres als die Frage, ob Thüring voller Koks oder voller Johnny Walker war, als er im Wasser landete.«

Josefa war auf die Bank zurückgesunken. »Woher weißt du das mit der Sportschützin?«

Helene lachte. Sie legte eine Hand auf Josefas Schulter und drückte sie kurz. »Siehst du, du wirst nie alle Fragen lösen können. Und immer, wenn du denkst, du hast eine gelöst, taucht eine neue auf.«

Draußen war das Geräusch eines Fahrzeugs zu hören. »Das wird Erwin sein. Ich muss ihm rasch helfen.« Mit einem Satz war Helene an der Tür.

Josefa wusch die Tassen ab. Sie war froh, dass sie sich beschäftigen konnte. Am liebsten hätte sie das Geschirr einer ganzen Schulklasse gespült, hätte den Dreck mit bloßen Händen abgekratzt. Sie hielt die beiden Tassen und den Löffel so lange unter eiskaltes Wasser, bis ihre Hände schmerzten.

– 6 –

Heinz Zwicker legte eine CD mit Dixieland Jazz ein, die er von seinem Sohn zu Weihnachten erhalten hatte. Auch das Zimmer, in dem er jetzt die Kontaktabzüge auf den Tisch legte, war früher das seines Sohnes gewesen. Aber der war schon vor Jahren ausgezogen, und Zwicker betrachtete dieses Zimmer inzwischen als sein Refugium. Seine Frau wunderte sich bestimmt, was er stundenlang in diesem Zimmer trieb. Aber sie stellte nie Fragen, hatte nie welche gestellt, und das war etwas, wofür er ihr insgeheim dankbar war. Wie für so vieles.

An diesem Abend wollte er nochmals die Vergrößerungen jener Bilder durchgehen, die er auf den Kontaktabzügen für das Polizeilabor angekreuzt hatte. Er hatte schon unzählige Stunden mit dem sorgfältigen Studium Hunderter von Photos verbracht. Unglaublich, wie viele Filme Photographen verschossen. Würde er so viel Material verschwenden, dachte Zwicker, hätte er auch irgendwann ein gutes Bild darunter. Er stellte die Musik ein wenig lauter, seine Frau besuchte gerade einen Kurs für Fuß-Reflexzonen-Massage.

Mit der Lupe suchte er nochmals Bild für Bild den Hintergrund ab, notierte sich auf einem Block die Nummer der Ablichtung und fügte Bemerkungen wie »rechts oben«, »stehen zusammen« und »vor dem Schlag« hinzu. Sein Fuß wippte zur Musik. Morgen würde er Franz Kündig seine Beobachtungen mitteilen.

Der Instinkt eines altgedienten Kripobeamten sagte ihm, dass die Sache nun endlich ins Rollen kam.

– 7 –

Die Matratze war fleckig und abgewetzt, aber sie tat ihren Dienst. Esther stand mit beiden Füßen darauf und schaute nach oben. »Ich bin bereit«, rief sie und streckte die Arme aus, als wäre sie auf einer Veranstaltung der Christlichen Wiedererweckung.

Josefa wartete drei Meter über ihr an der Balustrade, die den obersten Treppenabsatz im Dachgeschoss abgrenzte. Sie hielt mit beiden Händen Sali fest, der, von ihr abgewandt, auf der Balustrade saß, bereit für den Sprung in die Tiefe. Links und rechts waren Seile fest um die Metallbrüstung des Geländers gezurrt. Sali sah in den Bändern des Klettergurtes wie ein gut verschnürtes Weihnachtspaket aus. Der Gurt gehörte Helene und war ihm eigentlich viel zu groß. Josefa löste den Karabinerhaken. »Du kannst nun langsam runtergehen«, sagte sie zu Sali. »Langsam« war offenbar ein Wort, dass der Junge gern überhörte. Er stieß sich ab wie ein Bungee-Jumper, der sich am Seil von einer Brücke stürzt. Das hatte er offenbar im Fernsehen gesehen. »Sachte, sachte!«, mahnte ihn Josefa. Glücklicherweise hatte sie das Seil, an dem er hing, gut festgezurrt und spulte es nur Stück für Stück ab. »Die Zehen nach oben, immer schön nach oben.«

»Josefa lässt dich am Seil herunter, Josefa lässt dich am Seil herunter«, skandierte Esther aus der Tiefe.

»Hör sofort auf damit.« Josefas Stimme war so schneidend, dass Sali sie erschrocken anschaute.

»Aber das versteht er doch überhaupt nicht«, beschwichtigte Esther.

»Er versteht es vielleicht nicht, aber er spürt es. Kinder spüren das.« Sie strich Sali beruhigend über die schmächtigen Schultern. »Nur dumme Erwachsene lassen einander am Seil herunter, Sali. Was wir machen, ist ›abseilen‹.«

»Abseilen«, wiederholte Sali.

Er schwang sich wie ein Pendel nach unten, wo er – Esthers Arme schnöde missachtend – auf die Matratze plumpste. »Bravo, Sali«, lobte Esther. Sie fand den Kletterakt im Treppenhaus zwar etwas gewagt, aber sie wollte keine Spielverderberin sein. Sie wäre auch nie, wie Josefa es vorhatte, mit einer solchen Ausrüstung in eine unterirdische Höhle gestiegen. Sie konnte sich nicht vorstellen, welches Vergnügen ein solches Unterfangen bereiten konnte.

Sali schaute strahlend zu Josefa hinauf. Ihr Herz machte einen Satz. Wie sich der Bub freuen konnte! Sie wollte ihm gerade ein paar lobende Worte zurufen, als ihr Handy klingelte.

»Josefa, wie geht es Ihnen?« Es war Claire. Wie lange war es her, dass sie miteinander gesprochen hatten ...?

»Hallo, Claire. Ich stehe gerade im Treppenhaus und übe das Abseilen.«

»Was tun Sie?«

»Ich spiele mit einem Jungen, der unter mir wohnt.« Sie hatte keine Lust auf lange Erklärungen.

Claire ging gar nicht darauf ein. »Josefa, Sie können sich gar nicht vorstellen, wie sich hier alles verändert hat. Positiv, richtig positiv.« Sie klang ein wenig hektisch, aber selbstbewusst.

»Positiv?« Josefa sah Sali und Esther ungeduldig am Treppenabsatz stehen. »Ich habe gehört, dass Joan wegen der ganzen Skandale ihren Werbevertrag gelöst hat.«

»Ach.« Claire zögerte kurz, als ob sie überrascht wäre, dass Josefa bereits davon wusste. »Joan wurde von Prada abgeworben, aber das hat sie schon seit längerem geplant. Wir wollen ohnehin eine Imageträgerin, die jünger, frischer ist. Sie werden staunen, mit wem wir in Verhandlungen sind, Josefa. Aber ich darf noch nichts sagen.«

Josefa staunte tatsächlich. Wer war »wir«? Diese Dinge wurden auf oberster Managementebene besprochen, nicht mit Angestellten wie Claire.

Neugierig geworden, hakte Josefa nach. »Aber Walther muss doch erschüttert sein, nach all den Ereignissen. Und jetzt noch Karl Westek. Das ist für die Medien ja ein gefundenes Fressen.«

Josefa beobachtete, wie Sali mit Esther auf der Matratze balgte. Glücklicherweise sehen das sein Onkel und seine Tante nicht, dachte sie.

»Westek geht uns doch gar nichts an, Josefa. Das hat mit Loyn nichts zu tun. Walther ist das alles natürlich nicht willkommen, ist ja klar. Aber ich habe zu ihm gesagt: Herr Walther, die Leute haben ein kurzes Gedächtnis. In einem Jahr ist alles vergessen. So geht es doch mit den schlimmsten ...«

Der Rest ging in dem Gelächter unter, das zu Josefa heraufdrang.

»Claire, wir müssen nächste Woche noch mal telefonieren«, rief sie. »Ich bin jetzt fünf Tage weg. Danach müssen wir uns endlich mal wieder treffen.«

»Ich bin immer sehr beschäftigt. Aber wir sollten es wenigstens versuchen. Melden Sie sich, wenn Sie zurück sind.«

Josefa klappte ihr Handy zu. Dann sah sie Salis Onkel am Treppenabsatz stehen. Sie sah ihn verdutzt an. »Er will auch abseilen«, kündigte Sali vergnügt an. Alle lachten, und Josefa stimmte ein, obwohl ihr eigentlich gar nicht danach war.

– 8 –

Na?«, fragte Heinz Zwicker.

Franz Kündig schaute auf die zwei Reihen von Abzügen, die vor ihm auf dem Tisch lagen.

»Sie sucht also unter dem Tisch herum, während ihr Ehemann für die Presse posiert.« Kündig strich sich mit dem Zeigefinger über den Nasenrücken. »Er schwingt den Golfschläger, und Francis Bourdin will an ihm vorbei. Der Schlag stoppt ihn. Wohin will Bourdin so schnell, dass er das Golfracket nicht beachtet? Er sieht jemanden unter dem Tisch verschwinden, er sieht vielleicht auch nur ein Bein oder eine Bewegung. Aber er will sofort nachsehen, was los ist.« Kündig legte eine Kunstpause ein. »Ob jemand seine Wanze sucht oder entdeckt hat oder was weiß ich.«

Im Sitzungszimmer war nur das Klopfen seiner Fingerspitzen auf dem Tisch zu hören.

»Ich frage mich, ob das nicht auf dem Tonband sein sollte«, sagte Zwicker schließlich.

»Ist es nicht«, erwiderte Kündig.

»Ja, das wissen wir. Die Frage ist, ob es weitere Tonbänder gibt, auf denen diese Aktionen unter dem Tisch aufgenommen wurden.«

»Wenn es sie gibt, dann wissen wir nichts davon«, sagte Kündig, der sich fragte, worauf Zwicker hinauswollte. Und ob der Moment günstig war, ihm eine zweite Beobachtung mitzuteilen. »Dann müssen wir sie finden und –«

Zwicker deutete ungeduldig auf drei Bilder. »Schau dir den Hintergrund genau an.«

Kündig ließ sich nur ungern unterbrechen, schaute aber näher hin. Eine Frau, ein Mann. Er schnalzte mit der Zunge. »Die beiden scheinen ja in ein ernsthaftes Gespräch vertieft.«

»Ja, genau«, sagte Zwicker aufgeregt. »Sie stehen immer wieder beisammen, während des ganzen Pressetermins und auch vorher. Und immer etwas abseits. Westek hat einen richtig verschwörerischen Gesichtsausdruck. Was verbindet die beiden, möchte ich wissen.«

»Mhm. Wir sollten die Dame unbedingt sprechen.« Kündig schnippte mit den Fingern. »Wo war ich stehen geblieben? Ach ja. Wo ist sie zu erreichen?«

Zwicker schob die Bilder zusammen. »Das fragst du doch nicht im Ernst?«

Kündig blickte erstaunt. Dann verstand er. »Ich meine die Frau des Golfspielers, Pamela Hartwell. Du musst sie so schnell wie möglich befragen, wo immer sie auch sein mag.«

»Mach ich.« Zwicker schien etwas enttäuscht. »Und die andere?«

»Die andere auch. Aber die läuft uns nicht davon.«

– 9 –

Eine tiefe Stille lag über der weißen Landschaft, die sich vor ihnen auftat. Die Sonne versteckte sich hinter dicken Wolken, aber das tat dem Anblick der sanften Hügel, die hie und da mit verschneiten Waldbeständen bewachsen waren, keinen Abbruch. Alles schien in einer majestätischen Ruhe erstarrt zu sein, wie von eisiger Lava übergossen und festgehalten für alle Ewigkeit. Nichts schien sich zu bewegen, außer ihr Auto, das langsam, Kurve für Kurve, den höchsten Punkt der Passstraße ansteuerte.

»Ist das nicht wunderschön?« Josefa hatte diesen Teil der Jura-Landschaft noch nie gesehen, und sie war freudig überrascht, dass es in der Schweiz noch so wundersame Dinge für sie zu entdecken gab.

»Das ist nur ein Vorgeschmack auf das, was noch kommt«, sagte Pius mit seiner tiefen, angenehmen Stimme. Josefa durchfuhr ein wohlig-aufgeregter Schauer. Nach drei Tagen Skifahren war sie ausgeruht und unternehmungslustig. Sie freute sich darauf, eine neue Welt zu entdecken, noch dazu eine, die sich nur wenigen offenbarte. Es würde ein wohltuender Kontrast zur Büroarbeit in Zürich werden.

Pius war am Vorabend in Crans eingetroffen. Er kam spät an, und Josefa hatte bereits zu Abend gegessen. Sie nahmen noch einen Schlummertrunk an der Hotelbar zu sich und gingen dann auf ihre Zimmer, weil sie planten, sehr früh aufzustehen. Pius wollte, dass Josefa ihre Erfahrungen in der Höhle in seinem Buch beschrieb. Das war eine Herausforderung, die sie ganz kribbelig machte. Ein großes gemeinsames Abenteuer. Josefa fühlte sich geehrt, dass er diese Seite seines Lebens mit ihr teilen wollte.

»Ich bin jedes Mal ganz euphorisch, wenn ich hinunter steigen kann. Ich bin süchtig nach diesem Gefühl«, gestand Pius jetzt. Josefa sah ihn von der Seite an. Er trug leichte Alpinisten-Bekleidung in Leuchtfarben. Seine schlanken, sehnigen Finger navigierten den Geländewagen wie ein Schiff über den Ozean. Er erwiderte ihren Blick. Sie wusste, dass sie trotz der kurzen Nacht frisch aussah. Ihr Gesicht war leicht gebräunt, und sie fühlte sich beschwingt.

»Ich bin stolz auf das Bild, das ich von dir aufgenommen

habe. Es ist eines der Bilder, die mir wirklich gelungen sind«, sagte er.

Sie wusste sofort, von welchem Bild er sprach. Im hohen Alter würde es sie daran erinnern, dass es einmal einen Moment gegeben hatte, in dem sie wirklich schön gewesen war. Doch sie wollte ihm nicht zeigen, wie viel ihr diese Photographie bedeutete.

»Mein lieber Charmeur, du musst Honig zum Frühstück verschlungen haben, so süß klingen deine Worte«, sagte sie neckend. »Gehört das nicht zu deinem Repertoire? Nach dem Motto: Ich mache Sie schön, Madame, dafür machen Sie mich glücklich. Oder besser: Dafür machen Sie mich reich.« Josefa legte sich theatralisch die Hand aufs Herz.

»Josefa, so leicht bist du nicht zu bezirzen. Ich musste mich ja heimlich auf die Lauer legen, um dein Abbild einzufangen.«

»Dafür legen sich die tollsten Frauen freiwillig vor deine Linse«, flachste sie. »Von Joan Caroll bis Pamela Hartwell.«

Kaum hatte sie Pamelas Namen ausgesprochen, hätte sie sich am liebsten geohrfeigt. Wie konnte sie nur so unüberlegt verraten, dass sie in seiner Schublade gewühlt hatte?

Pius erwiderte nichts. Fieberhaft überlegte Josefa, wie sie die Scharte wieder auswetzen konnte. »Legen ist vielleicht nicht der richtige Ausdruck, ich wollte sagen, stellen.« *Du machst alles nur noch schlimmer!*

Pius schwieg immer noch. Die Straße wurde jetzt zunehmend steiler. »Sind wir bald auf der Passhöhe?« Sie versuchte, unbefangen zu wirken.

»Und du denkst also, die machen mich reich?«, fragte Pius unvermittelt.

»Wer?« Josefa schaute angestrengt in die Natur hinaus.

»Frauen wie Joan und Pamela.«

»Pius, es war ein dummer Scherz, ich habe nur herumgeblödelt.«

Er nahm die Kurve so scharf, dass sie gegen die Beifahrertür prallte.

– 10 –

Die Atmosphäre im Sitzungszimmer war geradezu feierlich. Sechs Männer und eine Frau blickten gespannt zum Kopf des Tisches, wo Kündig und Zwicker saßen. Es war halb acht Uhr morgens. Kündig legte ohne große Formalitäten los. »Wir haben hier eine Abschrift des Gesprächs mit Pamela Hartwell, der Ehefrau des Golfspielers Colin Hartwell. Die beiden halten sich gerade in Paris auf – sie macht Einkäufe, er tummelt sich irgendwo auf dem Golfplatz. Frau Hartwell wollte nicht, dass er der Befragung beiwohnte. Wie dem auch sei – Kollege Zwicker ist nach Paris geflogen. Er hat ihr die Photos vorgelegt; die, auf denen sie unter den Tisch kriecht. Heinz, willst du übernehmen?«

Zwicker räusperte sich. »Als Frau Hartwell die Bilder sah, reagierte sie sehr nervös und fragte, was wir wollten. Ein Beamter der französischen Justiz war zugegen. Ich sagte, sie solle uns erklären, was sie da unter dem Tisch gemacht habe. Sie sagte, sie habe einen ihrer Ohrhänger gesucht, den sie verloren hatte. Sie habe ihn aber nicht gefunden. Sie fragte, von wem die Bilder seien. Ich nannte ihr den Namen von Pius Tschuor, dem Photographen von Loyn. Darauf sagte sie sichtlich erschrocken: ›Das glaube ich Ihnen nicht. Bestimmt hat jemand anders die Photos gemacht.‹ Dann stand sie auf und rief: ›Warum sollte er das tun? Was hat er Ihnen gesagt?‹ Ich fragte, warum sie so außer sich sei. Sie war den Tränen nahe. Dann verlangte sie, mit ihrem Anwalt zu sprechen.«

Zwicker hielt inne, und Kündig ergriff erneut das Wort. »Aufgrund der merkwürdigen Reaktion von Pamela Hartwell wollten wir Pius Tschuor befragen. Er ist aber weder zu Hause noch auf seinem Handy zu erreichen. Wir konnten niemanden finden, der weiß, wo er sich derzeit aufhält. Deshalb haben wir einen Hausdurchsuchungsbefehl beantragt, den wir sicher heute bekommen werden.«

Er blickte in die Runde. Die junge Beamtin, die sich eifrig Notizen gemacht hatte, fragte: »Was erwartet ihr, dort zu finden? Habt ihr einen bestimmten Verdacht?«

»Wir vermuten, dass wir dort Bilder finden werden, die uns Tschuor, aus welchen Gründen auch immer, nicht gezeigt hat.«

Natürlich waren sich alle am Tisch bewusst, auch die junge Kollegin, dass dies nur die halbe Antwort war. Kündig, der alte Hase, hielt mal wieder etwas zurück.

– 11 –

Glatteis«, stellte Pius fest. »Das ist gut.«

Josefa schaute ihn verwundert an. »Je kälter, desto besser«, erklärte er. »Im Frühling, wenn es wärmer wird, muss man mit Wassereinbrüchen rechnen.«

»Aber es war doch gerade zwei Wochen lang ungewöhnlich warm«, wandte sie ein.

»Keine Sorge, so schnell geht das nicht.« Er fuhr die Kurven nun vorsichtiger. »Dieses Buch ist mir sehr wichtig, Josefa. Es wird ein phänomenales Werk, das kann ich dir sagen. Und wenn meine Arbeit mit schönen Frauen dieses Werk letztlich möglich macht, dann war es den Einsatz wert.«

Sie hatten offenbar die Kuppe der Anhöhe erreicht, doch Pius hielt nicht an, er schien begierig, zur Höhle zu gelangen.

»Ich dachte, *Walther* finanziert das Buch«, nahm Josefa den Faden auf.

»Walther ist ein Feigling. Erst hat er mir großartige Versprechungen gemacht, und jetzt will er sich drücken.«

»Das sieht ihm ähnlich. Was hat er denn gesagt?«

»Er sagte, der Zeitpunkt sei ungünstig für ein solches Projekt, er habe jetzt andere Prioritäten und wolle sich auf nichts festlegen.« Pius klang plötzlich bitter. Sein Lächeln war verschwunden. Josefa wählte daher ihre Worte vorsichtig.

»Ich verstehe deine Enttäuschung, aber … hast du damit nicht rechnen müssen?«

»Wie meinst du das?«

»Nun … Seine Situation ist ja wirklich schwierig. Der Tod von Schulmann, der Selbstmord von Bourdin, die Gerüchte um Thüring und Konsorten. Ich kann mir gut vorstellen, dass ihm in einer solchen Situation ein Photobuch über unterirdische Höhlen vollkommen egal ist.«

»Das sind doch alles Memmen. Walther sollte froh sein, dass er Schulmann so elegant losgeworden ist. Der hat ja den ganzen Laden durcheinander gebracht. Schulmann und Bourdin wollten Walther über den Tisch ziehen und die Firma übernehmen. Das muss heute selbst dem dümmsten Trottel klar sein. Nun sind die beiden weg vom Fenster. Ist doch gut – wo liegt denn Walthers Problem? Ihm gehören die Sympathien der Öffentlichkeit. Der geniale Selfmademan, so nennt man ihn doch. Oder noch besser – der gütige Familienunternehmer. Dass ich nicht lache. Der Verfechter von zeitloser Qualität im Zeitalter des Junk.« Pius äffte einen imaginären TV-Spot nach. »Wo liegt also sein Problem? Ich verstehe einfach nicht, wie er mich mit diesem Projekt sitzen lassen kann. Ich war ihm gegenüber immer loyal.«

Josefa fand seine Logik schockierend. Walther hatte Pius immer gut behandelt, das hatte sie selbst beobachten können. Und den Tod zweier Menschen, davon einer gewaltsam, sozusagen als glückliche Fügung für Walther abzutun – das war richtig zynisch.

»Hast du schon mal was von Imageschaden gehört? Der Name Loyn wird heute mit ungeklärten Todesfällen verbunden, nicht mit Glamour und Exklusivität und ewiger Schönheit. Und dann die Sache mit den Wanzen. Die Gäste fragen sich alle, ob ihr ganzer Klatsch und Tratsch auf irgendwelchen Tonbändern festgehalten ist. Davon wird Loyn sich vielleicht nie erholen.«

Pius ließ sich nicht beeindrucken. »Da muss ich dir aber kräftig widersprechen. Menschen sind unglaublich vergesslich. Sie *wollen* vergessen. Weißt du noch, wann der erste Golfkrieg war? – In einem Jahr werden Schulmann und Bourdin ungelesene Fußnoten sein.«

»Genau das sagt Claire auch.«

»Recht hat sie. Claire schaut nach vorne. Sie tut viel, um Loyn auf den Beinen zu halten. Sie hat sich gemacht, deine fleißige Assistentin. Würde mich nicht wundern, wenn sie es eines Tages ins Management schaffen würde.«

Josefa behielt ihre Zweifel für sich. Sie befürchtete, dass Walther in seiner Not Claire skrupellos ausbeutete, um ihr dann, in besseren Zeiten, wieder jemanden vor die Nase zu setzen.

»Claire war die beste Mitarbeiterin, die ich je hatte. Sie wusste immer, was ich wollte, und oft hatte sie es schon erledigt, bevor ich sie darum bitten konnte. Zum Schluss waren wir so gut eingespielt, dass wir gegenseitig unsere Gedanken und Gefühle lesen konnten. Wie ein altes Ehepaar.«

»Ja, ja, das Duo Rehmer-Fendi hat allen Furcht und Schrecken eingejagt.« Pius grinste spitzbübisch.

Sie fuhren nun einen breiten unebenen Pfad entlang, der wahrscheinlich hauptsächlich von landwirtschaftlichen Fahrzeugen benutzt wurde, und ließen sich tüchtig durchschütteln. Josefa war schweigsam geworden. Sie wollte Pius nicht verraten, dass sie sich auch ein bisschen über Claire ärgerte – Claire, die ihr anscheinend demonstrieren wollte, dass alles bestens lief, viel besser als zu ihren Zeiten bei Loyn.

Josefas Gedanken blieben bei Pius' verbalen Hieben gegen Walther hängen. Warum dieses kalte Unverständnis? Wie konnte er die Lage so falsch einschätzen? Natürlich wollte er sein Buch gedruckt sehen. Und vielleicht war er auch viel stärker von Ehrgeiz und Anerkennungssucht getrieben, als sie es bislang wahrhaben wollte. Jeder kämpfte auf seine Weise um einen Platz an der Sonne.

»Hast du eigentlich herausgefunden, von wem die anonymen E-Mails stammten?«, fragte er nun überraschend. Welcher Gedankengang hatte ihn wohl dahin geführt?

»Ja. Joe vom Internetcafé hat mir den entscheidenden Tipp gegeben.« Sie wollte nicht weiter über die E-Mails sprechen. Deshalb fragte sie: »Wo hast du Joe eigentlich kennen gelernt?«

»Während der Ausbildung.« Pius brachte den Wagen zum Stehen. »Wir sind da.«

Josefa sah sich suchend um. »Hier? Und wo ist die Höhle?«

– 12 –

Sie gingen systematisch und gründlich vor. Zuerst verstauten sie das Photoarchiv, dann alle weiteren Dokumente. Zwicker kümmerte sich um die Aufnahmekassetten und schickte sie gleich zum Tonspezialisten. Acht Stunden später hatte er seinen Triumph, vielleicht den größten seiner beruflichen Laufbahn.

Am späten Abend saß er mit Kündig und dem Tontechniker vor dem Mischpult. »Ist das eine Kopie?«, fragte er.

Der Techniker zuckte die Schultern. »Um das sagen zu können, müssen wir die Bänder erst miteinander vergleichen. Und wir sollten einen zusätzlichen Experten einbeziehen. Dann können wir die englischen Wörter besser herausholen.«

»Englische Wörter?« Kündig und Zwicker sahen sich an. »Welche englischen Wörter?«

»Die Sequenz ganz am Schluss«, sagte der Tontechniker.

»Was für eine Sequenz?« Kündig lehnte sich über das Mischpult, als könnte er darauf die Antwort ablesen.

Der Techniker drückte ein paar Knöpfe und schob Regler hin und her. »Das müsst ihr euch anhören.« Er grinste.

Und drehte langsam die Lautstärke auf.

Zuerst klang es wie ein Kratzen und Flattern, dann folgten menschliche Laute: Flüstern, unterdrücktes Lachen. Ein Rascheln und Stöhnen.

Die beiden Kripobeamten saßen so konzentriert da, dass der Tontechniker nicht mehr zu grinsen wagte. Zwicker verstand »Yes« und »that feels« und »please« und »not yet«. Eine Frau und ein Mann. Aber es war vor allem die Frau, die sprach. Er wollte gerade eine Frage stellen, als die weibliche Stimme deutlich sagte: »I love you, Dick.« Dann Schmatzen, Saugen, ein Keuchen, unterdrücktes Stöhnen. Nach einer Weile sagte der Mann: »You've made me happy, baby.« Seufzen, unterdrücktes Kichern. Dann nur noch Rauschen und Knacken.

Der Tontechniker brach den Bann. »Das dauert jetzt noch ein paar Minuten, dann ist die Aufnahme zu Ende.«

»Was, die bumsen noch weiter?«, fragte Kündig, der offenbar völlig neben der Spur war.

»Nein, mit dem Sex ist es vorbei, da kommt nichts mehr, nur Rattern und Knacken und Rauschen. Kein identifizierbares Geräusch. Muss auch eine vorsintflutliche Anlage sein, mit der das aufgenommen wurde.«

Kündig schaute zu Zwicker rüber. Der konnte sich ein Schmunzeln nicht verkneifen.

»Es geht also wieder mal um Sex«, sagte Kündig schließlich trocken. »Und wer mit wem?«

Zwicker kratzte sich an der Schläfe. »Könnte die Frau des Golfspielers sein. Kein Wunder, dass sie einen Anwalt braucht. Das würde einiges erklären.«

»Und der Mann?«

»Sie sagt: ›I love you, Dick.‹«

Dick, dachte Kündig, die englische Abkürzung für Richard.

»Richard.« Er sprach den Namen deutsch aus. »Mir kommt da im Moment nur einer in den Sinn.«

»Mir auch. Wann laden wir ihn vor?«

– 13 –

Der Eingang zur Höhle war hinter Gebüsch und Steinbrocken verborgen. Er war sehr schmal; ein erwachsener Mensch konnte sich nur mit viel Geschick hindurchzwängen. Josefa stand etwas unschlüssig davor und fragte sich, ob sie sich vielleicht zu viel vorgenommen hatte. Jetzt, da sie in Helenes Kletterausrüstung bereit zum Einstieg war, wurden ihr die Risiken einer solchen Exkursion erst voll bewusst.

Pius bemerkte ihr Zaudern und lächelte ihr aufmunternd zu. »Wenn wir das Nadelöhr hinter uns haben, wird alles viel weiter, offener. Keine Bange, ich krieche zuerst durch, dann ziehe ich den Rucksack nach, und du folgst mir einfach. Du wirst es nicht bereuen, glaub mir.«

Josefa zitterte am ganzen Körper. »Es geht schon, ich habe nur Schwellenangst. Aber ich pack's ganz sicher.« Sie machte sich selbst Mut.

Pius kroch auf allen vieren ins Loch hinein. Josefa hörte ein Rascheln und Schaben, dann nichts mehr. Nach einer Weile setzte sich das Seil mit dem Rucksack in Bewegung.

Jetzt war sie an der Reihe. Sie duckte sich in den Tunnel, legte sich flach auf den Bauch und schob sich wie eine Robbe vorwärts. Es war dunkel, und sie kroch blind ins Ungewisse. Sie hörte Pius von weit weg rufen, was ihr Mut verlieh. Langsam tastete sie sich voran. Es kam ihr wie eine kleine Ewigkeit vor. Glücklicherweise litt sie nicht an Klaustrophobie. Noch nicht. Sie fühlte blanken Fels unter sich. Er war feucht. Jetzt konnte sie einen gelblichen Lichtschimmer sehen, das musste Pius' Karbidlampe sein. Unvermittelt rutschte sie ins Leere, doch sogleich fühlte sie Hände, die sie packten. »Gut gemacht, das Schlimmste ist vorbei«, hörte sie Pius sagen. Ihre Knie waren schwammig, und ihre Augen gewöhnten sich nur langsam an das Dunkel neben dem Lichtkreis. »Stell dich hier drauf, da bist du sicher«, sagte Pius. Josefa hielt sich noch immer an seinem Arm fest. Dann hörte sie ihn mit seltsam hallender Stimme sagen: »Und nun wartet die Überraschung deines Lebens auf dich!«

Sie seilten sich an und sattelten ihre Rucksäcke. Im Schein der Kopflampen setzten sie ihre Füße vorsichtig auf den glatten Fels. Pius ging voraus, Josefa folgte. Sie duckten sich unter Felsvorsprüngen hindurch und zwängten sich durch enge

Spalten. Josefa konnte nur schemenhafte Umrisse ausmachen, aber sie verließ sich auf Pius' Weisungen. Das Seil und der Helm gaben ihr eine trügerische Sicherheit, darüber machte sie sich keine Illusionen. Denn ein Sturz wäre nicht nur schmerzhaft, sondern unter Umständen auch verhängnisvoll. Doch je weiter sie vorankamen, desto zuversichtlicher wurde sie. Wenn sie dieses Stück geschafft hatte, dann würde sie auch den Rest schaffen.

Sie sprachen nur das Nötigste, die Kletterei erforderte ihre volle Konzentration.

Josefa war gespannt, was sie bald zu sehen bekäme. Eine Offenbarung hatte ihr Pius versprochen. Eine Erfahrung, die sie ihr ganzes Leben nicht vergessen werde. Jetzt konnte sie ohnehin nicht mehr zurück. Sie war Pius auf Gedeih und Verderb ausgeliefert.

– 14 –

Richard Auer saß mit einem leicht irritierten Gesichtsausdruck im Verhörraum und versuchte, ruhig zu bleiben. Die Polizei hatte ihn um sechs Uhr morgens angerufen und zu sich bestellt. Er musste deshalb ein wichtiges Gespräch, das er um neun Uhr mit einem Headhunter anberaumt hatte, verschieben. Aber er wollte sich kooperativ zeigen. Die beiden Beamten, die ihm gegenübersaßen, sollten nicht denken, er habe etwas zu verbergen.

Auer wähnte sich in einem schlechten Film. In einem dieser Softpornos, die er sich manchmal abends in irgendeinem anonymen Hotelzimmer angeschaut hatte, wenn er auf Geschäftsreisen war. Jetzt törnte ihn das allerdings überhaupt nicht an. Er fühlte sich gegängelt und provoziert. Er war nahe daran, den Beamten zu erklären, er halte es für eine Zumutung, sich dieses Sexgeflüster anhören zu müssen, und verlange eine Erklärung. Aber er fühlte die Augen der beiden Beamten auf sich ruhen und versuchte, gelassen zu wirken. Endlich drückte einer der Männer auf den Knopf und beendete die Peinlichkeit.

»Warum haben wir Ihnen dieses Band vorgespielt, Herr Auer? Können Sie sich das erklären?«, fragte Franz Kündig, der übernächtigt aussah. Seine Befragungstaktik war heute nicht so ausgefeilt wie sonst. Kündigs Baby litt unter Zahnschmerzen, obwohl noch gar keine Zähne zu sehen waren. Das hatte Kündigs Schlaf von fünf auf zweieinhalb Stunden halbiert.

In einer Welt, die nicht die seine war, gab es Leute, die öffentlich Sex hatten. Oder halb-öffentlich, wenn man in Betracht zog, dass dieser hier unter einem Tisch mit einer bis an den Boden reichenden Decke stattgefunden hatte. In seinem übermüdeten Zustand war Kündig nicht fähig, etwas Erotisches daran zu finden. Er, Kündig, hätte unter dem Tisch geschlummert. Auf dem Band wäre nichts als ein Schnarchen zu hören gewesen.

Richard Auer runzelte die Stirn. »Nein, keine Ahnung, aber ich hoffe, Sie klären mich darüber auf, damit ich Ihnen weiterhelfen kann.«

»Erkennen Sie die Stimmen der Beteiligten?«

»Nein, tut mir Leid.«

»Sind Sie sicher, Herr Auer? Wir lassen Ihnen Zeit zum Nachdenken, wenn Sie wünschen.«

»Herr Kündig, ich kann nur wiederholen, was ich gesagt habe: Ich erkenne die Stimmen nicht. Bedaure.«

»Wir spielen Ihnen nochmals eine Passage vor«, sagte Kündig und gab Zwicker ein Zeichen.

Richard Auer verschränkte die Arme und ließ über sich ergehen, was er nicht verhindern konnte.

Doch plötzlich merkte er auf. Die männliche Stimme auf dem Band kam ihm bekannt vor. Das war doch – nein, das konnte nicht sein. Der Mann hier sprach englisch oder amerikanisch … Jetzt war wieder die Frau zu hören. Meine Güte, das war ja wirklich wie in einem Porno!

Zwicker stoppte abrupt das Band. »Haben Sie diesen Satz verstanden, Herr Auer?«

»Ja.« Er wippte auf seinem Stuhl hin und her.

»I love you, Dick. – Sind Sie dieser Dick?«

»Wie bitte?« Auer glaubte, sich verhört zu haben.

»Dick für Richard. Das kennen Sie doch sicher. Das ist schließlich Ihr Spitzname.«

Es dauerte einen Moment, bis Auer verstand. Und dann wusste er nicht, ob er lachen oder schreien sollte. Er tat beides nicht. Stattdessen atmete er tief durch. Das hatte er als Deutscher in der Schweiz gelernt. Immer höflich sein, nie überheblich, nie belehrend, nie wie eine Dampfwalze über eidgenössische Sensibilitäten rollen.

»Lassen Sie mich die Stelle nochmals hören«, bat er und sah, wie die Beamten einen Blick austauschten.

»Gern, Herr Auer.«

Jetzt war es unüberhörbar. Er hatte sich nicht getäuscht, in beidem nicht. Er winkte mit der Hand ab, um das Band stoppen zu lassen. Dann sagte er langsam und bedächtig: »Was die Frau auf dem Band sagt, ist nicht: ›I love you, Dick.‹ Sie sagt: ›I love *your dick*‹, verstehen Sie?«

Weil Kündig und Zwicker nicht sofort reagierten, fing er an zu erklären. »Dick heißt …, nun …, das heißt ›Schwanz‹. Dick ist ein …, sagen wir, ordinäres Wort für ›Penis‹. Die Frau sagt zum Mann, sie liebe seinen Schwanz. Mit Richard hat das nichts zu tun.«

Die beiden Beamten sahen Auer nachdenklich an. Dann schienen sie langsam zu begreifen, was er da gesagt hatte. Denn nun wandte sich Kündig an seinen Kollegen: »Kann man diesen Unterschied akustisch noch besser erfassen – ›you‹ und ›your‹?«

Zwicker strich sich über seinen fast kahlen Schädel. »Wir lassen das am besten von einem Tontechniker klären. Aber wir können eine Verwechslung nicht ausschließen.«

»Glauben Sie mir, meine Herren ...«, begann Richard Auer – er wollte sagen, Sie sind auf der falschen Fährte, korrigierte sich aber gerade noch rechtzeitig –, »das ist auch nicht *meine* Stimme. Aber sie erinnert mich an jemanden.« Er zögerte. Kündig beugte sich vor – eine Geste, die Unschlüssige ohne viel Druck zum Reden brachte.

»Ich möchte niemanden beschuldigen, ich sage nur, die Stimme erinnert mich –«

»An wen?« Zwicker war kein Talent in Gesprächsführung.

»An Pius Tschuor.«

»Den Photographen?« Zwicker konnte seine Erregung nicht verbergen.

»Ja, und es ist nicht nur die Stimme. Es sind auch die Worte. ›You've made me happy, baby.‹ Das sagt Pius immer nach einem gelungenen Photo-Shoot. ›You've made me happy, baby.‹ Wenn er zufrieden ist mit dem Model und den Bildern, sagt er immer diesen Satz. Ich war ja auch schon dabei, bei Außenaufnahmen und so.«

Die beiden Beamten sagten nichts.

Dick wie Richard, dachte Auer. Das war die Anekdote seines Lebens. Wie schnell so etwas gehen kann. Eine Frau macht die üblichen Komplimente an ihren Liebhaber, und schon steht Richard Auer unter Verdacht.

Kündig räusperte sich. »Wir werden der Sache nachgehen, Herr Auer. Wir bitten Sie aber, niemandem –«

»Dieser Arsch«, entfuhr es Auer plötzlich. Er schlug mit der Faust auf den Tisch. »Davon hat Schulmann also die ganze Zeit gesprochen!«

Er sprang auf und redete, ohne sich um die Reaktion der beiden Männer zu kümmern, drauflos, als ob er sich selbst etwas erklären müsste.

»Schulmann hat bei mehreren Gelegenheiten Andeutungen über mein ausschweifendes Sexualleben gemacht. Er sagte zu mir, es sei schlecht für meine Karriere, mit Frauen herumzubumsen, die der Firma nahe stünden. Als ich ihm sagte, seine Bemerkungen seien absolut fehl am Platz und ziemlich beleidigend, erwiderte er, er habe Beweise, ich solle lieber den Mund halten. All das sagte er sehr sanft, mit einem Lächeln, aber ich fand es ... bedrohlich. Und natürlich wollte er eine Gegenleistung für sein Schweigen. Er sagte, ich solle ihn in einem internen Bericht über den grünen Klee loben. Ich solle schreiben, wie gut das Betriebsklima geworden sei, wie er die Leute anzuspornen vermöge, wie sehr sich die Kunden für ihn begeisterten.«

Auer trat einen Schritt auf die Beamten zu, als hielte er ein Plädoyer vor einem Geschworenengericht.

»Solche Dinge werden zwar ständig von mir erwartet, aber subtil, meine Herren, subtil. Nicht als unverhohlene Erpressung. Verstehen Sie mich bitte nicht falsch – ich habe mir nichts vorzuwerfen. Es gab und gibt kein ausschweifendes Sexualleben. Ich bin in festen Händen, und meine Verlobte hat nichts mit Loyn zu tun. Aber das waren ernst gemeinte Drohungen, und wie Sie wissen, können einem selbst Gerüchte, die aus der Luft gegriffen sind, gefährlich werden.«

Er ballte unwillkürlich die Hände. »Ich wusste, mit Schulmann ist nicht zu spaßen. Und ich wusste, mit so einem Mann kann ich nicht mehr zusammenarbeiten. Deshalb verließ ich die Firma. Aber jetzt begreif ich erst, dass er tatsächlich glaubte, über Beweise zu verfügen. Dieses Band! Er hat denselben Fehler gemacht wie Sie! Er dachte, ich sei Dick. Dieser Scheißkerl!«

Kündig erhob sich. »Heinz, ist die Frau noch in Paris?«

»Ich kümmer mich sofort. Und der Mann?«

»Hat sich vielleicht längst aus dem Staub gemacht.«

– 15 –

Zuerst war Josefa wie geblendet. Das Licht, das die hellen Wände jäh zurückwarfen, überforderte ihre Augen, die sich gerade an die Dunkelheit angepasst hatten. Josefa blinzelte und drehte instinktiv den Kopf weg. Doch dann nahm ihr das, was sie sah, den Atem. Sie wähnte sich im Innern einer monumentalen Austernschale, die sich weit nach oben wölbte. Die Höhlenwände schillerten in phantastischen, ineinander fließenden Perlmuttfarben. Aus dem Boden wuchsen bizarre Pfeiler, die sich nach oben verjüngten, gigantischen Termitenhügeln gleich. Von oben neigten sich ihr Stalaktiten entgegen, die wie Eiszapfen von der Decke hingen. Es war überwältigend: Tropfsteine als Kristallleuchter in einer unterirdischen Kathedrale. Weder sie noch Pius sagten ein Wort.

Dann sahen sie sich an. Pius rief triumphierend: »Habe ich dir zu viel versprochen?« Josefa schüttelte den Kopf.

»Komm, es gibt noch mehr zu sehen. Jetzt geht es erst richtig los!«

»Noch schöner? Ist das möglich?«

Pius hielt die Lampe hoch. »Ja. Aber wir werden wieder eine Stunde lang klettern und kriechen müssen. Bereit?«

Samstag, 8. Februar

Kontaktiere Loyn. Information: P. Tschuor hat vom 6. bis 12. Februar keinen Auftrag von Loyn. Er sei grundsätzlich freischaffend. Arbeite auch noch für andere Kunden. Lassen uns Tel. von seiner Photoagentur Outlook geben. Agentin Karin Fabian gibt uns Tel. von Handy. P. T. meldet sich auf Handy nicht. Fabian sagt, sie wisse nicht, wie P. T. sonst zu erreichen ist.

Hausmeister sagt, P. T. sei ständig unterwegs. Habe deshalb ein Postfach (Sihlpost). Forschen bei anderen Photographen nach. Machen Liste von Bekannten und Freunden. Finden Mutter von P. T. in Schaffhausen. Sie hat seit drei Wochen nichts mehr von ihm gehört. Überprüfen seine letzten Telefonanrufe und Nummern. Bringt nichts. P. T. scheint vor allem sein Handy zu benutzen.

Exfreundin hat keinen Kontakt mehr. Gibt uns Namen von Bekannten.

Meldung ist an andere Polizeistationen durchgegangen, inklusive Autokennzeichen von P. T.

P. Hartwell ist in London, bei Filmaufnahmen. Zwicker reist zu Befragung hin.

»Ich mag dieses Zeug nicht. Getreideriegel, Sportlernahrung, Astronautenfutter.« Josefa kaute unlustig auf einem Energieriegel.

»Möchtest du lieber Tonnen von Esswaren mit dir rumschleppen? Hier hast du alles konzentriert in ein paar Bissen. Sehr praktisch, das musst du doch zugeben.« Pius drehte die Flamme des Benzinkochers niedriger.

»Praktisch schon, aber nicht sonderlich appetitanregend. Die würden besser Flüssigkeit auf ein paar Tropfen konzentrieren. Das Wasser ist ganz schön schwer.«

»Dafür hast du heißen Tee. Das tut doch gut.«

Sie saßen auf einem Felsvorsprung in einer flachen Mulde. Wenigstens taute die dampfende Flüssigkeit sie langsam wieder auf. Josefa hatte die Kälte in diesen unterirdischen Höhlen zu wenig bedacht. Sie trug zwar Thermounterwäsche – ebenfalls eine Leihgabe von Helene –, aber trotzdem war ihr die Kälte in alle Glieder gekrochen. »Ich muss mal pinkeln«, sagte sie.

»Ich auch.« Pius stand auf. »Ich gehe da um die Ecke und nehme die Taschenlampe mit. Dann bist du hier ungestört.«

Josefa wartete, bis er außer Sicht war. Sie hatte Mühe, mit den klammen Fingern die vielen Schichten ihrer Bekleidung zu lösen und dann wieder in Ordnung zu bringen. Sie war gerade fertig, als Pius zurückkehrte.

»Josefa, was hältst du davon, wenn ich kurz losziehe, um eine Abzweigung zu suchen? Im letzten Winter war ich hier mit einem Führer unterwegs. Er hat mir einen zweiten Einstieg gezeigt. Wenn ich den fände, könnten wir den Rückweg abkürzen. Bist du damit einverstanden?«

»Lieber nicht.« Solange Pius bei ihr war, fühlte sie sich sicher. Aber allein wollte sie nicht hier unten sitzen und warten.

»Du brauchst dich nicht zu fürchten. Es dauert nur zehn Minuten hin und zehn zurück. Es kann nichts passieren. Aber es würde uns die zwei Stunden ersparen, die wir hier durchgekrochen sind.«

Eine verlockende Aussicht. Die letzten Stunden waren ganz schön anstrengend gewesen. Und selbst die ständige Bewegung erzeugte in ihr nicht genügend Körperwärme, um sich gut zu fühlen.

»Zwanzig Minuten also?«

»Ja, keinesfalls mehr. Entweder ich finde den Ausstieg oder nicht. Ist das erträglich für dich? Was meinst du?« Pius sah sie bittend an.

»Gut«, lenkte sie ein. »Aber ich nehm dich beim Wort!«

»Du hast auch die Trillerpfeife, vergiss das nicht.« Pius setzte sich in Bewegung. »Bin gleich wieder da.«

Josefa hörte noch eine Weile klopfende und klirrende Geräusche. Dann wurde es still.

Sonntag, 9. Februar

Photograph Klaus Winiker sagt, im Internetcafé im HB arbeite ein alter Kollege von P. T., Joseph Müller, genannt »Joe«. Müller weiß nicht, wo P. T. ist. Hat ihn auch schon seit längerem nicht mehr gesehen. Sagt, er könne Bekannte anrufen. Will mir aber Tel. nicht geben. Joe ruft Bekannte an. Sagt, Bekannte sei nicht zu Hause. Kennt ihre Handynummer nicht. Verlasse Internetcafé, lasse sofort Anruf zurückverfolgen. Anschluss gehört J. Rehmer.

J. R. nicht zu erreichen, auch nicht auf Handy. Rufe ihren Vater an. Weiß auch nicht, wo sie ist. Gibt uns Nummer von Paul Klingler, Unternehmensberater, für den J. R. manchmal arbeitet. Klingler sagt, sie habe sich für eine Woche Urlaub abgemeldet. Zum Skifahren irgendwo in der Westschweiz.

Fahren zur Wohnung von J. R. Ihre Nachbarin Esther Ardelius sagt, sie schaue nach der Wohnung, während J. R. im Urlaub sei. Gibt uns Namen von Rehmers Freundin Helene Meyer, Ornithologin, Uni Zürich. Erreichen Meyer dort. Sie sagt, J. R. ist Ski fahren in Crans. Will dann mit P. T. Tropfsteinhöhle besichtigen, die nicht für Publikum geöffnet ist. Polizei in Crans überprüft alle Hotels. Meyer sagt, sie könnte Höhlenforscherin ausfindig machen, Expertin.

Zwicker hat Genehmigung für Befragung in London. P. H. will aussagen in Anwesenheit von Anwalt. Zwicker auf Weg zum Flughafen.

– 16 –

Josefa blickte erneut auf ihre Uhr. Bereits eine halbe Stunde war vergangen. Zehn Minuten Verspätung, das lag noch in der Toleranzspanne. Wenn nur die Zeit da unten nicht so langsam verrönne. Jetzt musste Pius aber zumindest in der Nähe sein. Sie griff zur Trillerpfeife und blies hinein. Der durchdringende Ton betäubte ihre Ohren. Er kam als Echo zurück.

Sie lauschte. Nichts. Vielleicht hatte Pius geantwortet, als ihr Gehör noch summte. Diesmal stopfte sie sich die Finger in die Ohren, bevor sie blies. Nichts, nur das Echo. Sie stand auf, vertrat sich die Beine, so gut das auf dem kleinen Vorsprung möglich war. Vielleicht sollte sie um die Ecke gehen und von dort pfeifen. Vielleicht schnitten die Felswände den Weg des Schalls ab.

Sie pfiff einmal, zweimal, dreimal. Nichts. Hatte er überhaupt eine Trillerpfeife mitgenommen? Sie konnte sich nicht erinnern. Wie dumm. Sie ärgerte sich über sich selbst. Warum hatte sie ihn ziehen lassen? Gegen alle Regeln der Vernunft. Pius musste doch wissen, dass sie sich nun sorgte. Warum tat er ihr das an? Völlig unnötig, sie in diese Aufregung zu versetzen. Er war der Höhlenerfahrene hier, nicht sie.

Josefa bewegte ihre Beine, um sie nicht einschlafen zu lassen. Ihr war kalt.

Vielleicht hatte Pius die Entfernung unterschätzt. Oder ihre Uhren liefen unterschiedlich. Es gab sicher einen ganz trivialen Grund. Gleich würde er hier auftauchen, sich hundertmal entschuldigen und ihr strahlend verkünden, er habe den zweiten Ausstieg gefunden. Josefa begann, ihren Rucksack zu packen.

Montag, 10. Februar

J. R. hat Hotel Des Anges in Crans am Samstagmorgen fünf Uhr verlassen. P. T. ebenfalls. Er hat dort eine Nacht, sie fünf Nächte verbracht. Getrennte Zimmer. P. T. war mit eigenem Wagen im Hotel eingetragen.

Drei Tropfsteinhöhlen im Umkreis. Eine offen fürs Publikum, die zweite geschlossen. Die dritte nur für Forscher zugänglich. H. Meyer sagt, sie habe erfahren, P. T. habe im vergangenen Jahr dritte Höhle mit Charles Favre, Forscher an Uni Lausanne, begangen. Kollegen aus Lausanne sind bereits unterwegs. Suchmannschaft wird gebildet.

Erwarte Protokoll der Befragung von P. H. in London.

Es war vollkommen still. Ohrenbetäubend still. Einzig das Aufklatschen von Tropfen irgendwo. Dann wieder diese entsetzliche Stille.

Josefa saß regungslos. Nur selbst kein Geräusch machen. Nur lauschen, ob sie etwas hörte. Irgendwo.

Ihre Knochen schmerzten. Oder waren es ihre Muskeln? Alles fühlte sich klamm an. Klamm und kalt. Sie wollte aufstehen, sich bewegen. Aber ihr Körper gehorchte nicht. Sie hatte die Arme um die zitternden Beine geschlungen. Sie fühlte sich wie ein ovaler, kompakter, zusammengepresster Klumpen.

Sie war von kalten Felsen umgeben, das wusste sie. Auch wenn sie die Höhlenwände nicht sah. Außerhalb des Lichtkegels ihrer Lampe war alles dunkel. Aber sie spürte das Gestein. Es hing bedrohlich über ihr, kam immer näher, drohte, sie zu zerquetschen.

Wie kalt es war.

Zwei Stunden wartete sie nun schon auf Pius. Sie glaubte nicht mehr an eine Verspätung oder ein Missverständnis. Sie dachte auch nicht mehr, dass Pius etwas zugestoßen war. Dazu war sie zu wütend, zu verzweifelt. Pius hatte sie absichtlich hier zurückgelassen. Es konnte nicht anders sein.

Noch brannte ihre Karbidlampe, aber wie lange noch? Und auch ihr Wasservorrat war begrenzt. Hungrig war sie nicht, nur mutlos und deprimiert.

Dieses scheußliche Gefühl abgrundtiefer Verlorenheit.

Das hatte sie schon mal erlebt. Damals, auf der Bergwanderung mit ihrem Vater. Der Berg war nicht sehr hoch gewesen. Sie waren schon fast oben angelangt, als das Wetter abrupt umschlug. Es ging ein eiskalter Wind, der durch alle Kleider hindurchblies. Auf dem Gipfel war es noch ungemütlicher. Der Wind war so beißend, dass es Überwindung kostete, das Essen aus dem Rucksack zu kramen, obwohl sie hungrig war. Josefa überfiel damals das Gefühl einer überwältigenden Trostlosigkeit. Als ihr Vater sagte: »Jetzt iss was, Josefa«, fing sie bitterlich an zu weinen. Herbert Rehmer, verständnislos wie immer, brachte nur ein »Du hast es ja geschafft, von jetzt an geht es nur noch bergab« hervor.

Genau dieses Gefühl absoluter Verlassenheit hockte hier in allen Nischen. Gleich würde es hervorkriechen und über sie herfallen. Gleich, sobald ihr letzter Widerstand, der letzte Funken Zuversicht erloschen war.

Josefa hatte den Gedanken, allein den Rückweg anzutreten, rasch wieder verworfen. Sie würde sich in diesem Labyrinth hoffnungslos verirren. Und würde hier warten, bis ... was?

Außer Pius wusste niemand, wo sie war. Sie hatte Helene und Esther zwar von ihrem Höhlenausflug erzählt, doch wann würden ihre Freundinnen Verdacht schöpfen? Wann würden sie die Polizei benachrichtigen? Und wüssten sie, wo sie suchen mussten?

Es war die Dunkelheit, vor der sie sich am meisten fürchtete. Wie lange ihre Lampe wohl noch brennen würde?

Wieder und wieder ging sie die letzten Wortwechsel mit Pius durch. Sie hatte die verrückte Idee, dass sie darin einen Hinweis, eine Lösung finden könnte, die ihr bisher entgangen war. Vielleicht hatte sie nicht richtig hingehört. Vielleicht hatte er ihr etwas mitgeteilt, das ihre Rettung bedeuten konnte. Oder er hatte durchblicken lassen, dass er nicht mehr zurückkehren wollte.

Sie langte nach seinem Rucksack – den hatte er zumindest nicht mitgenommen. Er enthielt eine Wasserflasche, zwei Energieriegel und eine Notdecke aus Silberfolie. Sie konnte sich keinen Reim darauf machen. Sie wickelte die wärmende Folie um sich.

Hatte er jemandem gesagt, dass er diese Höhle besuchen würde? Hatte er ein Sicherheitsnetz ausgelegt? Hatte er seine Freunde informiert? Aber wer waren eigentlich »seine Freunde«? Mit wem verbrachte er seine Freizeit? Sie wusste so wenig über ihn. Er hatte seine Kollegen bei Loyn, dann war er sicherlich mit anderen Photographen befreundet. Und es gab diesen Forscher, der ihm die Höhle gezeigt hatte ... Und Joe. Joe war ein alter Kumpel von ihm. Hatte Pius nicht erzählt, dass sie sich von früher kannten? Von der Ausbildung, das hatte er noch im Auto erwähnt.

Merkwürdig. War Joe früher Photograph gewesen? Das konnte sie sich nicht vorstellen. Er hatte als Krankenpfleger gearbeitet, da hatte sie ihn ja kennen gelernt ... War Pius etwa auch Krankenpfleger gewesen? War das die Ausbildung, von der er gesprochen hatte? Sie versuchte, sich Pius im weißen Kittel vorzustellen. Pius, der Nachttöpfe leerte, menschliche Körper wusch und den Kindern sagte, sie brauchten keine Angst vor der Spritze zu haben. – Eine seltsame Vorstellung.

Sie sah Vaters Injektionsnadel vor sich liegen, bei ihrem letzten Besuch, auf dem Schreibtisch. Insulin, das er sich nun täglich spritzen musste. Machte er es selber, oder half Verena ihm? Würde ihr Vater sie vermissen, wenn sie nicht mehr zurückkehrte?

Es war Josefas Körper, der zuerst reagierte. Ihr Atem stockte. Der Puls raste. Dann erst rückte das schreckliche Bild in ihr Bewusstsein. Pius. Die Injektionsnadel. Schulmann.

Ihre Gedanken überschlugen sich. Jemand musste Schulmann die Spritze verpasst haben, jemand, der etwas davon verstand. Von tödlichen Giftmischungen. Von überhöhten Dosen.

Ein Krankenpfleger! War es möglich, dass Pius …? Schulmann hätte ihn ohne weiteres in sein Haus gelassen, schließlich legte ihm Pius manchmal noch zu später Stunde Photos vor. Doch welches Motiv hätte Pius gehabt, Schulmann zu vergiften? Schulmann konnte ihm doch gar nichts anhaben. Es hatte keine Anzeichen oder Gerüchte gegeben, dass Schulmann den Photographen schikanierte.

Josefa summten die Ohren. Vielleicht hatte das Kreischen der Trillerpfeife ihr Trommelfell angegriffen. Sie schloss die Augen.

Das Summen war nun deutlicher zu hören. Ein leises Rauschen vielmehr. Aber das waren nicht ihre Ohren. Das kam von irgendwo tief unten. Wasser!

Josefa sprang auf die Beine. Sie versuchte zu orten, woher das Rauschen kam. Wie weit war es entfernt? Plötzlich überkam sie eine Panik, wie sie es noch nie erlebt hatte. Vielleicht würde sie gar nicht erfrieren. Sie würde viel eher ertrinken, bevor Rettung möglich war.

In diesem Moment fing das Licht in ihrer Lampe heftig zu flackern an.

– 17 –

Für Heinz Zwicker war es einer der großen Momente seines Lebens. Er hatte eigens den Nachtflug von London nach Zürich genommen, um die Morgensitzung eröffnen zu können. Franz Kündig war bereits unterwegs in den Waadtländer Jura und überließ ihm das Feld.

»Ich fasse zusammen«, sagte Zwicker, und seine Stimme war deutlich tiefer als sonst. Der ganze Stab war versammelt, acht Leute.

»Pamela Hartwell begann ihre Affäre mit Pius Tschuor im März des vergangenen Jahres, während der Präsentation der neuen Loyn-Kollektion in London. Es ging für beide anscheinend vornehmlich um Sex. Außerdem machte Tschuor auch künstlerische Photos von Frau Hartwell, die schauspielerische Ambitionen hat. Alles geschah heimlich. Während des Golf-Events im September benutzten die beiden die Pause nach dem Lunch, um sich unter einem der Tische im Festzelt sexuellen Handlungen hinzugeben. An jenem Tag hatte Tschuor Frau Hartwell zwei Ohrhänger geschenkt, offenbar ein Erbstück von seiner Großtante.

Der Tisch, unter dem die inkriminierten Handlungen stattfanden, war mit einem Mikrophon bestückt, von dem die beiden nach Aussage von Frau Hartwell zu jenem Zeitpunkt nichts wussten. Die sexuellen Akte – es handelte sich um gegenseitige orale Befriedigung – dauerten rund zehn Minuten. Sie wurden auf dem Tonband aufgezeichnet, das in Tschuors Wohnung entdeckt und von uns beschlagnahmt wurde. Als Frau Hartwell kurz nach ihrem Treffen mit Herrn Tschuor ihr Hotelzimmer aufsuchte, stellte sie das Verschwinden des einen Ohrhängers fest. Das veranlasste sie, unter dem besagten Tisch im Festzelt danach zu suchen, allerdings ohne Ergebnis. Sowohl sie selbst als auch Herr Tschuor waren über diesen Umstand sehr beunruhigt. Frau Hartwell fürchtete, dass er zu lästigen Fragen führen könnte. Pius Tschuor habe ihr gesagt, der Ohrschmuck sei sehr wertvoll.«

Zwicker nahm einen Schluck Wasser. Im Raum war es vollkommen still.

»Tschuor erfuhr kurz darauf von der Existenz dieser Aufnahme. Er rief Frau Hartwell Ende September an und erzählte ihr davon. Er sagte ihr, Schulmann habe ihm das Band vorgespielt, jedoch im Glauben, bei dem Mann unter dem Tisch handle es sich um Richard Auer. Schulmann habe die Sache als riesigen Spaß angesehen. Er wollte Auer damit aus der Reserve locken, wie er Tschuor erzählte.

Pius Tschuor, so sagte Frau Hartwell, habe befürchtet, dass Werner Schulmann Herrn Auer das Band vorspielen und sich dann herausstellen würde, dass es sich nicht um Auer, sondern um Tschuor handelte.

Sowohl Tschuor wie Hartwell hatten Angst, dass Schulmann beide, aber vor allem Frau Hartwell, mit dem Band erpressen könnte. Sie konnten sich nicht erklären, wie Schulmann zu der Aufnahme gekommen war. Schulmann habe Tschuor gegenüber erklärt, ein Journalist habe aus Versehen seinen Taschenrecorder in der Nähe vergessen. Um herauszufinden, wem er gehöre, habe er das Band abgehört und sei dabei auf die Sequenz gestoßen.

Weder Tschuor noch Hartwell fanden diese Erklärung glaubwürdig. Sie hätten sich Strategien überlegt, wie sich die Situation lösen ließe. Zunächst wollten sie im Fall einer Entdeckung einfach alles abstreiten, da sich Tonbandaufnahmen ja leicht fälschen lassen. Aber Pamela Hartwell fürchtete einen Skandal, vor allem weil ihre Ehe bereits angeschlagen war und sie annehmen musste, dass ihr Mann den Vorfall in einem möglichen Scheidungsprozess ausschlachten würde.

Frau Hartwell und Pius Tschuor konnten sich nicht auf das weitere Vorgehen einigen. Dann wurde Schulmann ermordet. Als Frau Hartwell einige Tage später davon erfuhr, rief sie Herrn Tschuor an. Er sagte ihr, selbst wenn die Polizei das Tonband im Haus von Schulmann fände, habe sie nichts zu befürchten. Schulmann habe offenbar auch noch andere Leute heimlich aufgenommen, und das werde die Polizei mehr interessieren als die besagte Sequenz. Tschuor habe sehr zuversichtlich und entspannt geklungen.

Frau Hartwell wusste nicht, was sie davon halten sollte, aber ihr blieb nichts anderes übrig, als abzuwarten. Auf die Frage, ob sie nicht befürchte, Tschuor könnte sie erpressen, sagte sie aus, dieser würde die Aufnahme nie öffentlich machen, da Hans-Rudolf Walther, der Besitzer von Loyn, einen Photoband von ihm finanzieren wolle. Dieses Projekt würde Tschuor niemals mit einem Skandal ruinieren wollen.«

Zwicker machte eine Pause.

»Irgendwelche Fragen?«

Die junge Kollegin meldete sich.

»Heißt das also, wir vermuten, dass Tschuor Herrn Schulmann umgebracht hat, um in den Besitz des Tonbands zu kommen?«

Zwicker machte eine Handbewegung nach rechts. »Peter, willst du das erklären?«

Ein beleibter Mann ergriff das Wort. »Wir haben herausgefunden, dass Tschuor nach dem Gymnasium eine Ausbildung zum Krankenpfleger anfing. Erst später schlug er eine Laufbahn als Photograph ein. Wir sind jetzt dabei, abzuklären, ob Tschuor sich die Substanz beschafft hat, durch die Schulmann das Bewusstsein verlor.«

»Wenn das der Fall ist, dann liegt das Motiv natürlich nahe«, fuhr Zwicker fort. »Tschuor könnte tatsächlich wegen des Tonbands in Panik geraten sein.«

»Und der Fall Westek?«, fragte jemand aus der Runde.

»Da sind wir noch dran, aber es sieht viel versprechend aus. – Entschuldigt einen Moment.« Zwicker griff nach seinem Handy, sagte ein paar Worte und legte es wieder hin.

»Sie haben Tschuors Wagen vor der Höhle entdeckt.«

»Und Frau Rehmer?«

»Von Rehmer und Tschuor noch keine Spur. Es besteht Hoffnung, beide in der Höhle zu finden.«

»In welcher Verbindung stehen Rehmer und Tschuor zueinander? Ist sie in Gefahr?« Die Frage kam von der jungen Beamtin.

Zwicker rollte nachdenklich seinen Kugelschreiber zwischen den Händen hin und her, bevor er antwortete.

»Wir nehmen an, sie ist ahnungslos, sonst würde sie nicht mit ihm in eine Höhle gehen. Die Frage ist, ob Tschuor sich darauf verlässt, dass sie ahnungslos ist. Oder ob er wieder in Panik gerät.«

– 18 –

Er will mich umbringen. Er hat alles geplant. Er hat sich aus dem Staub gemacht, bevor das Wasser hereinbrach. Josefa zitterte. Die Wärmefolie, die sie mit steifen Fingern festhielt, raschelte. Ich werde hier sterben, und niemand wird wissen, wie es wirklich war.

Sie spürte etwas Warmes ihre Beine entlangrinnen. Ihre Blase entleerte sich. Vor Angst.

Das Licht der Karbidlampe wurde immer schwächer. Josefa dachte an Sali. Wie würde man es ihm erklären? Und wer würde es ihm sagen? Sali wird es nicht verstehen. Er wird nur feststellen, dass wieder ein Mensch für immer aus seinem Leben verschwunden ist. So wird er es sehen. Menschen sind nicht verlässlich. Ihre Versprechen sind Lügen. Menschen wenden sich ab, ohne ein Wort der Erklärung. *Das sind alles Verräter, Sali, Heuchler, die dich im Stich lassen.*

Sie fing an zu weinen. Ihr ganzer Körper wurde von Krämpfen geschüttelt. Sehnsucht nach ihrer Mutter überkam sie, überrollte sie wie eine Sturmwelle. Sie konnte nicht mehr aufhören zu weinen. Und diesmal sagte keiner: Josefa, du darfst nicht weinen, sonst brechen wir alle auseinander.

Nach und nach verebbten die Tränen. Sie war vollkommen erschöpft. Und dann die Kälte!

Würde sie erfrieren? Würde ihr Körper langsam seine Funktionen aufgeben? Mit brennenden Augen starrte sie ins Licht.

Sie versuchte, sich wach zu halten. Aber die Müdigkeit war stärker.

10. Feb. 14 h

Anruf von Sebastian Sauter (Pol. Delikte). Erkundigt sich nach Verbleiben von J. R. Hatte Information von E. Ardelius., R.s Nachbarin. Sauter kennt A. und R. von PD-Untersuchung. A. wollte von Sauter wissen, ob R. etwas passiert sei. A. erzählte Sauter von Höhle. Sauter höchst interessiert am Fall. Wird von uns informiert.

Sie schreckte auf. Um sie herum war es dunkel. Sie tastete mit der Hand neben sich. Kalter Stein. Die Lampe. Sie musste ausgegangen sein, während sie schlief.

Keine Angst, Josefa. Es ist nur Dunkelheit. Nichts Schlimmes.

Sicher fangen sie jetzt an, dich zu suchen.

Es ist so viel Zeit verstrichen. Jetzt müssen sie dich suchen.

Es ist so kalt. So bitterkalt. Hände bewegen, Josefa. Die Finger. Die Füße. Das Gesicht reiben, bis es wehtut. Die Schutzfolie enger ziehen.

An Teneriffa denken. Die Sonne. Die Hitze. Spürst du die Wärme?

Ich lebe noch. Das Wasser hat mich noch nicht erreicht.

An Helene denken. Auf Helene ist Verlass. *Du bist doch meine beste Freundin, Josefa.*

An Sebastian Sauter denken. *Sie kommen ganz sicher in den Himmel, Frau Rehmer.* Ich heiße Josefa. »Sebastian« find ich cool. *Wir könnten zusammen in die Oper gehen, Josefa. Rigoletto.* Rigoletto! Das würde ich gern machen, Sebastian. Sobald ich vom Skiurlaub zurück bin.

Nicht traurig werden.

Nicht abdriften. Sich mental beschäftigen. Ein Gedicht rezitieren. »Es reitet der Vater durch Nacht und Wind.« Der Vater? »Er reitet durch Nebel und Nacht und Wind …« Sie hört Pferdegetrappel, das Klirren des Zaumzeugs. »In seinen Armen hält er das Kind … Er hält das Kind … das tote Kind.«

Ich muss pfeifen, damit der Reiter mich hört. Die Trillerpfeife, wo ist meine Trillerpfeife?

Das Pferd, es kommt näher. Klirren, und jetzt Stimmen. Licht, gleißendes Licht! »Schosefa.«

Jemand richtete sie auf, hielt sie fest. »Buvez, Schosefa. Tout est bien. Vous êtes sauvée.« Ein Mann hielt ihr eine Plastiktasse hin. Sie dampfte. Das riecht gut. Das ist warm. »Buvez«, sagte der Mann wieder. »Ça vous fait chaud. Ça donne de la force.«

Hände griffen nach ihr, Arme stützten sie. »Können Sie stehen?«, fragte eine Frau. Sie hatte ganz kurzes Haar. Ihr

Gesicht war sonnenverbrannt, aber zwei Ringe um ihre Augen waren ganz weiß. Die Lippen waren weiß. Sie trug eine orangefarbene Jacke und gelbe Hosen. Ein Clown, dachte Josefa.

»Wir gehen ganz langsam.«

Josefa fühlte ihre Beine wegsacken. Zwei Männer hielten sie unter den Schultern fest. »Ça va aller«, sagte einer von ihnen. Es wird schon gehen.

– 19 –

Helene breitete auf der Bettdecke einen weißen, mit rotschwarzen Marienkäfern bedruckten Schlafanzug aus. »Ich hab in dieser gottverlassenen Gegend nichts Eleganteres in deiner Größe gefunden. Aber ich dachte, die grünen Nachthemden mit dem Schlitz im Rücken sind noch viel schlimmer.«

Josefa lächelte gerührt. Sie kämpfte mit den Tränen, ließ sie dann aber fließen. Sie war zu schwach, um sie zu stoppen. »Es ist so schön, dich zu sehen«, sagte sie mit wackliger Stimme.

»Du warst weniger schön anzusehen, als sie dich aus der Höhle holten. Ein Häufchen Elend warst du«, erwiderte Helene ruppig. Das war ihre Art, heftige Gefühle zu kontrollieren. Josefa kannte das gut. »Aber Valérie und die Jungs haben gute Arbeit geleistet. Sie hatten dich in zwei Stunden draußen.«

»Durch den ersten Einstieg?«

»Ja, der zweite Abschnitt war streckenweise überflutet. Es muss irgendwann vorher einen Wassereinbruch gegeben haben.«

»Hat man … Pius gefunden?« Josefa musste sich überwinden, seinen Namen auszusprechen.

»Nein, bis jetzt nicht. – Kündig von der Kripo wird gleich noch vorbeikommen und dir ein paar Fragen stellen, bevor er nach Zürich zurückfährt.«

»Ich möchte auch nach Zürich zurück.«

»Das wird so schnell nicht gehen. Die Ärztin sagt, du hättest einen Schock erlitten, du seist vollkommen ausgetrocknet und unterkühlt gewesen.«

Josefa fasste nach Helenes Hand. »Ich hatte solche Angst, dass man mich nicht finden würde.« Sie weinte.

»Spinnst du.« Helene tätschelte ihre Hand. »Ich lasse dich doch nicht in eine Höhle steigen und prüfe dann nicht nach, ob du heil wieder zurückkehrst. Das wär ja das Letzte. Aber die Polizei war noch viel schneller.«

»Wie lange war ich unten?«

»Etwas mehr als fünfzig Stunden.«

»Wo ist mein Koffer?«

»Die Polizei hat alles beschlagnahmt, was im Wagen war. Aber du bekommst deine Sachen wieder. Sie müssen –«

Es klopfte an der Tür. Franz Kündig steckte den Kopf herein. Helene versprach, später wiederzukommen, und zog sich diskret zurück.

»Er wollte mich umbringen, nicht wahr?«, fragte Josefa den Ermitteler, sobald sich die Tür hinter Helene geschlossen hatte.

»Das müssen wir noch klären, Frau Rehmer. Können Sie mir erzählen, was geschehen ist?«

Sie berichtete ihm als Erstes von dem Verdacht, dass Pius etwas mit der Ermordung Schulmanns zu tun haben könnte. Kündig musterte sie aufmerksam und machte sich Notizen. Erst dann begann sie, von den Vorgängen in der Höhle zu erzählen.

»Warum wollte er mich umbringen?«, fragte sie. »Welche Gefahr sah er in mir?« Der Gedanke hatte sich in ihrem Gehirn eingebrannt.

Kündig drehte sich zum Fenster und schaute in die Winterlandschaft hinaus. Er widerstand der Versuchung, ihr von den jüngsten Erkenntnissen der Kripo zu berichten. Stattdessen sagte er: »Wir wissen noch zu wenig. Sein Auto wurde am Eingang der Höhle gefunden. Wir wissen nicht, ob er Sie wirklich umbringen wollte. Was wir wissen, von Valérie Mabillard – das ist die Frau, die Sie gerettet hat, sie ist Höhlenforscherin –, also von ihr wissen wir, dass er Sie an der sichersten Stelle in der Höhle zurückgelassen hat. Diese Stelle wird nie von Wasser überflutet. Vielleicht hat er sich verirrt und wurde vom Wassereinbruch überrascht und konnte nicht mehr zurück. Bevor wir ihn nicht finden, lebend oder tot, werden wir es nicht wissen. Aber so oder so hat er Ihr Leben gefährdet.«

Josefa wollte nicht hören, dass Pius vielleicht gar nicht ihren Tod geplant hatte. Dass er – oder seine Leiche – irgendwo im eisigen Höhlenwasser gefangen war. Sie insistierte: »Und Westek? Hat Pius auch Karl Westek umgebracht?« Sie bebte. Sie wollte eine Erklärung. Sie wollte etwas, das ihre Angst dort unten begreiflich machte.

»Nein, nach unseren Erkenntnissen hat er damit nichts zu tun.« Kündig räusperte sich. »Wir hoffen, wir werden die verdächtige Person im Fall Westek bald verhaften. Vielleicht können Sie uns dabei helfen, Frau Rehmer.«

– 20 –

Sie fühlte das kühle Metall, fuhr liebkosend über Rundungen und Kanten. Ihre Hände waren eher klein, mit schmalen, eleganten Fingern und blassrosa lackierten Nägeln. Es waren Hände, die nichts verrieten, das wusste sie.

Bevor sie wieder an ihren Arbeitsplatz zurückkehrte, würde sie zur Maniküre gehen, bei der freundlichen Vietnamesin um die Ecke, die keine lästigen Fragen stellte.

Sie kauerte sich vor dem Herd nieder und schob Holz nach. Draußen bogen sich die Äste der Tannen, schwer von Schnee, und vor dem Fenster tanzten zarte Flocken. Sie braute sich in einer altmodischen Metallkanne einen Kaffee und setzte sich auf das alte, mit einer bunten Patchworkdecke bezogene Sofa. Sie zog die Beine hoch und entspannte sich.

Endlich hatte sie Zeit, ihren Gedanken nachzuhängen. Süßen Gedanken der Rache.

Niemand machte ungestraft den Fehler, sie zu unterschätzen. Auch ein Mann wie Werner Schulmann nicht. Wie konnte er bloß ihre tränenreichen Auftritte für bare Münze nehmen? Er hielt sie für ein hilfloses, passives, törichtes Geschöpf. Wie dumm von ihm.

Schulmann war ein genialer Hacker. Gewesen.

Und sie war eine geniale Parasitin. Sie hatte sich ihn für ihre ehrgeizigen Pläne zu Nutze gemacht. Er wollte sich Loyn unter den Nagel reißen. Sie dagegen wollte Loyns Aushängeschild werden.

Eine Frau, die es an die Spitze schafft. Eine, die es allen zeigt.

Werner hatte den Computer in ihrer Wohnung benutzt, damit niemand seinem heimlichen Treiben auf die Spur kam. Und er lieferte ihr ungewollt die Spuren, die sie brauchte.

Was er als Daten-Pirat im Intranet von Loyn erbeutete – darauf war auch sie aus. Er legte Dateien mit Dokumenten an, die er vorher aus den geheimen elektronischen Beständen von Loyn geplündert hatte. Und sie ... Sie hatte unbemerkt einen kleinen Spiegel über dem Schreibtisch befestigt. (*Frauen haben ja bekanntlich überall Spiegel, nicht wahr, Werner?*) Sein Passwort hatte sie nach wenigen Tagen geknackt. Von da an war es ein Kinderspiel.

Sie stand auf und goss sich noch eine Tasse Kaffee ein. Dann ging sie zum Fenster und sah dem Schneetreiben zu.

Schulmann. Vor ihm hatte sie sich nie gefürchtet. Sie kannte ihn doch. Er war wie sie. Skrupellos. Aber er war nicht gut genug gewesen. Er hatte nicht das Zeug für die wirklich große Nummer gehabt. Sich zu viele Feinde gemacht. Sie hatte ihn mit jeder Faser ihres dünnen Körpers verachtet.

Wie gut, dass sie rechtzeitig auf ein anderes Pferd gesetzt hatte. Karl Westek. Der hatte auch seine Pläne. Und Westek war früher einmal ein mächtiger Mann in einem großen Konzern gewesen. Westek umwarb sie. Er brauchte sie.

Dann wurde Schulmann ermordet. Das hatte sie verwirrt. Nein, nicht verwirrt – eher verblüfft. Angenehm verblüfft. Dass Francis Bourdin, dieser Chaot, einen Mord so sorgfältig ausführte, das hätte sie nie für möglich gehalten. Und Bourdin musste der Mörder sein, ohne Frage. Aber dann hatte er Angst bekommen. War der Situation einfach nicht mehr gewachsen gewesen. Obwohl die Polizei gar keine Beweise gegen ihn besaß. Bis heute nicht.

Trotz der Wanzen. Schulmann hatte ihn sicher deswegen erpresst. Werner hätte sich bestimmt nicht träumen lassen, dass Bourdin so ein Ding drehte, ohne ihm etwas zu sagen. Da hatte er wohl vorher nicht genau aufgepasst. Musste ihn mächtig gewurmt haben. Mächtig. Und Bourdin – das musste sie dem Typ schon lassen – räumte Schulmann einfach aus dem Weg.

Josefa?«

»Sebastian!«

»Stör ich Sie – stör ich dich, Josefa?«

»Sebastian, ich bin so froh, deine Stimme zu hören. Ich dachte, vielleicht …, vielleicht werden wir nie wieder –«

»Josefa, jetzt ist ja alles gut, es ist alles vorbei. Du bist in Sicherheit, hörst du? So etwas wird nie wieder geschehen. Nie wieder.«

»Es war so furchtbar dort unten. So kalt und still … Es war unheimlich. Ich hab mich so allein gefühlt.«

»Ich weiß. Es muss schrecklich gewesen sein. Du bist sehr tapfer, Josefa. Alle sind sehr von dir beeindruckt. Ich wollte, ich hätte … Esther Ardelius hat mich angerufen. Sie hat sich solche Sorgen gemacht. Ich war … Dein Vater, er hat Himmel und Hölle in Bewegung gesetzt.«

»Papa?«

»Ja, ich habe von Kollegen gehört, dass er sogar jemanden in der Kantonsregierung anrief, um der Polizei Beine zu machen. Der hat sein ganzes Gewicht eingesetzt, damit die dich finden. Und deine Freundinnen, Helene und Esther – was für tolle Freundinnen du hast, Josefa. Die würden selbst Berge bewegen für dich. Die –«

»Sebastian.«

»Ich rede zu viel, nicht? Ich weiß, ich sollte dich ausruhen lassen, ich –«

»Sebastian. Ich habe an Rigoletto gedacht, als ich dort unten war. Dass wir in die Oper gehen wollten. Ist das nicht verrückt? Ich dachte: Sebastian hat bestimmt schon die Karten gekauft. Ich kann doch jetzt … Ich kann doch nicht einfach so … so … Verstehst du?«

»Ja. Ja, ich verstehe. Ach, Josefa. Du kannst dir nicht vorstellen, wie ich … Wann kommst du nach Zürich zurück?«

»Bald, Sebastian. Sehr bald.«

– 22 –

Sie hörte ein fernes Donnern. Es dauerte mehrere Sekunden lang. Sie horchte angestrengt. Eine Lawine. Das musste eine Lawine sein.

Aber hier war sie sicher. Diese Hütte gab es schon seit fünfzig Jahren. Ihr Vater hatte das erzählt, während einem der Familienausflüge.

Der Schnee vor dem Fenster fiel immer spärlicher. Er würde vielleicht ganz aufhören. Sie fröstelte plötzlich. Dabei verbreitete das Feuer eine intensive Wärme. Es mussten die Erinnerungen an Karl Westek sein, die ihr Unbehagen bereiteten.

Wie verärgert sie in jenen Wochen war, als sie sah, wie Westek die Sache aus den Händen zu gleiten schien. Er war hochgradig nervös. Thüring und Salzinger hatte es hinweggefegt, Feller-Stähli war auch nicht mehr unter den Lebenden, Van Duisen machte nicht mehr mit. Karl Westek steckte zu allem Unglück mitten in einem teuren Scheidungsprozess.

Diese Niete. Sie sah ihre Felle davonschwimmen. Ihr Aufstieg an die Spitze von Loyn schien in höchster Gefahr.

Beim Gedanken daran wurde sie noch immer wütend. Sie stieß mit dem Fuß einen Holzscheit durch den Raum. Dieser Hund. Dieser Verräter. Westek wollte sie fallen lassen, er wollte die Sache alleine durchziehen. Dieser Schurke dachte sich, wenn seine Kumpanen tot waren, dann war das vielleicht seine Stunde. Westek im Alleingang. Er witterte diese Chance, weil er gute Gründe – gute Informationen – hatte, anzunehmen, dass Loyn hochverschuldet war. Walther gezwungen war, zu verkaufen. Westek ahnte das. Dank Informationen, die er von *ihr* hatte! Dieser Geier. Sie hatte ihm all die Daten verschafft, und er stach sie kaltblütig aus.

Nur mit Mühe hatte sie damals ihren Zorn unter Verschluss halten können. Wie gerne hätte sie ihn in kochendem Wasser ersäuft. So wie es der Bauer in ihrem Dorf immer mit den Maikäfern gemacht hatte. Aber sie wusste, dass sie ihm überlegen war. Und das hatte ihr die Ruhe zum Handeln gegeben.

Wie töricht von Westek, zu glauben, sie würde von seinen Absichten nichts erfahren. Jetzt, da sie Hans-Rudolf Walther so nahe gekommen war, jetzt, da sie für den alten Boss unentbehrlich geworden war, hatte sich alles geändert. So weit oben war sie noch nie gewesen.

Keine Frage: Sie war kurz vorm Ziel.

Westek dachte, er könnte Walthers missliche Lage ausnutzen. Er wollte sich als Retter in der Not präsentieren. Als weißer Ritter. Und alles hinter ihrem Rücken. Ein Dilettant, dieser Westek. Sie musste ihn loswerden. Er war ihr im Weg.

Es war so einfach gewesen. Sie fuhren zusammen in seinem Porsche zur Düsseldorfer Investoren-Messe. Sie trug eine Perücke, und beide gaben im Hotel falsche Namen an – er wollte seine Scheidung nicht noch komplizierter machen. Und während er seinen Geschäften nachging, hatte sie Zeit, viel Zeit, sich um den Motor und die Bremsen des Porsche zu kümmern. Er dachte, sie gehe einkaufen. *(Denn das tun Frauen doch am liebsten, nicht wahr, Herr Westek?)* Was sie hinterher auch tat, sie brauchte schließlich ein Alibi. Und Einkaufstüten mit imposanten Namen. Für alle Fälle.

Das Schneegestöber vor der Hütte wurde jetzt wieder

dichter. Ihr Zorn war verebbt, merkte sie lächelnd. Sie angelte sich aus einer Blechdose einen harten Änisstängel und knabberte gedankenverloren daran. Wie leicht danach alles ging! Sie hatte Westek kurz vor der Heimfahrt in die Schweiz eine Szene gemacht, so im Stil von: Ich bin für dich nur ein Betthäschen, eine billige Sexnummer. Du liebst mich gar nicht, und so weiter. Was Männer halt so hassen. Er wollte sie natürlich loswerden. Da brauchte sie nur noch in Tränen auszubrechen, ihre Sachen zu packen und wegzulaufen. Und das alles kostete sie eine Fahrkarte für den Intercity-Express nach Zürich.

Man stellt sich einer Claire Fendi nicht in den Weg. Man verrät sie nicht einfach so.

Wer würde schon Verdacht schöpfen, dass hinter dem Defekt an der Bremse der Sabotageakt einer zarten, engelsgleichen Frau stand? Nach den »Unfällen« von Thüring, Salzinger und Feller-Stähli war Westek nur noch ein weiteres Glied in der Kette. Den oder die Täter würde man sicher unter den Geschädigten der Swixan-Pleite suchen.

Sie trällerte vor sich hin.

Ach wie gut, dass niemand weiß, dass ich Todesengel heiß.

– 23 –

Nein, sie sagte, ein kleiner See.« Kündigs Stimme hallte zwischen den Wänden aus weißen Kacheln. Er hockte auf dem Rand einer Badewanne. Als er nach einem ungestörten Ort zum Telefonieren gefragt hatte, hatte ihn die Oberschwester kurzerhand in dieses Bad verfrachtet.

In der rechten Hand hielt er sein Handy, in der linken ein

Blatt Papier mit einer Skizze, die Josefa Rehmer gezeichnet hatte. Ihr war eingefallen, dass Claire vielleicht zum Skifahren in jenen abgelegenen Bergkessel gefahren war, wo sie zusammen die Skitour gemacht hatten. Auf der Skizze waren Berge angedeutet, Tannen und eine Straße, die in ein Tal führte. »Frau Rehmer hat den See aber nicht gesehen, er war zugefroren und lag unter einer Schneedecke. Und in der Nähe des Sees war zwischen den Tannen so etwas wie eine Alphütte.«

Kündig sehnte sich nach einer Tasse Kaffee, aber seine Kollegen in Zürich hielten ihn auf Trab. »Es ist ein isoliertes Waldstück, es sieht aus wie ein Schutzwald gegen Lawinen.« Ein Schutzwald gegen Lawinen in einem einsamen Tal? Wozu? Wegen einer einzigen Hütte? Kündig mochte sich darüber keine Gedanken machen. Er war ein Stadtmensch, und das mit Leib und Seele.

Er drehte sich auf dem Wannenrand, der ihm ins Gesäß drückte. Zum Glück konnten ihn seine Kollegen nicht sehen. »Die Hütte? Die ist mittendrin. Nein, nicht mitten im Tal, mitten im Wald. Ja habt ihr denn die Zeichnung nicht vor euch, ich hab sie euch doch extra gefaxt, da ist alles drauf. Was? Ihr braucht mehr Erklärungen? Nein, ich kann sie jetzt nicht stören. Sie schläft. Ich kann erst wieder in einer Stunde zu ihr. Was sagt denn der Geograph? Ist doch egal, ob Geograph oder Bergführer, Hauptsache, er kennt sich aus!« Kündig änderte wieder seine Körperhaltung, obwohl seiner Meinung nach von Haltung längst nicht mehr die Rede sein konnte.

»Haben die Düsseldorfer noch etwas liefern können? Okay, wichtig ist, wir haben die Leute vom Hotel dort. Der falsche Name, den Karl Westek im Hotel gebraucht hat, den hat er von seinem früheren Steuerberater geklaut. Ist das nicht der Hammer? Na ja, ich habe Gott sei Dank auch keinen teuren Scheidungsprozess am Hals wie Westek. Ja, auch keine Freundin, die zwanzig Jahre jünger ist als ich, falls dich das beruhigt. Kommt der Bergführer voran? Was sagt er? Ja, ja, ich habe alle Zeit der Welt, ich bin ja im Krankenhaus.« Er seufzte resigniert.

»Welche Photos? Anonymer Absender? Ach, die Photos, die Westeks Ehefrau von seinen sexuellen Eskapaden bekommen hat. Nein, das war eine andere Bettgespielin, das war nicht die Frau in Düsseldorf. Nein, nicht Claire Fendi, ist doch klar. Der Mann konnte es wirklich nicht lassen, eine nach der andern, der hatte sein Gehirn zwischen den Beinen. Na ja, lassen wir das. Soll er in Frieden ruhen. Schade, dass wir keine Zeugen von der Investoren-Messe haben. Aber was soll's. Dafür ist Fendis Heimcomputer eine wahre Fundgrube. Wunderschöne Dokumente, sagt Zwicker. Klingt gut. Sie war offenbar doch nicht so clever. Ich bin ja gespannt, was die Dame uns erzählen wird.«

Mühsam stand er auf. Mit Sitzen war es erst mal vorbei, so weh tat ihm sein Allerwertester.

»Nein, die Sonne hat ihnen ins Gesicht geschienen. Um ein Uhr mittags, als sie am Hang oben waren. Also rechnet euch selber aus, wo Süden ist. Das könnten wir uns alles sparen, wenn wir die Eltern Fendi fragen könnten. Die sind irgendwo in Spanien, sagt Heinz. Spanien ist groß. Der Bruder ist vor fünf Jahren gestorben, Autounfall. Er war ein Raser. Und der Vater muss ein echter Tyrann sein. Es gab vor ein paar Jahren ein Gerichtsverfahren, weil der Mensch alle Besitztümer seiner Tochter verbrannt haben soll. Und weißt du, warum? Weil sie ausziehen wollte! Ja, verbrannt, tutti quanti, Kleider, Bücher, Dokumente, sogar ihre Skier, stell dir das mal vor. Muss ein ganz schönes Arschloch sein. Und ist dann sogar davongekommen. Aussage stand gegen Aussage, und die Mutter will nichts gesehen haben. Verfahren eingestellt, du kennst das. Diese Typen benehmen sich zu Hause wie mongolische Hordenführer. Und nie kann man ihnen was nachweisen. Was? Nein, ich reg mich nicht auf, warum auch, das kennen wir ja. Heinz sucht jetzt Tanten, Onkel, entfernte Verwandte. Aber vielleicht sind wir schneller. Was –« In Kündig kam Leben. Na endlich! »Was, drei? Was sind denn die Unterschiede zwischen den dreien? Ja, sobald sie wach ist. Bis bald.«

Froh, seinem unbequemen weißen Gefängnis entrinnen zu können, nahm er den Lift zur Cafeteria.

Er kippte gerade den dritten Espresso, als sein Handy erneut klingelte. »Ich muss erst die Zettel rausholen«, sagte er und blätterte in seinem Notizheft. »Jetzt kannst du loslegen. Was? Buchstabier das, bitte.« Kündig schrieb drei Namen, setzte neben den letzten Namen einen Schrägstrich und fügte noch ein Wort hinzu.

– 24 –

Sie schaute aus dem Fenster. Blaugraue Schneewolken bedeckten den Himmel. Sie entzündete eine zweite Öllampe. Endlich Muße, um die Zeitungen zu lesen, die sie mitgebracht hatte, darunter das *Wall Street Journal* und die *Financial Times* – sie wusste, was sie Walther und ihrer neuen Position schuldig war. Josefa würde staunen, wie weit es die emsige Claire gebracht hatte. Und noch bringen würde.

Es gab eine Zeit, da hatte sie zu Josefa aufgeschaut, ihre Förderin bewundert; sie hätte alles für sie getan. Aber sie hatte sich in Josefa getäuscht. – Wie schnell das Idol von seinem Sockel stürzte. Josefa gab kampflos auf, warf einfach alles hin, was die beiden Frauen in vier Jahren zusammen aufgebaut hatten. Sie ließ ihr Team im Stich, ließ ihre Assistentin im Regen stehen. Was für eine erbärmliche Niederlage.

Wie feige Frauen doch sind. Frauen wie Josefa. Frauen wie ihre Mutter, die vor dem Ehemann stets die Waffen streckte. Die ihm nie Paroli bot. Die ihre Tochter nie verteidigte, sie nie in Schutz nahm. Eine Mutter, die ihre Tochter verriet. Aber du kennst mich nicht, liebe Mutter. Deine Tochter hat gelernt, sich zu nehmen, was ihr gebührt. Mit allen Mitteln, zu jedem Preis, denn kostenlos erhält man nichts. Genau das hatte Josefa nie erkannt.

Claire wischte wütend die Krümel des Änisstängels vom Tisch. Sie hatte sich so getäuscht.

Dabei waren sie beide besessen und zornig, sannen auf Rache. Aber nur eine war entschlossen genug. Die kleine Assistentin.

Josefa hatte sich so leicht verdrängen lassen. Sie war einfach nicht für den Kampf mit harten Bandagen gemacht. Sie hatte nicht das Format für den Aufstieg nach oben. Keine Ellbogen und eine viel zu dünne Haut. Und sie konnte sich die Männer nicht für ihre eigenen Ziele zu Nutze machen, wusste nicht, wie eine Frau ihre Verführungskünste richtig einsetzte, Sex einsetzte. Josefa vermochte Schulmann nichts entgegenzuhalten. Streckte einfach die Waffen. Sie war zu naiv und viel zu leicht einzuschüchtern. In ihnen beiden steckte eine Megäre, aber Josefa endete als Mimose. So musste ihre kleine Assistentin vollstrecken, was die Chefin nicht zustande gebracht hatte.

Ich weiß meine Feinde zu nutzen. Dieser Gedanke erfüllte Claire mit großer Befriedigung. Sie legte die Zeitungen auf den einfachen Holztisch und zog sich einen Stuhl heran. Da meinte sie etwas zu hören. Ein ungewöhnliches Geräusch. Sie lauschte angespannt. Nichts, nur das Knacken des Feuers.

Sie setzte sich hin und schlug die erste Zeitung auf. Eines Tages würde auf diesen Seiten ihr Name erscheinen. Ihr Bild. Die Frau, die es geschafft hat. Die sich nicht verdrängen ließ. Die man nicht wie einen alten Regenschirm in die Ecke stellen konnte. Die raffinierter war als alle anderen, stärker, härter im Nehmen. Ein warmes, berauschendes Gefühl erfüllte sie. Doch bevor sie den ersten Absatz lesen konnte, hörte sie es wieder. Das Geräusch. Nur näher. Gefährlich nahe.

– 25 –

Als Kündig das Krankenzimmer wieder betrat, sah ihm Josefa besorgt entgegen. Ihr Gesicht war unnatürlich gerötet. »Haben Sie sie schon gefunden?«, fragte sie. Kündig schüttelte den Kopf und zog einen Zettel hervor. »Aber wir kommen voran.«

»Ist sie in Gefahr? Was könnte passieren?«

Kündig scharrte verlegen mit den Füßen. Er hatte der Patientin nicht die ganze Wahrheit gesagt. Sie war in dem Glauben, die Polizei suche Claire Fendi als eine wichtige Zeugin. Für Josefa Rehmer bedeutete das offenbar, dass ihre ehemalige Mitarbeiterin jemandem bedrohlich werden könnte und deshalb selbst bedroht wurde.

»Es gibt keinen Grund zur Sorge«, beschwichtigte Kündig. »Wir tun, was wir können. – Was das Tal angeht, ich habe hier drei Namen, und vielleicht können Sie sich an etwas erinnern.« Er las vor: »Mattental. Glaubiger Berg. Velten-Höhe.«

Josefa zuckte die Schultern. »Ich muss Sie enttäuschen. Claire hat mir keinen Namen genannt, und ich habe nicht danach gefragt, so unglaublich das klingen mag.«

Kündig ließ nicht locker. »Das Mattental wird von den Einheimischen auch Güldeli genannt.«

»Güldeni? Nein, das sagt mir nichts.«

»Güldeli, nicht Güldeni.«

Josefa ließ sich verzweifelt in die Kissen sinken. Sie war von mutigen Menschen gerettet worden, aber sie selbst konnte nichts dazu beitragen, Claire zu finden. »Güldeli, für gülden oder golden«, murmelte sie erschöpft.

Kündig runzelte die Stirn. »Ich rufe nochmals meine Kollegen an, vielleicht haben sie inzwischen mehr Informationen.« Er ging zur Tür.

»Dorita!«

»Wie bitte?« Kündig drehte sich auf dem Absatz um.

»Dorita. Sie erinnern sich? Sie fragten mich im Polizeibüro, ob ich wüsste, wer Dorita sei. Wenn man Dorita ins Deutsche übersetzt, heißt es ›Die kleine Goldene‹. Oder im Dialekt ›Güldeli‹. Vielleicht ist das kein Zufall.« Josefas Wangen glühten.

Kündig sah sie schweigend an, als hätte er Mühe, sie zu verstehen.

»In welcher Sprache?«, fragte er dann.

»Wie meinen Sie?«

»In welcher Sprache sagt man ›Dorita‹?«

»Ich weiß nicht. Vielleicht auf Spanisch. Aber ich bin nicht sicher.«

»Spanisch.« Kündig runzelte die Stirn. »Spanisch«, wiederholte er langsam. »Ja, das macht Sinn. Das macht Sinn.«

»Wer ist Dorita?«, fragte Josefa.

Aber Kündig hatte das Zimmer schon verlassen.

– 26 –

Da war das Geräusch wieder. Ein Knirschen, wie von Schritten auf Schnee. Sie spähte aus dem Fenster, konnte aber nur die schattenhaften Umrisse der Tannen erkennen. Vielleicht war es ein Tier. Sie hatte in der Nähe der Hütte schon Rehe gesehen.

Sie zog sich ihre Daunenjacke über und schlüpfte in die Trekkingstiefel. Dann griff sie nach dem Schlüssel und umklammerte ihn wie einen Talisman. Vorsichtig kletterte sie auf den Tisch und öffnete das kleine Fenster an der Rückseite der Hütte. Sie rutschte über die Brüstung und ließ sich langsam in den weichen Schnee gleiten. Den Fensterflügel drückte sie bis auf einen kleinen Spalt zu. Dann lauschte sie. Weit weg war ein Brummen zu hören, wie von einem Hubschrauber. Sie hastete hinter die nächste Tanne. Im Schutz der Baumstämme umkreiste sie die Hütte. Die Schneedecke unmittelbar um die Hauswände war zertrampelt. Waren das ihre eigenen Spuren? Sie musste sich Gewissheit verschaffen. Mit der Hand tastete sie nach der beruhigenden Kälte des Metalls in ihrer Tasche. Sie konnte nichts Verdächtiges hören. So leise wie möglich stapfte sie vorwärts. Im trüben Licht überprüfte sie die Spuren im Schnee. Das waren ohne Zweifel ihre Trekkingstiefel. Erleichtert richtete sie sich auf und stakste Richtung Tür. Sie zückte den Schlüssel – und unterbrach ihre Bewegung abrupt. Ihr Blick fiel auf etwas, das ihr Blut gefrieren ließ. Ein großer, unbekannter Sohlenabdruck.

Das Fenster, schoss es ihr durch den Kopf. Die Tür zu öffnen, würde zu lange dauern. Sie rannte um die Ecke, drückte das Fenster auf und stemmte sich an der Brüstung hoch. Den Schlüssel hielt sie zwischen den Zähnen fest. Hastig zog sie ein Bein nach, doch sie fand keinen Halt auf der Brüstung.

Sie nahm nochmals Anlauf.

»Kann ich Ihnen helfen?« Eine laute, spöttische Stimme. Die Stimme eines Mannes. Claires Knie klemmte zwischen Arm und Brüstung. Sie konnte den Kopf nicht weit genug drehen, um ihn zu sehen. Aber jetzt hörte sie ihn näher treten. Ihr war sofort klar, woher er kam: aus dem Schatten jener Tannen, hinter denen sie Deckung gesucht hatte.

Ihre Arme erlahmten, und sie ließ sich fallen. Der Schlüssel plumpste in den Schnee. Da war der Mann schon hinter ihr.

»Kriminalpolizei. Tun Sie genau, was ich Ihnen sage«, befahl er. »Heben Sie den Schlüssel auf.«

Sie bückte sich und musste dazu eine kleine Drehung machen. Als sie sich aufrichtete, blickte sie in die Mündung einer Waffe. Sie sah nach oben. Der Mann trug einen dunklen Skianzug, eine Kapuzenmütze, die nur einen kleinen Teil seines Gesichts freiließ, und eine undurchdringliche Sonnenbrille.

»Jetzt gehen Sie zur Tür.«

Polizei in Zivil. Wie hatte man sie gefunden? Oder suchte man gar nicht nach *ihr*? Vielleicht war alles ein Missverständnis. Am besten, sie tat ganz unschuldig.

»Bitte stecken Sie die Waffe weg, sie macht mir Angst«, bat sie mit zarter Stimme.

»Nur eine Vorsichtsmaßnahme«, sagte der Mann. Seine Stimme klang ruhig und überlegen.

»Schließen Sie auf.« Warum wusste er, dass die Tür verschlossen war? Wie lange hatte man sie schon beobachtet?

Sie drehte den Schlüssel, und das Schloss leistete wie immer Widerstand. Sie wandte sich um. »Könnten Sie nicht die Tür aufdrücken, sie ist so schwer.«

Vielleicht fiel er ja darauf rein.

»Das können Sie sicher auch«, entgegnete der Mann knapp. »Und versuchen Sie nicht, zu fliehen, unsere Leute bewachen das Gelände.«

Sie drückte die Tür mit viel Mühe auf. Sie hatte ihre Rolle gefunden: das schwache Opfer.

»Schließen Sie das Fenster«, sagte der Polizeibeamte und setzte sich auf das alte Sofa. Sie sah, dass er dünne Lederhandschuhe trug. Als sie sich dem Fenster näherte, änderte er seine Meinung. »Nein, lassen Sie es offen.« Sie drehte sich zu ihm um. Er hielt seine Schusswaffe noch immer auf sie gerichtet. »Ziehen Sie Ihre Jacke aus.«

Sie tat, wie ihr geheißen, und legte die Jacke sachte auf den Boden.

»Setzen Sie sich dorthin.« Er wies auf die Ecke neben dem Herd. Dann schaute er sich um. »Sie haben da ja eine richtige kleine Werkstatt«, sagte er. »Eine Werkstatt für Bombenleger, oder was?« Wenn er doch nur seine Mütze abnehmen würde. Er musste in seinem Skianzug gehörig schwitzen.

»Und nun erzählen Sie mir, wie Sie Westek umgebracht haben.«

In seinen Brillengläsern spiegelte sich das Feuer im Herd. Sie konnte seine Augen nicht sehen.

»Ich weiß nicht, wovon Sie sprechen.« Claire hatte bereits begriffen, dass hier etwas Grundlegendes nicht stimmte. Sie spürte aber instinktiv, dass es klüger war, sich nichts anmerken zu lassen.

»Spielen Sie nicht die Ahnungslose, das wird Ihnen nichts nützen.« Die Stimme ihres Gegenübers war nun messerscharf.

Sie trat die Flucht nach vorn an.

»Kann ich Ihren Polizeiausweis sehen?«

»Wie haben Sie Westek umgebracht?«, wiederholte der Mann. Seine eine Hand hielt die Waffe im Schoß, die andere ruhte locker auf der Lehne des Sofas.

Er hat mich nicht nach Waffen abgetastet, dachte Claire. Vielleicht war er gar nicht von der Polizei. Der Gedanke belebte und erschreckte sie zugleich. Ihre Jacke lag außer Reichweite. Vom Fenster her kam ein kalter Luftzug. Sie versuchte es nochmals auf die sanfte Tour. »Ich möchte Ihnen gern helfen, aber Sie verstehen, dass ich zuerst wissen möchte, mit wem ich es zu tun habe.«

»Wie haben Sie Westek umgebracht?«

»Ich möchte meinen Anwalt sprechen«, sagte Claire und veränderte ihre Sitzhaltung.

»Bleiben Sie, wo Sie sind«, bellte der Mann. Jetzt war sich Claire sicher, dass sie in Gefahr war – in einer größeren Gefahr als durch die Polizei.

»Wie haben Sie Westek umgebracht?«

Claire blieb stumm.

Der Mann beugte sich vor. »Dann werde *ich* Ihnen sagen, wie Sie Westek ermordet haben. Sie sind mit ihm nach Düsseldorf gefahren. Sie haben ihn zur Investoren-Messe begleitet, und er überließ Ihnen für den Rest des Tages seinen Wagen. Das hat er mir noch am Telefon erzählt. Ganz beiläufig, er wusste ja nicht, was er mir da Wichtiges mitteilte.«

Claire zuckte innerlich zusammen. Was hatte Westek ihm noch verraten?

»Sie haben die Bremsen in eine tödliche Falle umgebaut, Madame. Eine, die bei großer Geschwindigkeit auf der Autobahn zuschnappen würde. So ist es gewesen, nicht wahr?«

Sein Ton wurde ihr immer unheimlicher. Claire hörte mit angehaltenem Atem zu.

»Sie hatten alles im Detail vorbereitet. Hier, in dieser Hütte, nicht wahr? Hier, in dieser kleinen feinen Werkstatt in den Bergen, wo nie jemand hinkommt. Sie stritten sich mit Westek, bis er Sie vor die Tür setzte. Auch das hat er mir am Telefon erzählt. Dann verschwanden Sie und ließen ihn in den Tod fahren. War es nicht so, Madame?«

»Ich weiß nicht, wovon Sie sprechen«, sagte Claire so gefasst wie möglich. »Sie müssen mich mit jemandem verwechseln. Ich kannte Herrn Westek kaum. Ich habe nichts mit seinem tragischen Tod zu tun.«

»Ach ja?«, sagte der Mann sarkastisch. Mit der linken Hand zog er sich seine Mütze vom Kopf und legte die Sonnenbrille ab. Er trug noch immer seine Lederhandschuhe.

Claire starrte ihn verwirrt an. Sie kannte den Mann von irgendwoher – und trotzdem war sie sich nicht sicher. War *er* es? Das war doch nicht möglich! Nein, das musste eine Täuschung sein. Ein grauenhaftes Trugbild.

Der Mann lächelte ein wenig stolz. »Gute Tarnung, nicht wahr? Welche Wunder die Gesichtschirurgie doch bewirken kann. Niemand hat mich in Düsseldorf erkannt.«

Er verzog sein Gesicht zu einer hämischen Grimasse. »Ein bisschen Kokain kann doch eine so tolle Sache, wie Westek und ich sie vorhatten, nicht kaputtmachen. Ich kann die Fäden auch im Hintergrund spannen, dafür muss ich gar nicht in Erscheinung treten. Hinter den Kulissen klappt das sogar noch besser, das wissen Sie doch sehr gut, meine Schöne. Niemand weiß, wer ich bin. In der Anonymität lebt es sich ohnehin angenehmer. Nicht wahr, Dorita?«

Claire biss sich unwillkürlich auf die Lippen. Ihre Muskeln schmerzten vor Anspannung. Aber noch mehr schmerzte Westeks Verrat. Wieder ein Verrat. Und dass sie ihn dafür nicht ein zweites Mal umbringen konnte. Er hatte ihren Decknamen verraten. Warum hatte sie nur dasselbe Kennwort für Schulmann und für Westek gebraucht? Dorita. Ein schwerer Fehler.

Der Mann auf dem Sofa fuhr sich mit dem Lederhandschuh durch die blonde Föhnfrisur. Früher hatte er dunkles Haar. Er muss es blondiert haben, dachte Claire. Und seine Augenbrauen auch. Seine getönten Kontaktlinsen waren von einem hellen Blau. Eine gute Tarnung für jemanden, der seine echte Augenfarbe verbergen will. Die Nase war nicht mehr so fleischig wie früher. Und die Zähne waren weiß, gerade – perfekt. Nur seine Schultern waren breit wie eh und je, seine Gestalt bullig wie auf den Photos in der Zeitung.

Warum hatte sie Beat Thürings Stimme nicht sofort erkannt? Aber andererseits – sie hatte nur einmal länger mit ihm gesprochen, in St. Moritz, als sie ihn kaum hatte loswerden können, die lästige Zecke. Ihre Gedanken jagten sich. Sie brauchte eine neue Strategie. Sie musste Zeit gewinnen. Raum gewinnen.

Sie musste gewinnen.

»Dorita?«, hörte sie sich mit weicher Stimme sagen. »Ein hübscher Name, nicht wahr? Westek hat mir das Geheimnis erst in Düsseldorf verraten. Dass Sie gar nicht ertrunken sind. Nur abgetaucht. Und ziemlich abhängig von Westeks Gnaden. *Der arme Beat.* So nannte er Sie. Ja, das hat er mir alles anvertraut. Er war stolz auf mich. Es machte ihn stolz, dass er einen Maulwurf bei Loyn hatte. Dorita. Ich habe Westek alle wichtigen Informationen geliefert. Tja, und dann beschloss er plötzlich, dass es besser ohne Sie geht, Herr Thüring. Westek wollte nicht mehr mit Ihnen teilen. Für ihn waren Sie bloß ein Störfaktor.«

Der Mann öffnete den oberen Teil seines Skianzugs und schälte sich aus den Ärmeln. Die Pistole lag neben ihm auf dem Sofa. »Westek hätte dich gleich unschädlich machen sollen, du Dreckstück. Aber er war zu vorsichtig, er wollte immer alles ganz genau planen, damit er ja sicher und unverdächtig war. Nun, diese Sorge habe ich nicht.«

Er stand auf und schlüpfte aus den Stiefeln, ohne Claire aus den Augen zu lassen. »Aber vorher wollen wir noch ein bisschen Spaß miteinander haben.« Er lächelte schmierig. »Westek sagte, wenigstens im Bett ist Dorita brauchbar.«

»Da hat Westek Sie ja wunderbar reingelegt«, sagte Claire

mit gespielter Leichtigkeit. »Er wollte die Sache mit Walther durchziehen. Er wollte Walther die Firma für viel Geld abkaufen. Und Sie ans Messer liefern.«

Thüring lachte nur trocken, öffnete den Reißverschluss bis zu den Leisten und stieg aus dem Overall. Er stand nun in seiner langen Thermounterhose da.

Claire redete weiter. Sie redete um ihr Leben. »Ich wusste über das Schließfach in Düsseldorf Bescheid. Karl hat mir alles verraten. Er sagte mir, dass Sie für ihn viel Geld deponieren würden, in einem Schließfach. Und wo Sie den Schlüssel für ihn hinterlegen würden, am Stand 412 der Investoren-Messe, gut versteckt hinter der Kaffeemaschine. Er wollte sich nicht mit Ihnen persönlich treffen, das hätte ihm vielleicht gefährlich werden können.« Sie holte tief Luft. »Er verriet mir auch den Code für das Schloss des Aktenkoffers, in dem das Geld war. Er hat mir den Code sogar aufgeschrieben, für alle Fälle. Alles, was er Ihnen am Telefon erzählt hat, war vorgetäuscht. Er wollte Sie reinlegen, Thüring. Deshalb haben Sie ihn doch umgebracht, oder?«

»Findest du nicht, dass du ein bisschen dick aufträgst, du mieses Luder? Warum sollte er ausgerechnet dir diese Dinge verraten?« Beat Thüring stand immer noch vor dem Sofa und sah auf sie herunter. Sicher glaubte er ihr nicht. Oder nur einen Bruchteil. Aber zumindest hatte sie ihn ein wenig verunsichert – und abgelenkt. Er musste sich fragen, warum sie vom Schließfach wusste. Warum sie die Nummer des Messestandes kannte. Und vielleicht auch den Code. Sein Gesicht zuckte leicht. Sie konnte die Fragen darin lesen: Hatte sie vielleicht kompromittierende Bankdokumente bei Westek gesehen? Die geheimen Konten für illegale Transaktionen? Er musste sichergehen, wie viel sie tatsächlich wusste. Sie und ihre möglichen Komplizen.

»Ich habe den Beweis hier, in der Hütte«, sagte Claire.

Thürings Augen verengten sich. »Du lügst, du dreckige Hure.«

»Westek hat mir die Nummer gegeben. Ich kann nichts dafür. Der Zettel mit dem Code ist in der Tasche unter dem Sofa.«

»Raffiniertes Luder. Und du denkst, ich geh dir auf den Leim.«

»Greifen Sie doch kurz darunter, Sie werden sehen, dass ich die Wahrheit sage.«

Er zögerte einen Moment. Dann langte er unter das Sofa, ohne sie aus den Augen zu lassen, und zog ihre grüne Ledertasche hervor.

»Der Zettel ist in der kleinen Seitentasche.«

Er setzte sich wieder aufs Sofa und wühlte in der Tasche. Zwischen seinen Fingern erschien ein weißer, mehrfach zusammengefalteter Zettel.

Claires Muskeln spannten sich an. Das war ihre einzige Chance. Thüring entfaltete das Papier, wozu er beide Hände brauchte. Die Schusswaffe lag auf seinem Oberschenkel.

Claire sprang mit einem Satz zum Herd, packte die heiße Kanne, die noch halb mit Kaffee gefüllt war, und warf sie in Thürings Richtung. Sie hörte ihn schreien. Sie duckte sich, griff nach ihrer Jacke, zog die Pistole heraus und zielte. Ihre verbrannten Finger trieben ihr Tränen in die Augen.

Wie durch einen Schleier sah sie, dass Thürings Gesicht mit brauner Brühe verschmiert war. Ihr Gegner richtete sich gestikulierend auf, und Claire schoss.

Sein schwerer Körper brach zusammen und schlug auf dem Boden auf. Claire war bereit zum zweiten Schuss. Thüring lag mit angewinkelten Beinen vor ihr. Sie kam etwas dichter heran, um ihn besser im Blickfeld zu haben. Er hielt sich den Bauch, aus dem Blut floss. Seine Waffe konnte sie nicht sehen. »Nicht schießen«, bat er. »Nicht schießen.«

Claire schaute auf ihn herunter. »Immer schön ruhig. Sonst …«

Sie beobachtete ihn mit gespannter Wachsamkeit, ihren zitternden Finger am Abzug.

»Westek hat mir den Zettel mit dem Code nicht gegeben«, sagte sie höhnisch. »Du Schwachkopf. Warum sollte er, dieser Wurm. Ich habe ihn auf einem Parkplatz belauscht. Wir wollten gerade wieder losfahren. Da bekam er einen Anruf auf dem Handy und sagte, ich sollte das Auto verlassen.« Sie sprach mehr zu sich selbst als zu dem wimmernden, blutenden Mann auf dem Boden.

»Befahl *mir*, das Auto zu verlassen, dieses Schwein. Als ob nicht *er* zum Telefonieren hätte aussteigen können. Ich sagte: ›Ich will noch eine Zigarette aus meiner Handtasche holen.‹ Darin hatte ich einen Taschenrecorder. Den habe ich heimlich eingeschaltet.«

Claire lachte trocken. »Der Idiot hat nichts dazugelernt. Wird immer abgehört und merkt es nicht. Dann hat ihm jemand die Nummer des Messestandes und den Code für den Aktenkoffer in einem Schließfach durchgegeben. Von viel Geld war die Rede. Westek hat alles beim Aufschreiben laut wiederholt. Jedes Detail. Damit er ja schön alles hinkriegt. – Jetzt weiß ich, wer dieser Anrufer war. Dank dir, du Ratte.«

Plötzlich trat Thüring mit aller Kraft nach ihr. Er erwischte sie am Schienbein. Claire verlor das Gleichgewicht und stürzte gegen den Herd. Doch die Pistole hielt sie fest umklammert.

Er konnte sich nicht so schnell aufrichten wie sie.

Sie schoss. Und schoss.

Bis Beat Thüring reglos auf dem Boden lag.

– 27 –

Das Krankenzimmer sah aus wie ein Blumenladen. Josefa hatte bereits arrangiert, dass die Gestecke dem Pflegepersonal mitgegeben würden. Sie saß auf dem Stuhl am Fenster und wartete auf Helene, die sie abholen wollte. Die Ärztin hatte sie endlich entlassen, ihr aber eine Therapie gegen posttraumatische Stresssymptome verordnet, der sich Josefa in Zürich unterziehen sollte. »Die Auswirkungen solcher Erfahrungen zeigen sich immer erst später; es ist wichtig, sie in einer Spezialbehandlung aufzulösen«, hatte sie erklärt.

Auflösen: Das wäre schön, dachte Josefa, wenn sich alles auflösen ließe wie ein Spuk. Wenn sie aufwachen könnte und alles wäre nur ein Albtraum gewesen. Sie dachte an die Menschen im Kosovo. Was war mit den muslimischen Frauen, die Kinder von Männern gebaren, die sie vergewaltigt und gefoltert hatten? Erhielten die auch eine Spezialbehandlung, um alles aufzulösen? Josefa betrachtete die Blumen, die weiße Bettdecke, unter der sie zum letzten Mal geschlafen hatte, die Reste des Mittagessens auf dem Tablett. Neben ihr stand die fertig gepackte Reisetasche.

Nur den Brief hatte sie noch nicht verstaut. Er lag auf dem Nachttisch, als wartete er auf sie. Esther hatte ihr die Post ins Krankenhaus nachgeschickt. Darunter befand sich auch ein Brief von Herbert Rehmer, der laut Poststempel einen Tag vor Josefas Reise nach Crans abgesandt worden war. Verena Rehmer, die täglich im Krankenhaus angerufen hatte, wusste von dem Brief und äußerte Josefa gegenüber Besorgnis, wie sie in ihrem »fragilen Zustand« wohl mit dem brisanten Inhalt des Schreibens zurechtkommen würde.

»Wir wollen dich nicht mit weiteren Sorgen belasten«, sagte sie. »Wir«, hörte Josefa. Sie fand, das sei eigentlich eine Sache, die ihre Stiefmutter nichts anging. Zu ihrem Vater, der ebenfalls ein paar Worte mit ihr am Telefon sprach – Josefa hatte sich ausdrücklich einen Besuch verbeten –, sagte sie nichts außer: »Danke für den Brief.« Es war noch zu frisch, zu früh. Es würde noch genug Zeit für Klärung geben. Sie musste sich erst einmal über ihre eigenen Gefühle klar werden.

Sie zog die von Hand beschriebenen Seiten aus dem Umschlag und las erneut die Zeilen, die sie beinahe schon auswendig kannte:

Liebe Josefa,
dieser Brief ist nur für Deine Augen bestimmt, und ich möchte Dich ausdrücklich bitten, ihn unter keinen Umständen jemals der Öffentlichkeit zugänglich zu machen.
Es fällt mir nicht leicht, die schmerzliche Vergangenheit wieder aufzurollen. Aber wenn es Dir helfen sollte, die Gegenwart besser zu bewältigen, will ich Dir diesen Wunsch nicht verweigern.
Als die Ärzte Deiner Mutter eröffneten, dass sie an Krebs erkrankt war, der sich im fortgeschrittenen Stadium befand, reagierte sie zunächst mit Verdrängung. Filomena wollte nichts von Chemotherapie und Bestrahlung wissen und suchte Hilfe bei einem Wunderheiler in ihrer Heimat. Du erinnerst Dich vielleicht, dass sie damals häufig nach Italien fuhr. Sie besuchte aber nicht ihre Verwandten, wie sie Euch sagte, sondern einen Quacksalber der raffiniertesten Art.
Entschuldige, dass ich mich hier sprachlich nicht zurückhalte, aber ich habe meine Gründe dafür. Deine Mutter geriet immer mehr unter den Einfluss dieses Übeltäters, vor allem, als vorübergehend eine deutliche Besserung ihres Zustands eintrat. Ich wollte und konnte sie nicht zurückhalten, ich wollte ihr die Freiheit lassen, sich nach ihren eigenen Vorstellungen

mit der Krankheit auseinander zu setzen. Und ich fühlte mich machtlos gegenüber diesem Krebsgeschwür.
Doch eines Tages, sie war gerade wieder aus Italien zurückgekehrt, sprach Filomena von Trennung. Sie wollte nach Italien ziehen und Dich mitnehmen. Jetzt begann ich mich zu wehren. Ich wollte euch nicht verlieren. Ich suchte Hilfe bei Ärzten und Psychologen. Filomena und ich näherten uns langsam wieder an; wir sprachen intensiv und lange miteinander, wie wir es während unserer Ehe viel zu selten getan hatten.
Leider verschlechterte sich ihr Zustand nach ein paar Monaten wieder rapide. Es war ihr ausdrücklicher Wunsch, dass wir Euch Kindern nicht sagten, wie schlecht es um sie stand. Vielleicht war das ein Fehler. Ich denke, sie konnte es nicht einmal sich selbst eingestehen. Sie gab die Hoffnung auf eine Heilung bis zum Schluss nicht auf. Aber für Euch Kinder muss ihr Sterben dadurch ein viel größerer Schock gewesen sein.
Als es dem Ende zuging, brauchte sie immer stärkere Schmerzmittel. Sie veränderten zunehmend ihre Persönlichkeit. Wie ich Dir schon sagte, war sie über alle Maßen verwirrt. Sie glitt kurz vor ihrem Tod mental wieder in jene Phase zurück, in der sie nach Italien gehen und Dich mitnehmen wollte. Deshalb ihre Forderung »Josefa gehört mir«.
Ich habe Dir und Deinem Bruder nie von diesen persönlichen Wirrnissen erzählt, weil ich das Andenken Eurer Mutter nicht damit belasten wollte.
Ich hoffe, das beantwortet Deine Frage.
Wenn Du einmal selbst Kinder hast, wirst Du sehen, dass man in schwierigen Situationen leicht Fehler macht. Ich war und bin davor sicher nicht gefeit. Aber ich will nicht mein ganzes Leben lang deswegen Schuldgefühle mit mir herumtragen. Und ich kann es auch nicht mehr.
Alles Gute wünscht Dir
Papa

Josefa faltete den Bogen zusammen und schob ihn in den Umschlag zurück. Dann sah sie lange aus dem Fenster. Am Horizont verschwammen Hügelzüge zu weißen Wellen. Der Himmel wirkte trotz seines Graus freundlich. Josefa wollte eine Frage beantwortet haben, und hier hatte sie endlich die Antwort. *Eine* Antwort. Aber würde sie jemals Antwort auf *alle* ihre Fragen erhalten?

Claire kam ihr in den Sinn. Was mochte mit ihr geschehen sein? Franz Kündig war vor vier Tagen nach Zürich abgefahren …

Der Apparat auf dem Nachttisch klingelte. Das musste Helene sein.

Aber die Stimme in der Leitung gehörte jemand anders. Ein rauchiges, atemloses Flüstern.

»Josephine, wie geht es dir? Du tust mir so Leid!«

Sie ließ fast den Hörer fallen. Es war Joan Caroll.

»Josephine, ich habe von diesen schlimmen Ereignissen erfahren. Das ist ja furchtbar, was dir passiert ist!«

Josefa versuchte, so gelassen wie möglich zu klingen.

»Lieb, dass du mich anrufst, Joan. Es geht mir den Umständen entsprechend gut.«

»Stimmt das mit Pius, Josephine? Die Leute sagen, er habe dich umbringen wollen.«

Sie war überrascht. Das hatte sich ja schnell rumgesprochen. »Nein, wahrscheinlich nicht. Er hat sich wohl in der Höhle verirrt und konnte nicht mehr zurück. Dort ist Wasser eingebrochen, verstehst du? Die Leute, die mich gerettet haben, denken, dass er ertrunken ist.«

»Oh Josephine, das muss alles so schrecklich gewesen sein für dich. Ich musste dich unbedingt sprechen. Ich bin dir noch eine Erklärung schuldig.«

»Wegen des Ohrschmucks«, platzte Josefa heraus.

»Ja«, hörte sie Joan sagen. »Es war sehr unklug von mir,

und ich hoffe, du bist mir nicht böse deswegen. Pius hatte mir die Ohrhänger geschenkt.«

»Pius?« Josefa setzte sich auf die Bettkante.

»Ja, er hat mir ständig den Hof gemacht, er … war hinter mir her und … Es war nichts zwischen uns, glaub mir. Aber manchmal braucht eine Frau einen kleinen Trost, wenn sie müde und niedergeschlagen ist. Ich habe Pius nicht deutlich genug in die Schranken gewiesen. Das war unprofessionell von mir. Er schenkte mir diese Ohrhänger, und ich nahm das Geschenk an. Später sah ich Bilder von Pamela Hartwell, auf denen sie denselben Ohrschmuck trug. Ich verstand sofort. Ich war wütend, verstehst du, Josephine?«

»Nicht ganz, aber fahr bitte fort, Joan.«

»Ach, es ist so beschämend, Josephine. Ich schickte dir die Ohrhänger, weil ich wollte, dass Pius sie sieht. Dass er die Botschaft bekommt. Ich dachte, du würdest ihm davon erzählen oder den Schmuck tragen, wenn er in der Nähe ist. Es war eine kleine, dumme Rache. Es tut mir so Leid.«

Jemand öffnete die Tür. Josefa machte Helene ein Zeichen. Ihre Freundin tippelte auf Zehenspitzen zum Stuhl am Fenster und setzte sich.

»Ich war zu jener Zeit sehr wütend, vor allem auf die Männer. Ich fühlte mich benutzt und hintergangen. Ich wollte zurückschlagen.«

Josefa blickte Helene entschuldigend an. Zu Joan sagte sie: »Du brauchst mir das nicht zu erklären. Wir alle haben solche Gefühle.«

»Josephine, aber eins musst du noch wissen. Die Juwelen sind echt. Pamela muss die Kopie getragen haben.«

»Die Kopie?«

»Ja. Pius sagte, die Ohrhänger seien von seiner Großtante. Reiche Frauen lassen oft eine Kopie ihres teuren Schmucks anfertigen. Den echten lassen sie im Safe und tragen die Kopie. Pamela Hartwell bekam die Kopie. Der echte Ohrschmuck ist zwanzigtausend Dollar wert.«

»Woher weißt du das?«

»Das fragst du doch nicht im Ernst. Natürlich habe ich den Wert schätzen lassen. Wären die Ohrhänger Ramsch gewesen, hätte ich sie dir nicht geschenkt, ich hätte sie weggeworfen. Erst wenn Pius sehen würde, dass ich ein Geschenk im Wert von zwanzigtausend Dollar zurückweise, ohne Reue, wäre die Rache geglückt. Verstehst du?«

Nein, nicht wirklich. Warum hatte Pius Joan ein Geschenk in Höhe von zwanzigtausend Dollar gemacht? Wusste er, wie viel die Ohrhänger wert waren? Warum hatte er damit nicht sein Photobuch finanziert? Oder wollte er Joans Gunst kaufen? Hoffte er, sie würde ihm bei seiner Karriere helfen? Oder dass sie sich nackt photographieren ließe wie Pamela?

»Ich hoffe wirklich, du bist mir nicht böse, Josephine.«

»Ich schätze deine Offenheit, Joan«, erwiderte Josefa benommen, »und vielen Dank für das Geschenk.«

»Viel Glück, Josephine, und alles Gute.«

Helene hatte sie die ganze Zeit neugierig angeschaut. »Wer war denn das?«

»Darf ich dann auch eine Frage stellen?«, gab Josefa zurück.

Helene nickte.

»Joan Caroll hat mir zwanzigtausend Dollar geschenkt«, sagte Josefa und fragte dann ohne Übergang: »Was ist mit Claire?«

– 28 –

Die Leiche bot ein scheußliches Bild. Blut sickerte auf den rohen Holzboden. Hätte Claire die Wahl gehabt, hätte sie Thüring am liebsten in diesem Zustand der Öffentlichkeit vorgeführt – in langer Unterhose. Noch besser hätte er mit der Erektion ausgesehen, die er bekam, als er sie vögeln wollte. Wahrscheinlich hatte er sich das bei Swixan angewöhnt: die weiblichen Angestellten zu bumsen und sie dann loszuwerden.

Wie hatte Thüring sie hier entdeckt? Er musste ihr gefolgt sein. Er wusste, dass sie Westek umgebracht hatte. Dass die Sabotage an den Bremsen des Porsche ihr Werk war. Wie im Rausch ging sie den Schlagabtausch mit ihm durch. Er kannte viele Details. Aber woher? Nur von Westek. Oder hatte er einen zweiten Mann, einen Beschatter in Düsseldorf? Vielleicht hatte er gar nicht *sie*, sondern Westek beschattet. Vielleicht hatte er Westek nicht über den Weg getraut. Die Wahrheit würde sie wohl nie herausfinden.

Aber eines war sicher: Er wollte sich an ihr rächen. Wollte herausfinden, was sie über die Sache wusste. Und wer sonst noch davon wusste. Deshalb hatte er sie aufgespürt.

Warum hatte sie nichts Verdächtiges bemerkt? Vielleicht war er einfach in sicherem Abstand ihrer Spur gefolgt. Das war ja nicht schwierig bei dem Neuschnee, der über Nacht gefallen war.

Sie musste den Toten begraben. Aber der Boden war sicher hart wie Stein. Mit ihren verbrannten Händen wollte sie so etwas schon gar nicht erst versuchen. Es war besser, die Leiche im See zu versenken. Und Thürings Wagen gleich mit. Sie suchte in den Taschen seines Skianzugs und zog die Schlüssel heraus. Dann hielt sie inne. Was, wenn sich die Eisdecke auf dem See nicht durchbrechen ließ? Oder sie unter dem Gewicht des Wagens nachgab, bevor sie eine günstige Stelle erreicht hatte?

Sollte sie nicht besser die Hütte räumen und die Leiche hier liegen lassen? Niemand würde ihr nachweisen können, dass sie die Mörderin war.

Sie schaute sich um. Die Werkstatt würde sie verschwinden lassen müssen. Wie schade. – Doch was, wenn Thüring sich hier versteckt hätte? Wenn *er* es gewesen wäre, der Bremsen und Motor von Westeks Porsche manipuliert hätte? Aber ihre Schuhabdrücke waren im Schnee. Und ihre Fingerabdrücke überall in der Hütte. Darüber würde sie später nachdenken müssen. Sie würde für alles eine Lösung finden. Sicher war: Für diesen Mord gab es keine Zeugen. Noch war nichts verloren.

Zunächst musste sie nach seinem Wagen sehen. Sie schlüpfte in ihre Daunenjacke und zwängte sich in die Stiefel. Dann zog sie sich vorsichtig Handschuhe über die rot glühenden Hautflächen.

Das Knacken und Knirschen des Schnees unter ihren Füßen war das einzige Geräusch, das die Stille des Tales durchbrach. Wie gut, dass sie so weit weg von jeglicher Zivilisation war. Nach einer Viertelstunde Fußmarsch sah sie ihren Wagen durchs Gehölz blitzen. Doch Thürings Fahrzeug war nirgendwo zu sehen. Sie lief die Forststraße zurück bis zur Kurve. Jetzt sah sie das Auto, einen weißen Geländewagen.

Sie öffnete die Tür auf der Beifahrerseite und durchsuchte das Handschuhfach. Sie fand nur die Wagenpapiere; sie waren auf einen falschen Namen ausgestellt. Sie schaute unter den Sitzen nach. Nichts. Auf den hinteren Sitzen lagen eine Taschenlampe, Papiertaschentücher und eine Straßenkarte.

Sie ging um den Wagen herum und öffnete die Heckklappe. Hier lag ein schwarzer Koffer. Sie suchte an Thürings

Schlüsselbund und fand einen kleinen Schlüssel. Er passte. Sie durchwühlte Kleidungsstücke und andere persönliche Utensilien, bis ihre Hand auf eine harte Oberfläche stieß. Sie grub einen Dokumentenordner aus, machte es sich damit auf dem Fahrersitz bequem und zündete den Motor, um die Heizung einzuschalten.

Die Dokumente waren in englischer Sprache. Sie blätterte ungelenk darin, weil die Handschuhe sie behinderten, und erkannte schnell, dass es sich hier um eine geschäftliche Absichtserklärung handelte. Vertragsparteien waren die Firma Loyn in Zürich und die Kerikko International Invest mit Sitz auf den Bahamas. Aber wie kamen diese Vorverträge in Thürings Hände? An solche Dokumente war nicht einmal Schulmann gekommen.

Sie begann, sich die Blätter etwas genauer anzusehen. Schlagartig wurde ihr klar, was sie da vor sich hatte: einen Vorvertrag für den Verkauf der Firma Loyn an die Kerikko International. Ihr wurde heiß. Das war doch nicht möglich! Das konnte einfach nicht wahr sein – aber hier stand es schwarz auf weiß: Hans-Rudolf Walther verscherbelte seine Traditionsfirma an eine ominöse Investment-Gesellschaft auf den Bahamas.

Walther musste das schon lange geplant haben! Er musste schon seit Wochen, vielleicht schon seit Monaten mit dieser Firma verhandelt haben. Walther hatte allen Mitarbeitern etwas vorgegaukelt.

Und sie ahnte auch, wer sich hinter der Kerikko verbarg. Niemand anders als Beat Thüring. Er schob seine Strohmänner vor, bis er sich sicher genug fühlte. Karl Westek war einer von ihnen gewesen, das war ihr nun klar. Sein Trojanisches Pferd. Erst nach dem Kauf, erst wenn alles unter Dach und Fach war – vielleicht auch erst nach einigen Jahren –, würde Thüring aus der Versenkung auftauchen und sich als Eigentümer von Loyn zu erkennen geben. Dieser Thüring war ein gerissener Fuchs. Er rechnete mit dem verblassenden Gedächtnis der Öffentlichkeit, der Gerichte, der Aktionäre. Nicht zu Unrecht. Wie hatte sie einmal zu Josefa gesagt? Die Menschen vergessen so schnell, in wenigen Jahren interessiert das niemanden mehr.

Vielleicht wollte er Loyn aber auch in alle Einzelteile zerlegen, ohne sich je zu erkennen zu geben. Vielleicht wollte er die Firma ausschlachten, die Marke dem Meistbietenden verkaufen und damit viel Geld machen. Und Walther ließ das alles zu. – Und sie hatte nichts von alledem bemerkt. Sie hatte Walther nicht durchschaut. Er hatte sie hintergangen. Wie alle anderen.

So nahe war sie ihrem Ziel gewesen. Und jetzt zerplatzte es wie eine Seifenblase. Nichts konnte Walther stoppen, das wusste sie nun. Er wollte verkaufen, diese Kröte! Wütend zerknüllte sie das Papier.

Jetzt blieb ihr nur noch eines.

Sie legte den ersten Gang ein und trat aufs Gaspedal. Reflexartig schaute sie in den Rückspiegel. Da sah sie einen Wagen. Er näherte sich. Fassungslos versuchte sie die Situation einzuschätzen. Noch nie hatte sie hier jemanden angetroffen. Außer Thüring.

Hatte er Komplizen? Sie trat aufs Gas und fuhr schlingernd um die Biegung. Als sie sich ihrem eigenen Wagen näherte, nahm sie eine Bewegung wahr. Zwei Männer auf Skiern. Sie trugen Funkgeräte und Armbinden. Polizei!

Claire gab erneut Gas und fuhr quer über die Lichtung, dorthin, wo sich im schwindenden Tageslicht eine weiße glatte Fläche ausbreitete. Der Wagen ruckte und schwankte, aber Claire richtete ihren Blick entschlossen auf den unverstellten Weg vor ihr. Eine verrückte Hoffnung hatte sie erfasst. Wenn sie nur vor ihnen die andere Seite erreichte, dort, wo sie sich auskannte, dann könnte sie ein paar wertvolle Minuten gewinnen. Niemand würde wissen, wer in dem Auto geflüchtet war. Vielleicht würde das Eis sie tragen, vielleicht –

– 29 –

Josefa sah aus dem Fenster. Öde Landstriche und Industriebauten säumten die stark befahrene Autobahn von Bern nach Zürich. Sie hatte nach Helenes unglaublichem Bericht lange kein Wort gesprochen. Die Wahrheit war nur schwer zu begreifen. Zwei Menschen, denen sie vertraut hatte, zwei Menschen, die sie gut zu kennen meinte, wurden des Mordes verdächtigt.

Helene hielt nichts davon, Josefa die dramatischen Ereignisse vorzuenthalten. Früher oder später würde sie es ohnehin erfahren, meinte sie. Da sei es besser, sie hörte es von einer Freundin.

Jetzt brach Josefa ihr Schweigen. »Das muss furchtbar sein«, sagte sie. »Das eisige Wasser, die Dunkelheit dort unten, die Angst. Sie muss furchtbare Angst gehabt haben.«

Helene antwortete nicht sofort.

»Die Leute von der Polizei haben ihr Leben riskiert, um sie aus dem Wasser zu holen. Ohne sie wäre Claire nicht mehr am Leben. Die hätten leicht selbst durchs Eis brechen können.«

Doch Josefa hörte ihr nicht zu. »Sie muss so verzweifelt gewesen sein, da rauszufahren. Sie sah keinen Ausweg mehr. Da ist sie einfach aufs Eis gefahren.« Sie sagte es mit einer müden, monotonen Stimme.

»Josefa.« Helene klang ungewöhnlich sanft. »Claire hat

wahrscheinlich zwei Menschen umgebracht. Schurken zwar, aber trotzdem Menschen. Und wie es aussieht, hat sie die beiden ohne Skrupel umgelegt. Und vielleicht sogar planmäßig. Das darfst du nicht vergessen.«

Josefa richtete sich auf dem Beifahrersitz auf. »Aber was hat sie dazu getrieben? Was ging bloß in ihr vor? Woher hatte sie diese … diese Entschlossenheit? Was wollte sie erreichen?«

Die Frage, auf die Helene sicherlich wartete, wagte Josefa nicht laut zu stellen: Warum hatte sie Claire so verkannt? Stattdessen fuhr sie fort: »Sie war so aufgeregt, dass man ihr dermaßen viel zutraute. Dass man ihr Führungsaufgaben übertrug. Verantwortung. Dass Walther sie brauchte. Pius sagte, sie mache es wirklich gut.«

Pius. Sie verstummte.

Nach einer Weile sagte Helene: »Ich denke, manche Leute stehen unter einem enormen Karrieredruck. Sie wollen alles unheimlich rasch – Geld, Ruhm, Glück –, ruck, zuck. Und wenn es ihnen verwehrt wird, wenn sich ihnen jemand in den Weg stellt, dann holen sie es sich mit allen Mitteln. Und manche gehen sogar über Leichen.«

Josefa dachte daran, wie Claire sie immer unterstützt hatte, ihr keine Aufgabe zu viel war. »Claire muss viele Talente besitzen, die ich nicht erkannt habe. Die sorgfältige Planung, das Timing, diese Entschlossenheit, diese ganze kriminelle Energie – das alles steckte in ihr. Und dann hat sie daneben noch gearbeitet, richtig hart gearbeitet. Und sie war völlig furchtlos. Sie hat alles allein durchgezogen und –«

»Jetzt mach aber mal 'nen Punkt, Josefa. Claire hat –«

»Ich weiß, ich weiß – aber wenn sie die Möglichkeit gehabt hätte, diese Energie, dieses Potential in einer angemessenen Position einzusetzen … Helene, was hätte sie nicht alles werden können!«

»Sie kann's ja noch werden«, konterte Helene sarkastisch. »Sie ist ja noch nicht tot, nur auf der Intensivstation. Sie hat noch eine fünfzigprozentige Chance, in ihrem künftigen Leben Mutter Teresa zu werden.«

»Ich kenne eiskalte Racheengel, die arme Vögel retten«, sagte Josefa ruhig, den Blick auf die Fahrbahn gerichtet. »Ich kenne scheinbar liebe, harmlose Frauen, die viel wissen und so tun, als ob sie nichts wüssten. Ich kenne respektable Leute, die in der Lage wären, Giftmischungen zu beschaffen und jemandem ins Blut zu spritzen. Und ich kenne –«

»Übrigens«, unterbrach Helene sie ungerührt, »in der Zeitung stand, dass Schulmann nicht durch eine Giftspritze ums Leben gekommen ist, sondern durch eine so genannte Vergewaltigungsdroge, die ihm der Mörder in den Whisky geschüttet hatte. Die Droge heißt, glaub ich, GHB. Eine, die beispielsweise Männer mit bösen Absichten in Bars Frauen ins Getränk kippen. Sie macht die Frauen in kurzer Zeit widerstandsunfähig und dann praktisch bewusstlos. Sie werden vergewaltigt und können sich hinterher an nichts mehr erinnern.«

Josefa starrte sie entgeistert an. »Aber die Nadel … Man hat doch die Einstichstelle der Injektionsnadel gefunden.«

»Das war was anderes. Schulmann hat sich kurz vorher Blut abzapfen lassen – angeblich für einen Aidstest, stell dir vor. Die Polizei hat erst jetzt richtig ausgepackt. Man hat die Vergewaltigungsdroge in seinem Glas gefunden. Im Whisky, da waren noch Spuren. Aber die Droge war nicht die Todesursache. Pius hat Schulmann offenbar, als der bewusstlos dalag, mit einer Plastiktüte erstickt.«

Bürglen, im März

Verehrte Frau Rehmer,
Sie kennen mich nicht, und vielleicht hat Claire Ihnen nie von mir erzählt. Ich heiße Berta Fetz, und ich bin Claires Tante. Konrad, mein Mann, starb vor einem Jahr. Er hatte ein schwaches Herz, aber ein gutes Herz, das ist sicher.
Jetzt sitzt Claire im Untersuchungsgefängnis, und sie soll schlimme Dinge getan haben, aber es ist noch nichts bewiesen, und ich hoffe, der Gerechtigkeit wird Genüge getan. Allein der Herrgott weiß, was wirklich passiert ist, und warum Claire keinen Ausweg mehr wusste und auf solche Abwege geriet.
Eines weiß ich aber sicher: Claire ist kein schlechter Mensch. Sie hat es schwer gehabt im Leben, und sie hat immer kämpfen müssen um alles, und sie hat nichts gratis bekommen. Das muss ich Ihnen noch erklären: Martha, die Mutter von Claire, ist meine jüngere Schwester, sechs Jahre jünger ist sie als ich. Ich habe Glück gehabt mit Konrad, aber Martha hat einen schlechten Mann geheiratet, und das hat auch ihren Charakter verdorben.
Dabei haben sie so eine hübsche, gescheite, fleißige Tochter, ein Wunderkind, sagte Konrad immer (wir haben leider keine eigenen Kinder). Meine Schwester Martha ist nicht schön und ich auch nicht, aber Claire war so ein herziges Mädchen, mit ihren blauen Augen und den rotblonden Locken und dem feinen Gesicht. Das hat sie wahrscheinlich von unserer Großmutter Jeanne, einer Welschen aus Genf, die nach unten geheiratet hat, leider, aber Jeanne war immer etwas ganz Besonderes. Wie Claire.
Als sie in die Schule kam, sah man schnell, dass sie allen an-

deren voraus war. Sie hatte immer die besten Noten. Und zeichnen konnte sie! Frau Rehmer, Sie sollten die Zeichnungen sehen, die sie für Konrad gemacht hat. Und im Rechnen war sie auch so gut. Aber Martha und Emil waren nie zufrieden mit Claire. Manches Mal habe ich meinen Mann gefragt, warum die beiden so keine Freude haben an ihrem Wunderkind. Die wächst denen über den Kopf, hat Konrad immer gesagt. Nicht von der Körpergröße her, denn Claire ist ja eher klein. Aber ich glaube, weil sie gescheiter als der Vater war. Und hübscher als die Mutter. Viele Eltern hätten sich ein Kind wie Claire gewünscht.
Sie haben Claire nie gelobt, immer haben sie an ihr herumkritisiert. Sie konnte es ihnen nie recht machen. Aber Michi, ihr Bruder, er war drei Jahre jünger, der wurde verwöhnt nach Strich und Faden. Dabei war er ein Nichtsnutz, er hat ja nicht einmal seine Lehre beendet, hinausgeworfen haben sie ihn bei der Arbeit. Aber er ist mit den tollsten Autos herumgefahren, jedes Jahr ein neues. Woher er nur das Geld hat, habe ich Konrad gefragt. Ja woher glaubst du wohl, hat Konrad nur gesagt. Ist das nicht bodenlos ungerecht!
Claire hat oft bei Konrad in der Garage gearbeitet. Sie war an Motoren interessiert. Sie war an allem interessiert. Konrad hätte sie auch als Lehrling genommen. Der Lehrer von Claire hat dann mit meiner Schwester und dem Schwager geredet. Sie solle aufs Gymnasium gehen, sagte er, so eine gute Schülerin müsse man fördern. Aber Emil und Martha wollten nichts davon wissen. Sie wollten aus Claire eine Sekretärin machen. Das ist sicher ein guter Beruf, aber nicht für Claire.

Mein Mann hat Claire dann Geld gegeben für die Höhere Handelsschule. Emil hat es sofort erfahren, leider, von einer Angestellten auf der Post, weil es über unser Postscheck-Konto ging. In einem kleinen Dorf wie unserem bleibt nichts ge-

heim. Ich habe schon immer vermutet, Emil hatte etwas Ungehöriges mit dieser Frau auf der Post. Er hat getobt und gewütet, nicht beim Konrad, dafür hatte er den Mut nicht, aber bei Claire. Sie hat dann alle ihre Sachen heimlich in der Nacht aus dem Zimmer in den Schuppen geräumt, weil sie weglaufen wollte. Ihr Freund Lukas wollte die Sachen mit dem Auto abholen und wegbringen. Aber Emil hat es gemerkt und den Schuppen angezündet. Beweisen haben wir es nie können, aber Konrad und ich waren uns ganz sicher.

Claire konnte danach nie mehr nach Hause, und ich glaube, sie wollte auch nicht mehr. Gerade siebzehn Jahre alt war sie da.

Aber sie hat die Höhere Handelsschule gemacht, und sie hat ständig Weiterbildungen gemacht, und sie wollte immer etwas werden, und das hat sie auch zustande gebracht. Ich muss Ihnen ein Kränzchen winden, verehrte Frau Rehmer. Sie haben Claire so geholfen, und es hat ihr so gefallen in der Firma. Ich will hoch hinaus, hat sie einmal zu mir gesagt. Ich will hoch hinaus. Die werden dann schon sehen. Damit hat sie natürlich ihre Eltern gemeint. Wir haben miteinander geplaudert, in der Küche, ich sehe sie immer noch vor mir, als wäre es gestern gewesen. Sie trug ein so schönes hellviolettes Kleid und sah so elegant aus! Eine Augenweide war sie. Das war das einzige Mal, dass sie mich besucht hat, nach Konrads Tod.

Und jetzt ist sie im Gefängnis. Und Martha und Emil leben in Spanien, an der Sonne, leben das schöne Leben von Pensionären. Sie haben Claire nicht einmal geschrieben. Oder angerufen. Als ob es nicht ihr Kind wäre.

Ich glaube, es lag an den Männern. Sie hat sich immer an die falschen Männer gehängt. Diese Männer, von denen sie im Fernsehen gesprochen haben, die hatten sicher einen schlechten Einfluss auf sie. Das waren ja Verbrecher, wenn man es genau nimmt. Die haben Claire sicher das Blaue vom Him-

mel versprochen und nicht gehalten. Und sie hat ihnen geglaubt.
Sie hätte das doch nicht nötig gehabt. Sie war ja so eine Tüchtige, so eine Gescheite. Der Lehrer hat immer gesagt, Claire sei hochbegabt. Und sie war ja auch ganz oben. Der Herr Walther hat sie doch zu seiner rechten Hand gemacht. Diese Männer wollten das sicher verhindern. Weil Claire sie nicht mehr gebraucht hat. So erkläre ich mir das. Glauben Sie mir, Claire ist kein schlechter Mensch. Das Glück war einfach gegen sie.
Frau Rehmer, besuchen Sie doch Claire einmal, vielleicht später, wenn sich alles ein wenig gelegt hat. Sie hat so eine Achtung vor Ihnen. Wären Sie bei Loyn geblieben, wäre das alles sicher nicht passiert. Claire war sehr böse darüber, wie man Sie bei Loyn behandelt hat. Sie hat am Telefon zu mir gesagt: Mich wird man nicht so behandeln.
Aber so kann man sich täuschen.
Ich habe nie im Leben einen so langen Brief geschrieben, aber es ist für Claire. Sie ist trotz allem meine Nichte, und sie hat ja eigentlich nur mich.
Möge uns der Herrgott die Kraft geben, diese schweren Zeiten zu ertragen.
Ich wünsche Ihnen von Herzen alles Gute, Frau Rehmer, und bitte, vergessen Sie Claire nicht.
Hochachtungsvoll,
Ihre Berta Fetz

Bianca Schwegler ließ die Hände sinken, in denen sie den Brief hielt, und schüttelte den Kopf. Sie lehnte sich im weich gepolsterten Sessel zurück und musterte durch Josefas Wohnzimmerfenster die gegenüberliegende Hotelfassade.

»Die gute Frau tut mir Leid. Zuerst hat sie den Mann verloren, und nun ist ihre Nichte eine Mörderin. Berta Fetz hat sich bestimmt nicht vorgestellt, dass sie in ihrem Alter noch mit einem solchen Albtraum fertig werden muss.« Nachdenklich schaute sie Josefa an, die, in eine weiche Decke gehüllt, auf dem gelben Sofa lag. »Aber dann ... Wir hätten uns vor zwei Jahren auch nicht träumen lassen, was alles innerhalb von ein paar Monaten passieren kann, nicht wahr?«

»Nein, nie im Leben«, erwiderte Josefa und wickelte sich gedankenverloren eine ihrer schwarzgrauen Locken um den Zeigefinger. Sie trug einen bequemen Hausanzug aus Samt und warme Wollsocken. Warum sie den Brief von Claires Tante ausgerechnet ihrer früheren Sekretärin gezeigt hatte, wusste sie auch nicht genau. Vielleicht weil Bianca Schwegler eine Frau mit viel Lebenserfahrung war, die ihren Sohn allein großgezogen hatte. Und schon seit dreizehn Jahren bei Loyn arbeitete und dank ihrer bodenständigen Art eine lange Reihe von Vorgesetzten überstanden hatte.

Bianca Schwegler hatte ihr eine liebevolle Karte mit einem selbst gemachten Scherenschnitt geschickt und ihr angeboten, sie zu besuchen – »sobald es Ihnen besser geht und Sie mich sehen wollen«. Und eines Tages rief Josefa sie tatsächlich an. Sie hatten sich seit ihrem Weggang bei Loyn nie Zeit für ein längeres Gespräch genommen. Josefa wusste, dass es an ihr gelegen hatte und nicht an Bianca. Sie hatte sich nie wirklich Zeit für Menschen genommen, an denen ihr im Grunde viel lag.

Doch nun hatte sie durch eine extreme Erfahrung erlebt, dass Menschen ihre Rettung waren. Die Rettung vor dem Tod und die Rettung vor der Furcht.

»Für Berta Fetz wird es noch ein schlimmes Erwachen geben«, fuhr Bianca fort, während sie ihre Pulloverärmel hochschob. »Das mit den Männern, das sieht sie, glaub ich, falsch. Entschuldigen Sie, dass ich jetzt so tratsche – aber Claire hat die Männer doch umgarnt und manipuliert, wie sie nur konnte. Ich weiß, Frau Rehmer, Sie müssen mich jetzt für eine Neiderin halten, aber ich habe oft beobachtet, wie Claire ihren Charme spielen ließ. Dieser kokette Augenaufschlag, und gesäuselt hat sie wie Marilyn Monroe. Damit hat sie den Beschützerinstinkt der Männer geweckt – aber wie wir beide wissen, hat sich Claire sehr gut selbst beschützen können. Die hat genau gewusst, was sie tat und warum.«

Josefa wickelte die Decke enger um sich. »Ist es nicht verrückt, dass sie Schulmann übertölpelt hat? Claire hat sich überhaupt nicht vor ihm gefürchtet ... Sie war ihm überlegen.«

»Überlegen? Ich weiß nicht. Aber Sie haben Recht, es steckte mehr in ihr, als wir dachten. Als Schulmann tot war und Herr Bourdin ..., Sie wissen schon ..., da hat sie wirklich den Laden geschmissen, ich meine, die Kommunikation und das Event Marketing und alles. Walther hat sich total auf sie verlassen. Da habe ich sie von einer ganz anderen Seite erlebt. Sogar ihre Stimme ist ein wenig tiefer geworden.« Bianca seufzte. »Aber sie hatte bereits den falschen Weg eingeschlagen, und das war der Anfang vom Ende ... Jetzt wissen wir nicht, was mit Loyn passiert. Was diese neuen Besitzer vorhaben, die Amerikaner. Denen ist die Schweiz doch egal, und wahrscheinlich haben sie auch kein ernsthaftes Interesse an unseren Produkten. Aber da zeigt sich die wahre Natur von Herrn Walther. Geld. Es geht immer nur ums Geld.«

Sie schaukelte den Oberkörper hin und her. »Eins muss ich Claire lassen. Ich glaube nicht, dass es *ihr* ums Geld ging. Ich glaube, sie wollte einfach die Königin von Loyn werden. – Was wohl gewesen wäre, wenn Sie geblieben wären? Gegen Sie hat sie ja nie rebelliert, oder? Nehmen Sie es mir nicht übel, Frau Rehmer, aber Sie und Claire waren mir als Team immer unheimlich.«

Josefa richtete sich irritiert auf. »Unheimlich? Wieso unheimlich?«

»Weil Sie nie Streit miteinander hatten. Es gab eigentlich nie ein böses Wort zwischen Ihnen und Claire.« Bianca spielte mit ihrer Halskette. »Es wäre doch nur normal gewesen, dass Sie sich ab und zu in den Haaren gelegen hätten, bei alldem Stress.«

»Wir hatten unsere Konflikte, Frau Schwegler, wenn auch vielleicht nicht so laut und unbeherrscht wie Francis Bourdin zum Beispiel.«

Bianca beugte sich vor. »Ich habe mir oft gedacht, irgendwann muss einer dieser beiden Vulkane ausbrechen.«

»Und? Welcher Vulkan, dachten Sie, würde eher ausbrechen – Claire oder ich?«

»Ich hätte es damals nicht sagen können, Frau Rehmer.« Bianca lächelte. »Aber dann stellte sich heraus, dass Sie die Erste waren, die ausbrach.«

»Ich?« Josefa schaute bestürzt drein.

»Ja, natürlich, Sie sind doch Knall auf Fall von Loyn weggegangen.«

»Ach … *das* meinen Sie. Ja klar, Sie haben Recht«, sagte Josefa mit zittriger Stimme.

– 31 –

Ende April setzte der Frühling mit einer Wucht ein, wie Zürich ihn schon seit Jahren so früh nicht mehr erlebt hatte, und alles strömte ins Freie, um das Ende der kalten Jahreszeit zu genießen. Die Enten sonnten sich am Rand des Teiches, außer Reichweite von Hunden, Kleinkindern und Fußball spielenden Jugendlichen.

Mädchen in bauchfreien, hautengen Tanktops räkelten

sich auf den grob gehauenen Steinblöcken neben der Treppe zu den Universitätsgebäuden, zwischen denen Gräser wild hervorwucherten. Ein paar Halbstarke stießen ihre Mountainbikes gegeneinander, als ob sie im Stierkampf wären.

Weiter unten, entlang des Fußweges, wo alle paar Meter eine Holzbank stand, saßen alte Leute aus dem nahen Seniorenheim, lasen die Zeitung oder kommentierten das Geschehen auf der grünen Wiese. Familien breiteten ihr Picknickgeschirr aus, kleine und große Tupperware-Behälter, gefüllt mit Kartoffelsalat, eingelegten Gurken, Nüssen, Trockenfrüchten, Tomatenschnitzen und Kräuterquark. Auf Grillrosten wurden Hühnerschenkel, Steaks und Bratwürste herumgeschoben und gewendet, meist von gestikulierenden Männern in flatternden T-Shirts.

Auch Paul Klingler hatte diese Aufgabe übernommen. Er hielt sich für einen Grillspezialisten, und seine selbst gemachte Marinade war das bestgehütete Geheimnis der Zürcher Bahnhofstraße, »nach dem Bankgeheimnis natürlich«, wie er allen augenzwinkernd versicherte.

Die Kartoffeln in der Alufolie waren noch weit davon entfernt, sich erweichen zu lassen, so dass Paul seinen Beobachtungsposten für ein paar Minuten aufgeben und sich die Füße im Teich abkühlen wollte.

Doch da näherte sich ein Labrador zielstrebig seinem Grill. »Weg da«, brüllte Paul und stürmte auf den Hund zu. Von der anderen Seite kam der Hundehalter angerannt und griff nach dem Halsband des Tieres. Dann schaute er zu Paul hoch, der inzwischen die Grillzange in der Hand hielt und sie bedrohlich schwenkte. »Hey, was machst *du* denn hier?« Er nahm seine Sonnenbrille ab. »Wieso bist du nicht im Büro? Es ist doch Sonntag.« Erst jetzt erkannte Paul den Hundebesitzer.

»Das musst du gerade sagen, Bruno. Du hättest allen Grund, heute hinter den Akten zu sitzen.«

»Keine zynischen Anspielungen, mein Lieber, davon gibt es schon in der Presse genug. Und ich muss mir deshalb ständig die Klagen meiner Familie anhören.« Bruno Zicchun, ein Mann Mitte vierzig, in Jeans und Krokodil-Hemd, sah sich um. »Hast du auch Familie hier?«

»Meine Tochter ist dort drüben«, sagte Klingler. »Wir sind eine ganze Gruppe von Leuten. Den Kindern gefällt's, und es gibt viel Platz.« Er wischte sich die Hände an dem gestreiften Küchentuch ab, dass er über der Schulter trug. »Ihr habt euch wieder mal einen aussichtslosen Fall geschnappt«, begann er.

»Aussichtslos?« Bruno lachte auf. »Da werdet ihr noch euer blaues Wunder erleben. Ich sage dir, meine Klientin wird als freie Frau aus dem Gerichtssaal spazieren.«

»Träum schön weiter. Alles spricht gegen sie. Die Polizei hat sie ja auf frischer Tat ertappt. Sogar die Tatwaffe lag dort, wie ein Geschenk an die Ermittler.«

Bruno Zicchun befestigte die Leine am Halsband seines gierig schnuppernden Hundes, bevor er antwortete. »Nichts ist jemals so, wie es scheint, das weißt du doch selbst.« Der Anwalt schaute um sich. Ein paar Meter entfernt saß auf einer Bank eine Frau in weiten bunten Hosen und einer bestickten Weste. Ihr grauschwarzes gelocktes Haar war mit einem wild bedruckten Schal zurückgebunden. Ein osteuropäisch aussehender Junge mit großen abstehenden Ohren schaute ihr zu, wie sie einen Drachen flickte. Obwohl Bruno annahm, dass die beiden kein Deutsch verstanden, dämpfte er seine Stimme.

»Das ist ganz im Vertrauen, Paul, zwischen dir und mir, aber wir bauen einen Fall, der solide wie ein Fels sein wird. Für den Mord an Westek gibt es nur Indizien. Keine Beweise, keine Zeugen. Gewiss, sie war mit ihm in Düsseldorf, aber das macht sie noch nicht zur Mörderin.«

Er wehrte Pauls Protest ab. »Zugegeben, sie hat als Teenager ab und zu in der Autowerkstatt ihres Onkels gearbeitet. Aber ist das ein Beweis, dass die Sabotage am Porsche ihr Werk ist? Okay, sie hatte streng vertrauliche Dokumente von Loyn auf ihrem Heimcomputer. Aber sowohl Schulmann wie auch Westek haben ihren Computer benutzt, und sie hat ihnen aus lauter Naivität ihr Kennwort gegeben.«

Als Paul ironisch lächelte, fasste er ihn am Arm. »Wer sagt denn, dass nicht Thüring Westek umgebracht hat? Westek war ein Mitwisser, eine potentielle Gefahr. Er kannte Thürings neue Identität. Und Thüring verstand etwas von Autos.«

Paul zog seine Augenbrauen in gespieltem Entsetzen hoch. »Und das wollt ihr dem Gericht und der Öffentlichkeit verkaufen? Das sind ein bisschen viele Zufälle, die erklärt werden müssen, findest du nicht? Und dann knallt sie Thüring in einer einsamen Hütte ab und hockt in seinem Wagen, als die Polizei auftaucht. Wie erklärt ihr das?«

»Sitz, verdammt noch mal.« Brunos Hund zerrte so heftig an der Leine, dass der Anwalt Mühe hatte, ihn zu bändigen. »Das war pure Notwehr. Thüring ist doch ein Verbrecher, das wirst selbst du zugeben müssen. Drogen, Wirtschaftskriminalität und was weiß ich. Er hätte die Frau sicher umgelegt, wenn sie sich nicht gewehrt hätte. Seine Waffe lag ja auch dort.«

»Und die Dame läuft ganz zufällig mit einer Waffe herum, die Westek gehörte? Auaah. Ganz schön tricksig, Bruno. Viel Glück, kann ich dir da nur wünschen.«

»Du wirst schon sehen, wir drehen das hin. – Deine Steaks sind sicher schwärzer als meine Aussichten im Prozess.«

»Alles Marinade, alles Marinade.« Paul klopfte seinem Freund auf die Schulter. »Aber nimm mal diesen hungrigen Wolf weg, damit ich das Fleisch sicher auf die Teller bringe.«

»Das ist nicht Wolf, das ist Hund«, sagte der Junge mit den abstehenden Ohren, der näher gekommen war. »Ich habe Hunger«, rief er, als er die brutzelnden Fleischstücke sah.

»Bis bald«, rief Zicchun und zog seinen Labrador hinter sich her.

Paul legte Sali kameradschaftlich die Hand auf die Schulter. »Wer ist hier der hungrige Wolf, hm?«

Die Frau mit dem Schal und der weiten Hose kam auf die beiden zu. »Sali, dein Drachen ist geflickt.« Sie hielt dem Jungen das bunt schillernde Trapez hin, und der rannte damit davon. Sein Hunger war vergessen.

Paul grinste sie an. »Interessant, nicht? Was man so alles auf einer grünen Wiese erfährt. Du hast doch alles mitbekommen, oder?«

»Ja«, sagte Josefa nur und begutachtete die tief gebräunten Steaks.

»Weißt du«, fuhr Paul fort, »dem Kerl trau ich zu, dass er sie da tatsächlich rausholt. Er ist gut, dieser Zicchun.«

»Aber die Leute wollen Blut sehen, Paul. An Pius kommen sie nicht ran, weil der wahrscheinlich irgendwo tot in der Höhle liegt. An Thüring und Konsorten auch nicht mehr. Also bleibt nur Claire.«

Paul blieb unbeeindruckt. »In so einem Prozess ist vieles möglich. Wart's nur ab. Und weißt du, letztlich traut ihr das keiner zu, die Morde und all das. So unschuldig, wie sie ausschaut. Hast du sie eigentlich schon im Gefängnis besucht?«

»Nein, dafür ist es noch zu früh. Ich muss mir zuerst über mich selbst klar werden. Weißt du, manchmal denke ich, es hätte mir passieren können.«

»Wie meinst du das? Dass Claire *dich* umgelegt hätte?«

»Nein, nein, das meine ich nicht. Aber manchmal … Wie schnell man die Selbstbeherrschung verlieren kann, wenn man unter Druck ist. Ich meine, ständig unter Druck ist.

Manchmal kommt etwas über einen, das stärker ist als alles. Gefühle, die man sich nie zugetraut hätte. Sie kommen von irgendwoher und überwältigen einen.«

Paul schüttelte amüsiert den Kopf. »Meine Liebe, du bist doch die Selbstbeherrschung in Person. Ich habe dich nur einmal wirklich ausflippen sehen, und das war nach dem Treffen mit Van Duisen und der Polizei im Hotel. Aber das war ein Sturm im Wasserglas. – Apropos Wasser, könntest du mir bitte was zu trinken holen? Ich kann den Grill nicht alleine lassen.«

»Ja, sonst kommen die Wölfe«, sagte Josefa und schüttelte die dunklen Gedanken ab. »Wann gibt's was zu essen?«

– 32 –

Josefa lieferte Sali bei seinen Verwandten ab, die zwar zum Picknick im Grünen eingeladen waren, aber nicht mitkommen wollten. Dann ging sie ins Badezimmer, duschte ausgiebig und rieb danach ihren Körper mit einer zart duftenden Lotion ein. Sie trocknete ihre frisch gewaschenen Locken und legte sogar einen dezenten Lidschatten und Lippenglanz auf. Nach einigem Überlegen zog sie eine weiße Bluse und einen weiten schwarzen Rock an und knotete sich ein großes violettes Seidentuch um die Hüften. Kurz entschlossen legte sie eine CD ein und tanzte barfuß auf dem Parkettboden. Das beruhigte ihre Nerven ein wenig.

Als es unten an der Haustür klingelte, war sie ganz außer Atem, und ihre Wangen glühten. Sie hörte Schritte im Treppenhaus und sah bald seinen kantigen Kopf mit dem feinen blonden Haar auftauchen, dann die breiten Schultern. Endlich hatte er den letzten Treppenabsatz umrundet, und sie sah seine schmalen grauen Augen dunkler werden, als sie ihrem Blick begegneten. Er war immer noch auf ernsthafte Weise scheu, und das gefiel ihr. Jetzt stand er ihr gegenüber. »Willst du ausgehen?«, fragte er.

»Warum?«

»Weil du so elegant angezogen bist. Und dann diese funkelnden Steine, die stehen dir gut.« Er begutachtete die Rubine ihres Ohrschmucks.

Sie zog ihn in die Wohnung. »Heißt das übersetzt, dass du dich freust, weil ich mich für dich schön gemacht habe?« Kokett drehte sie eine Pirouette. Er ließ Jacke und Aktentasche auf den Boden gleiten und nahm sie in die Arme. »Und wie ich mich freue«, sagte er und küsste sie. Er küsste gern und oft, das hatte sie ihm gar nicht zugetraut. Aber Sebastian Sauter war, wie sie inzwischen wusste, ein Mann voller angenehmer Überraschungen. Er verhielt sich zwar noch etwas vorsichtig und gewährte ihr bisher nur kurze Einblicke in sein Innenleben, aber insgesamt fand sie ihn eine erfreuliche, solide Packung Mann. Auch, wenn sie das bisher nur sich selbst eingestand.

»Du bist früher hier, als ich dachte«, sagte sie. »Ich wollte eine Quiche Lorraine für dich backen, aber ich habe noch gar nicht angefangen.«

»Hast du frisches Brot?« Sauter hob seine Jacke vom Boden auf und hängte sie an die Garderobe. Dann zog er aus seiner Aktentasche eine flache Metalldose und einen Plastikbehälter heraus. »Kaviar!«, rief Josefa entzückt. »Und Sauerrahm! Ich habe Baguettes im Tiefkühlfach. Die können wir aufbacken.«

Sauter strich sein dünnes Haar zurück. »Wein, Weib und Wonne«, neckte er sie und erhielt prompt einen Knuff in die Seite. »Wein, Wahn und Wonne«, gab Josefa zurück.

Später saßen sie im Wohnzimmer auf einer Decke, die Josefa über den Teppich ausgebreitet hatte. Ihre Bäuche waren voll von Kaviar, saurer Sahne und knusprigem Weißbrot. Sebastian Sauter lag auf der Seite, den Kopf in die Hand gestützt. Er hörte Josefa zu, die ihm von dem Picknick im Park erzählte, und wie es ihr gelungen war, einen Flugdrachen mit Utensilien aus ihrer Handtasche zu reparieren.

»Ich wusste gar nicht, wie schön es ist, einen Drachen fliegen zu lassen. Es ist, als ob die Seele mitfliegt; ich fühlte mich so leicht und beschwingt. Ich glaube, ich habe als Kind nie mit einem Drachen gespielt. Heute habe ich wieder ein bisschen gespürt, wie es ist, ein unbeschwertes Kind zu sein.«

»Ja, Kinder haben das an sich. Mit meinem Sohn sehe ich die Welt auch wieder durch Kinderaugen. Es tut Sali sicher gut, wenn er sich beim Spielen vergisst.«

Josefa schlang den weiten Rock um ihre Knie.

»Weißt du, Sali ist ein erstaunlicher Junge. Es ist so viel Kraft in ihm. Er kann sich so sehr freuen. Er hat viel Schlimmes erlebt, und trotzdem ist in ihm so eine … so ein mächtiger Wille zum Glücklichsein. Er saugt die schönen Dinge auf wie ein Schwamm. Dieses Vertrauen, das er trotz allem hat – in mich, in andere Menschen, in das Leben –, das … das …« Josefa fühlte Tränen in sich aufsteigen.

Sauter unterbrach sie in solchen Momenten nie. Er hatte gelernt, die Menschen reden zu lassen. Das war der Polizeibeamte in ihm. Er wartete einfach, bis sie weitersprach.

»Das zu sehen, weißt du, das gibt einem Hoffnung. Hoffnung, dass nicht nur das Schlechte überdauert. Man muss den guten Dingen Raum und Bestand geben.«

Sauter schien zu spüren, dass sie nicht nur von Sali, sondern auch von sich selbst sprach. Er räusperte sich. »Ich habe mir oft Gedanken gemacht, wie sich die Scheidung auf meinen Sohn auswirkt. Immer zwischen den Eltern geteilt zu sein. Aber Kevin entwickelt sich erstaunlich gut. Ich glaube, ich bin ein besserer Vater geworden. Das bilde ich mir wenigstens ein. Kinder bringen das Beste in einem heraus.«

Josefa begann, die schmutzigen Papierservietten aufzusammeln. »Dann kann ich ja vielleicht noch ein guter Mensch werden, wenn ich nur lange genug mit Sali zusammen bin.« Sie ging in die Küche. »Ein *versöhnter* Mensch«, rief er ihr nach.

»Was hast du gesagt? Ein schöner Mensch?«, gab Josefa zurück. Sie kam mit zwei Schalen Bayrischer Creme zurück und lächelte. »Du hättest die Salate sehen sollen, die Emilie mitgebracht hat. Sie ist so eine kreative Köchin.«

»Wer ist Emilie?«

»Pauls neue Flamme. Eine Französin. Paul hat einen furchtbaren Akzent, wenn er mit ihr spricht. Ich halt's manchmal fast nicht aus. Aber er liebt ihre Gerichte. Und sie ist dünn wie ein Bindfaden. Unglaublich.«

Bruno Zicchun und seine Andeutungen erwähnte sie nicht. Beide berührten das Thema Loyn nur, wenn es sich nicht vermeiden ließ. Josefa war froh, einen Raum zu haben, in den diese Ereignisse nicht ständig eindrangen. Und Sauter wollte nicht in die Situation geraten, dass er eine Untersuchung von Kollegen kommentieren sollte. Er hielt diese Dinge streng getrennt.

»Und dann«, fuhr sie fort, »habe ich noch den alten Mann getroffen, der regelmäßig seine Siamkatze im Irchel-Park spazieren führt, ohne Leine. Sie folgt ihm wie ein Hund. Im letzten Sommer – ich glaube, es war im Sommer – hab ich ihm bei einem Kreuzworträtsel geholfen. Er musste ein langes Schlüsselwort finden. Stell dir vor, er konnte sich noch immer daran erinnern. Selbst die Frage wusste er noch genau. Der Mann hat ein Gedächtnis, einfach unglaublich. Dabei muss er mindestens achtzig sein.«

»Wie hieß denn die Frage?«

»Es war ein Vers, und er ging ungefähr so – mal sehen, ob ich es noch weiß: Für andre bewegt er Hab und Gut – nein, anders. Für andre bewegt er Gut und Habe, durch seine Händ' gehn fremde Welten. Er kennt der Menschen verschlungne Pfade, doch seine Ziele verrät er selten.«

Josefa sah Sauter erwartungsvoll an.

»Habe und Pfade – reimt sich das?« Er leckte seinen Finger, den er gierig in die Bayrische Creme getaucht hatte.

»Es war ein Kreuzworträtsel, nicht Schillers ›Glocke‹, Herr Polizist.«

»Und wie lautete die Lösung?«

»Ich hab ihm Kofferträger vorgeschlagen, und das passte auch von der Länge her. Aber heute sagte der alte Mann, der erste Teil des Wortes sei nicht aufgegangen, und er habe das Rätsel nicht beenden können, das habe ihn ganz kribblig gemacht. Der erste Buchstabe habe mit dem Rest nicht gepasst. Ich bin aber sicher, dass wir das richtige Wort hatten.«

Josefa holte einen Kugelschreiber und malte die Buchstaben auf eine Papierserviette.

»Wer nimmt den Rest Kaviar? Willst du?«

»Liebend gern.« Mit einem Stück Brot wischte Josefa das Innere der Dose bis auf den letzten Krümel aus. »Jeder schwarze Punkt ist ein Vermögen wert.«

»Ich glaube, mein Herz, du musst eine Illusion begraben.«

»Warum? Hast du den Kaviar von einem russischen Mafioso beschlagnahmt?«

»Ich rede vom Kreuzworträtsel. Ich glaube, du liegst falsch – das Wort ist Möbelträger.«

»Möbelträger?« Sie zählte die Buchstaben mit den Fingern ab.

»Du bist ja richtig clever. Lernt man das bei der Zürcher Kriminalpolizei?« Sie beugte sich über ihn.

»Ja, und noch ganz andere Dinge. Zum Beispiel Körperdeckung.«

»Das reimt sich aber ganz und gar nicht.«

Er zog sie zu sich herunter und murmelte ihr ins Ohr: »Aber es klingt ungeheuer poetisch.«

– 33 –

Waren sie ihm auf die Schliche gekommen? Sepp Kohler saß wie versteinert vor dem Lauschapparat. *Für andre bewegt er Gut und Habe ...*

War das einer jener verrückten Zufälle, oder hatte er irgendetwas nicht genügend bedacht? Frau Rehmers Worte. Diese melodiöse, glasklare Stimme, sie schnitt wie ein Laserstrahl durch sein geheimes Universum. Rehmer und der Polizeibeamte.

Was für ein seltsames Paar. Aber er hatte es kommen hören, die vorsichtige Annäherung, die tastenden Fragen, die Sehnsucht in Sauters Stimme, sein sachtes Werben, Rehmers Zurückhaltung, ihr entspanntes Lachen, die langen intensiven Gespräche. Es war besser gewesen als jede Seifenoper im Fernsehen, besser als der Klatsch in der Gesellschaftsspalte der Boulevardzeitung, besser als alles, was seine Arbeitskollegen aus ihren eintönigen Leben erzählten.

Durch seine Händ' gehn fremde Welten ...

Die Menschen sind so ahnungslos. In ihren Häusern haben sie eine teure Alarmanlage, im Garten zwei scharfe Hunde, einen Code für ihren Safe. Aber sie denken sich nichts dabei, wenn ein Möbelträger durch die Tür schreitet, in ihr Büro, ins Wohnzimmer, ins Schlafzimmer. Für sie ist er der

Vormann der Möbelspediteure einer renommierten Firma. Nein, falsch. Für sie ist er ein Schatten, ein Nichts. Er ist stets dienstbereit, er funktioniert, und er ist diskret. Er löst sich auf, wenn er seine Pflicht getan hat.

Denken sie. Sie wissen nichts von den kleinen Wachposten, die er hinterlässt. Sie spüren nicht die winzige Öffnung in ihrer Außenhaut, wo die kleine Zecke sich eingräbt. Er setzt ihnen einen Erkennungschip ein, wie der Tierarzt einem ahnungslosen Hund. Was immer sie auch tun, was immer sie auch sagen und planen, er ist ihr heimlicher Zeuge.

Er kennt der Menschen verschlungne Pfade …

Die freundliche Frau Rehmer. Sie sah in ihm den zuverlässigen Arbeiter, der bei den Anlässen von Loyn stets zur Stelle war, wenn man ihn rief. Wie froh war sie gewesen, als er ihr auch beim Umzug in ihre neue Wohnung half. Ihre großzügige Entlohnung war ihm ebenso teuer gewesen wie ihr strahlendes Lächeln, mit dem sie sich bei ihm bedankte. Ach ja, die Lampe mit dem Sockel, ein über alles geschätztes Erbstück, wie sie sagte, hatte er mit besonderer Umsicht transportiert. Ein schweres, delikates Stück, mit einem blauen Schirm und einer verwinkelten, dicken, messingfarbenen Fassung. Es war einfach gewesen, die Wanze zu platzieren. Er hatte es schon dutzendfach getan, unter weit schwierigeren Umständen.

Wie unter den Tischen im Festzelt von Loyn. Eigentlich hätte er mit Erleichterung lesen müssen, dass man Francis Bourdin verdächtigte, die Mikrophone installiert zu haben. Bourdin! Dieser Dilettant. Das war eine Kränkung, eine Herabsetzung der eigenen Arbeit, die er, Kohler, erledigt hatte. Als ob ein Mann wie Bourdin in der Lage wäre, sich solche Geräte zu beschaffen und sie dann ordentlich zu installieren. Dazu brauchte es technisches Verständnis – und verlässliche Beziehungen, Lieferanten aus der Schattenwelt der Militaria. Bourdin konnte keine Wanzen setzen. Er war selbst eine.

Überall hatte der Typ gelauert. Auch an jenem Abend, als er, der dienstbare Geist, gegenüber dem Sicherheitspersonal vorgab, nochmals bei den Tischen nach dem Rechten sehen zu müssen. Das gehörte zur üblichen Routine, niemand hatte Anlass zu Verdacht. Einer seiner Spione war ausgefallen, alte Dinger, wenn auch günstig zu beschaffen. So etwas passierte immer wieder. Ärgerlich, aber unvermeidlich. Als er wieder unter dem Tisch hervorkroch, stand Bourdin vor ihm. Er musste ihm gefolgt sein, der schmierige Späher.

Aus. Das hatte er in jenem Moment gedacht. Alles aus. Bourdin hatte ihn im Griff. Aber nicht so, wie er zunächst fürchtete. Denn Bourdin sah ungeahnte Möglichkeiten vor sich. Und er sah in Sepp Kohler den Mann, der diese Möglichkeiten für ihn umsetzen würde.

Er war Bourdin auf Gedeih und Verderb ausgeliefert. Mehr Verderb als Gedeih, wie sich herausgestellt hatte. Bourdin war nicht der Mann für solche geheimen Operationen. Man denke nur daran, dass er die Abhöranlage in seinem *Hotel*zimmer zurückließ, wo doch jeder hineinkonnte. Und dann das Schlimmste: Bourdin hatte »Vertrauensmänner« wie diese Blindschleiche Schulmann. – Was kann man von einem derart ausgekochten Intriganten schon erwarten?

Bourdin hatte nichts begriffen. Lauschen ist ein Vergnügen für sich, kein Mittel zum Zweck. Wer sein gestohlenes Wissen als Waffe benutzt, macht sich angreifbar, liefert sich aus.

... doch seine Ziele verrät er selten.

Er musste Bourdin ans Messer liefern, musste der Polizei erzählen, dass der oberste Firmenchef im Festzelt herumgeschlichen war, angeblich, um die Anordnung der Tische zu kontrollieren. Das und die Tonbänder und die Abhöranlage – und schon saß Bourdin in der Falle. Er versuchte nicht einmal, der Polizei zu erklären, woher er die Wanzen hatte. Hätte ihm auch nichts genützt.

Dabei hätte er, der umsichtige Möbelträger, für den Supermanager alle Probleme lösen können. Denn als die Polizei noch den Schlaf der Ahnungslosen schlief, hatte Bourdin ihm verraten, dass Schulmann Bescheid wusste. Das war kurz nach Bourdins Entlassung aus dem Krankenhaus gewesen. Weiß Schulmann auch über mich Bescheid?, hatte er den Chef von Loyn sofort gefragt. Bourdin hatte abgewinkt. Wenigstens da hatte er dichtgehalten. Aber wie lange? Bourdin durfte man nicht zu viel erzählen.

Und dann wollte Schulmann alte Möbel loswerden.Und befahl ihm, sie mit dem Laster in die Verbrennungsanlage bringen, abends, nach der Arbeit bei der Transportfirma.

Als er vor Schulmanns Haus ankam, war das Innere hell erleuchtet. Er ging zur Rückseite, wie Schulmann ihm gesagt hatte. Dort war der Eingang breiter. Den Laster hatte er hinter der Hecke geparkt. Er wollte keine unliebsamen Zeugen. Er kannte den Zugang durch die Garage zum Haus, hatte er doch auch den Umzug von Schulmann abgewickelt, auf Rechnung von Loyn natürlich. In der rechten Hand trug er eine Plastiktüte mit einem schweren Hammer.

Im Wohnzimmer machte er eine Entdeckung, auf die er nicht gefasst war. Er sah Schulmann neben dem Sofa liegen, in verdrehter Stellung. Der Kerl hat sich besoffen, dachte er zuerst. Eine halb volle Whisky-Flasche stand auf dem Tisch, daneben ein Glas. War noch jemand da? Er lauschte angestrengt, im Lauschen war er gut. Aber er konnte nichts hören. Er trat näher. Schulmann lebte noch, war aber völlig weggetreten. Vielleicht war Rauschgift im Spiel?

Er konnte sich damals keinen Reim darauf machen, aber zum Überlegen war keine Zeit. Denn er hatte plötzlich eine blendende Idee.

Kein Hammer, kein verspritztes Blut überall. Die Plastiktüte genügte. So sauber und leise.

Das Wort ist Möbelträger. Das war die Stimme des Polizeidetektivs.

War das eine Warnung? Hatte er einen Verdacht? Aber jetzt glaubt doch alle Welt, dass der Photograph der Mörder ist! Er müsste sich bei Pius Tschuor bedanken. Der hatte ihm in die Hände gearbeitet. Gute Vorarbeit, Herr Photograph.

Warum war er also alarmiert?

Hatte er Spuren hinterlassen? Hatte sein Kontaktmann mit den alten Militärbeständen nicht dichtgehalten?

Wie durch einen Verstärker hörte er nun die Stimme von Josefa Rehmer.

»Meine Therapeutin würde mir den Umgang mit dir verbieten.«

Ein dumpfes »Warum?«.

»Du hast so viele Höhlen und Gänge. Die Nasenhöhle, die Ohrgänge, die Mundhöhle, dein Bauchnabel …«

»Lass mich sehen: deine Nasenhöhle …, Bauchnabel …«

Jetzt gab es nur noch Geräusche. Sepp Kohler saß gebannt da.

Dann atmete er auf. Was er nun hörte, war Liebesgeflüster.

Sie waren ahnungslos, naiv, verspielt.

Er war nicht in Gefahr. Er war sicher. Sein Geheimnis blieb gewahrt.

Er griff zu der Flasche Bier, die vor ihm auf dem Tisch stand, und ließ sich das kühle Gebräu langsam die Kehle hinunterlaufen. Zufrieden stellte er die Flasche ab und wischte sich mit dem Handrücken über den Mund.

In diesem Moment hörte er ein lautes Kratzen. Wo kam das her?

Jäh brach die Übertragung ab. Eine unheimliche Stille setzte ein.

Elisabeth Kostova

DER HISTORIKER

Roman

Eines Nachts findet ein junges Mädchen in der Bibliothek ihres Vaters ein altes Buch und ein Konvolut mit vergilbten Briefen. Die Briefe sind alle »an meinen lieben und bedauernswerten Nachfolger« adressiert, und sie nehmen das Mädchen mit in ein Labyrinth, in dem sich die Geheimnisse der Vergangenheit ihres Vaters mit dem mysteriösen Schicksal ihrer Mutter zu einem unvorstellbaren Verhängnis verbinden, das weit in die Historie zurückreicht.

Die Briefe führen zu einer der dunkelsten Mächte in der Menschheitsgeschichte: zu Vlad, dem Pfähler, dem barbarischen Herrscher und Urbild der Dracula-Legende. Eine Suche in Klöstern, Bibliotheken und Archiven beginnt, bei der die Grausamkeiten von Dracula zu Tage treten, die sich bis heute fortsetzen.

»Exotische Schauplätze, eine unwiderstehliche Handlung und ein unstillbares Verlangen nach Blut: Es ist kaum vorstellbar, dass die Leser nicht gebissen werden.«

Publishers Weekly

BLOOMSBURY BERLIN

Joanna Briscoe

SCHLAF MIT MIR

Roman

Richard und Lelia sind ein glückliches Paar. Er ist Feuilleton-Redakteur einer großen Tageszeitung, sie lehrt Französisch und Deutsch am University College of London. Lelia hat eine englische Mutter und einen indischen Vater, der starb, als sie 13 war.

Auf einer Weihnachtsfeier unter Freunden begegnet ihnen eine unscheinbare Frau, Sylvie, die unwiderstehlich in das eigentlich glückliche Leben der beiden eindringt, just zu Beginn von Lelias Schwangerschaft. Im Laufe der folgenden neun Monate verführt Sylvie nicht nur Richard, sondern auch Lelia …

Eine Liebesgeschichte von zwanghafter Besessenheit.

BLOOMSBURY BERLIN

Joanna Trollope

BRUDER & SCHWESTER

Roman

David und Nathalie sind Adoptivkinder. Sie haben verschiedene Mütter, wuchsen aber wie Geschwister bei denselben Adoptiveltern auf.

Als sie bereits erwachsen sind und eigene Kinder haben, entscheiden sie sich, ihre wahren Mütter ausfindig zu machen. Es beginnt ein schmerzhafter Prozess für die Partner, die Adoptiveltern und besonders für die leiblichen Mütter, die in all den Jahren ein völlig anderes Leben geführt haben.

Joanna Trollope nähert sich diesem sensiblen Thema in einem feinfühlig und zugleich spannend geschriebenen Roman. Sie ist eine große Erzählerin, eine Chronistin der modernen Gesellschaft.

»Der britischen Bestseller-Autorin Joanna Trollope ist mit *Bruder & Schwester* eine spannende Familiengeschichte gelungen über die komplizierte Beziehung zwischen Eltern und Kindern.« *Brigitte*

»Ein großartiger und wichtiger Roman, der zutiefst berührt.«
Für Sie

BLOOMSBURY BERLIN